Cesare Pavese
Die Wiese der Toten

Sämtliche Erzählungen in zwei Bänden
Band 2

Cesare Pavese

Die Wiese der Toten

Erzählungen

Aus dem Italienischen
von Charlotte Birnbaum

Claassen

Die italienische Originalausgabe sämtlicher Erzählungen
von Cesare Pavese erschien 1960 in einem Band unter dem
Titel »Racconti« bei Giulio Einaudi editore, Turin.
Die erste deutsche Ausgabe erschien bei Claassen 1966
in einem Band unter dem Titel »Sämtliche
Erzählungen«, zuletzt 1983 unter dem Titel
»Nacktheit. Sämtliche Erzählungen«.

Die Deutsche Bibliothek – CIP-Einheitsaufnahme

Pavese, Cesare:
Sämtliche Erzählungen : in zwei Bänden / Cesare Pavese. Aus
dem Ital. von Charlotte Birnbaum. – Hildesheim : Claassen.
(Claassen extra)
Orig.-Ausg. u.d.T.: Pavese, Cesare: Racconti
NE: Pavese, Cesare: [Sammlung <dt.>]

Bd. 2. Die Wiese der Toten : Erzählungen. – 1992
ISBN 3-546-00010-2

Claassen extra

Umschlagmotiv: Enrico Pellegrino.
Druck und Bindung: Bercker, Kevelaer.
Printed in Germany.
ISBN 3-546-00010-2

Erzählungen 1940 – 1946

Haus am Meer

Der violette Streifen Meer vor dem Fenster machte das ganze Zimmer kühl.

Es kam vor, daß ich bei Morgengrauen aufwachte, ein wenig unruhig, mich aufsetzte und gegen das Kissen lehnte, um einen Augenblick durch das geöffnete Fenster zu sehen; dann mußte ich, daran erinnere ich mich, lächeln und zündete mir eine Zigarette an. Daß trübes Wetter war, sagte mir der leere Platz von Andrea, meinem Mann. Auch hierin wie mein Vater: wenn die Luft ein wenig feucht ist, wacht Andrea vor Tag auf und hält es im Bett nicht mehr aus. Er sagt, es seien die Nerven, aber ich glaube eher, es ist dieses Bedürfnis, sich zu isolieren, das jeder Mann im Blut hat. Einmal sagte er mir, er tue es meinetwegen: ich hatte ihm anvertraut, der Gedanke, jemand betrachte mich, während ich schlief, mache mich schaudern.

Wahrscheinlich rauchte er im Garten eine Zigarre – es war einer dieser kleinen Riviera-Gärten, die aus einem Baum zwischen vier Mauern bestehen –, und ich stellte ihn mir vor, wie er ohne Brille hin und her ging mit dem nackten, mir so vertrauten, kindlichen Gesicht, und die Zigarre beim Rauchen in der umgekehrten Hand hielt und vor sich hin brummte.

Aber nein: damals war Andrea in mich ganz frisch verliebt, und die Tatsache, daß ich ihn geheiratet hatte, gab ihm noch einen gewissen Übermut. Nicht daß er jetzt lauer geworden wäre – der arme Andrea –, aber er hat immerhin begriffen, daß es mir am liebsten ist, ihn gern zu haben wie eine Tochter den Vater.

Er ist beinahe schüchtern geworden – merkwürdig genug an einem entschlossenen, ernsthaften Mann, wie er es ist – und ist mir gegenüber so rücksichtsvoll, mich allein zu lassen, wenn er plötzlich so trübe gestimmt ist, daß er brummen muß. Ich bin überzeugt, er hat es aufgegeben, mich mit diesem Ungestüm zu »lieben« – als hätten wir nicht alle insgeheim das Bedürfnis, für uns zu bleiben, damit wir uns sammeln und die Dinge ohne Lüge betrachten können! Jetzt ist seine Eifersucht wirklich so geworden, wie ich sie mir gewünscht habe: die herzliche Anteilnahme von jemandem, der sich nur mit großer Zurückhaltung Sorgen macht und einem Raum zum Leben läßt.

Ich bin sicher, daß er sich an diesem Morgen in dem Gärtchen eines vollkommenen Glücks erfreute, das noch zunahm durch dieses kühle, etwas bedrohliche Wetter: das mußte ihm, der von einer Woche Stadtarbeit müde war, willkommener sein als die übliche, dürre Langeweile des Strandes. Schon am Abend vorher hatte er halb im Ernst über meine gebräunte Haut gemault – verbrannt, sagte er, von den Blicken der Leute –, und hatte den Kopf geschüttelt und gesagt, er wolle mir den Lebensunterhalt streichen; aber bei diesen Scherzen weiß man ja, wohin sie führen. Eines aber paßte ihm ganz und gar nicht: daß er an meiner Seite – ›ich nur gekochtes, du geröstetes Fleisch‹ – inmitten so vieler dummer Bekanntschaften erscheinen mußte, die den Jungverheirateten eine Menge Komplimente machten, und darin kann ich ihm nicht unrecht geben; und diese Komplimente waren außerdem sozusagen familiär und voller Anspielungen, die er nicht verstand, so daß er sich wie ein Eindringling vorkommen mußte.

. . . .

Die Bettler

Schon als Junge hatte Geri nie Verständnis gehabt für diese Bettler, die sich anständig angezogen – im Winter mit einem Mantel – an der Tür zeigten und das Almosen so ernsthaft forderten wie jemand, der ein Geschäft wahrnimmt, keine Zeit zu verlieren hat und einen das fühlen läßt. Geri hatte immer einen dumpfen Groll gegen sie verspürt wie gegen Menschen einer anderen Rasse, und hätten sie ihm nicht leid getan, so hätte er den hageren, unbestimmt bedrohlichen Gesichtern die Tür vor der Nase zugeschlagen, wie die Mutter ihm immer auftrug. Aber Geri erfaßte nicht sofort, wer vor ihm stand; dann erkannte er mit Schrecken den Armen an dem fordernden Gebrumm, das unter diesem Hut hervorkam. Mit flammendem Gesicht murmelte er, es sei niemand da, und schloß rasch die Tür; und er machte sie leise zu, ohne den Mann auch nur anzusehen. Aber er blieb hinter der Tür im Dunkeln wie festgenagelt stehen und hielt den Atem an. Lange Minuten wartete er, in Aufruhr, und lauschte auf den Atem des andern vor der Tür mit einer krampfhaften Scham und Angst; und er wartete gespannt darauf, daß die Schritte sich entfernten. Aber er war froh, daß er ihm nichts gegeben hatte, froh, daß er zwischen sich und dem erwachsenen, anständig gekleideten Mann die Tür hatte: dieser hatte das Almosen mit der Härte eines Menschen gefordert, der ein Recht darauf hat.

Einmal war, statt daß geklopft wurde, sogar geklingelt worden, und Geri, der herbeilief, die Tür zu öffnen, fand vor sich eine Signora mit Hut und einem Pelzchen um den Hals, die ihn lächelnd bat, ob er ihr nicht etwas geben wolle. Geri holte seine Mutter, doch sie war kaum an der Tür, da zog sie sich zurück und machte sie zu, und noch lange hörte Geri, wie die Mutter sich über diese unerhörte Unverschämtheit beklagte. Seitdem dachte Geri, die ordentlich gekleideten Bettler hätten Frauen und daher Wohnungen und Arbeitsstunden und Festtage und Eßzimmer, Leute also, die arbeiteten und verdienten. Das verstärkte seinen Groll.

Die Armen aber, die ihm wirklich leid taten, ja er beneidete sie sogar ein wenig, waren die zerlumpten Bettler der Straße, die Alten mit dem tränenden Betrunkenengesicht, die Frauen mit einem schmutzigen Kind, das wie ein Bündel aussah, aber vor allem die umherziehenden Musikanten, die immerzu in irgendeinem Winkel Musik machten ohne zu sprechen und ohne aufzusehen, Arme, die nichts verlangten und die Augen senkten, wenn jemand stehenblieb. Als Geri eines Tages allein ausging, fand er unter den Lauben einen Alten, der wartend auf dem Gehsteig saß, und die Steinplatte war bedeckt mit einer bunten Kreidezeichnung; ihm schien, es sei der heilige Joseph mit der Lilie. Er ging mehrmals wieder hin, und das Bild war immer anders, und der Alte saß in einem Streifen Sonne und kaute Kürbiskerne. Aber als Geri eines Tages früher kam als sonst, sah er, wie der Alte am Pfeiler kniete, das Kinn auf der Brust, die Arme gekreuzt, und mit Inbrunst betete; die Leute standen um ihn herum. Dann schlug sich der Alte an die Brust und sagte laut in singendem Tonfall Worte, die alle zum Lachen brachten; aber Geri verstand nicht, was los war. Schließlich nahm der Alte die Kreidestifte und begann eine Kreuzigung zu zeichnen. Geri sah nie, daß jemand ihm eine Münze zuwarf.

Die gleichen Gedanken gingen Geri eines Morgens durch den Kopf. Er hatte noch keine Lust, aus dem Bett zu steigen; das vorhanglose Fenster warf auf alle Kanten ein feuchtes, schmutziges Licht.

Da kam, und die Tür schütterte davon, ein quietschender Laut oder eine rauhe Stimme von der Treppe her, ein Wispern, dann ein Plumps. Von einem Augenblick zum andern konnte jemand gegen die Tür stoßen, die Füße abstreichen – und warten.

Geri sah plötzlich wieder jenes zögernde Kind vor sich, das wie festgenagelt hinter der Tür gestanden hatte; sein Herz hatte wie toll geklopft, sein Ohr ins Dunkel gehorcht: genauso gespannt und steif preßte er sich jetzt gegen das Kissen.

Aber er sah auch den erwachsenen Mann wieder vor sich: in den Kragen vermummt, finster blickend unter der stark knochigen Stirn, die Fäuste fest in den Taschen, stand er still vor der Tür. Zwei, die sich haßten, ohne daß einer den anderen sah, und jeder spürte, wie der andere atmete.

Geri drehte sich im Bett um, vergrub das Gesicht im Kissen und horchte ins Leere. Einen Augenblick war das Haus ganz still; nur von der Straße her zerkratzte ein fernes, unbestimmtes Geräusch die tiefe Ruhe. Die Bettwärme dämpfte auch das Pochen der Adern.

Geri, der am Nacken und an den Schläfen die Kälte des Zimmers verspürte, hatte das Gefühl, als liege sein Körper lang ausgestreckt in der Sonne, als seien die leichten Geräusche in der Stille die unbestimmbaren Laute vom Schwimmbecken her.

Jahre danach befreundete sich Geri mit einem Jungen namens Achille; sie bummelten nach der Schule ein paar Stunden durch die Straßen; dann sagte jeder zu Hause, er sei zum Lernen bei dem anderen gewesen. Ohne Achille wäre Geri höchstens ins nächste Kino gerannt: dort fragte er dann in jeder Pause irgendeinen Soldaten oder einen anderen Zuschauer ängstlich nach der Zeit. Achille hingegen liebte es, sich unter die Passanten zu mischen; beim Gehen zerteilte er die Menge und drehte sich oft um, um einige Worte mit dem Freund zu wechseln. Aber vor allem gefielen ihm Unternehmungen, die er im Augenblick zu erfinden schien; man merkte jedoch, daß er auf die Gelegenheit schon seit einiger Zeit gewartet hatte und die Örtlichkeiten kannte. Einmal ging es ihm darum, in ein Café zu treten, in dem Dirnen verkehrten; ein andermal darum, Nußkerne kauend vor den Gefängnissen zu warten, ob irgendein Verbrecher in Handschellen gebracht würde; ein andermal wieder darum, dabeizusein, wenn die Lehrmädchen aus einer großen Schneiderwerkstatt kamen: darunter war manches Gute.

Achille hinterlegte, um sich freier zu fühlen, die Bücher bei dem Hausmeister des Instituts; dort fand er sie am nächsten Tag wieder vor. Geri bewunderte das sehr, aber er nahm seine Bücher mit, obwohl er am Abend zum Lernen keine Lust mehr hatte.

Schön waren diese Eskapaden, wenn sie durch ungewohnte, abseits liegende Straßen gingen. Geri liebte die Menschenmenge nicht: die vielen sorgenvollen, ängstlichen Augen, das Getrampel, das Hin und Her, die Hast, all das bewirkte, daß er sich fremd fühlte; es erinnerte ihn daran, daß er pflichtgemäß um diese Zeit an seinem ruhigen Schreibtisch hätte sitzen und auf das Abendessen warten sollen. Aber es machte ihm Spaß, wenn sie auf stillen Fußsteigen zurückkehrten, wenn die kalte Luft dämmerig wurde, der Himmel klarer war, wenn von einem Augenblick zum andern die lange Reihe der Straßenlaternen aufflammen konnte.

Achille hatte schon versucht, Geri in ein Bordell zu führen, aber

Geri war dazu noch nicht entschlossen. Übrigens war auch Achille nie wirklich dort gewesen. Er wußte, wie man das machte, wieviel man bezahlte, wie man der Pförtnersfrau antwortete, aber als Geri ihn einmal wieder danach fragte, brachte er Namen und Einzelheiten durcheinander, und es war offensichtlich, daß er die Sache nur erfand. Doch Geri wagte nicht, ihm das vorzuwerfen, denn Achille war in all diesen Gesprächen so freimütig und überzeugt, daß er ihn reden ließ: das war ein Vergnügen, während sie, wenn er ihn gekränkt hätte, beide verstimmt gewesen wären.

»Erst will ich die Frauen besser kennen«, hielt Geri ihm entgegen. »Machen wir uns an irgendeine kleine Schneiderin heran oder an irgendein braves Mädchen, und wenn wir mehr Erfahrung haben, werde ich dorthin gehen.« Er redete so, um Zeit zu gewinnen; denn Achille hatte, als er sich eines Abends in einem Garten an ein Dienstmädchen heranmachte, sowieso nur Spott davongetragen. Geri sah es sich aus zehn Schritt Entfernung an, bebend vor Scham, und er war richtig erleichtert, als das Mädchen – ein braunes, kräftig gebautes, dickliches Mädchen – Achille, der auf sie einredete, laut ins Gesicht lachte, das Kind an die Hand nahm und sich entfernte. Achille ging eine Zeitlang hinter ihr her, Geri sah nicht, was für ein Gesicht sie machte, aber er hörte, wie eine rauhe Stimme ärgerlich sagte: »Hau ab, du dummer Kerl.«

Mittlerweile wurde es Frühling; Geri staunte, daß er noch nie in seinem Leben gemerkt hatte, wie schön es war, auszugehen, umherzuschauen und zu atmen. Es war nicht nur die Luft und das schöne Wetter, denn schon im Winter war er gern auch im Schmutz oder im Nebel unterwegs gewesen, und ungern trennte er sich von Achille am Haustor; oft begleiteten sie einander gegenseitig wieder nach Hause bis zur Zeit des Abendessens. ›Das kommt wohl daher, weil dies das erste Jahr ist, wo ich selbständig ausgehe und lebe‹, dachte er, während er, die Bücher unter dem Arm, zur Schule ging. Und jetzt würde es nicht mehr kalt werden, auch kamen die Blätter schon heraus, und es war bis späthin hell. Hätte nur Achille, wenn eine schöne Frau vorüberging, endlich nicht mehr geträllert: ›Ich möchte dich küssen, wenn du nackt bist.‹ Das gefiel Geri gar nicht. Mußte man, um seine Männlichkeit zu beweisen, so etwas sagen?

. . . .

Ein Ruf

Ich erinnere mich, wie viele Mohnblumen man vom Fenster aus auf dem Lande sah, und die hatte ich sicher nicht geträumt. So lebhafte Farben träumt man nicht, und dann habe ich immer beobachtet, daß man von einem Traum nur die unnützen Einzelheiten im Gedächtnis behält. Aber diese Mohnblumen, die wuchsen auf der höher gelegenen Wiese bis ins Fenster, als wären es wirkliche Blumen. Ich erinnere mich sogar, daß ich dachte: ›Wäre alles das ein Traum, so würde jemand in den Mohnblumen auftauchen, es würde etwas geschehen, denn in den Träumen hat alles eine Bedeutung.‹ Statt dessen begriff ich, wenn es mir ab und zu gelang, aus dem Fenster zu spähen, daß nichts geschehen konnte, und ich fand gerade in dem Gras und in den Dingen ein unerschütterliches Gefühl von Vertrauen. Das vor allem war es, worüber ich lächeln mußte.

Dieses Gefühl von Vertrauen ist mir ziemlich geläufig, es erfaßt mich, sooft ich von einem geschlossenen Platz aus einen Blick in den Himmel werfe, auf die Bäume, in die Luft. Es ist, als hätte ich einen Moment an der Existenz der Dinge gezweifelt, und dieser Blick beruhigte mich wieder. Eine ziemlich banale Angewohnheit. Wie auch die andere, die daraus folgt: den geschlossenen Raum aufzusuchen, um, wenn ich die Nase an die Luft stecke, den Augenblick der Befreiung zu genießen. Daher kommt es, daß ich ein großer Besucher von Cafés und Osterien bin; ich setze mich gern unter den Fenstern im Halbdunkel in die Ecken.

Aber ich habe nicht die Angewohnheit, mich zu betrinken, und noch weniger die, am Tisch einzuschlafen. Wie dem auch sei, damals hatte sich jede Gewohnheit überhaupt verflüchtigt; ich fand mich manchmal tief in der Nacht auf irgendeiner Vorortstraße und ging immer weiter, entschlossen, den dämmernden Morgen im Gehen zu erleben. Ich spazierte umher unter allen nur denkbaren Vorwänden, und besonders gern in abgelegenen Gegenden. Manche Stunden des Tages vertrödelte ich unruhig in dem oder jenem

Winkel. Denke ich heute daran zurück, so ist es sonderbar, daß eine solche Unruhe, die im Grunde bedeutete, daß ich nicht mehr allein zu leben vermochte – und ich lebte in der Tat einen Teil des Tages und der Nacht nicht mehr allein –, mir im Sinn geblieben ist als eine Sucht nach Einsamkeit, als eine Sättigung, fast als ein Widerwille gegen die einzige Gesellschaft, die ich damals suchte. Aber so etwas kommt vor, sagt man. Um es kurz zu machen: ich war verliebt; und ich genoß meine Liebe, so gut ich konnte. Ich verließ jenes Haus bei Nacht, am späten Morgen, mitten am Nachmittag, zu den verrücktesten Stunden, satt und zufrieden, und ging, solange mich die Beine trugen, durch die verschiedensten Straßen, unruhig nach der nächsten Begegnung verlangend, manchmal schläfrig und manchmal frisch und neugierig. Ich schlief zu allen Stunden, und bei jedem Erwachen schien mir, als sei es Morgen: so war für mich der ganze Tag ein langer Morgen. Die Cafés und Osterien waren so etwas wie die Etappen einer Reise, die nie ein Ende nahm.

Damals bei den Mohnblumen saß ich an einem großen Tisch unter dem Fenster, auf den Ellenbogen gestützt, und wußte: draußen war das Land; aber aus Trägheit sah ich nicht hin. Meine Augen waren müde, noch geblendet von einer grellen Sonne; ein Summen von Fliegen, irgend etwas Mühseliges erfüllte das Halbdunkel. Sonst war nichts zu hören, denn das Zimmer war verlassen, und verlassen schien die ganze Osteria; ich hatte mich meines Wissens auch nicht gerührt, um etwas zu bestellen. Vielleicht genoß ich es, daß alle mich vergaßen, und ich weiß auch nicht, wie ich vom Eingang in dieses abgesonderte Zimmer gelangt war. Wenn es überhaupt einen Eingang gab. Ich erinnere mich, daß ich die Ohren spitzte in der Hoffnung auf den fernen Lärm einer Trambahn, und eben das Fehlen dieses Geräusches gab mir plötzlich ein leichtes Gefühl von Verwirrung und einen bestimmten Verdacht, den ersten: der Grund, daß ich nichts hörte, war vielleicht der, daß ich nichts hören durfte, und um mich herum hatte etwas begonnen, das wer weiß wie enden würde.

Aber gerade diese Empfindung, die doch einen Wachzustand voraussetzte, vermischte sich mit einem unsinnigen Vertrauen – ich war seelenruhig –, daß mir nichts zustoßen konnte, weil der Mann, der an der anderen Seite des Tisches saß, kein Feind war.

Das ist wichtig. Nichts war geschehen, seit ich mich in diesem Gastzimmer allein wußte; ich hatte nicht versucht, die Wirte zu rufen, ich hatte sogar versucht, die Stille mit dem Lärmen einer fernen Trambahn zu beleben. Und siehe da, jetzt überlegte ich vernünftig und nahm ruhig die Gegenwart eines Fremden hin und wußte sogar, wer dieser war; das heißt, nicht wer er war, aber immerhin etwas mehr: seine Gesinnungen mir gegenüber, seine gewohnten Gesten, seine Art, zu schweigen und mich zu betrachten. Ich glaube, ich betrachtete meinen Nachbarn nicht einmal mit Neugier, denn man ist nicht neugierig auf den, der sich mit derselben Unausweichlichkeit darstellt, mit der uns ein anderes Ich im Spiegel erscheint. Nicht darin war meine Unruhe begründet: die Gesellschaft nahm ich in aller Natürlichkeit hin, ich war darüber sogar froh. Gar nicht zu vergleichen zum Beispiel mit der Angst, die mich damals manchmal überfiel – sobald ich mich von jener anderen Angst erholte, die sich immer neben mir breitmachte, so daß ich mich einen Augenblick fragte, welche nun wirklich für mich vorhanden war. Ich wiederhole, mein Gefährte beunruhigte mich nicht: unter uns herrschte eine Vertrautheit, die wie aus einer ungeheuren, vagen Masse von Erinnerungen bestand; diese Masse war im Augenblick für mich undurchdringlich, aber sie war existent und gemeinsam.

Nun gut, sagte ich mir, ich bin also hier mit ihm zusammen; aber in solchen Dingen darf man nicht zuviel überlegen und auch nicht glauben, wenn man die Trambahn nicht hört, müsse das durchaus eine Bedeutung haben. Vielleicht habe ich sie gehört, ohne daß es mir bewußt wurde.

Ein für allemal muß ich sagen, daß ich mich schon als Junge, wenn ich nach einem Traum aufwachte, nie damit habe zufriedengeben können, ihn so ohne weiteres zu vergessen, sondern ich habe immer wieder daran gedacht und versucht, ihm sein Geheimnis zu entreißen. Das ist alles andere als leicht. Aber über eines wenigstens bin ich mir klar geworden: ein Traum wickelt sich ab nicht wie eine Tat, die geschieht, sondern wie eine Tat, die erzählt wird. Zum Beispiel: ihr verliert beim Laufen einen Schuh. Ihr glaubt, es geschehe aus Zufall, aber es ist kein Zufall. Nach wunderlichen Abenteuern, die euch euern unbeschuhten Fuß vollständig haben vergessen lassen, trägt es sich zu, daß ihr mitten auf einem reich gedeckten Tisch, dem ihr euch mit angehaltenem Atem nähert, euern Schuh stehen seht, ohne Schnürsenkel, und die durften ja wirklich nicht fehlen. Der Operateur, der euch den Traum projiziert – ihr selbst, werdet ihr sagen –, hatte bewirkt, daß ihr den Schuh verloren habt, hatte ihn zurückgehalten, wie ein Erzähler es mit einer guten Einzelheit tut, und siehe da, er bringt sie für euch herbei, wenn ihr nicht mehr daran denkt. Ganz als müßte ich einem Ruf Folge leisten, habe ich mich im Lauf der Jahre dieser Suche so sehr hingegeben, daß mir nun nicht selten dieses geschieht: ich begleite einen Traum mit beständiger Sorge darum, herauszufinden, wie er gemacht ist, und mit einer verzehrenden Aufmerksamkeit auf seine geringsten Einzelheiten in dem Versuch, zu erraten, welche Bedeutung sie weiterhin annehmen werden. Und dann hoffe – und fürchte – ich immer, den Operateur bei einem Irrtum zu ertappen.

Das alles – immer vorausgesetzt, daß ich an jenem Nachmittag träumte – könnte etwas erklären. Zum Beispiel meine Unruhe darüber, daß die Trambahn nicht zu hören war. Was auch der Grund für diese Stille war, es ist dumm, sagte ich mir, sich darüber Sorgen zu machen. Das, was geschieht, ist weit wichtiger. Wenn wirklich etwas begonnen hat, so wird man erst einmal zu Ende träumen müssen; dann wird man sehen.

Aber da war das Fenster. Und in dem Fenster, in dem bleichen Gras des Nachmittags, die scharlachroten Mohnblumen, die nichts zu tun hatten mit mir oder meiner Unruhe und mich doch sehr interessierten, weil sie von so lebhafter Farbe und so absurd waren. Für die Mohnblumen bedeutete es nichts, daß die Trambahnen nicht fuhren; sie tüpfelten mit ihren Farbflecken die höhergelegene Wiese wie dünne Gespenster, die leise schaukelten; und ich erinnere mich, daß ich sie nur flüchtig betrachtete, weil ich begriff: in diesem Augenblick war ihre Welt eine andere, und ich allein wußte, daß sie dort standen.

Mein Nachbar schwieg. Es war zwischen uns etwas wie ein Einverständnis, uns nicht außerhalb des geschlossenen Zimmers bemerkbar zu machen, weil in diesem Fall einer von uns beiden hätte verschwinden müssen. Das wußten wir ganz genau. Wie ich auch wußte, daß er mir an Schultern, Händen, Ausdruck ähnelte, so etwas war wie ein Arbeiter; die Jacke jedenfalls trug er zusammengerollt im Hosengürtel, und er stützte einen nackten Ellenbogen auf den Tisch und die Kinnlade auf die Faust; so saß er buckelig da und betrachtete mich.

Ich lächelte nachdenklich, ohne den Blick von den Knöcheln seiner Faust zu lösen; sie standen weit vor, denn sie waren mager und stark. Ich mußte auch darum auf sie hinsehen, weil an sie irgendwie dieses Gefühl von Vertrauen und früherer Intimität gebunden war. Hier also begann ich mich nach dem Grund meiner Empfindung zu fragen und zu versuchen, wie ich die Mauer so vieler geheimnisvoller gemeinsamer Erinnerungen überwinden könnte. Ich kenne mich genau und bin gewiß, ich wäre unruhig oder wenigstens verlegen gewesen, hätte ich nicht schon seit einiger Zeit einen spürbaren Beweis dafür gehabt, daß jene Augen mir wohlgesinnt waren. Daß der junge Mann – siehe da, ich wußte auch seinen Namen, Masino – selber verlegen sein könnte, war eine Vorstellung, die sich mit meinem Temperament nicht vertrug. Nie, in keiner Lebenslage denke ich, jemand, der vor mir steht, könne etwas von mir befürchten, aber die Erfahrung lehrt mich, daß die Menschen das sehr oft tun. Immerhin begann ich zu begreifen oder vielleicht mir vorzustellen, woraus mein Vertrauen bestand. Wir mußten uns kurz vorher schon gesprochen haben. In der Tat – wie ich seinen Namen kannte, so kannte ich auch die Klangfarbe seiner Stimme; ich wußte sogar, daß er die italienischen Worte sozusagen umkreiste, er sprach sie mit Mühe und langsam aus; ich wußte, daß er sich auf italienisch ausdrückte wie jemand, dem der Dialekt vertrauter ist, der sich aber dem Gesprächspartner angleichen will.

»Sehen wir die andere Hand!« sagte ich plötzlich.

Ohne jede Verwirrung streckte mir Masino den freien Arm entgegen, wobei er den Ellenbogen und den Rücken der geschlossenen Faust auf den Tisch stützte und keine Miene verzog, als schlage er mir ein Spiel oder ein Rätsel vor. Ich schob gierig die Hände nach vorn, ergriff seine Finger und suchte ihm die Faust mit Gewalt zu öffnen. Ich erinnere mich, daß ich mich sogar vom Stuhl erhob. Masino, das Gesicht noch immer auf die andere Faust gestützt, gab nicht nach. Da tat ich, als sei die Sache gar nicht wichtig, und betrachtete ihn ungeniert. Masino lächelte gegen die Knöchel seiner Hand.

»Muß man wirklich den Spaß so weit treiben?« sagte ich.

Masino öffnete die Faust. Die Handfläche war mager und dunkel, die fleischigen Teile der unteren Fingerglieder voll Schwielen. Ich sah die Hand kaum an, fragte mich aber, warum ich versucht hatte, sie mit Gewalt zu öffnen, und ob ich mich deswegen auf lange Zeit hin schämen würde.

»Du bist sicher froh, nicht mehr dran zu denken«, sagte Masino zögernd.

»Doch, es ist möglich, daß ich noch dran denke, und viel«, antwortete ich. »Warum sollte ich nicht dran denken? Demütigungen bleiben mir mehr im Gedächtnis als Freuden. Ich bin wie ein Junge.«

»Wenn du auf mich hören willst: denke nicht mehr dran«, sagte Masino. »Es ist so wenig Zeit. Und du mußt so rasch wie möglich alle Freuden suchen, die dir erreichbar sind. Denn in dem Augenblick, wo du wach wirst, ist es aus.«

Ich starrte auf den Tisch und murmelte etwas vor mich hin, wie ich es oft tue, wenn ich allein bin. Und wie das so geht – ich war auf ungewöhnliche Weise bewegt und hob den Blick nicht mehr und fühlte mich leer und verzweifelt, so sehr, daß mir die Tränen herabliefen, als wären sie Blut, und ich sagte: »Dies ist mein Blut, das von mir geht. Mach diese Dinge allein, du Spaßvogel.« Aber ich wußte, je mehr ich mich einschüchtern ließ, um so rascher würde ich wieder obenauf sein, und im passenden Moment sagte ich:

»Genug. Es war nichts. Ich habe damit nichts zu tun.«

»Dann bist du überzeugt?« fragte Masino, der sich nicht gerührt hatte.

»Nein«, antwortete ich trocken. »Du gehst nicht eben zart mit mir um; ich mit dir auch nicht.«

Ich sprach in dem schrecklichen Gefühl, zu übertreiben, aber ich konnte nicht an mich halten. Ich sprach, wie man einen Stein in einen Brunnen wirft, wobei man sein Plumpsen in die Tiefe verfolgt mit der Kälte des Wassers in den Knochen, ohne doch zu wagen, sich darüberzulehnen. Masino konnte ja auch den Ausdruck wechseln und mein Feind werden. Aus dem Augenwinkel überwachte ich das Fenster und wartete, daß irgendwer es mit dem Oberkörper ausfülle. Aber ich wußte, draußen war niemand.

Als ich Masino wieder ansah, hatte ich ein Lächeln aufgesetzt wie er vorhin, die Hand vor dem Mund.

»Habe ich recht?« sagte ich.

Masino winkte mir mit den Augen, ich solle fortfahren.

»Ich war immer ein unglücklicher Mensch«, sagte ich. »Aber mehr noch ein Junge als ein Unglücklicher. In manchen Nächten tut es mir leid, schlafen zu gehen, denn das scheint mir verlorene Zeit. Ich möchte immerzu wach sein, bereit, zu atmen und zu schauen. Für mich ist es ein Vergnügen, wie verrückt aus dem Haus zu rennen und mir das Wetter anzusehen, die Menschen, die vorübergehen, den Geruch zu spüren. Dann ist es schön, darüber nachzudenken. Es gibt natürlich Demütigungen – na, meinetwegen.«

»Wirklich wach sein, ist etwas anderes«, sagte Masino mit harter Stimme.

»Laß mich reden. Es kommt mir zu, das zu sagen, denn ich denke Tag und Nacht daran. Es wird wohl nur eine Demütigung sein. Die ärgste von allen. Aber man wird sie erzählen können.«

Es folgte ein Moment, den ich noch heute nicht mit dem übrigen verbinden kann. Mir scheint, daß ich ein Gesicht zog, ich wurde von neuem schwach, hob aber hin und wieder den Kopf und warf verstohlen einen Blick auf Masino. Masino hörte mir so ernsthaft zu, als sei das Fenster gar nicht vorhanden. Ich hingegen sah flüchtig dorthin, und das gab mir ein heimliches Gefühl von Überlegenheit. Ich achtete darauf, mich nicht ertappen zu lassen, hielt seine Augen in Schach, damit er nicht wie ich hinaussähe, und inzwischen dachte und dachte ich. Masino hatte die Hand vom Kinn genommen, er lag jetzt krumm, die Arme gekreuzt, über dem Tisch.

»Man kann sie erzählen«, fuhr ich fort. »Ich habe schon andere Demütigungen erzählt. Wenn du willst, erzähle ich sie dir jetzt sofort. Ich tue Tag und Nacht nichts anderes.«

Wir blickten uns lächelnd an, wir saßen über den Tisch gebeugt wie zwei Spieler. In mir war keine Gereiztheit mehr. Ich war verwirrt. Beide wollten wir sprechen.

»Ich habe es einmal versucht«, sagte Masino. »Aber ich bin dazu nicht imstande. Man muß das Warum des Schuhes wissen.«

»Versuche es jetzt«, bat ich.

Da zog Masino die Schultern zusammen und zog ein Gesicht.

»Ich weiß nur eines«, sagte er. »Ich kann es nicht. Hier sind arme Leute, sie würden alle herkommen und uns nicht reden lassen. Auch Mädchen sind hier.« Masino lachte leise und öffnete und schloß auf dem Tisch nervös die Faust. »Man muß darüber nachdenken und das Warum begreifen. Man tut eine Sache – aber sie erzählen, das ist etwas anderes.«

»Das stimmt«, sagte ich. »Niemand hat mir je das erzählt, was ich tue. Das ist unmöglich.«

Uns kam beiden dieselbe Idee. Ich las sie in seinen Augen. Er betrachtete mich mit gesenktem Kopf.

»Man muß zu zweien sein«, sagte ich. »Wie beim Lieben.«

Aber eben während ich sprach, spürte ich, daß ich im Leeren war. Nicht das erwartete Masino von mir. Er dachte an ganz etwas anderes.

»Es ist noch schöner«, fuhr ich fort. »Als käme man ein zweites Mal zur Welt.«

Masino sah nach dem Fenster; wieder verspürte ich die alte Erschütterung.

»Bist du nie wirklich wach geworden?« fragte er mich leise.

Ich hatte in den Augen das Licht der Mohnblumen und betrachtete sie intensiv in mir, als sei das die einzige Art, sie ganz in mich hineinzunehmen und vor ihm zu verstecken. Fast hätte ich geschrien, so bange war mir. Mein Leben war an diese Mohnblumen gebunden.

»Was hat das zu sagen?« rief ich rasch. »Ich habe keine Angst, wach zu werden. Ich denke sowieso Tag und Nacht darüber nach.«

Masino sagte, noch immer zum Fenster gewandt: »Es hat keinen Zweck, darüber nachzudenken. Wach werden ist schlimmer als Angst haben. Von dem Augenblick an kannst du nichts mehr tun.«

»Ich weiß es«, sagte ich leise. Gerade da hatte Masino von den Mohnblumen weggeblickt und starrte nun wieder auf den Tisch. Mir war das Herz schwer, weil ich begriff: nichts würde geschehen; was geschehen konnte, war schon gewesen; alles war in diesem Zimmer und in dem Fenster enthalten. Ich hörte in dem Halbdunkel so etwas wie das Summen der Stille, und irgend etwas hinten im Gehirn flüsterte mir zu: ›Es ist belanglos, es ist belanglos.‹

Ich betrachtete Masino voll Mitleid, fast mit Qual, wollte es mir aber nicht anmerken lassen. Alles an ihm stimmte mich jetzt mitleidig. Ich hatte das unwiderstehliche Gefühl eines Menschen, der sich selbst bemitleidet: er kann nicht damit fertigwerden, am liebsten würde er sich gehenlassen und weinen, wenn ihn nicht ein dumpfer Groll gegen sich selbst daran hinderte. Ich betrachtete auf dem Tisch seine harten, traurigen Hände.

»Du willst nichts wissen, Masino«, sagte ich plötzlich.

»Nein, nichts«, antwortete seine Stimme, während sie sich entfernte – als sei sie hinter der Mauer.

Ich blieb, wie lange weiß ich nicht, an dem Ort sitzen, die Schläfe an das Holz des Fensterflügels gelehnt, von wo ich, ohne mich zu rühren, vorhin die Mohnblumen gesehen hatte. Ich wußte, es wurde Abend, aber ich fühlte mich wohl und rührte mich nicht.

Als mich der Lärm der Trambahnen erreichte, fuhr ich zusammen, und doch hatte ich das unbestimmte Gefühl, als hörte ich sie schon seit einiger Zeit. Das Halbdunkel, das auch das Fenster erfüllte, konnte die Wiese noch nicht verborgen haben, aber in diesem Augenblick dachte ich nicht daran und sah nicht hin. Dagegen sah ich hinten im Zimmer eine kleine, nur halb geschlossene Tür, die ins Freie ging; und da ich nicht wußte, wie lange ich schon dort war, packte mich die Unruhe, die Wirtsleute könnten plötzlich auftauchen und sich über mein heimliches Verweilen beklagen. Es war nicht nur Unruhe, es war Schrecken. Ich ging durch die Tür ins Freie und rannte mit klopfendem Herzen ein Stück durch die Wiese. Dann kam ich, wie auf der Flucht, hinter einer Fabrik heraus.

Der Hauptmann

I

An manchen stillen Abenden stieg ich die halbdunkle Treppe hinauf, nachdem ich das Mädchen an der Ecke verlassen hatte; und in halber Höhe sah ich aus einem kleinen Fenster in den freien Himmel. Ich blieb nicht stehen; aber ich hatte ein zärtliches Gefühl dem großen Himmel gegenüber, der bis hier herein reichte. Dann läutete ich an der Tür. Jetzt weiß ich, daß mein Gastgeber in den raschen Blick, den er mir zuwarf, die gleiche heimliche Intensität legte, die ich einen Moment vorher dem Himmel gewidmet hatte. Aber damals war ich törichter: ich stellte mir vor, ich bereitete ihm ein Vergnügen, wenn ich mich albern zeigte. Wir unterhielten uns; nach und nach wurde ich still. So breitete sich im Zimmer wieder das anfängliche, starre Schweigen aus. Die dunklen Wände um das Licht in unserem Winkel wurden ungeheuer hoch; ich wußte, meinem Gastgeber war diese Art des Zusammenseins recht – er würde mir, wenn ich nach einer Stunde fortginge, sagen, ich solle wiederkommen.

Er war ein großer Mann, noch nicht alt, mit vorsichtigen, doch kräftigen Bewegungen, wie ein Bauer sie hat; so wagte ich ihm nicht mit klaren Worten zu sagen, was mich an diesen Abenden bezauberte: es wäre genauso sinnlos gewesen, als hätte ich ihn gefragt, ob er für eine bestimmte Farbe oder ein Parfüm eine Vorliebe habe. Aber er sollte merken, daß ich zu allen Dummheiten aufgelegt sei, so daß er lächeln müßte.

»Wie kleiden sich die Frauen jetzt?« fragte er einmal. Ich hob erstaunt den Kopf. »Ich meine: wie wirken sie auf euch junge Leute?« Ich zögerte, und er fügte hinzu: »Nun ja, für euch sind sie immer gleich angezogen.«

So unerwartete Dinge sagte er. Ich besuchte ihn ziemlich häufig, einfach weil die Ecke, an der ich mich von dem Mädchen trennte, gerade unter seinem Hause war, und das Tor des riesigen Gebäudes wurde zu keiner Stunde der Nacht geschlossen. Ich glaube, es gab gar keinen Pförtner. Meinen ersten Besuch bei ihm hatten gewisse politisch interessierte Freunde von mir veranlaßt; er jedoch ging auf meine Anspielungen nicht ein, er war still, oder er raffte sich plötzlich auf, stellte mir ungewohnte Fragen und beantwortete sie sich selbst, hörte aber dann, ohne mit der Wimper zu zucken, an, was ich ihm zu sagen wußte. In diesem einzigen großen Zimmer roch es nach eingeschlossener Luft, und es herrschte dank des vielen leeren Raumes eine gewisse unordentliche Ordnung. Nur in dem beleuchteten Winkel – er wurde von zwei alten Sesseln und einem Regal voll Zeitungen gebildet, auf dem die Lampe stand – fühlte man sich in einem bewohnten Zimmer. Ich hatte ein abenteuerliches Gefühl, wenn ich mich mit ihm dort allein befand, und eine gewisse Sehnsucht nach der freien Luft und dem nächsten Tag, wie sie mit nächtlicher Einsamkeit untrennbar verbunden ist. Diese abendliche Pause war nach der Gesellschaft, die ich verließ, etwas wie eine Bestätigung der Männlichkeit. Und das Lächeln und die albernen Gedanken hatte ich für meinen Gastgeber, weil ich im Kontrast seine Gegenwart um so mehr genießen und ihm zu verstehen geben wollte, warum ich ihm so bescheiden zuhörte.

Eines Abends sagte er zu mir: »Warum kommst du zu mir, statt deinem Vergnügen nachzugehen?«

Ich setzte ein unbestimmtes Lächeln auf.

»In deinem Alter war ich munterer«, fuhr er fort.

»Alles hat seine Zeit«, erwiderte ich.

»Und warum willst du dich mit Politik beschäftigen? Das ist nicht dein Beruf.«

Das verletzte mich. Ich wartete ein wenig, das gehörte zu unserer Art von Unterhaltung, und sagte dann etwas mühsam, ich wolle von diesen Dingen hören, damit ich mir eine Vorstellung bilden könne. Aber er nahm das Gespräch nicht noch einmal auf, und als ich mich in dieser Nacht verabschiedete, wurde ich nicht aufgefordert, wiederzukommen. Vielleicht reagierte ich nur, weil ich erregt war, so empfindlich auf eine Unterlassung, die auch sonst vorgekommen war; jedenfalls dachte ich über sein Verhalten, das mir nicht gerecht wurde, noch viel nach. Dann, wie das so geht, überzeugte ich mich schließlich davon, daß ich selbst im Unrecht war, und ärgerte mich nur darüber, daß der verdammte Kerl so gut hinter mein Geheimnis gekommen war.

Die Folge war, daß ich am nächsten Tag Streit mit meinem Mädchen bekam; sie wollte wissen, warum ich so nachdenklich wäre, und ihr konnte ich dieses Urteil über mich bestimmt nicht erzählen. So verbrachte ich Augenblicke der Niedergeschlagenheit, ich fühlte mich zu allem untauglich. Doch nach einigen Abenden ging ich von neuem die bewußte Treppe hinauf; Gewohnheit und Jahreszeit trugen dazu bei, daß ich diese nächtliche Unterbrechung wieder suchte. Der Hauptmann – so nannten wir ihn – öffnete mir mit der gewohnten Gleichgültigkeit die Tür und empfing mich, als sei nie etwas vorgefallen.

»Wir können eben nicht allein sein«, sagte ich heiter. Ich verbarg meine Zufriedenheit und murmelte, ich käme zu ihm nicht nur so, sondern weil ich etwas lernte. Er fragte mich nicht, was, sagte jedoch, man müsse lernen, allein zu sein. Ich versicherte, ich lebte allein, und er lächelte wieder und beugte sich im Licht nach vorn. »Dafür bist du zu jung«, sagte er. »Ihr seid alle zu jung. Ihr redet gern. Wenn man in Gesellschaft ist, sagt man Dummheiten.«

Ich dachte bei mir: um zu handeln, braucht man doch Gesellschaft – und sagte es ihm. Er ging nicht darauf ein und fuhr fort: »Was glaubt ihr damit zu tun, daß ihr redet?«

»Ich rede nur bei Frauen.«

Gewöhnlich mündete das Gespräch in ein Schweigen, und ich drang vergeblich in ihn, mir zu sagen, was er mir vorzuwerfen habe. Er schwieg, sah auf den Tisch und hob nicht die Augen; innerlich war ich froh, daß ich mit meinem Mädchen verzankt war, und wollte gerade wieder mein törichtes Lächeln aufsetzen, als er von neuem anfing:

»Das Gefängnis hat ein Schönes: es lehrt einen, daß man nicht redet.«

»Ich dachte im Gegenteil, man käme heraus mit einem großen Verlangen nach Gesellschaft.«

»Sicher. Die erste Zeit«, brummte er. »Aber dann merkst du, daß du gelernt hast, ohne sie auszukommen. Die ganze Welt wird so etwas wie ein Gefängnis. Und ihr, ihr hättet das nötig.«

Damals sprach Freund N., einer von denen, die mich zu ihm geschickt hatten, nicht eben achtungsvoll von ihm. Wir diskutierten gerade einen Plan, den er hatte, und ich erinnere mich, daß ich ihn an einem bestimmten Punkt des Gesprächs fragte, was der Hauptmann über die Sache denke. Der Freund sah mich, fast scheel, von der Seite an und seufzte. Ich fragte verärgert, was er gegen ihn habe. Da setzte mir mein Freund auseinander, der Hauptmann habe in seiner langen Haft den Kontakt mit der Wirklichkeit verloren, und nun sei er passé, nicht mehr imstande, uns zu folgen.

»Aber er könnte uns sagen, wie man alles macht«, sagte ich.

Wieder sah mich der Freund von der Seite an.

Als ich mit dem Hauptmann von ihm sprach, verzog dieser keine Miene und sagte, er sei ein junger Mann, auf den man sich verlassen könne.

»Taugt er etwas?« fragte ich beharrlich. Der Hauptmann wurde ärgerlich; da ich nun schwieg, antwortete er: »Du urteilst zu rasch. Gib gefälligst keine Charakterbilder deiner Genossen. Arbeite.« Ich konnte ihm nicht berichten, was jener von ihm gesagt hatte, und das Gespräch war zu Ende. Nun – die Welt bestand nicht nur aus diesem Dachzimmer. Das, was ich mit den Freunden tat, hatte schon auch eine Bedeutung.

Doch als ich das nächste Mal – ich konnte es nicht lassen, zu jenem Fenster hinaufzublicken – eintrat, war ich unangenehm berührt: in unserem Winkel saß ausgerechnet Freund N. Er blickte von einer Zeitschrift auf und winkte mir zerstreut zu. Ich hatte die beiden von außen nicht reden hören, mein Freund sprach natürlich leise, und der Hauptmann hörte, wie immer, zu. Ich blieb stehen und fragte, ob ich etwa störe. »Sei nicht blöde und setz dich«, sagte N.

Ich blieb aber doch stehen, stützte mich auf die Rückenlehne des

Sessels und betrachtete den Hauptmann, der sich wieder uns gegenüber hingesetzt hatte. Mir schien, sie erwarteten, daß ich etwas sagte, aber da mich der Zufall nun einmal zum Eindringling gemacht hatte, war ich wild entschlossen, im Halbdunkel zu bleiben und mich an dem Gespräch der beiden zu freuen. Mein Freund drehte mir das Gesicht zu, sah zu mir herüber und brummte: »Habt ihr euch gezankt?« Damit meinte er zu erreichen, daß ich mich rechtfertigte, obwohl er ja wußte, daß ich das Mädchen jeden Abend um diese Zeit verließ. »Sprecht weiter«, antwortete ich. »Ich bin sozusagen nicht da.«

Sie sahen mich flüchtig an – der Hauptmann ohne eine Miene zu verziehen – und schienen sich zu amüsieren, und N. drehte mir wieder den Rücken zu und setzte das, was er sagen wollte, klipp und klar auseinander, als sei ich wirklich nicht da. »Habe ich es Euch nicht gesagt, Hauptmann? Das ist echt Pippo. Pippo steht am liebsten da und sieht sich alles an. Sieht sich die gefährlichsten Dinge an. Es gibt kein Schauspiel, das ihn schreckt. Aber er selbst ist ›nicht da‹. Das ist für ihn die heimliche politische Tätigkeit.«

»Auch sein Tag wird kommen«, sagte der Hauptmann friedlich.

Der Freund wußte nicht, daß wir gerade davon schon gesprochen hatten, und wunderte sich über diese Gleichgültigkeit. Aber da er mich kannte, wußte er auch, daß dies nicht der Augenblick war, einen Streit mit mir anzufangen. Er sprach mit ruhiger Stimme weiter von seinen Plänen. Ich hatte angefangen, durch das Zimmer zu gehen, wobei ich immer einmal stehenblieb, um zu sehen, wie das, was mein Freund auseinandersetzte, auf den Gastgeber wirkte. Er schien mir aufmerksamer als sonst.

Es waren die gleichen Dinge, die N. am Tag zuvor ihm hatte verschweigen wollen. Insgeheim machte es mir Spaß, daß er so meiner Idee folgte; aber ich ging schweigend auf und ab, ich argwöhnte irgendeinen Kniff. Der Hauptmann runzelte die Stirn.

»Seid ihr alle damit einverstanden?« fragte er barsch.

Wir antworteten ihm nicht sofort, weil jeder wartete, daß der andere spräche; dann bemerkte ich, daß N. ihm schon mit einem Kopfnicken geantwortet hatte.

»Nein«, sagte ich da verärgert. »Ich zum Beispiel bin nicht damit einverstanden.«

»Das wissen wir«, sagte N. kalt. »Du gefällst uns gerade darum.«

Da zuckte ich die Achseln und sagte: »Idiot.«

Nun sprach der Hauptmann und setzte seine Idee auseinander. Er fragte nicht, ob unser Projekt uns ausführbar scheine oder nicht – diese Dinge sind nie ausführbar –, sondern ob die verschiedenen Genossen entschlossen seien, die Haut zu riskieren. Er, der uns kannte, zweifelte daran.

Da begann N. ihm auseinanderzusetzen, daß er eine Gefahr überhaupt nicht sähe, wenn die Dinge getan würden, wie es sich gehört – und ich lachte mir eins, denn ich kannte die Überzeugung des Hauptmanns besser als mein Freund: die Jugend in die Gefahr hineinwerfen, gerade damit sie sich die Finger verbrennt. Als N. seinen Standpunkt schön deutlich dargestellt hatte, zuckte der Hauptmann die Achseln und zog den Schluß: »Dann ist es zwecklos. Ich rate euch, euch nicht erst zu bemühen.«

»Siehst du wohl?« sagte N. zu mir, als wir die Treppen hinuntergingen, »der Hauptmann folgt uns nicht. Bist du nun überzeugt?«

»Recht hat er doch«, brummte ich und setzte ihm, ungern genug, auseinander, man müsse schon sehr harmlos sein, wenn man nicht begriffen habe, daß der Hauptmann uns für Schwätzer halte. »Darum müssen wir ihm zeigen, daß wir keine sind«, gab N. zurück.

Gewöhnlich bin ich schweigsam. Aber an diesem Abend war ich ganz mit meinem Mädchen beschäftigt, deshalb konnte ich ihnen gegenüber gar nicht gesprächig und angriffslustig sein. Sie und ich, wir hatten in dem Winkel eines Cafés gesessen und uns bestimmte Versprechungen gegeben; dann waren wir einträchtig unter den Frühlingsbäumen umherspaziert. Als ich zum Hauptmann hinaufstieg, war mir leicht ums Herz. Jetzt bummelten wir, mein Freund und ich, durch die Alleen, aber ich konnte mich nicht entschließen, nach Hause zu gehen. Das Gespräch und die gespannte Atmosphäre von vorhin waren fast vergessen.

Wir kannten uns schon sehr lange; es geschah oft, daß wir schweigend nebeneinanderher gingen, ohne daß eine Verlegenheit entstand; jeder dachte an die eigenen Angelegenheiten. In dieser Nacht dachte ich an gar nichts; ich genoß die Erinnerung und schmeckte im voraus das Feuer vieler anderer, künftiger Gespräche, denn mir schien, ich sei imstande, überhaupt alles zu tun und zu unternehmen, in einer immerwährenden Märznacht. Ich war jung.

»Der Ärmste«, sagte N. »Er tut einem leid.«

»Und wir uns nicht?« erwiderte ich.

»Er tut mir leid«, wiederholte N., »weil er ein erledigter Mann ist.«

»Er hat mehr gearbeitet als wir.«

»Jedenfalls ist er erledigt.«

»Immerhin bezeichnet er sich nicht selbst so«, widersprach ich ihm.

»Ich frage mich, ob wir eines Tages genauso sein werden wie er«, sagte er seufzend. »Wenn das alles hier so weitergeht, habe ich Angst.«

Tagsüber schien die Sonne, und ich kann gar nicht sagen, wie mir das gefiel. Damals arbeitete ich; es war das erste Jahr, daß ich arbeitete, und wenn ich am Morgen in die große Fabrik mit den vielen Glasfenstern hinaufging, wo ich an einem solchen Fenster zeichnete, klärten sich meine Ideen. Manchmal ging ich in einen weiten Raum hinunter, in dem Arbeiter eine Reihe Maschinen beaufsichtigten, und wenn ich an dem einen Dreher vorüberkam, zwinkerte ich ihm zu: ein aufgeweckter Bursche, wenige Worte von ihm hatten mir das gezeigt. Wir hatten uns noch nicht verständigt und zusammengetan, aber ich wußte genau, daß ich, wenn ich es wollte, nur mit ihm zu sprechen brauchte. Ich zögerte diesen Augenblick hinaus, weil ich im Grunde begriff, daß unsere Tätigkeit an sich nicht zählte, während, wenigstens für mich, das schweigende Einverständnis sehr viel wertvoller war. Es gab mir das Gefühl, daß, unabhängig von mir und den Genossen, die Wirklichkeit selbst sich auf uns zu bewegte.

II

Mein Mädchen hielt die Versprechungen, und infolgedessen kam ich sehr viel später nach Hause, sehr müde und glücklich. Ich hatte keine Gelegenheit mehr, zum Hauptmann hinaufzusteigen, aber ich dachte oft an ihn und sah ihn dort oben vor mir, allein und widerborstig, vor den Fenstern, die er nun in der schönen Jahreszeit sicher weit offen ließ. N. sagte, daß manche ihn noch immer aufsuchten, denn er hatte zu seiner Zeit viele Kameraden gehabt, und die wenigen, die noch da waren, versuchten ihm sogar zu helfen.

N. war damals oft auf Reisen; er knüpfte eifrig Verbindungen mit der Provinz an, und da er wußte, daß ich das nicht besonders schätzte, sprach er zu mir sehr wenig davon. Ein Glück, daß meine

Arbeit mich an die Stadt fesselte; sonst hätte auch ich mich zu mancher Reise verpflichtet gefühlt. Eine so große Vorsicht bei N., der ja kein Junge mehr war, flößte mir einige Angst ein, auch weil N. zwischen der einen und der nächsten Fahrt wieder normal wurde und mich anrief und Zusammenkünfte vereinbarte, weil er in seinen politischen Salons von mir sprach und auf meine Einwände erwiderte, die Polizei habe viel zu viel damit zu tun, hinter dem Gespenst in der Provinz herzulaufen, als daß sie daran dächte, es in der Stadt zu packen. Für den Augenblick hatte er in meinem Zimmer bestimmte kleine Manifeste deponiert, von denen ich wußte.

Dafür warf er mir oft vor, daß ich, sobald ich das Mädchen verlassen hatte, zum Hauptmann hinaufging: er an meiner Stelle würde sich dort nicht hintrauen. Mir riß die Geduld, und ich sagte ihm, er solle lieber auf die Jungen achtgeben, die sich in seinen Salons mit gewissen jungen Mädchen trafen: Frauen und Politik passen nicht zusammen.

Eines war schön: ich konnte ihm als, glaube ich, einzigem der Freunde geradeheraus die Wahrheit sagen. In solchen Fällen machte er ein ernsthaftes Gesicht und setzte mir seinen Standpunkt auseinander. Und diesmal setzte er mir auseinander, seine jungen Mädchen seien nicht irgendwelche Frauen, sondern solche mit Gewissen, die sich, genau wie ich und er, verpflichtet fühlten, zu handeln. »In der Zeit, als deine Arbeiter noch zu kämpfen verstanden, haben so viele Frauen, so viele Fabrikmädchen, wie du gar nicht ahnst, für die Organisation gearbeitet.«

Der Freund kannte mich recht gut, und während er mir solche Antworten gab, mußte er selbst leise lächeln.

»Frauen mit Gewissen«, brummte ich. »Daß ich nicht lache!« Aber das Gespräch war eröffnet, und N. bestand darauf, ich müsse soviel Mut aufbringen, wie es meine Umwelt erforderte.

»Aber ich habe ja gar keine Umwelt«, antwortete ich hartnäckig, und der Freund lachte und fragte mich, wo ich die Abende zubrächte.

»Auf den Straßen«, antwortete ich.

»Das nimmt einmal ein Ende«, sagte N. »Einmal tust auch du deine Pflicht.«

Manchmal ärgerte ich mich und versuchte den Tag irgendwie anders zu verbringen. Ich nahm mein Mädchen mit ins Boot oder, wenn mich jemand anrief, kam ich nur unter der Bedingung, daß wir auf den Hügel gingen, um dort eine Flasche Wein zu trinken, damit ich nicht aus Verzweiflung im Hause von N. landete, der immer bereit war, uns anzuhören.

In der Fabrik zwinkerte mir der Dreher listig zu – er war schlagfertig, entschied sich aber trotzdem nicht, offen zu reden. Er begnügte sich damit, vor meinen Augen bestimmte mächtig große Aufschriften, die die Wand zierten, mit schiefem Gesicht zu betrachten. Das war so ein stummes Spiel zwischen uns. Er hieß Severino. Doch als ich eines Tages über N.'s Spöttereien ungeduldig wurde, prahlte ich, ich arbeitete ›unter Wasser‹, und versprach ihm, mit Severino zu reden. In Wirklichkeit hatte ich das nur so hingesagt; N. jedoch lachte nicht, sondern nahm die Sache teuflischerweise ernst, setzte eine wichtige Miene auf und tat, als glaube er mir. Er verbreitete auch unter den Freunden das Gerücht, mir komme eine solche Arbeit zu, ich sei ernst zu nehmen, und so brachte er mich in den Ruf eines Mannes, der geschickt zu handeln weiß.

Wie dem auch sei – ich konnte mich nicht dazu entschließen, bei dem Dreher zu sondieren. Ich zog es vor, alles, was er tat, rasch zu erfassen: seine Äußerungen, seine Grimassen, die er hinter der verstohlen geranchten Zigarette versteckte, die schöne Unverschämtheit, die er sogar in den Schritt zu legen verstand, wenn er vor einen Vorgesetzten treten mußte. Ich fragte mich, wie er seine Abende verbrächte. Wahrscheinlich wie ich mit einem Mädchen. Mit den Kameraden verständigte er sich durch Blicke. Er gefiel mir.

Eines Tages erklärte ich mich bereit, N. auf einer Radtour zu begleiten: er wollte eine bestimmte Person aufsuchen, und diese wieder sollte ihm einen bestimmten Dienst erweisen, ihm einen Zweifel nehmen über jemanden, dessen er sich unvorsichtigerweise bedient hatte. »Ich glaube nicht, daß der Mann ein Spitzel ist«, sagte er naiv zu mir, »sonst wären wir alle längst eingesperrt.«

Während wir die Pedale traten, rechtfertigte er sich: man müsse doch handeln und also manchmal auch blind vertrauen. Ja, er sagte im Spaß, es sei genauso gut, immer zu vertrauen, es zu halten wie die Kreuzfahrer: Gott, das heißt dem Gefängnis die Sorge dafür überlassen, die Frommen von den Gottlosen zu scheiden.

Ich sagte ihm, auf die Art stimme er mit dem Hauptmann überein. Darüber mußte er lächeln.

Ich setzte es ihm auseinander. »Ja doch! Er sagt, alles müsse bis an die äußerste Grenze vorangetrieben werden. Je mehr Menschen im Gefängnis landeten, desto revolutionärer würde die Lage.«

N. lächelte weiter, mit einer gewissen Duldsamkeit. Dann lenkte ihn eine Biegung der Allee ab; aber während wir weiterradelten, merkte ich, daß er sich um die Sache mit dem Spitzel ziemliche Sorge machte.

Die doch immer ungreifbare, abenteuerliche Vorstellung vom Gefängnis kam uns auf dieser Radtour, die einer Flucht ähnelte, unangenehm nahe, so daß ich einen bitteren Geschmack davon behielt. N.'s Gegenwart erschien mir wie das spürbare Zeichen der Drohung. Unsere Gummireifen rauschten auf dem feuchten Asphalt; und die Vorstellung, dies könnte unsere letzte Tour sein, nahm meine Aufmerksamkeit ganz in Anspruch.

»Wer ist der Mann, der den Spitzel machen könnte?« fragte ich plötzlich.

N. gab mir keine Antwort, er sprang an der kahlen Böschung gerade vom Rad und sah sich um. Dort standen ein paar niedrige Häuser mit Holzdächern, keine Arbeiterhäuser mehr, sondern ländliche Hütten, die die Stadt geschluckt hatte. Eine Tür stand über einer verschmutzten Schwelle offen, und das Schild bezeichnete die Hütte als Osteria.

»Ist es hier?« fragte ich. Wir lehnten die Räder an einen Baum; N. sah mich neugierig an und sagte: »Das Milieu müßte dir gefallen.«

»Geh hinein«, sagte ich, »und beeile dich. Ich passe auf die Räder auf.«

»Wenn sie kommen, pfeif!« rief N. höhnisch von der Tür her.

Ich zuckte die Achseln und blieb allein. Zwischen den Bäumen erstreckte sich die lange Wiese, dann die unbebaute Sperrzone, und weiter entfernt erhoben sich andere, einzeln stehende Häuser, alle gleich. Es regnete nicht mehr, die Sonne schien; diese Häuser waren für mich wirklich die nächste Zuflucht. Ich zündete mir eine Zigarette an, um in Ruhe meinen Gedanken nachzuhängen, und die vorherige Angst klärte sich – es war weniger Furcht als ein Unbehagen gewesen – zu der Vorstellung, ich könnte meinen Beschäftigungen plötzlich entrissen werden: dem Rendezvous mit meinem Mädchen nach dem Abendessen, dem morgendlichen Erscheinen in der Fabrik, dem Umherbummeln, den Gesprächen, allem, was der Tag an Unvorhergesehenem bringen konnte. Ich merkte jedoch, daß sich das Warten bei den Rädern im Grunde von einem Leben im Kerker nur durch die Dauer unterschied. Man hält inne und denkt nach, sagte ich mir. Man hält ein wenig zu lange inne, aber das ist auch alles. Sehr viel quälender war der Zweifel, ob man im Kerker rauchen durfte. Ich werde den Hauptmann fragen, dachte ich. Falls ich dazu noch Zeit haben sollte.

Natürlich hatte ich Zeit. Als ich am folgenden Nachmittag bei dem Hauptmann am Fenster lehnte, dachte ich lächelnd an unseren Landausflug zurück – etwas anderes war es nicht gewesen – und daß ich ihn streng geheim halten sollte: N. wollte, daß kein Mensch davon erführe. Bei dem Hauptmann hatte ich Besuch vorgefunden, eine Signora Bianca.

»Oh, Carlos Freund«, hatte sie ausgerufen, als sie meinen Namen hörte. Der ihre hingegen sagte mir gar nichts. Sie hockte nur eben auf dem Rand des Sessels und sah so richtig mütterlich besorgt von mir zu dem Hauptmann.

Die Unterhaltung versiegte rasch, denn zu dem Hauptmann ging ich ja hauptsächlich, um zu schweigen, die Signora jedoch sah aus, als erwarte sie wer weiß was für schöne Dinge; sie begann etliche Male ein Gespräch, das keiner von uns aufnahm. Der Hauptmann warf spöttische Bemerkungen oder ein Brummen dazwischen, wie ich es von ihm kannte. Endlich machte die Signora Anstalten, sich zu erheben; sie sah sich verstohlen im Zimmer um und sagte: »Also diese Dinge...« Der Hauptmann kramte in einem Schrank und holte für sie einen Packen von der Größe eines Schreibheftes heraus, den sie in ihrer Handtasche verschwinden ließ.

»Man tut, was man kann«, sagte sie vor sich hin, während sie sich erhob.

Als der Hauptmann, nachdem er sich draußen von ihr verabschiedet hatte, wieder hereinkam, lehnte ich am Fenster und dachte gerade an unseren Ausflug.

»Was gibt es zu lachen?« ertönte seine Stimme.

»Es geschehen lächerliche Dinge«, sagte ich. Aber der Hauptmann war schlechter Laune. Ich fragte, ob ich ihn gestört hätte. Er verneinte es und nahm seinen Hut. »Wollen wir ausgehen?«

Auf der Straße brach er das Schweigen mit einem Seufzer: »Und du – warum kommst du mich besuchen?«

Er blieb mitten auf der Piazza stehen.

»Haben wir die Signora gekränkt?« fragte ich. Er sah mich von der Seite an; ich zuckte nicht mit der Wimper, ein...

. . . .

Die Familie

Einmal, als es Sommer geworden war, gingen wir zusammen rudern. An der Brücke nahm man das Boot, zog die Badehose an und ruderte bis zu den Wäldern. Dort blieben wir den ganzen Nachmittag. Damals – wir waren jung – nahmen wir uns oft Gesellschaft mit; aber wie es so geht – wir fühlten uns nicht so ganz wohl dabei, und es brauchte etliche Jahre, bis wir begriffen, daß man so etwas im Freien nicht tut. Wenn ich jetzt daran zurückdenke, weiß ich, daß Corradino sich dieser Dinge schämte.

Als wir um die Dreißig waren, hatte sich Corradino zwar eine gewisse Erfahrung erworben, glaubte jedoch, er sei noch der gleiche wie damals. Aber als er dann wieder einmal an den Fluß kam, machte es ihm plötzlich keinen Spaß mehr, sich ans Ruder zu setzen; er betrachtete die Boote oben von der Brücke aus, bestieg dann sein Rad und fuhr wieder heim. Am Tag danach hingegen fuhr er auf einer langen, staubigen Straße in die gleichen Wälder; und als er den Sangone erreicht hatte auf sehr viel steileren Pfaden, als es der Weg war, den er früher mit dem Boot gemacht hatte, fand er, umschlossen von Gestrüpp und Büschen, einen klaren, ruhigen Teich. Der Platz gefiel ihm, er zog die Badehose an, badete, streckte sich in der Sonne lang, rauchte, sah zwischen den Weiden in den Himmel und verbrachte eine Stunde, die er nicht mehr vergaß. Sehr bald fuhr er mit dem Rad wieder dorthin, und daraus – es war Juli – wurde eine Gewohnheit. Die Kunst bestand darin, daß man nicht zu lange blieb und sich langweilte; aber Corradino, der sich selbst nun schon eine Weile kannte, ergriff Vorsichtsmaßnahmen: er kam nie anders als gegen Ende des Vormittags oder eine Stunde vor Sonnenuntergang. So konnte er immer rasch wieder zurückfahren.

Doch tat er, nachdem er einmal an diesem Kiesufer angekommen war, stets die gleichen Dinge. Er machte ein wenig Sonnenbad, durchschwamm das Wasser, das einen steinigen Grund hatte, kam triefend heraus, hängte sich an den waagerechten Ast eines Baumes und wärmte und kräftigte sich damit, daß er immer wieder die Knie anzog. Alles das geschah, um mit frischerem Körper und Atem die Zigarette zu genießen, die er dann rauchte.

Im gewöhnlichen Leben – wir alle wußten es – hatte Corradino Furcht vor der Einsamkeit. Er hauste in einem möblierten Zimmer, kam aber häufig zu uns in die Wohnungen, und nichts schreckte ihn mehr, als wenn er einen Abend allein verbringen mußte. Immer hoffte er bis zum letzten Augenblick auf einen Anruf oder auf einen unvorhergesehenen Besuch; doch obwohl so etwas manchmal gerade mitten im Sommer vorkommt, wenn die Stadt halb leer ist, meldete sich damals im Juli niemand bei ihm, und Corradino war sich selbst überlassen. Warum er nicht rascher Ferien machte und sofort an die See fuhr zu Menschen, die ihm nahestanden – das sagte er mir nicht. Er lebte unruhig-gelangweilt in der Arbeit und in den gewohnten Beschäftigungen und verschob die Entschlüsse von Tag zu Tag. Sein einziger fester Punkt am Tag war der Ausflug zu den Weiden. Sehr bald bräunte sich sein Körper, und das gab, so meinte er, diesen Tagen einen Sinn, so wie die Mauser bestimmter Tiere ihren Jahreszeiten einen Sinn gibt. Corradino war als Junge kränklich gewesen und hatte sich damit kuriert, daß er in glühender Sonne Bootsfahrten unternahm und tüchtig schwitzte. Er war überzeugt, ein Körper, der ohne Sonnenbräune in den Winter gehe, sei für Krankheiten anfällig. Aber die Mauser jenes Jahres – das sagte er mir oft – schien ihm mehr zu bedeuten als eine hygienische Maßnahme: sie war eine Rückkehr, ein Sichzurückbiegen zu sich selbst, eine tätige Vorbereitung auf irgendein Geschehnis, von dem er fühlte, es stehe ihm bevor. Solche fixe Ideen hatte er.

Damals rief Corradino wieder von Zeit zu Zeit ein Mädchen an – Ernesta – und bestellte sie für den Abend aufs Zimmer. Das Mädchen eilte zu ihm – sie war immer frei – und ließ ihn müde und zerschlagen zurück. Es war eine Bekanntschaft aus der Zeit, als er zwanzig Jahre alt war; sie hatten sich nur selten gesehen, und immer hatte die Begegnung in Nächten geendet, die keine Fortführung fanden. Aber seit Corradino sich damit abgefunden hatte, allein zu leben, hatte er Ernesta öfter gerufen; sie war immer gefällig und nun schon eine feste Freundin geworden. In der ersten Zeit nahm Corradino sie auch mit spazieren, ins Café, ins Theater; jetzt aber war ausgemacht, daß, wenn er sie anrief, sie unverzüglich zu ihm kam. Natürlich hätte Ernesta, die Tochter einer Kurzwarenhändlerin, ihn gern geheiratet. Sie war ein einfaches Mädchen, nicht imstande, auf angenehme Art die Zeit zu nutzen und sich einen Mann zu suchen, wie Corradino ihr riet: sie verließ sich lieber auf das Bedürfnis, das er in gewissen Abständen nach ihr empfand, und sah ihn gefügig, mit weitgeöffneten, weichen Augen an. Das ärgerte Corradino; er war an dem Tag, der auf ihre Begegnungen folgte, schlechter Laune.

Seit Anfang Juli hatte er sich vorgenommen, sie nicht mehr zu sehen. Die Einsamkeit zwischen den Weiden gab ihm eine Art Stolz, ein Bedürfnis, um sich her Leere zu schaffen, wie er es seit den frühen Jugendjahren nicht mehr empfunden hatte. »Statt älter, werde ich wieder zum Jungen«, sagte er zu mir. Doch die Länge der Stunden jetzt, wo wir fast alle fortgingen, der langsamere Gang der Arbeit, ein durch gelegentliche Arbeitslosigkeit erzwungener Müßiggang, die lastende Schwüle der Jahreszeit – alles das verleitete ihn, jene Lust, so eintönig sie war, noch einmal zu suchen.

Ernesta kam wie immer und zeigte sich erkenntlich dafür, daß er sich an sie erinnert hatte. Es war unvermeidlich, daß sie seine dunkle Haut sah, und Corradino gab ihr dafür eine begeisterte Erklärung. Als sie zusammen ausgingen, ein Eis zu essen – Ernesta war naschhaft wie ein kleines Mädchen, und auch das ärgerte Corradino –, kamen sie im Gespräch auf die Sonnenbräune zurück, und Ernesta sagte mit der Eindringlichkeit, die sie an so etwas zu wenden pflegte: »Mich nimmt nie einer mit zum Schwimmen, damit ich mich sonnen kann.«

»Warum gehst du nicht allein hin?«

Ernesta lächelte. »Das wäre bedenklich.«

Corradino sah sie von der Seite an und tat, als lächelte er darüber. »Daran ist gar nichts bedenklich«, sagte er. »Vergnüge dich, solange du jung bist.«

»Ich bin nicht mehr jung«, antwortete Ernesta.

Im stillen gelobte sich Corradino, dies solle das letztemal sein, und strich ihr mit den Fingerspitzen über die Haare. Er lächelte, ohne sie anzublicken. Wie ein Hund, den man streichelt, rieb Ernesta die Wange an seiner Hand. An jenem Abend sagte Corradino nichts weiter, nicht einmal, als sie auf die Trambahn warteten. Er schwieg beharrlich, damit Ernesta endlich begreifen sollte. »Du bist müde«, sagte sie, als sie sich von ihm verabschiedete. »Ciao«, sagte Corradino im Fortgehen.

Alle Tage haben ein Morgen, und Corradino kehrte zu seinen Weiden zurück. Er setzte sich nackt in die Sonne, rauchte schlechtgelaunt seine Zigarette und sah sich überall um – immer die gleichen schlammbedeckten Steine am Ufer, die gleiche Stille, die gleichen unbewegten Blätter. Nun dachte er darüber nach, wie sich von dem einen Tag zum nächsten nichts in dieser Waldblöße änderte, wie dem gleichen Ausschnitt von Bäumen gegen den Himmel die gleichen Empfindungen und Gedanken entsprachen. Wahrscheinlich hatte er die gleichen Dinge gesehen und Phantasien darüber nachgehangen schon viele Jahre früher, als er bis zu den Wäldern hinaufruderte. Die Wassertropfen, die Weiden, ein vorüberfliegender Vogel, die unveränderlich auf die Haut brennende Sonne. ›Etwas Neues gibt es doch‹, dachte er, ›ich brauche keine Gesellschaft mehr und bräune mich allein.‹ Im Sommer in der freien Luft ist schlechte Laune nichts als eine Art Mattigkeit, und das viele Licht straft diese Laune Lügen. Trotzdem fand Corradino Zeit, zu bemerken – so sagte er uns an jenem Abend –, daß auch sein Abschied von Ernesta mit vielem anderen heimlichen Groll in der Vergangenheit, mit einer alten Sehnsucht nach Einsamkeit verglichen werden könnte. Es ärgerte ihn, daß sich ihm die Dinge so hartnäckig immer auf die gleiche Art darboten. Als er auf dem Rad durch die mittäglich verlassenen Straßen zurückfuhr, erschien ihm die Stadt wirklich unbewohnt.

Damals machte ich Ausflüge, und Corradino – ein Mann, der ohnehin viel zuviel saß – wollte nichts davon wissen, mich zu begleiten. »Du kannst dich in den Bergen genausogut bräunen«, sagte ich zu ihm an dem Abend, als wir davon sprachen, »und falls, wie ich glaube, diese Manie nur eine Art Junggesellen-Flucht ist, werden wir eine Zerstreuung für dich finden.« Aber Corradino wiederholte nur seinen Grundsatz, alles, was geschehe, müsse geschehen, und sah mit einem so trostlosen Ausdruck auf die Tapete zwischen mir und meiner Frau, daß wir lächeln mußten. Sein verdrießliches sonnengebräuntes Gesicht mit den weißen Zähnen und Augäpfeln verriet etwas ganz anderes, es war, wie meine Frau sagte, das eines Mannes, der irgend etwas ausheckt, der sich zum Beispiel lebhaft damit beschäftigt, zu heiraten. Aber sooft uns sonst Corradino mit Selbstvorwürfen davon erzählt hatte, wie er sich Ernesta gegenüber benahm – an diesem Abend tat er das nicht. Er sagte jedoch etwas anderes, Merkwürdigeres: wenn er heiraten sollte, dann täte er es nur, nachdem er sich schön von der Sonne hätte bräunen lassen. Meine Frau fragte ihn, warum. »Um ein anderer zu werden«, brummte Corradino. »So ein gefallsüchtiger Mann!« rief meine Frau.

Als wir fortfuhren, war er Cate noch nicht begegnet. Jedenfalls erzählte er mir nichts davon. Er redete lange und merkwürdig begeistert von seinen fixen Ideen, von einer wahren ›Sucht nach Ruhe‹, wie er es nannte, von dem Wunsch, daß etwas geschähe, daß sich sein Leben änderte; aber er wollte keine einzige Gewohnheit dafür aufgeben. »Ich möchte ein anderer werden, ohne daß ich etwas davon merke«, setzte er mir auseinander. Das erschien mir ganz natürlich, und ich sagte es ihm. »Du bist ein Mann um die Dreißig. Die Jahre vergehen für alle.« Corradino war verdutzt. Und sogleich wurde er deutlicher und setzte mir auseinander, seine Sehnsucht gehe nicht etwa dahin, sein Hauswesen zu ordnen, eine höhere Stellung zu bekommen, in der Zeitung an einem anderen Tisch zu arbeiten. »So würde ich denken, wenn ich verliebt wäre. Aber nein, darauf pfeife ich. Ich denke mehr an die Vergangenheit als an die Zukunft. Ich möchte ein anderer sein.«

Mehr wußte er darüber nicht zu sagen; auch unserem Freunde Giusti, der als einziger in Turin blieb und ihm Gesellschaft leisten konnte, erzählte er nie etwas Besonderes. Nun war allerdings Giusti, ein Mann von einer beißenden Ironie, nicht der geeignete Typ, für ihn den Beichtvater zu machen; aber die beiden verstanden sich, und wahrscheinlich hätte Corradino der Versuchung, ihm zu beichten, doch schließlich nachgegeben, wäre Giusti nicht zu uns gereist. Giusti merkte jedoch an den wenigen Abenden, wo sie sich vor dem August noch sahen, daß irgend etwas Corradino beschäftigte. Er merkte es nicht so sehr bei den Gesprächen als aus der Art, wie Corradino mit fieberhaft erregten Blicken im Café in die Bogengänge spähte oder zwischen die Bäume, wenn sie im Freien saßen. »Du kommst mir gar nicht erholt vor«, sagte er eines Abends zu ihm, »die Sonnenbadekur schlägt nicht recht an. Wäre es nicht ohnehin klar, daß du gerade eine Frau in den Fingern hast, so würde ich dir einen Luftwechsel empfehlen.« Der andere schwieg. »Es würde dir nur guttun.«

Aber schon hatte Corradino eine Antwort gefunden; er scherzte über den Scharfblick des Freundes, jedoch nicht sorglos genug, als daß man ihm nicht an der rauhen Stimme angemerkt hätte, es stecke etwas dahinter.

»Nun gut«, sagte Giusti, »ich will nicht darauf bestehen.« Und er bemerkte um Corradinos Mund einen leicht geringschätzigen Zug, weil der Freund diese Gelegenheit hatte vorübergehen lassen. Denn Corradino war allerdings ein Typ, der genau wie von den Frauen, so auch von den Freunden gebeten und beharrlich gesucht werden wollte.

»Meiner Ansicht nach bist du nur schüchtern«, hatte Giusti einmal gesagt, als sie wieder davon sprachen. »Es mag ganz schön sein, sich auf diese Art lieben zu lassen. Das sagt ihr alle. Aber Dauer kann es ohne eine Portion Frechheit nicht haben. Es ist nicht natürlich. Es hieße, der Frau den Griff vom Messer in die Hand geben.«

»Schön ist es nicht, aber wahr«, sagte Corradino. »Man macht auf die Art allerdings manche unglücklich, das schon.«

»Daß ich nicht lache!« sagte Giusti. »Wenn eine Frau auf dich losgeht, hat sie ihre Rechnung schon fertig. Du bist nichts als schüchtern, sage ich dir.«

Hier schwieg Corradino einen Augenblick, dann sagte er, das sei eine Frage der Gewohnheit, und der Vorteil liege darin: wenn eine Frau Widerstand leiste, sei für den Schüchternen viel gewonnen, denn so geschehe nichts.

»Also leistet diese Frau Widerstand?« fragte Giusti lachend.

»Und nichts geschieht«, antwortete Corradino.

»Dir wird die Situation gefallen ...«

»Natürlich.«

Im August kam auch Giusti zu uns in die Berge und ließ Corradino, wie er uns sagte, als wir nach ihm fragten, allein und ohne eine vernünftige Gesellschaft zurück.

»Der Mann ist verrückt«, sagte er. »Du wirst sehen, dieses Jahr verbringt er den Sommer in Turin. Brächte er es wenigstens fertig, das Mädchen mit an die See zu nehmen ...« Aber Corradino hatte gesagt, er werde wohl nicht an die See gehen, und das verwirrte wieder meine Frau, denn sie kannte die *** – Corradino hatte sie im letzten Jahr an der Riviera kennengelernt. »Wie dumm ihr Männer seid«, sagte sie. »Da ist diese Marina, ein hübsches, reiches, vornehmes Mädchen, die nur darauf wartet, erobert zu werden, und ihr lauft wer weiß welchem Weibsbild nach.«

»Das es womöglich gar nicht gibt«, warf ich ein. Damals wußte ich noch nichts von Cate und dachte höchstens an Ernesta, die – so gut kannte ich Corradino denn doch – sicher nicht imstande war, ihm den Schlaf zu nehmen. »Man wird sehen«, sagten wir abschließend. »Wenn er nur nicht die Ferien drangibt! Imstande wäre er dazu.«

Wir steckten eine Karte an ihn in den Kasten mit sämtlichen Unterschriften und dachten an alles andere, an unsere Ausflüge – da kam ein Brief. Corradino schrieb zuerst, dies solle keine Antwort auf die gemeinsame Karte sein – er bat mich sogar, mich als seinen einzigen Vertrauten zu betrachten und alles für mich zu behalten –, sondern die Karte habe ihn nur daran erinnert, daß er einen Freund habe; und nun mache er sich auch sofort Luft. »Im übrigen«, schrieb er, »fahre ich immer zum Sangone und bin allein wie ein Hund. Aber das, worauf ich mich vorbereitete – du verstehst schon –, ist geschehen. Ich glaube allmählich, daß es eine Vorsehung gibt. Mancher würde sagen, man brauche nur etwas intensiv zu wollen, dann geschehe es; aber es ist nicht alle Tage Festtag, und wenn ich geahnt habe, daß ich in Turin bleiben und auf etwas Unvorhergesehenes warten mußte – wodurch ich es zwang, sich zu manifestieren –, so gibt es doch jetzt einen Felsblock, viele Felsblöcke, die mir den Weg versperren. Ich werde mir noch den Kopf daran einrennen. Mehr kann ich nicht sagen. Ich stecke in einem unwahrscheinlichen Durcheinander. Aber mir scheint, das Leben bietet mir eine einzigartige Gelegenheit, ein anderer zu werden – du weißt schon, wie. Ich habe diesbezüglich sehr klare Vorstellungen im Kopf. Bis gestern bestand mein Unglück darin, daß ich nicht aus mir selbst, aus meinem natürlichen Kreis hinauszutreten wußte. Wenn alle begreifen könnten, wie ich es begriffen habe – heute früh habe ich vor Wut geweint –, was diese Verdammung zum Ewig-Unabänderlichen, dieses zu allem Vorherbestimmtsein bedeutet, weswegen dem sechsjährigen Kind schon alle Impulse, die Fähigkeiten und der Wert eingeprägt sind, die der Mann von Dreißig haben wird, dann würde es niemand mehr wagen, an die Zukunft zu denken; die Menschen würden ein Reinigungsmittel erfinden, um das Gedächtnis zu waschen. Im täglichen Leben glaubt man anders zu sein, man glaubt, daß die Erfahrung einen ändert, man fühlt sich heiter und Herr seiner selbst – aber stell dir vor, es kommt eine Krise, stell dir vor, das Leben gibt einem Menschen einen heftigen Stoß, einen Tritt ins Gesicht und befiehlt ihm: ›Los, entscheide dich‹ – er wird unfehlbar so handeln, wie er in der Vergangenheit immer gehandelt hat, er wird fliehen, wenn er feige ist, er wird standhalten, wenn er mutig ist. Es scheint

Blödsinn zu sein, aber es ist keiner. Auch weil es nicht nur darum geht, zu fliehen oder standzuhalten; die Dinge sind komplizierter. Es geht darum, zu begreifen, abzuwägen: es ist eine Frage des Geschmacks, und der ändert sich bekanntlich nicht. Wer einmal Angst vor dem Dunkel hat, wird immer Angst vor dem Dunkel haben.

Jetzt bin ich soweit, daß ich Dinge tun kann, die ich früher nie getan hätte. Dazu hat mir das Leben verholfen – mehr sage ich nicht. Ich könnte auch etwas tun, was zu allem, was mir zustößt, keine wirkliche Beziehung hat, könnte von vorn anfangen. Du siehst, es hat sich gelohnt, in Turin zu bleiben.

P.S. Wenn ich so heiter bin, so mußt du nicht glauben, ich hätte keine düsteren Momente durchlebt und durchlebte sie nicht noch. Aber wenn ich dir sagen wollte, was für welche, würdest du es nicht begreifen. Ich überzeuge mich wieder einmal davon, daß es hierin nicht anders zugeht als im Krieg: es läßt sich nicht beschreiben.«

Ich hielt den Brief für harmlos, und natürlich sah auch meine Frau die Sache so an. Sie sagte nur, sie begreife überhaupt nichts. Ich zögerte, aber schließlich zeigten wir ihn auch Giusti; er versprach, uns nicht zu verraten. Giusti lächelte, als er ihn las, und erklärte, irgend etwas Ähnliches habe er ihn schon sagen hören. »Ich würde mich nicht wundern, wenn er bereits Vater wäre«, schloß er.

Da telegrafierten wir Corradino: »Erwarten Erklärungen. Uns geht es gut.« Es gefiel mir nicht ganz, ihn zu verspotten, aber Giusti redete so viel daher, daß ich selbst das Telegramm aufsetzte.

Cate war für Corradino nur noch eine vage Erinnerung. Sie hatten sich kennengelernt, als er Student war, denn eine Freundin von Cate ging mit einem älteren Kommilitonen von Corradino Boot fahren, und eines Tages hatten sie zusammen einen Landausflug unternommen mit Wein und Grammophon und hatten sich sehr amüsiert. Einige Monate hindurch hatten sich dann Corradino und die damalige kleine Angestellte Cate weiter getroffen und waren zusammen Boot gefahren – Corradino versteifte sich darauf, weil er durchaus wie der andere eine Freundin mit im Boot haben wollte. Cate war ihm zu Gefallen ein-, zwei-, dreimal mitgekommen, aber Corradino hatte als erster genug davon gekriegt und sich nie mehr um sie gekümmert. Er erzählte mir einige Jahre später davon mit einem merkwürdigen Ausdruck von Reue, er sagte, es sei eine Dummheit gewesen, ein Gemisch von Leidenschaft und Viecherei, Dinge, die man zwar tut, aber nicht tun sollte.

Und jetzt waren sie einander begegnet. Corradino sagt: alles geschieht, weil wir es wollen; aber ich werde nie begreifen, wie das auf diese Begegnung zutreffen sollte – er, der damals an dem Abend ganz apathisch Giusti gewähren ließ: sie gingen zusammen in ein Lokal, in das er sonst nie ging.

Sie spazierten umher, die Unterhaltung schleppte sich hin. Da schlug Giusti vor, sie wollten den Rest des Abends in einem Tanzlokal verbringen.

»Bist du denn nicht müde?« fragte Corradino lachend. Ihm war die Idee, tanzen zu gehen, seit Jahren nicht mehr gekommen.

»Warum machst du nicht eine Kreuzfahrt?« sagte Giusti. »Dreißig Jahre sind ein gutes Alter dafür.« Sie gingen im Halbdunkel einer Allee, und Corradino brummte natürlich – er meinte es ernster, als seiner Stimme anzuhören war –, es sei vergnüglicher, sich von einer Reise erzählen zu lassen, als sie selbst zu machen. »Du bist doch immer der gleiche«, sagte Giusti. »Wohin gehst du dieses Jahr? Nach Camogli?«

Sie betraten das Park-Varieté. Hier konnte Giusti tanzen und Corradino Bier trinken und sich die Varietényummern ansehen. Die Tische standen um eine große, leere Betonfläche herum, und hinten, über dem kleinen Orchester, war die offene, vergoldete Bühne, auf die in diesem Augenblick eine Sängerin trat. Während sie einen Platz suchten und sich setzten, hatte diese den letzten Ton hinausgeschmettert und verbeugte sich unter Händeklatschen. Corradino lächelte verlegen. »Wußtest du, daß es so elegant ist?« fragte Giusti.

»Ich gehe nie hierhin.«

Der Abend verlief eintönig. Zwischen den einzelnen Programmnummern schloß sich der blutrote Vorhang, und das Orchester rief die Paare auf die Tanzfläche. Giusti ging sehr bald auf die Suche nach einer Tänzerin, und Corradino rief hinter ihm her, er werde keine finden. Aber er hatte nach einer Weile offenbar doch eine gefunden, denn er kam nicht zurück, und in dem Durcheinander tanzender Beine sah Corradino flüchtig ein paar weiße Hosen, die doch wohl zu Giusti gehörten. Einige Programmnummern liefen ab, ohne daß er sich wieder blicken ließ, und Corradino saß nachdenklich da, betrachtete zerstreut die Chanson-Sängerinnen und versuchte sich dieser kümmerlichen Musik und Erregung zu überlassen, die den nächtlichen Park erfüllte. Während eines Tanzes blitzten endlich über einer nackten Schulter die Augen von Giusti auf, der ihm zuwinkte.

Er und die Frau kamen an den Tisch. Corradino hatte sich sofort gesagt, daß er hier überflüssig sei, er sah die Dame des Freundes kaum an; die eine Schulter war nicht bedeckt, im Eifer des Tanzes war ihr wohl der Träger heruntergerutscht. Giusti stellte die beiden einander vor und rief den Kellner. Die Frau streckte Corradino die Hand entgegen, eine feuchtgeschwitzte Hand; er lächelte.

Er sagte sofort: »Sie müssen entschuldigen – ich tanze nicht.« Das Mädchen sah ihn überrascht an. Giusti bat beide, sich zu setzen.

Der Vorhang öffnete sich; das rettete die Situation. Eine Spanierin trat auf die Bühne, und Giusti fand dabei Gelegenheit, Frechheiten zu sagen. Das Mädchen hörte aufmerksam zu, dann plötzlich schlug sie kindlich die Hände zusammen und gab Giusti mit seinen Bemerkungen recht, sie packte ihn am Handgelenk und lachte ihn an. Sie mochte zwanzig Jahre alt sein.

Den nächsten Tanz tanzten sie wieder. Das Mädchen entschuldigte sich bei Corradino mit einem leichten Lächeln. Corradino blieb allein. Er ließ den Blick über die Tanzfläche wandern, über die vielen kleinen Gruppen an den Tischen; vor der einen Gruppe verbeugte sich gerade ein junger Mann. Manchmal hob die Frau, schon zum Tanzen bereit, die Arme, wenn ihr Tänzer noch gar nicht bei ihr war.

Plötzlich hatte er den Eindruck, daß ihn jemand von irgendwoher fixiere. Er drehte sich um: eine Reihe Köpfe, ein alter Mann, weibliche Schultern, ein lachend ihm zugedrehtes Männergesicht – niemand, den er kannte. Er empfand ein gewisses Unbehagen; er suchte eine Zigarette und setzte sich wieder bequem auf dem Sessel zurecht; aber er wußte, wenn jemand ihn angesehen hatte, so war dieser Jemand eine Frau. Seine Augen suchten zwischen den Paaren – die beiden waren nicht mehr zu sehen. ›Ein Glück‹, dachte er, ›daß dieses blöde Ding mit Giusti zusammen ist.‹ Er malte sich aus, die Frau, die ihn angeblickt hatte, träte an den Tisch, um ihn zum Tanzen zu holen. Von einer Frau erwartete er sich alles. Wieder betrachtete er die Tische neben dem seinen; da bemerkte er in dem Halbdunkel an der Wand einen langen Spiegel: vielleicht hatte ihm den blitzenden Blick jemand von der Tanzfläche her zugeworfen. In diese Vorstellung verlor er sich. Aber zugleich dachte er, nur die Musik habe ihm die Idee eingegeben, es sei eine Frau gewesen.

Er hörte der Musik zu und schloß dabei die Augen, um das Gefühl von vorhin wieder in sich zu beleben. Nein, nichts. Er spürte, wie der Rhythmus mit seinem banalen Lärm sein Blut zum Pulsieren brachte. Es folgte ein spärliches Händeklatschen.

Als die beiden zurückkamen, schlug Corradino vor, einen Schnaps zu trinken; und er begann unter Giustis ergötzten Blikken ein lebhaftes Gespräch mit dem Mädchen. Sie wünschte sich nichts mehr, als zu spaßen, und hielt ihm keck stand. Sie redeten viel dummes Zeug. Das Orchester spielte. »Erlaubst du, daß wir tanzen?« Corradino hatte sich erhoben und sah Giusti an. »Aber natürlich!« Auch das Mädchen erhob sich.

Sie umfaßten sich und gingen los. Als sie auf der Tanzfläche waren, fragte Corradino: »Wollen wir etwas trinken?« Sie gingen an die Bar und lachten, als wären sie miteinander ausgerissen. Das Mädchen nippte an einem Pfefferminzlikör. Corradino nahm einen Schnaps. Während sie vor der Theke standen, versicherte ihm das Mädchen, sie habe ihn bestimmt nicht im Spiegel angesehen. Corradino umfaßte sie wieder und schleppte sie zu den letzten Takten auf die Tanzfläche; er drückte das Mädchen an sich und drehte brav nach rechts und nach links. Als die Musik schwieg, machte das Mädchen eine Bewegung, als müsse sie Atem schöpfen, sie preßte, erhitzt und lachend, die Hand auf den Magen. »Gehen wir an den Tisch zurück«, sagte Corradino.

Für den Rest des Abends rührte er sich nicht mehr. Die beiden kamen und gingen, flüsterten einander ins Ohr – es war ihm gleichgültig. Als das Mädchen ihm einmal etwas Aufreizendes zurief, tat er, als verstehe er nicht. Später sagte Giusti zu ihm: »Entschuldige – wir gehen.« Da nickte er wortlos.

Wieder öffnete sich der Vorhang. Für einen Augenblick wurde es still, dann trat ein japanischer Taschenspieler heraus. Corradino sah sich die ersten Bewegungen an, er betrachtete die großen, geblümten, wehenden Ärmel. Von Zeit zu Zeit erhob sich Beifall. Auch das nahm ein Ende.

Corradino ging nach dem Ausgang zu; der Kies knirschte. Da fing die Musik wieder an, es bildeten sich Paare, sie versperrten ihm den Weg. Er ging rascher, dicht an der Wand entlang; als er die Lorbeerbüsche im Hintergrund erreicht hatte, drehte er sich um. Und da waren jene Augen.

Für einen Augenblick war Corradino verlegen: er erkannte Cate nicht. Er bildete sich ein, all das sei ein dummer Zufall; die Frau, die ihn hier erwarte, sei gar nicht die Cate von früher. Aber noch bevor Cate sagte: »Corrado«, hatte er ihr schon zugelächelt und streckte ihr die Hände entgegen. Sie nahm seine Hand mit großer Herzlichkeit, wobei sie ihr Erstaunen übertrieb; doch erst als sie ein wenig zurücktrat, um ihn beiseite zu ziehen, wußte er, daß es wirklich Cate war. Er erkannte sie an dieser Bewegung wieder.

Corradino erinnert sich, daß er sie als erstes danach fragte, ob wirklich sie die Frau von dem Spiegel gewesen sei. Und er muß sie das mit einer besorgten Eindringlichkeit gefragt haben, denn – so sagte er mir – Cate erwiderte ihm heiter, ob er sie in diesem Augenblick wirklich nichts anderes zu fragen habe. Und so gab sie ihm keine direkte Antwort. Aber nun hatte Corradino die Erinnerung an jene Augen schon mit dem Gesicht vor ihm vermengt und wußte genau, daß sie es gewesen war.

Sie sprach in herzlichem Ton mit einer schwingenden, wohltönenden Stimme, so daß Corradino gar nicht dazu kam, sich dessen zu schämen, was früher geschehen war, wie er es doch hätte tun müssen, als schon eine andere, ihn noch mehr bedrängende Verlegenheit über ihn kam: die, daß er sich mit einer ausgewachsenen, anmutigen Frau duzte, die ihm so gut wie unbekannt war.

Cate setzte sich munter auf die Bank am Eingang. Sie hielt noch immer Corradinos Hand; die Beine mit den dünnen Strümpfen hatte sie übereinandergeschlagen. Fingernägel und Lippen waren scharlachrot; über der bis zum Hals geschlossenen Bluse trug sie eine fast männliche Jacke – zweifellos ein Reisekostüm. Von der früheren Cate war nichts übriggeblieben als die Augen und das Haar. Corradino suchte in ihrem Gesicht nach den Spuren der Jahre, aber er sah darauf nur eine freudige Röte.

Ich wußte, Giusti hatte ihn am nächsten Tag angerufen, wußte auch, daß Corradino ihm geantwortet hatte: »Scher dich zum Teufel«, womit er Giustis höfliche Worte kurz abschnitt.

Denn Giusti hatte nur vorgehabt, zu sagen: »Entschuldige, daß wir dich gestern haben sitzen lassen«; er war immer überaus höflich. Statt dessen sagte er nun: »Was hast du denn?«

Corradino, der einen ganz anderen Anruf erwartete, sagte einfach, er wisse noch nicht, was er sich am Abend vornehmen werde; und von diesem Tag an antwortete er nur noch ausweichend. Sein Gesicht nahm den Ausdruck von Gespanntheit an, den Giusti uns später beschrieb.

Cate war für ihn wirklich eine Unbekannte. Corradino hatte nicht einmal Zeit gehabt, sich unbehaglich zu fühlen, da hatte sie ihn schon geschickt damit abgelenkt, daß sie ihm erzählte, sie sei Varietékünstlerin und gerade aus Neapel zurück. In Turin wollte sie sich erholen und war im ›Park‹ nur, weil dies ihre Welt war, eine Welt von Halunken zwar, aber sie hatte doch ihr Schönes. Und dann fragte sie ihn geradeheraus, ob er sich verehelicht habe. Genauso sagte sie: verehelicht. Corradino gab ihr ziemlich verwirrt Antwort, selbst überrascht, daß er mit der einfachsten Stimme Dinge erzählte, die er nicht oft aussprach: er fühle, er werde älter, er denke nicht daran zu heiraten, bedaure aber keineswegs die Zeit von damals, als er zwanzig war. Heimlich betrachtete er Cates spitze, zierliche Schuhe und horchte dabei auf die Klänge des Orchesters jenseits der Hecke.

»Du hast dich sehr verändert«, sagte er schließlich.

»Soll das ein Kompliment sein?« gab Cate mit einem halben Lächeln zurück.

An einer solchen Antwort merkte man, daß sie eine andere war, eine richtige Frau. Beide lächelten, ohne einander anzusehen: Corradino weiß gar nichts davon, daß er vor sich hin lächelt, weiß nicht, ob aus Verlegenheit, oder weil er so naiv gewesen war. Denn das war nicht mehr die Cate, die bescheiden schweigend an seinem Arm umherspaziert war, die Cate, die in ihrem Täschchen eine abgenutzte Puderquaste und ein nicht ganz sauberes Taschentuch hatte. Auch die Stimme war verändert: sie schnellte los, sie hatte in ihrer Freimütigkeit eine gewisse Kraft, einen lebhaften, angriffslustigen Klang, der an die Bühne erinnerte.

»Ich dachte wirklich, du hättest geheiratet«, murmelte Cate.

»Du weißt, ich bin nicht der Typ dafür«, sagte Corradino.

Während sie dort saßen – das Orchester spielte noch immer, und die Chanson-Sängerinnen schmetterten –, gingen Menschen an ihnen vorüber, sie gingen und kamen zurück, auch eine wasserstoffgebleichte, auffallende Frau war dabei, und alle grüßten Cate, der eine rief etwas, ein anderer winkte ihr zu. Cate antwortete ihnen mit Lebhaftigkeit.

»Hör mal«, sagte sie und stand auf, »entfliehen wir dieser Unruhe. Bist du heute abend allein?«

Da machten sie untergehakt einen Rundgang auf dem Uferdamm; und an Cates Stimme war zu merken, daß sie nicht etwa auf ein altes Recht pochte – sie redete ganz ungezwungen herzlich. Corradino brannte auf den Lippen so etwas wie eine Rechtfertigung, ein leichter Hinweis auf die Vergangenheit: er hätte von Cate gern gehört, daß sie, ohne Groll, über damals womöglich eine alberne Bemerkung machte, damit sie zusammen darüber lachen konnten. Aber in dem Halbdunkel der Bäume, wo das Brausen vom Wehr das Orchester übertönte, begann Cate wieder von ihrem Beruf zu sprechen, von Orten, wo sie aufgetreten war, von Eifersüchteleien der Kollegen. Sie war sogar in den Kolonien gewesen. Tripolis, das war eine großartige Stadt. »Ich war dumm, daß ich nicht da unten geblieben bin«, sagte sie. »Elegant ist es dort! Ihr hier laßt euch das nicht einmal träumen. Man gibt mehr Geld aus als anderswo. Am Abend Cafés, Theater, ein Fest. Hier ist das Varieté wie ein Begräbnis.«

»Du hast also Karriere gemacht«, sagte Corradino.

»Ich verdiene mir den Lebensunterhalt«, sagte Cate und preßte seinen Arm. »Aber, mein Lieber, was für ein abscheuliches Leben! Wenn du wüßtest, was ich alles durchgemacht habe! Wäre meine Mutter nicht gewesen, ich hätte es nicht geschafft.« Und sie erzählte mit leiserer Stimme, daß ihre Mutter tot sei, daß im Grunde der Vater sie umgebracht habe – er habe sie beide sowieso mißhandelt. Als sie gerade anfing, auf der Bühne zu singen, war er ins Theater gekommen und hatte ihr zugeschrien, sie solle damit aufhören; er hatte es dahin gebracht, daß sie kontraktbrüchig wurde.

»Kannst du denn wirklich singen?« fragte Corradino im Scherz.

Sie zog heftig ihren Arm aus dem seinen. »Du bist doch immer der gleiche«, rief sie unwirsch. »Du willst mir nicht glauben ...«

»Aber wie hast du es fertiggebracht?«

»Ich habe studiert, ich habe jemanden gefunden, der mir half. Auch die Mutter hat mir geholfen. Hättest du mir nicht auch geholfen?«

Cate war stehengeblieben. Sie streckte den Arm aus, hielt Corradino an und sah ihm freimütig ins Gesicht. Corradino lächelte.

»Und du, was tust du? Studierst du noch immer?« fragte Cate, während sie weiterging.

Es war schon tiefe Nacht, als Corradino ein Streichholz anzündete, um nach der Uhr zu sehen. Sie beschlossen ein Taxi zu nehmen. Während der Fahrt geschah es, daß Corradino, um das Schweigen zu brechen, sie fragte, ob er sie wiedersehen würde. Er fragte es ohne eine bestimmte Absicht, ja fast ohne es zu wollen, Cate zu Gefallen, und um irgendwie die vor vielen Jahren begangene Flegelei wiedergutzumachen. »Ruf mich an«, sagte er zu ihr, »ich gehe nie in den ›Park‹.« Ihm schien, als erwarte Cate von ihm eine Aufforderung, mit ihm zu kommen, als wäre sie glücklich, das zu tun, denn sie drückte ihm die Hand und flüsterte ihm ins Ohr: »Lieber!« Corradino hätte sie rasch umarmt – da fuhr das Taxi langsamer, und Cate sagte: »Ich bin zu Hause.«

Als Corradino in der Nacht heimkehrte, dachte er an die kleine Freundin von Giusti und sagte sich, jeder habe die Abenteuer, die er verdiene. Jetzt war er froh, daß er nicht versucht hatte, Cate zu umarmen – nicht weil er fürchtete, er werde zurückgewiesen, sondern weil alles an dem Abend sich unter einem Zeichen von Freimut und Vertrauen abgespielt hatte, was um so sonderbarer war, wenn man an die Vergangenheit dachte.

Und noch am Morgen lächelte er, als er aufwachte. Doch dann versetzte ihn erst der Anruf von Giusti in schlechte Laune – er rief nie an, ausgerechnet an diesem Tag mußte ihm das in den Sinn kommen – und außerdem das Schweigen von Cate, so daß er keine Lust hatte, an den Sangone zu gehen. Ein auch nur telefonischer Gruß von Cate hätte ihm an dem Morgen viel bedeutet. ›Wie kann sie so dumm sein, daß ihr das nicht klar ist?‹ dachte er. So kam der Abend, und ihm fehlte Giusti, ihm fehlte Cate, ihm fehlten alle. Er hätte in den ›Park‹ gehen können, dort hätte er Cate angetroffen; aber er bezwang sich. »Nein, sie soll zu mir kommen.« Und er ging in ein Kino.

Giusti sah er am nächsten Tag: damals sprachen sie davon, daß diese Liebesgeschichte neu beginnen könnte. Giusti redete es Corradino mit vielen Gründen ein, daß es möglich sei, es mit Cate noch einmal zu versuchen – jetzt, wo sie welterfahren war. Corradino sagt, an dem Einfall, an jenem Abend ins Varieté zu gehen, seien teils sein Unmut und Ärger, teils die Spötteleien Giustis schuld. Aber schon in der gleichen Nacht überlegte er sich, als er heimkehrte: wenn überhaupt, sei es Sache von Cate, ihm klarzumachen, daß sie nicht aufgehört habe, ihn zu lieben. Und er legte sich befriedigt zu Bett. Am nächsten Tag fror seine Zufriedenheit ein, das Telefon schwieg, der rosige Tag, den er sich erhofft hatte, begann wie immer mit Ängsten. Aber Corradino ging an den Sangone, betrachtete dort, frisch und sonnengebräunt, seine Weiden und fand dabei seinen Gleichmut wieder. Er dachte an Camogli, an sein Schicksal und fragte sich, was wohl Marina gerade tue. Hier lächelte er wirklich. Allmählich begriff er: etwas war geschehen, die Erwartung, die er in jenen Tagen verspürt hatte, hatte sich irgendwie erfüllt. Dadurch, daß er Cate begegnet war, war die Vergangenheit wiederaufgetaucht, und alles kam in Ordnung: das Leben war voll herzerfreuender Dinge, man brauchte nur abzuwarten, daß sie geschahen. Kurz – er fühlte sich frei, frei und einsam; und eben das hatte er immer gewollt.

Aber Cate rief nicht an. Einmal in der Woche machte Corradino Nachtdienst; in jener Nacht blieb er im Büro, bis der Morgen dämmerte, weil er gern ganz früh durch die verlassenen Straßen zurückging. Er bummelte umher, bis es warm wurde; dort, wo ein Bogengang in die Straße einmündete, traf er Cate.

»Ciao«, riefen sich beide lachend zu.

Cate in der ihm nun schon bekannten hochgeschlossenen blauen Bluse war wirklich eine schöne Frau. Man sah ihr zwar ihre achtundzwanzig Jahre an, aber sie erschien stolzer und größer. Vor allem wußte sie ausdrucksvoll zu lächeln, und die Art, wie sie sich zurechtmachte, betonte das noch. Sie wollte Strümpfe kaufen; Corradino begleitete sie.

Sie lachte gern; Corradino, der von der Nachtwache müde war, hatte nicht die Kraft, dem zu widerstehen, und lachte mit, ob es paßte oder nicht. Aber sie hakten sich nicht unter.

Da sie kein zusammenhängendes Gespräch führten, merkte Corradino, daß er nichts Rechtes zu sagen wußte, und das machte ihm Spaß: er verglich im Geist Cate mit Marina und lächelte. ›Was auch geschieht, es ist klar, daß wir einander fremd sind‹, dachte er. Vor dem Ladentisch mit den Strümpfen ließ Cate eine Packung öffnen und schob ihm einen Strumpf über die Hand. »Gefällt er dir?« fragte sie.

Als sie heraustraten, nahm Corradino ganz unwillkürlich ihren Arm. Sie machten einige Schritte, dann löste er selbst seinen Arm aus dem ihren. Cate sah ihn verlegen an, dann fragte sie, warum er nicht wieder in den ›Park‹ gekommen sei. Von da an wurde ihr Gespräch gezwungen, Corradino redete vielerlei und sah dabei auf seine Fußspitzen. Im wesentlichen sagte er, er habe auf sie gewartet, aber in den ›Park‹ habe er nicht gehen wollen, diese Leute paßten ihm nicht. Sie könnten sich ja dort vergnügen, wenn sie wollten; er jedoch habe keine Lust, sich dort zu vergnügen.

Cate fragte ihn, wie er da die Abende verbrächte.

»Gestern zum Beispiel habe ich gearbeitet, die ganze Nacht.«

Da lächelte Cate – ein plötzliches ungläubiges Lächeln – und fragte ihn, ob er denn keine Freundin habe.

»Nein«, sagte Corradino.

Cate wunderte sich nicht darüber; sie lächelte weiter. Corradino behauptet, in diesem Augenblick habe er begriffen, daß das Urteil über ihn gefällt war. Er sagte nichts, er schwankte zwischen Selbstsicherheit und Gleichgültigkeit. Aber, so sagt er, in dem Moment entschied Cate – und vielleicht war es gut so – ihrer beider Schicksal.

Sie selbst fragte ihn, wo er wohne, und erklärte sich bereit, ihn nach Hause zu begleiten. Unterwegs kam die Rede darauf, was jeder von ihnen tat, und Corradino rühmte sehr, wie bequem und zukunftsreich seine Arbeit sei. Er sagte sogar, sie seien Kollegen: beide arbeiteten sie für ein Publikum. »Seinen Lebensunterhalt verdienen ist eine schöne Sache«, bemerkte Cate.

Die Wirtin drückte ein Auge zu, als Corradino mit einer Frau nach Hause kam. Sie hörte sie über den Flur gehen und steckte nur eben den Kopf aus der Küchentür; aber dafür hatte sie sein Bett noch nicht gemacht. Corradino schloß verärgert wieder die Tür und bat Cate, zu warten. Er zog die Decke über das zerwühlte Bett mit dem Schlafanzug und schlug die Fenstervorhänge zurück. Nun lag das Zimmer in einem rosigen, erträglichen Halbdunkel.

Corradino wird sich an dieses ruhige Licht immer erinnern. Cate hatte sich auf den Sessel gesetzt, die Beine übereinandergeschlagen, beide Hände auf den Armlehnen. ›Gestern saß Ernesta dort‹, dachte Corradino, und siehe da – Cate betrachtete ihn wie Ernesta, mit einem weichen, gesammelten Ausdruck; ihm kam es so vor, als seien die Worte, die sie lachend beim Heraufsteigen gewechselt hatten, irgendwie aus diesem Zimmer ausgeschlossen, als gehörten sie dem Draußen an, dem Lärm der Straße.

Sie sprachen von Bootsfahrten, und Cate rauchte eine Zigarette. Es war wie ein normales Gespräch: Corradino erzählte, er sei seitdem nicht mehr dorthin gegangen, und Cate stieß den Rauch aus und hörte ernst, sozusagen aus Pflicht, zu. »Sonnenbäder, die mache ich schon.« Cate schwieg.

Als sie die Treppen hinaufstiegen, hatte sie gesagt: »Ich rauche oben eine Zigarette mit dir«, und jetzt war die Zigarette fast zu Ende, und nichts geschah. Corradino dachte entsetzt an die ihm nun bevorstehende Einsamkeit; sein Groll auf Cate nahm zu. Da faßte er sich ein Herz und fragte sie, ob sie ebenfalls keine Bootsfahrten mehr unternommen habe. Er fragte es in den Rauch hinein, fast ohne sie anzusehen.

»Wäre es dir lieb, wenn ich wieder hingegangen wäre?«

»Ich meine, mit einem andern«, stammelte Corradino.

Da lächelte Cate, ein so hintergründiges Lächeln, daß Corradino den Blick nicht von ihr lösen konnte. ›Sie ist gekommen, um sich zu rächen‹, dachte er verzweifelt. ›Nur darum ist sie gekommen.‹

»Corrado, du bist doch immer der gleiche. Natürlich habe ich wieder Bootsfahrten unternommen. Aber du – hast du in all diesen Jahren auch nur einmal an mich gedacht?«

Corradino nickte und ließ sie nicht aus den Augen. Cates Lächeln war ganz dünn geworden, es verschwand nach und nach, doch ohne daß ihr Gesicht den Eindruck von Feindseligkeit erweckt hätte.

Cate erhob sich und kam an den Tisch, neben Corradino, um den Stummel in den Aschenbecher zu drücken. Corradino war nahe daran, sie zu umarmen; aber Cate drehte plötzlich das Gesicht genau unter das seine, das glühendrot geworden war. Bei dieser Bewegung sah sie ihn forschend an, mit dem eifrigen, ernsten Blick einer Frau, die ein Kind trösten will.

»Dein Zimmer gefällt mir«, sagte sie. »Wohnst du schon lange hier?«

Corradino stammelte eine Antwort, und schon war Cate am Fenster. Sie schob die Gardine beiseite und sah auf die Straße. Corradino regte sich nicht: es wäre lächerlich gewesen, hinter ihr herzulaufen.

Cate drehte sich heiter um. »Du hast die Friseuse gerade vor der Haustür. Das wird deinen Freundinnen lieb sein.«

»Du mußt entschuldigen – ich wollte eigentlich nicht mit heraufkommen«, fuhr sie fort. »Aber ich bin neugierig.« Corradino hatte ihre Hand ergriffen. Cate ließ es zu, daß er sie ihr küßte – sonderbar, die lackierten Nägel –, und sagte spöttisch: »Ich bin doch keine Dame! Ja, es war unrecht von mir, daß ich mit heraufkam. Ich mache, daß ich fortkomme.« Corradino hielt ihre Hand fest, er vermochte weder zu scherzen noch Ernst zu machen. »Nein, es war nicht unrecht von dir«, murmelte er.

»Ich meine, es war dir gegenüber unrecht«, antwortete Cate.

Er fragte, ob er sie wenigstens wiedersehen könne. »Heute?« Cate dachte einen Augenblick nach. »In dem Garten der Piazzetta bei meinem Haus. Du bist gestern nacht daran vorübergekommen. Gegen vier Uhr?«

Cate wollte nicht mit ihm aus dem Haus gehen; sie ging rasch hinaus und verließ ihn im Flur. Corradino wartete eine Weile im Dunkeln hinter der Tür, bis ihre Schritte unten an der Treppe verhallten; dann ging er verstohlen hinaus, damit es die Wirtin nicht merkte. Den Vormittag eingeschlossen im Zimmer zu verbringen, brachte er nicht fertig.

Es war lächerlich, hinter ihr herzulaufen; aber in den Garten ging er doch. Die Arbeit begann ohnehin erst um sechs Uhr: alles an dem Tag paßte zusammen. Er ging hin und sagte sich: ›Ich kann mich noch immer zurückziehen.‹ Er hoffte sogar, daß Cate nicht da wäre, daß er sie nie mehr zu sehen brauchte.

An den Garten hatte er eine deutliche Erinnerung – wenige Bäume zwischen den Häuserblocks, ein Brunnen und ein Streifen Himmel. Von der Ecke her betrachtete er diesen Garten aufmerksam: er war sehr sonnig, stauberfüllt und voll Geschrei. Kinder spielten dort; Frauen waren da und einige Ammen. Corradino hielt Ausschau nach dem Brunnen. Ein Baumstamm schützte ihn vor Blicken; von da aus musterte er gleichgültig die Grüppchen der Leute. Er hatte sich für diese Verabredung einen einsamen Platz vorgestellt; die schreienden Kinder gingen ihm mehr als sonst auf die Nerven.

Cate entdeckte ihn doch: sie saß auf einer Bank im Schatten und zog einem kleinen Jungen die Jacke aus; er befreite sich mit einem Ruck und lief los. Corradino trat nicht gerade gern näher, denn Cate war nicht allein, zwei Mädchen – sie sahen wie Dienstmädchen aus – saßen mit auf der Bank. Zum Glück unterhielt sich mit ihnen ein Soldat, der an einem Baum lehnte.

Cate sagte herzlich: »Guten Tag.« Eines der Dienstmädchen drehte ihm das runde Gesicht zu und betrachtete ihn. Sie musterte ihn genau, vom Kopf bis zu den Füßen; dann, als Cate ihm zulächelte und ihm die Hand hinstreckte, lächelte sie. Corradino sagte irgend etwas; das Dienstmädchen schaute noch immer her; da stand Cate auf und sagte: »Es ist zum Verzweifeln.« Sie hatte die

Jacke des Kindes noch in der Hand und hielt sie schützend über die Augen, um den Jungen unter den anderen zu entdecken.

Corradino wartete, daß Cate mit ihm von der Bank wegginge, sah aber unwillig, daß sie sich wieder setzte. Da verlor er die Geduld und sagte verärgert: »Nun, Cate, spielst du die Amme?« Während sie miteinander sprachen, fixierte er das kleine Dienstmädchen so aufmerksam, daß es das Herschauen aufgab und sich ostentativ seinem Soldaten zuwandte.

Cate sagte: »Nein, die Mutter.«

»Was für ein Kind ist es?«

»Mein Sohn.«

Corradino wich einen Schritt zurück. In Cates Augen blitzte es auf, ein Funkeln, das ihm Schweigen gebot. Das kleine Dienstmädchen hatte sich nicht wieder umgedreht.

Endlich holten die beiden Mädchen die Kinder und gingen fort, und auch der Soldat entfernte sich; da setzte sich Corradino auf die Bank und bat Cate, ihm die Sache zu erklären.

»Ich habe es dir doch gesagt: es ist mein Sohn. Wenn ich auf Reisen gehe, lasse ich ihn bei meiner Schwester. Sie ist verheiratet und wohnt dort im ersten Stock.«

»Aber du bist nicht verheiratet«, stammelte Corradino.

»Na und?« sagte Cate einfach. »Kann man etwa kein Kind haben, wenn man nicht verheiratet ist? Das kommt vor, oder?«

Corradino erzählt, Cate habe das gesagt, ohne im geringsten verwirrt zu sein, und das habe ihn ziemlich gereizt. Als er sie fragte, warum sie es ihm nicht früher gesagt habe, antwortete Cate, sie habe erst wissen wollen, ob ihm das passe. »Und wieso weißt du jetzt, ob es mir paßt?« fragte er. »Ich hätte es dir heute früh sagen sollen«, erwiderte Cate und sah ihn fest an. »Heute früh habe ich eingesehen, daß ich es dir sagen mußte.«

Corradino wußte im ersten Augenblick nichts zu antworten, doch dann kam er wieder auf seine vorige Frage zurück: ob sie denn jetzt wisse, daß es der rechte Zeitpunkt sei. Sie spielten sozusagen Verstecken. Cate machte dem ein Ende, indem sie sagte, sie seien Freunde und müßten einander verstehen. Dino, der Junge, kam in diesem Augenblick herbeigesprungen, daß der Kies spritzte.

Cate hielt ihn fest, fuhr ihm über die Haare und wollte ihm die Jacke anziehen, weil er erhitzt war. Sie sagte ihm, er solle guten Tag sagen.

»Wie alt bist du?« fragte Corradino.

»Sechseinhalb«, antwortete Dino noch atemlos mit einer klaren Stimme. »Aber ich gelte für sieben.«

Cate fragte ihn, mit wem er spiele. Dino nannte Namen, wies auf Balkone in den Reihenhäusern, sprach von Schulklassen.

»Gehst du schon zur Schule?« fragte Corradino.

»Und ob!« rief Cate. »Wenn er Ingenieur werden will, muß er doch lernen.«

»Du willst Ingenieur werden?« fragte Corradino.

Dinos Ja kam heraus, als der Kies wieder aufspritzte. Er war schon wieder fort. »Er ist ein wilder Junge, alles zerreißt er«, sagte Cate.

Sie schwiegen eine Zeitlang; Cate machte in einer Einkaufstasche Ordnung und sah ihn nicht an.

»Er ist ein recht hübscher Junge«, sagte Corradino und blickte auf ihre Hände, die sich nervös an der Tasche zu schaffen machten. Er sah wieder diese rotlackierten Nägel vor sich, wie sie die zerzausten Haare des Jungen glätteten, und schämte sich, daß er an diesem Morgen daran gedacht hatte, sie zu verführen.

»Tüchtig von dir, Cate. Und du lebst mit seinem Vater zusammen? Darf ich wenigstens das erfahren?«

»Ich und die Mutter, wir haben ihn aufgezogen«, erwiderte Cate, rot geworden, voller Stolz und erhob sich plötzlich. »Etwas anderes gibt es nicht zu erfahren.«

Am nächsten Tag kam eine Karte aus Camogli, auf der unter vielen Namen auch der von Marina stand. Auch ihr Vater und ihre Mutter hatten unterschrieben, und Corradino betrachtete diese Namen lange. ›Sie haben sich dort zur Beratung zusammengefunden‹, dachte er mit einigem Hohn und verließ das Zimmer, spähte aber nach dem Telefon in der geheimen Furcht, es rufe jemand an. Diesen Morgen wollte er allein sein.

Für den Sangone war es zu spät, so ging er früher in die Trattoria; doch als er schon eintreten wollte, zögerte er und beschloß, in ein anderes Restaurant zu gehen, das er sonst nicht besuchte. Dort gab es wenigstens keine bekannten Gesichter; die Kellner verbeugten sich höflich, die Bedienung war so, daß sie nicht einmal Marina mißfallen hätte. Das Essen kostete das Doppelte, aber ein einsames Leben wie das seine war sowieso immer zu billig. ›Ich habe mir nie Kinder geleistet‹, dachte er an diesem Tag, ›ich habe mich nie an jemanden binden mögen. Das ist meine Natur. Ich habe Frauen gekannt und sie versetzt. Wenn Marina sich an mich klammern wollte, würde ich sie morgen genauso versetzen.‹

Den ganzen Tag verbrachte er in schlechter Laune; spät am Abend traf er sich mit Giusti. Er wagte ihm nicht vorzuschlagen, in den ›Park‹ zu gehen, und hörte seinen endlosen Plaudereien zu, denn Giusti, der sein finsteres Gesicht bemerkte, versuchte ihn abzulenken. Einmal stritten sie; Corradino sagte zu ihm, die Erfahrung diene dazu, uns zu lehren nicht, was wir tun sollten, sondern was wir unausweichlich tun würden; denn ein Mann, so tüchtig er sein möge, sei so etwas wie eine Brücke, die eine bestimmte Tragkraft habe – darüber hinaus geht es nicht. Es kommt ein Karren, der schwerer ist, und die Brücke stürzt ein.

»Na, das ist gut«, sagte Giusti. »Dann soll man nur vorher seine Rechnung machen.«

Corradino, der beim Sprechen lebhaft geworden war, setzte seine Bekenntnisse nicht so weit fort, ihn zu fragen, was für eine Rechnung ein Mann machen könne, der gemerkt habe, daß er nichts Rechtes zustande bringt, und den ganzen Tag Grillen fängt. Aber Giusti war befriedigt, daß Corradino sich überhaupt ereifert hatte, und sagte einfach, wenn es sich um Frauen handle – und man sprach doch wohl von Frauen? –, so solle er für sie die Brücke machen. Hier begannen sie zu spaßen, und das Gespräch zerflatterte.

So also leisteten die beiden einander Gesellschaft. Corradino sagt, er habe oft das Bedürfnis, sich mit mir auszusprechen; doch als Giusti Ende Juli abreiste, fühlte er sich erleichtert. Jetzt war er wirklich allein, und ein wenig gefiel er sich darin: so war er nun einmal. Er begann wieder unter den Weiden zu baden.

»Siehst du«, sagte er im Jahr danach wörtlich zu mir, »ich habe damals im Juli auf etwas gewartet, und wenn man auf etwas wartet, geschieht etwas. Aber um mich in diesen Zustand zu versetzen, isolierte ich mich, ich ging morgens an den Sangone, um im Wasser und in der starken Sonne mich selbst zu suchen. Wer sucht, der findet. Und was konnte ich finden unter diesen Weiden, wenn ich nackt dalag und meinen Nabel besah und das Glied, als wollte ich gerade einen Sohn zeugen? Ich fand ein lächerliches Wesen – mich selbst –, das sich immer wieder aus allem herausgewunden hatte, und fand in meinem Sinn Cate; denn ich dachte mehr an Cate als an

Marina. Von Mal zu Mal haßte ich mich mehr, alle meine Fehler tauchten auf, ich entdeckte – das ist der springende Punkt –, daß ich die Menschen, und besonders die Frauen, immer auf die gleiche Art behandelt hatte: kennengelernt und versetzt. Mit niemandem hatte ich je in Gemeinschaft gelebt, noch für jemanden eine Verantwortung übernommen. Ich bin niemandes Freund, auch nicht der deine.«

Auf diese Geschichte mit der Freundschaft kommt Corradino oft zu sprechen, immer wieder, er hat sie mir mehrmals auseinandergesetzt; und er behauptet, er sei nicht wirklich mein Freund, weil er auf meine Frau eifersüchtig sei. So ärgerte es ihn auch, sagt er, daß Cate ihn damals nicht anrief, weil das bedeutete: sie hatte Besseres, mochte dieses Bessere auch nur der kleine Sohn sein. »Und bedenke«, sagt er zu mir, »ich hätte in den ›Park‹ gehen können.« Noch etwas kränkte ihn: der Zweifel, Cate könne schon früher, als er sie entehrt und gedemütigt hatte, mit diesem doppelsinnigen Lächeln über ihn geurteilt haben. Darunter litt er wirklich, denn ein solcher Verdacht verletzte ihn an seiner empfindlichsten Stelle.

Um die ersten Augusttage entschied sich Corradino für Camogli und bat um Urlaub. Wenn er gekonnt hätte, wäre er noch am gleichen Abend losgefahren; aber das Büro hielt ihm vor, es seien ohnehin alle fort, er müsse acht Tage warten. Corradino lächelte und murmelte: »Um so schlimmer für Marina.«

Am nächsten Tag nahm er Cate mit ins Boot, so verabredeten sie es am Telefon. Am Abend zuvor war er im ›Park‹ gewesen; dort hatte er sie stark geschminkt und mit einem neuen Hut vorgefunden. Als Corradino auf sie zuging, hatte er diesmal, im Scheinwerferlicht der Bühne, ihr Berufsgesicht gesehen, diese verbrauchten, zu auffällig geschminkten Züge, die von künstlichem Licht und Nachtleben zeugen. Cate war die gleiche gewesen wie immer, hatte ihm die Hand gegeben und zutraulich mit ihm geplaudert; aber Corradino hatte sich darin gefallen, sie zu betrachten, als habe er sie nie gesehen, und sich einzureden versucht, dies sei die wirkliche Cate. Er hatte es fertigbekommen, mit ihr zu tanzen (»Einmal mit dir tanzen kann ich schon, Corrado«), obwohl sie am Tisch Gesellschaft gehabt hatten – diese gewaltsam besitzergreifende Gesellschaft von Menschen, die sich im ›Park‹ wie zu Hause fühlen und keine andere Unterhaltung zulassen. Leute vom Varieté, die Cate duzten. Erst beim Tanzen hatte Corradino erreichen können, daß sie versprach, ihn am nächsten Morgen anzurufen. Das hatte sie wirklich getan und am Schluß selbst gesagt: »Machen wir eine Bootsfahrt.«

Corradino wußte, Cates Vorschlag war harmlos gemeint; doch der Verdacht, der ihn unterwegs nicht losließ, kam anderswoher. Sie gingen zum Bootssteg, sie hakten sich zwar nicht unter, Corradino faßte sie nur beim Ellenbogen, aber sie sprangen doch lachend, ja stolperten ins Boot; als Cate beinahe gefallen wäre, hielt Corradino sie fest, und sie setzten sich. Cate lachte – sie lachte wie alle Frauen in solchen Fällen – und nahm den Rock über den Knien zusammen. Bei dieser Bewegung und als er ihr glückliches Gesicht sah, mit dem offenen Mund, in dem die Zähne sichtbar waren, tauchte vor Corradino die sorglose Vergangenheit auf, als sie noch ganz jung waren, und er begriff, daß Cate mit ins Boot gekommen war, weil sie die fernen Tage wiederfinden und im Vergleich zu den heutigen beurteilen wollte.

»Warum nimmst du deinen Sohn nicht mit in den ›Park‹?« fragte Corradino plötzlich und biß dabei die Zähne zusammen. Aber Cate merkte den Groll in seiner Stimme nicht; sie genoß dies alles, ihr Blick wanderte aus halbgeschlossenen Augen über das sonnenbeschienene Wasser, das sie vor sich hatte. Jetzt, wo sie den Hut abgesetzt hatte, waren die Lippen und die freiliegende Kehle nicht mehr so jung, sie verrieten, daß sie vom Nachtleben mitgenommen war.

Auf die wiederholte Frage antwortete Cate, vorläufig lebe Dino bei ihrer Schwester; er sei noch nicht alt genug, um zu begreifen, daß das Varieté ein Beruf sei wie andere auch. Vielleicht werde sie ihn in einigen Jahren, wenn sie ihre Angelegenheiten geordnet habe, auf ihre Reisen mitnehmen; aber in jedem Fall müßte er studieren, und beim Studium dürfe man nicht abgelenkt werden. »Ich denke immer daran«, sagte sie. »Er soll mir, wenn er groß ist, nicht vorwerfen können, ich hätte ihn vernachlässigt.«

Corradino schwieg; er beugte sich vor und legte die Ruder kreuzweise übereinander.

Plötzlich sagte er: »Hast du denn die Mittel, ihn aufzuziehen?«

Cate antwortete lächelnd, bis jetzt sei sie immer damit fertiggeworden. »In unserem Beruf gibt es viele Kanaillen, aber es gibt auch brave Leute. Ich habe jemanden, der mir hilft.«

»Der von gestern?« brummte Corradino. »Was ist er? Musiker?«

Cate lächelte noch immer; eine ausdrückliche Antwort gab sie ihm nicht. Aber die Art, wie sie ihn ansah, zeugte von einem festen Willen, einer Beharrlichkeit, daß ihm unbehaglich wurde.

Die Sonne wurde heiß. Corradino legte die Ruder hin, beugte sich über das Wasser und spritzte es sich mit der hohlen Hand über die Schultern. Dann machte er auch seine Haare naß.

»Ist dir nicht warm, Cate?«

Cate schüttelte den Kopf; noch immer betrachtete sie Corradino mit diesem merkwürdigen Blick, der nicht leicht zu enträtseln war. ›Aha‹, sagte sich Corradino, während er nach den Rudern tastete, ›sie prüft mich; sie denkt daran, wie ich damals war; sie erinnert sich an das dumme Zeug, das wir zueinander gesagt haben.‹

Schließlich hob er den Kopf und fragte: »Wäre es nicht einfacher, wenn sein Vater ihn bei sich hätte? Oder weißt du etwa nicht, wer sein Vater ist?«

Cate zuckte abweisend die Achseln, ohne jedoch beleidigt zu sein. Sie sah ihn nicht mehr direkt an, sondern nur von der Seite; da ihr die Sonne voll ins Gesicht schien, war nicht zu merken, ob sie rot geworden war.

»Corrado«, sagte sie leise, »du weißt, wer sein Vater ist.«

Corradino sagt, daß er die Ruder fahren ließ, und spürte, wie es ihm kalt über die Haut lief. Cate sah ihn noch immer an, in ihren Augen war ein schmerzliches Lächeln; und doch fand Corradino die Kraft, sich zu fassen, die Ruder wieder zu packen, einen Seufzer auszustoßen. Er stöhnte: »Aber nein« – in einem Ton, zu dem ganz wenig fehlte, daß er spöttisch geklungen hätte; aber Cates Augen brachten es sogleich zuwege, daß er verloren klang.

Corradino erzählt, in den darauffolgenden Sekunden habe er vor allem einen mächtigen Magenkrampf verspürt. Und geradezu stumpfsinnig hatte er nur immer daran gedacht, daß er seit Tagen, vom Abend der Begegnung an und schon vorher, jene Angst im voraus gefühlt und gewußt hatte, daß sich für ihn etwas nicht wieder Gutzumachendes vorbereitete. Während er zuhörte und sein ›Aber nein‹ stammelte, so erzählt er, tat er ab und zu einen Ruderschlag, um das Boot in der Richtung zu halten, und Cate unterbrach ihre nun folgenden Worte mit einem gezwungenen Lachen, das so etwas wie eine Verteidigung war, als wolle sie damit sagen, sie richte diese Worte weniger an ihn als an sich selbst – so wie man redet, wenn man allein ist und scherzt, um sich Mut zu machen. Etwas, so erzählte er, war von Anfang an klar: Cate sprach nicht, um ihn zu rühren, ihn in eine Falle zu locken. Im Gegenteil, sie sprach in einem zögernden, angestrengten Ton, als wisse sie, sie tue ihm weh, und wolle rasch wieder aufhören, wolle ihn schonen.

»Du hattest mich kaum verlassen«, sagte sie. »Wozu davon reden? Wir wären beide übel dran gewesen. Damals war ich ganz verrückt, aber doch nicht so sehr, daß ich nicht gemerkt hätte, daß du mich los sein wolltest.«

Corradino klammerte sich an den Ton, in dem Cate sprach, weil er darin zwar nicht die Rettung sah – an die Zukunft wagte er nicht zu denken –, aber doch immerhin die Möglichkeit, nicht auf der Stelle verrückt zu werden; damit erlaubte ihm Cate, weiter er selbst zu sein. Er erzählte, er habe die blödesten Einwände gemacht und doch gewußt, daß seine Worte – wie es ja auch stimmte – nutzlos waren. Aber wie stellt man sich an, wenn man gesagt bekommt, daß man seit Jahren einen Sohn hat, während man die Mutter kaum kennt?

»Gib acht, da ist ein Boot«, sagte Cate, und Corradino mußte die Ruder wieder aufnehmen, um sich abzustoßen. In dem Boot waren vier Mann – auch ein Soldat war dabei –, und als sie dicht an ihnen vorbeikamen, schoben sie sein Boot mit den Händen fort und sagten irgend etwas, wobei sie über Cate lachten.

Als sie wieder an den Bootssteg kamen, schlug der Bug heftig gegen die Mole, so daß die Padrona zu jammern begann; aber Cate und Corradino hörten nicht zu. Sie beeilten sich, auf die Allee zu kommen; sie sprachen kein Wort. Dann gingen sie im normalen Schritt weiter. Sie hatten sich untergehakt.

Offensichtlich erwartete Cate jetzt etwas von ihm. Zum Beispiel hätte er beginnen müssen, ihr Vorwürfe zu machen, daß sie es gewagt hatte, ein so großes Opfer ganz allein zu bringen. Statt dessen sagte Corradino, das Kind sei sechs Jahre alt, und sie beide hätten sich seit acht Jahren nicht gesehen. Cate schüttelte den Kopf. Seit sieben.

»Du mußt entschuldigen«, sagte Corradino da, »aber das ist, als bekäme man einen Ziegelstein auf den Kopf.«

Cate preßte seinen Arm und setzte ihm, da sie sich nicht mehr in die Augen sahen, mit ruhiger Stimme auseinander, sie grolle ihm ja nicht, sie wisse selber nicht recht, warum sie ihm das gesagt habe; keiner von ihnen sei schuld daran, oder nur sie, weil sie so dumm gewesen sei. »Alles, was geschehen ist, ändert nichts, Corrado. Ich möchte nur, daß du mich verstehst.«

Corradino suchte angestrengt nach irgendeinem Wort, das ihr Freude machen könnte. »Wieso ändert es nichts?« rief er.

»Wir bleiben Freunde wie vorher«, sagte Cate. »Hab keine Angst.«

Hier geschah Corradino etwas Seltsames. Je mehr Cates Worte – aber er hätte schwören können, daß Cate etwas ganz anderes zu ihm sagte, als er in Erinnerung hat – seinen ersten Eindruck bestätigten, nämlich, daß sie entschlossen war, nichts von ihm zu fordern, sich weder helfen noch gar heiraten zu lassen, kurz, daß sie ihm das Geheimnis nur aus Schwäche anvertraut und jetzt vorhatte, fortzugehen, ihm die Hand zu drücken und seine Gläubigerin zu bleiben; je mehr dies klar wurde, um so heftiger erhob sich in Corradino ein Groll, ein Gefühl verletzten Stolzes, als habe er selbst etwas zu fordern.

Die Vorstellung, einen Sohn zu haben, war ungeheuerlich, und ihn auf diese Art zu haben, auf diese Art dem Wort von Cate zu trauen, war verrückt; und doch geriet er in Aufruhr schon bei dem bloßen Verdacht, daß diese Frauen – sie, ihre Mutter und ihre Schwester – sechs, sieben Jahre lang das Kind als nur ihnen gehörend behandelt, es aufgezogen, gekleidet hatten, mit ihm umgegangen waren, als sei er gar nicht vorhanden, während sie wußten, wenigstens Cate wußte es, daß es sein Kind war.

Erregt zog Corradino seinen Arm aus dem von Cate und tat den ersten und einzigen liebenswürdigen Ausspruch jenes Tages.

»Womöglich sieht er mir ähnlich.«

Und er stieß einen Seufzer aus. Er spürte, daß Cates Augen ihn überwachten.

»Nein«, sagte sie, »das finde ich nicht. Vielleicht wenn er ein junger Mann ist ...«

»Verstehst du: sie hatte ihm meinen Namen gegeben«, murmelt Corradino, sooft er wieder davon spricht. »Doch sie war überzeugt, daß er mir nicht ähnlich sah. Wahrscheinlich hatte sie nicht unrecht. Aber sind das Dinge, die man zu jemandem sagt, der in diesem Augenblick erfahren hat, daß er Vater ist, und sich darin noch nicht zurechtfindet?«

Darin lag Cates Kraft, sagt Corradino: in ihrer Unbefangenheit. Cate hatte keine Geheimnisse, sie sagte alles frei heraus, während sie einem womöglich ins Gesicht sah und lachte, um sich Mut zu machen. Sie bemühte sich nicht, einen Entschluß, ein Gefühl, das sie zu empfinden glaubte, zu verbergen. Oder vielleicht tat sie das nur Corradino gegenüber, weil sie wußte, daß dies die sicherste Art war, ihn zu beherrschen und sich zu schützen.

»Es ist gut von dir, daß du so sprichst«, sagte sie zu ihm am gleichen Tag in dem kleinen Garten, »aber ich könnte dir nie die Gewißheit geben, daß Corrado dein Sohn ist. Es war nicht richtig, daß ich es dir überhaupt gesagt habe. Diese Dinge spürt man sofort – oder nie.«

Corradino war gekommen, um die beiden zu sehen und zu dem Jungen zu sagen: »Weißt du, wer dein Vater ist?« So aber ging er fort mit dem Eindruck, er selbst sei vor sieben Jahren verführt worden. Dino spielte gewöhnlich mit den anderen und blieb zwischen seinen Knien stehen nur die kurze Zeit, die Cate brauchte, um aus der Einkaufstasche das Vesperbrot herauszuziehen. Corradino hatte ihn bei den Handgelenken gepackt und mühte sich, ihn festzuhalten. Aber Dinos Arme widerstrebten ihm energisch: er staunte darüber, wie man über die Kraft eines Hündchens erstaunt ist. Seine scharfe Stimme, als er sich freimachte, rührte ihn. Corradino hatte nie darüber nachgedacht, daß zwischen den Großen und den Kindern immer ein Kampf ist, ein beständiges Mißtrauen, und daß die Kinder, was ihnen gar nicht bewußt ist, in einer anderen, eifersüchtig gehüteten Welt leben. Als sie allein blieben, sagte Cate, Dino sei, alles in allem genommen, gehorsam, aber es sei schwierig, von ihm anerkannt zu werden. Im letzten Jahr hatte er, nur um einer bestimmten Person nicht guten Tag sagen zu müssen, sich einen ganzen Nachmittag hinten auf der Treppe versteckt.

»Und von seinem Vater weiß er nichts?« fragte Corradino.

Cate schüttelte den Kopf. »Fragt er nicht danach?« »Ja, er hat gefragt, aber ich wollte ihm nicht sagen, daß er tot wäre. Vorläufig begnügt er sich damit, zu wissen, daß er nicht da ist.«

Damals setzte Corradino alles auf eine Karte und sagte – wobei er sich mehrmals unterbrach –, Cate müsse ihn verstehen (›ich rede wie eine Frau‹, dachte er) und ihm Zeit lassen, sich zurechtzufinden, Dino kennenzulernen, sie kennenzulernen, sich davon zu überzeugen, daß er seinem Sohn zugetan sei; und inzwischen danke er ihr, finde vielmehr keine Worte für die vielen Opfer, die sie doch gebracht habe. Da hatte Cate ihm, ruhig aber entschieden, jene Antwort gegeben.

Als Corradino sich alles noch einmal überlegte, fühlte er sich gerechtfertigt. In jener Nacht – seiner ersten Nacht als Vater – ging er allein umher, rauchte nervös, prüfte alles von neuem. Es war offensichtlich: Cate hatte darin, daß sie von ihm wirklich nichts wollte, nicht gelogen; und Corrado war sein Sohn. Aber hätte Cate ihn schließlich eingefangen und etwas von ihm angenommen – was? Die Heirat oder nur Geld? –, wäre der Zweifel ja doch geblieben. Als Corradino das Dilemma klar erkannt hatte, verzog er das Gesicht; zum Grinsen hatte er nicht die Kraft.

In der Erinnerung, die ihm davon blieb, behauptet Corradino steif und fest, die Nacht damals habe sich sehr von anderen, ähnlichen, die er auf den Straßen verbracht hatte, um einem vulkanischen Ausbruch von Eifersucht, Liebe oder Begeisterung zu entfliehen, unterschieden. So mühsam er sich auch im Gleichgewicht gehalten habe – und sein Gefühl habe ihn beinahe zerrissen –, so habe er doch in all dem Aufruhr eine Ruhe verspürt, eine Sicherheit und Hoffnung, die ihn nicht mehr verlassen hätten. Für gewöhnlich behauptete er, wenn er mir davon erzählte, diese Sicherheit sei ihm nur aus dem gekommen, was Cate ihm gesagt habe, um ihn zu beruhigen, und zwar weniger aus den Gesprächen selbst als aus ihrer Stimme, die so entschlossen geklungen hatte: sie wollte nicht nachgeben und sich nicht helfen lassen. Seit damals, erzählt Corradino, habe er begriffen, daß Cate nichts von ihm wissen wollte; und das war die Ruhe, die Hoffnung, die ihn aufrechthielt.

Aber ich weiß, Corradino verleumdete sich gern selbst; und ich suchte ihn davon zu überzeugen, daß, wenn zwischen den rasenden Gedanken jener Nacht nicht mehr das Gefühl des eigenen Unwertes auftauchte, wie es in vielen seiner Krisen der Fall gewesen war, das vor allem von einer Tatsache herrührte: diesmal fand ihn die Krise als Mann, sie bot ihm statt Torheiten Wirklichkeiten, Leben von Menschen, das Problem, wie er sich verhalten sollte; und das entriß ihn seiner Isoliertheit. Corradino jedoch schüttelt den Kopf und sagt, ganz das Gegenteil sei wahr: er liebe Cate kein bißchen, sondern habe eher einen Groll auf sie wie auf alle starrsinnigen Menschen; und was Corrado betreffe, den ihm angedrohten Sohn – nun, heute denke er an ihn wie an einen Fremden, obwohl er davon überzeugt sei, daß Cate ihn nicht belogen habe. »Ich bin für die Vaterliebe nicht geschaffen«, versichert er. »Die Vorstellung, daß mein Sohn schließlich in anderer Leute Händen ist, gab mir vor allem das Gefühl, als sei ich einer Gefahr entronnen, und später, wenn überhaupt, empörte sie mich, wie einen ein Diebstahl empört oder eine Gaunerei, der man zum Opfer gefallen ist.«

»Aber das ist nur natürlich«, sage ich zu ihm, »auch darin besteht die Vaterschaft.«

»Dann erkläre mir«, sagt er lachend, »wie in aller Welt ich schon seit jener Nacht wissen konnte, daß ich, nachdem sechs Tage vergangen waren, nach Camogli reisen, daß ich Dino Cate überlassen und hinter Marina herlaufen würde?«

»Und der Brief, den du mir damals in die Berge geschickt hast?«

Der Brief, brummt Corradino. Es war folgendes geschehen. Am Tag nach jener Nacht war er wachgeworden mit einem Gefühl der Angst, von völliger Erschöpfung des Herzens; er war, wie es so geht, im Halbschlaf bis auf den Grund des Ekels hinabgetaucht. Mit der grausigen Klarheit, die manche Gedanken bei Morgengrauen annehmen, hatte er sich im Bett richtig elend gefühlt: nackt, armselig und schuldig. Die wenigen Frauen, die er gehabt hatte, kamen ihm in den Sinn – Ernesta, Cate, ein Ladenmädchen ohne Namen, die Dirnen ohne Gesicht und sogar, obwohl er sie nie berührt hatte, Marina; und seine Gewissensbisse nahmen zu. Alle sagten ihm das gleiche, erdrückten ihn mit der gleichen Erinnerung, so wie es einem Angeklagten ergehen mag, der in die Hände seiner Ankläger gefallen ist. Unfähig, sich zu verteidigen, sah Corradino diesmal in der stillen Morgendämmerung ganz deutlich das, was er für seine Wirklichkeit hält. Alle diese Frauen hatte er immer auf die eine Art behandelt, bei keiner war er fähig gewesen, ein Wort als Mann zu sagen, aus seiner Isoliertheit herauszutreten. Wäre er wenigstens brutal gewesen, fähig, eine Frau zu beherrschen oder zu schänden. An jenem Morgen dachte er daran, daß er immer alle verletzt hatte, weil sie sich verletzen ließen, zuerst die Dirnen, bei denen er immer – wie sollte er je über sich selbst hinauskommen – als vollendeter Herr galt, als feiner Mann; noch jetzt, mit dreißig Jahren, fragten sie ihn, ob er Student sei. Und alle – Ernesta, Cate, und morgen würde es Marina sein – lösten sich schließlich von ihm, verärgert und enttäuscht, daß er unausweichlich alles laufen ließ. Wenn er sich jetzt – und das setzte Corradino hart zu – bei allen so betragen hatte, so hieß das, seine Wirklichkeit war eben diese, und er werde immer auf die gleiche Art reagieren. Die Tragkraft der Brücke.

An jenem Morgen kehrte er an den Sangone zurück, um diese Dinge in der Sonne ruhig zu überdenken. Er kleidete sich in den

Weiden aus, nach dem Baden rauchte er und sah zu, wie sein Körper am Licht trocknete. Die demütigende Traurigkeit des Erwachens war nun, im Licht und nach der Anstrengung des Schwimmens, natürlich verschwunden; er dachte jetzt, wie es unvermeidlich war, an Cate und an den Jungen. Und er stellte an seinem gebräunten Körper Vergleiche an mit der Gestalt von Dino, mit den feingebauten Beinen und den Handgelenken dieses kleinen Teufels, der so viel kräftiger war, als er erwartet hatte, und der – das schien ihm jetzt sicher – nicht von ihm gezeugt war. Unbestreitbar kam das Verdienst, ihn so tüchtig und gesund gemacht zu haben, Cate zu. Und dann – selbst wenn er es in der Schwebe ließ, ob er sein Vater war – fragte er sich, ob auch in diesem kleinen Körper ein Charakter heranreife wie der seine, einsam und störrisch. ›Es wäre ein Experiment‹, dachte er. ›Wenn er, fern von mir, mir eines Tages ähnlich sein wird, so heißt das: der Charakter ist von der Geburt gegeben und nicht von der Umwelt. So ist es bei Waisenkindern.‹ Bei diesem Gedanken begann Corradino sich wieder zu schämen und sagte sich, er sei ja leider nicht tot, also müsse er Cate heiraten. Mit der gleichen Klarheit, mit der er am Morgen, als er aufwachte, seinen Unwert gefühlt hatte, begriff er diesmal, daß er eine Pflicht zu erfüllen hatte. Eine Pflicht – sagte er sich jetzt höhnisch –, die nicht einmal unangenehm war: ›Cate ist eine schöne Frau, sie wird mir weitere Kinder schenken.‹

Damals entwarf er, von unklaren Anwandlungen bewegt, den Brief, den er mir später schrieb, vor allem die Sätze: ›*Jetzt gibt es einen Felsblock, viele Felsblöcke, an denen werde ich mir noch den Kopf einrennen... es geht hier nicht anders zu als im Krieg: es läßt sich nicht beschreiben... ich könnte auch etwas tun, das zu allem, was mir geschieht, keine wirkliche Beziehung hat...* Und dies natürlich tat er, als er nach sechs Tagen in den Zug nach Camogli stieg.

Eine Enthüllung wie die im Boot hätte die beiden einander näherbringen müssen, wenigstens für eine kleine Weile, für einen Tag, sie hätten sich sehen und wieder davon sprechen müssen – würde denn Cate nie mehr in sein Zimmer hinaufkommen? Aber sie hatten, wenn sie einander verließen, gewöhnlich nichts verabredet. Selbstverständlich konnten sie sich abends im ›Park‹ treffen. Corradino bildete sich ein, das erwarte Cate von ihm, um ihm ihre Umwelt aufzuzwingen und sich zu rächen. Vor sieben Jahren hatte er sie an einem Nachmittag – jenem Nachmittag – an einer Ecke verlassen und vergessen, sich mit ihr zu verabreden, und sie hatten sich nicht mehr wiedergesehen.

Aber Corradino kehrte in den kleinen Garten zurück. Er ging rasch hin, weil man ihn in der Zeitung gerade nicht erwartete; er kam zwischen den Bäumen hervor und blieb hinter einem Strauch stehen. Er wollte nicht, daß Cate ihn sah, oder wagte es nicht, sich zu zeigen; vielleicht war es die romanhafte Idee, sich zu verbergen, um nach seinem Sohn zu spähen. Sein Blick folgte einem kleinen Jungen, den er schon kannte; er sah einen andern, dann noch einen: und da war Dino. Sie bildeten einen Kreis, ausgerechnet Dino zählte lebhaft die Spielkameraden ab, er spießte einem jeden den Finger auf die Brust. Dann erhob sich ein Geschrei, und alle rannten los. Weiter entfernt bildete sich eine kleine Gruppe von dreien, unter ihnen Dino; die Fäuste geballt, begannen sie zu brüllen. Kurz danach löste sich Dino aus der Gruppe und rannte mit wehender Jacke auf Cate zu, die ihn gerufen hatte und sich nun von der Bank erhob. ›Er ist genauso ein Feigling, wie ich es war‹, stammelte Corradino, sah fort und entfernte sich.

Am gleichen Abend ging er in den ›Park‹. Er wehrte sich bis zum letzten Augenblick – es hätte sich gehört, daß Cate ihn anrief –, saß vor dem geöffneten Fenster und sah zu, wie der Tag zur Neige ging. Er sagt, um diese Stunde habe er gewöhnlich an Camogli, an Marina gedacht.

Plötzlich läutete das Telefon. Als Corradino Ernestas Stimme hörte, wurde er bleich vor Wut. Er fragte sie grob, warum sie anrufe. Ernesta zögerte; dann stammelte sie, sie habe nichts mehr von ihm gehört, niemand sei mehr in Turin, schließlich habe sie geglaubt, auch er sei schon aufs Land gefahren. Sie wolle ihm nur guten Tag sagen. »Du siehst, ich bin noch da«, sagte Corradino etwas sanfter. Ernesta schwieg, aber sie legte den Hörer nicht auf. Auch Corradino schwieg. »Dann ciao«, sagte Ernesta leise. Corradino gab ihr den Gruß zurück und legte den Hörer auf.

Entschlossen nahm er die Trambahn und fuhr zum ›Park‹. Cate war noch nicht da. Er wollte reden, wollte sich bewegen, irgend etwas tun. Da sah er den Mann vom letztenmal, er hatte mit Cate über Lieder geplaudert, und Cate hatte ihm bei ihren Antworten mit Wärme in die Augen geschaut. Er war ein schöner Mann mit grauen Schläfen. Corradino sprach ihn an. Während sie miteinander redeten, erschien Cate.

»Oh, ihr habt Freundschaft geschlossen«, sagte sie. »Wartet auf mich.«

An jenem Abend sang eine gewisse Naldina, die alle anderen kannten und begrüßen wollten, immer war am Tisch Unruhe. Die Frau war jünger als Cate, eine blonde, verbrauchte Florentinerin; sie lachte ausgelassen und beherrschte das Publikum mit Gesten, als halte sie eine Predigt. Während sie ihr zuhörten, fragte sich Corradino, wie Cate wohl auf der Bühne wirke. Sie saß neben ihm, aufmerksam, das Kinn auf die Hand gestützt: in dieser Haltung hatte sie etwas unsinnig Kindliches und zugleich Mütterliches, was ihn zum Lachen brachte. »Singt sie gut?« flüsterte er ihr ins Ohr. Cate runzelte einen Moment die Brauen und lächelte, ohne den Blick von der Bühne zu wenden.

Naldina, die von ihrer Gruppe viel Beifall erhielt, mehr als von den anderen Tischen, kam dann auf sie zu; in ihrem Abendkleid, dem gleichen, in dem sie gesungen hatte, kam sie zwischen den tanzenden Paaren hindurch an den Tisch. Cates Musiker, der vierzigjährige Mann mit der höflichen Stimme, begrüßte Naldina begeistert – alle nannten sich du –, und erst da merkte Corradino, daß auch er aus der Toskana stammte. Als sie Naldina Feuer gegeben hatten, musterte diese Corradino gründlich; inzwischen sprachen alle, Cate inbegriffen, von der ganz anderen Wärme des Publikums in Florenz und Rom.

»Ihr hier seid eben langweilig«, sagte Naldina und pustete den Zigarettenrauch in die Luft, als auch Corradino seine Meinung geäußert hatte; und Corradino fand diese Frau abscheulich vom Kopf bis zu den Füßen, er haßte ihre Art zu blicken, ihre Stimme, ihren Beruf, ihre Art, sich zu kleiden. Er haßte sie um so mehr, als er an ihr einiges wiederfand, was auch Cate hatte: die gleiche Offenherzigkeit, dieses Sichselbstgenügen, die endlosen Gespräche über nichtige Dinge, und alles recht weiblich wichtig vorgebracht.

Alle um Naldina herum sprachen von ihren Angelegenheiten; nur der höfliche Mann aus der Toskana beteiligte sich zwar gelegentlich mit raschen Bemerkungen an dem gemeinsamen Gespräch, unterhielt sich aber in zurückhaltender Art viel mit Corradino. Cate hatte ihn als Journalisten vorgestellt, und so mußte er Auskunft geben auf Fragen und von Dingen sprechen, die ihm gar nicht geläufig waren. Signor Pippo – alle nannten ihn Pippo – machte sich Sorgen um die Streitfrage wegen des gewerkschaftlichen Schutzes der Orchestermitglieder, und das überzeugte Corradino endgültig davon, daß er Musiker war. Hin und wieder sah auch Cate zu ihnen herüber und hörte ihrem Gespräch zu.

Dann erhoben sich Pippo und Naldina, um zu tanzen; Naldina sagte zu Cate mit einer Grimasse: »Du erlaubst doch?«, und alle lächelten oder lachten.

Einmal an diesem Abend saßen sie allein auf der Bank am Eingang. Cate schwieg, sie war nervös, sie wartete, sie gab kaum Antwort, wenn Corradino mit ihr sprach. Der ›Park‹ war bereits halb leer; Naldina und Signor Pippo waren schon eine halbe Stunde fort. Corradino hatte nun alles begriffen, und zwar seit dem letzten Abend; es blieb ihm nur noch ein einziger Zweifel, und den, so unsinnig er war, wälzte er in sich hin und her.

»Seit wann kennst du diesen Maestro Pippo?«

Cate wurde rot und fragte ihn, warum er das wissen wolle.

»Aus keinem besonderen Grund«, log Corradino. »Ich sehe, du vertraust ihm sehr, und ich möchte nicht, daß er der erste beste ist.«

Da erklärte ihm Cate lebhaft, sie habe ihn vor zwei Jahren kennengelernt, er sei ein sehr guter Kamerad, voller Arbeitsenergie, einer von denen, die Karriere machen, ohne die Kollegen zu verleugnen.

»Und was tut er hier in Turin?«

Cate antwortete: »Du könntest ihm helfen.«

Corradino ließ sich erklären, wie, und sagte, beim Rundfunk kenne er niemanden. »Ein Wort bei diesem und jenem würde genügen«, sagte Cate mit einer gewissen Wärme und horchte weiter nach dem Eingang.

Corradino lächelte. »Ich muß mich wirklich bei dir bedanken«, sagte er. »Nicht nur, daß du mir unseres Sohnes wegen keine Vorwürfe machst – du möchtest sogar, daß ich dir helfe, dich loszuwerden.«

Cate runzelte die Stirn. Die Worte verstand sie nicht, wohl aber das Gefühl, das dahintersteckte. Einen Moment war sie verwirrt; rot werden konnte sie nicht, denn sie war es noch von vorhin; sie sah ihn mit einem weichen Blick verstohlen an. »Corrado«, sagte sie, »wir können nichts dafür.« Und sie preßte krampfhaft sein Handgelenk.

»Natürlich ist dein Pianist Junggeselle«, fuhr Corradino fort. Cate nickte, aber sie sah nicht auf.

Dann schwiegen beide. Corradino lächelte, um sich zu beherrschen; er merkte, daß Cate schon an anderes dachte, an diesen Pippo. Seine vielen verrückten Gefühle, die ihn so in Unruhe versetzt hatten, waren völlig verschwendet. Er stand auf und streckte Cate die Hand hin. »Gute Nacht«, sagte er. Cate sah ihn lebhaft an und streckte ihm zögernd die Hand hin. »Auf Wiedersehen«, stammelte sie.

Einige Tage lang, in den kritischen Augenblicken seines Wartens, gefiel sich Corradino darin, zurückzudenken an Cates Verlegenheit und an seine neue Fähigkeit, alles von oben zu betrachten; diese hatte für ihn in dem Moment begonnen, als er lächelte, statt beleidigt zu sein. ›Es genügt eine winzige Kleinigkeit‹, dachte er, ›es genügt, eine Frau zu überraschen, wenn sie es nicht erwartet – und man bekommt sich wieder in die Gewalt.‹ Gewalt worüber? Es war an Cate, von sich hören zu lassen; und zwei lange Tage verstrichen, ohne daß das Telefon läutete.

Corradino versagte es sich sogar, in den kleinen Garten zu gehen. Um ruhiger zu werden, sagte er sich: womöglich ist der Junge von diesem Pippo, und Cate, die sich vernachlässigt fühlt, hat eine Gaunerei versucht, um sich von ihm, Corradino, bedauern zu lassen und ihm eine Empfehlung zu entreißen, mit der sie dem Liebhaber eine Stelle verschaffen und seine Gunst wiedererringen kann. Aber dann würde alles für ihn zusammenstürzen: daß er den halben Sommer gewartet, sich in Einsamkeit vorbereitet hatte, daß er einer ganz anderen Einsamkeit bedurfte. Alles das verflüchtigte sich. Corradino hätte sich auch damit abgefunden; aber auf Cates Starrsinn, auf ihre ernsthaft-einfache Art konnte er nicht verzichten: jetzt ging es darum, zu kämpfen, er wollte eine Cate, um deretwillen eifersüchtig zu sein der Mühe wert war. Und daß Dino sein Sohn war, peitschte ihm das Blut, gab ihm das Recht, Cate ins Gesicht zu sehen. »Bestimmte unglückliche Begebenheiten wünscht man geradezu herbei«, sagt Corradino noch heute.

Aber das Telefon schwieg. Als Corradino am Abend des dritten Tages – noch zwei Nächte und dann die Ferien – aus dem Büro kam, fand er unser Telegramm vor. Er sagt, er habe im ersten Augenblick wohlgefällig gelächelt bei der Vorstellung, ich hätte seinen Brief so wichtig genommen; doch dann las er das Telegramm noch einmal, begann sich zu schämen, fühlte sich verspottet und litt sehr. Er dachte zurück an das, was er geschrieben hatte, an die Demütigung dieses Morgens, an die Aufregungen dieser Nacht, als der Gedanke, einen Sohn zu haben und ihn nicht zu besitzen, ihm das Herz mit unklaren edelmütigen Anwandlungen erfüllte. Auch diesmal also hatte er sich umsonst an jemanden gewöhnt. Seine Wirklichkeit war eben diese – so hatte er an jenem Morgen beim Aufwachen gedacht. Seine Tragkraft hatte, wie üblich, nicht genügt, und es blieb nichts übrig, als das zu beklagen. ›Aber etwas will ich tun‹, sagte er sich.

Aber nein, er tat nichts. Er ging einfach in den ›Park‹ und verbrachte den Abend, wie üblich, am Tisch der Künstler, hörte den Chansons zu, betrachtete die tanzenden Paare. Als er mit Cate einen Augenblick allein blieb, fragte er sie nach Dino und hörte ihr zu, wie sie von ihren Sorgen sprach, von dem Charakter und den kleinen Angelegenheiten des Jungen. Er merkte, daß Cate glücklich und ein wenig stolz darauf war, ihm diese Dinge zu erzählen. Sie tanzten zusammen.

Dann begleitete er Maestro Pippo an die Bar und sagte ihm, Cate habe seinen Fall angedeutet, ihn ihm aber nicht genügend auseinandergesetzt; ob er selbst ihm einiges über seine Vergangenheit genauer erklären könne? Das Gespräch, das darauf folgte, bestätigte Corradino, daß jener Mann Cate erst seit zwei Jahren kannte. Obwohl er Pianist war, sprach er äußerst vernünftig und schien sich nicht für einen Gott zu halten. Im Varieté hatte er gespielt, um zu leben, aber seine Ausbildung war ernsthafter; er sprach von einem Konservatoriumsbesuch, und vor allem hatte er sehr bestimmte Urteile über die Chanson-Sängerinnen des ›Parks‹, die Corradino vergessen ließen, daß er diesen Mann haßte. Dann kam Cate.

In ihrer Gegenwart fragte Corradino ihn im Scherz, wie denn Cate singe. Pippo ging auf seinen Ton ein und antwortete, die Bretter des Varieté hätten schon Schlechteres gehört. Cate sah ihn halb herausfordernd, halb schmollend an und sagte, nicht alle könnten die Gaben von Naldina besitzen. Pippo lächelte; auch Corradino lächelte und wollte gerade fragen: ›Hat sie sich heute abend nicht sehen lassen?‹, als Pippo ruhig bemerkte: »Traurig, ein Mädchen wie sie.«

Er und Cate, es war offensichtlich, hatten sich versöhnt, wenn sie überhaupt je Streit gehabt hatten. Corradino fragte sich, ob der Pianist etwas von Dino wisse, und wie er darüber denke.

In einer Gesprächspause sagte er rundheraus, in zwei Tagen habe er Ferien und werde verreisen. »Ich gehe aufs Land.«

Cate sagte unter Pippos Augen: »Schade.« »Aber vorher will ich sehen, ob ich mit denen vom Rundfunk sprechen kann«, fügte Corradino hinzu.

Sie plauderten vom Land, und Cate sagte ganz offen, es tue ihr leid, daß sie in diesem Jahr Dino nicht dorthin schicken könne.

»Du solltest es doch tun«, unterbrach Pippo sie. »Erst gestern hat mir der Junge gesagt, daß er sich langweilt und genausogut in die Schule gehen könnte. Na ja, diese Jungen...«

Corradino verspürte eine so heftige Regung von Eifersucht, daß ihm Tränen in die Augen stiegen. Für einen Moment sah er alles durch einen Nebel; er hörte die Worte der beiden nicht und erinnert sich auch jetzt nicht an sie. Als er sich erholt hatte, gingen sie, und er mit ihnen, auf den Tisch zu. Da nutzte er die Gelegenheit, als der Pianist abgelenkt war, weil er mit jemandem sprach, packte Cates Hand und flüsterte ihr zu: »Übermorgen reise ich. Ich will dich sprechen. Morgen vormittag erwarte ich dich bei mir.« Cate war so verwirrt, daß sie ihn kaum ansah, sie hielt den Kopf gesenkt. »Ruf mich wenigstens an«, stammelte Corradino noch.

Aber Cate kam am nächsten Tag nicht zu ihm. Corradino litt, unter verletztem Stolz, unter Eifersucht, unter der Demütigung; kaum erleichterte ihn der Gedanke, daß, was er leiden mußte, unbillig war, und er sagte und wiederholte sich, daß er das nicht verdiene. Sogar daß er Cate nicht liebte, ja ihr grollte, erschien ihm als ein Opfer, das er dem Jungen brachte. In diesem Zustand rief er einen Bekannten an und empfahl ihm diesen Pippo als einen ernsthaften fähigen Mann. Er fühlte sich edelmütig.

Als wollte Cate ihn entschädigen, rief sie ihn am Nachmittag im Büro an. Sie sagte, sie habe zu tun gehabt, aber sie halte ihr Versprechen und sage ihm jetzt guten Tag. Ob er heute abend in den ›Park‹ komme?

Corradino bemühte sich, sanft zu reden; er antwortete, er habe wegen Pippo mit den Leuten vom Rundfunk gesprochen. Cate schwieg einen Augenblick. »Nun?« sagte Corradino. »Was gibt es?« Und sofort erklang Cates Stimme wieder, fröhlich, und dankte ihm in Pippos Namen.

Da sagte Corradino: »Nein, ich komme heute abend nicht. Was soll ich dort?« Cate sagte irgend etwas, aber Corradino fuhr fort: »Das dort ist deine Welt, damit habe ich nichts zu tun. Komm du heute abend zu mir.«

»Ich kann nicht, Corrado.«

»Cate, ich bin so allein.«

Er stellte sich ihre Augen vor, ernst, schuldbewußt, über den Apparat geneigt, den Mund nahe am Hörer, als schicke sie ihm einen Kuß, flüstere ihm etwas zu.

»Ich komme morgen«, sagte Cate. »Um Mittag.«

Sie trafen sich an einer Ecke, und Corradino merkte sofort auf ihrem Gesicht, daß sie nicht mit hinaufkommen würde. Sie tat, als habe sie vielerlei zu besorgen, und nahm ihn mit in ein Geschäft. Trotz der herzlichen Begrüßung sahen sie sich nur von der Seite an.

Als er sie bat, mit hinaufzugehen, schüttelte sie den Kopf. »Wovor hast du Angst?« murrte Corradino. »Du bist doch schließlich kein kleines Mädchen.«

»Wäre ich ein kleines Mädchen, würde ich mitkommen«, sagte Cate.

Da setzten sie sich in ein Café. Cate schwieg. Corrado dachte an Pippo, aber er wagte nicht davon anzufangen. Er warf einen Blick in die Spiegel und sah seinen Nacken, energisch, gebräunt, fremd, als gehöre er nicht zu ihm. ›Keiner würde sagen, daß wir zwei einen Sohn haben‹, stellte er fest, in das Weiße seines gespiegelten Auges hinein. Cate hatte den Hut abgesetzt, nun warf sie die Haare zurück; jetzt sah sie ihn an, ein paar kastanienbraune Strähnen über den Augen. Wußte sie, wie aufreizend sie so wirkte? Sie erschien jünger, und sie atmete schwer, während sie ihn ansah.

›Sie betrachtet mich zum letztenmal‹, dachte Corradino. ›Wir spielen Theater.‹

Als Cate sich endlich faßte und mit krausgezogenem Mund lächelte, sagte Corradino: »Je mehr ich über dich nachdenke, um so weniger kenne ich mich in dir aus. Du bist nicht mehr wie früher.«

Da redeten sie. Cate sagte, sie sei alt – das sei alles, und Corradino erhob keinen Einspruch dagegen, er sagte nur, auch er sei alt. »Wir sind sozusagen nahe an der Silberhochzeit«, bemerkte Cate und lächelte.

Sie scherzte eine Weile, und er fragte sie, wo sie in diesem Winter singen werde. Cate sagte, sie wisse es nicht, bis dahin sei ja noch Zeit.

»Dino wird sehr bald einen Papa haben, nicht wahr?« bemerkte Corradino mit gleichgültiger Miene, aber Cate wurde nicht verlegen; sie hörte es sich an und betrachtete ihn weiter, diesmal mit einer gewissen Härte.

»Er hat ihn schon«, murmelte sie.

»Er hat ihn, aber er läßt sich nicht blicken«, schlug Corradino zurück.

Cate schwieg unerschütterlich. Da sagte Corradino, er wolle sie heiraten. Er sagte es ihr so ruhig wie jemand, der von einem anderen spricht; doch als er es gesagt hatte, war er bewegt, vor Erregung trat ihm der Schweiß auf die Stirn, und er war verwirrt.

Aber Cate hatte schon geantwortet, mit einem Wink und ihrem unerschütterlichen Lächeln. Sie schwiegen längere Zeit.

»Siehst du«, sagte Cate, und ihre Stimme klang ruhig, »du mußt verstehen: ich bin nicht mehr die gleiche, du aber hast dich nicht geändert. Für mich ist zu viel Zeit vergangen. Du glaubst nicht, daß Dino dein Sohn ist, und daran tust du recht. Ich war dumm, daß ich damals davon gesprochen habe.«

»Und wenn ich es doch glaubte?« sagte Corradino.

Cate nahm diese Worte sehr in sich auf.

»Wenn ich es glaubte?« wiederholte Corradino.

»Das ist es nicht«, sagte Cate; sie ließ den Blick umherschweifen und sah dann wieder auf Corradino. »Wir führen ein zu verschiedenes Leben. Wir wüßten nicht einmal, wovon wir reden sollten. Du wärest nicht froh.«

»Du – du wärest nicht froh.«

»Corrado«, sagte Cate, »gehen wir? Es ist schon halb eins.«

Sie gingen hinaus. Corradino begleitete sie bis an die Haustür; er streifte ihren Ellenbogen, er ging auf die andere Seite, wenn sie den Gehsteig wechselten, sie sagten einander unnütze, höfliche Worte. Einmal machte Cate eine Grimasse; da bemerkte er mit Vergnügen, daß sie im Grunde ein recht gewöhnliches Lächeln hatte.

»Du bist ja gar keine Frau«, sagte er.

»Was bin ich denn?«

»Du bist du«, brummte Corradino.

Als er sich von ihr verabschiedet hatte – und das ging ganz unfeierlich vor sich, sie waren kaum verlegen dabei –, ging er durch den kleinen Garten, ohne stehenzubleiben. Erst nachdem er um die Ecke gebogen war, zündete er sich eine Zigarette an. Er zündete sie an und versuchte sich daran zu erinnern, ob er im Café geraucht hatte. Aber er wußte es nicht mehr.

Der Name

Wer meine damaligen Spielgefährten waren, weiß ich nicht mehr. In einem Haus im Dorf, wohl uns gegenüber, lebten zwei Jungen, die im Hemd umherliefen, vielleicht Brüder. Einer hieß Pale von Pasquale; aber es ist auch möglich, daß dieser Name zu dem anderen gehörte. Ich kannte hier sehr viele Jungen.

Dieser Pale – hochaufgeschossen, mit einem Pferdemaul – riß, wenn sein Vater ihm eins überzog, von zu Hause aus und blieb zwei, drei Tage fort, so daß der Vater, wenn er wieder erschien, ihm schon mit dem Gürtel auflauerte und ihn prügelte, bis die Haut in Fetzen hing. Dann riß er wieder aus, und seine Mutter rief ihn laut fluchend von dem Fenster aus, wo der Kalk abgebröckelt war; es ging auf die Wiesen, auf die Wälder am Fluß, dort wo das Tal hereinkam. An manchen Morgen wachte ich auf von dem lauten, irgendwie klagenden Ruf der Frau an jenem Fenster. Viele Frauen riefen die Kinder so; aber der Name, der alle verstummen ließ, der zu manchen Stunden so stark widerhallte wie die Flintenschüsse der Jäger, war der Name Pale. Manchmal schrien auch wir anderen diesen Namen, aus Übermut oder zum Spott. Ich glaube, es machte sogar Pale selbst Spaß, ihn zu brüllen.

So weiß ich auch nicht mehr genau, ob wir, ich und Pale, allein waren, als wir eines Tages die kahlen Hänge des gegenüberliegenden Hügels hinaufstiegen; zuerst hatten wir in den brennendheißen Stunden den Fluß und das Röhricht durchwatet. Sicher ist, daß mein Gefährte bleckende Zähne und einen roten Schopf hatte; daran erinnere ich mich, weil ich ihm erzählte, der Löwe, der in kahlen Gegenden lebt, blecke die Zähne und habe eine rotblonde Mähne genau wie er. An jenem Tag waren wir aufgeregt, denn wir hatten uns vorgenommen, ganz methodisch Schlangen zu jagen. Wir waren naß bis zum Bauch, die Sonne hatte unsere Nakken braungebrannt; hier und da sprang ein Frosch unter den Steinen hervor, die wir im Gehen zum Wackeln brachten. Meine Schienbeine waren voll grüner und blauer Flecken. Und meinem

Gefährten Pale troff von den Zähnen der grüne Saft eines Krautes, das er durchaus kauen mußte. Dann hörten wir mit dem Wind, in der Stille zwischen Bäumen und Wasser, schwach aber klar einen Ruf.

Ich erinnere mich, daß ich die Ohren spitzte, ob man nach mir rufe.

Aber der Ruf wiederholte sich nicht. Kurz darauf verließen wir die Flußniederung und stiegen den Hang hinauf, sagten uns, wir gingen Schlehen suchen, waren uns aber bewußt – mir wenigstens war es bewußt, und das Herz schlug mir –, daß der Zweck diesmal die Vipernsuche war. Wir stiegen den Pfad zwischen den Wacholdersträuchern hinauf, und hier fing ich, kühn geworden, an, von den Löwen zu sprechen. Ich hatte die Schuhe wieder angezogen, gerade als wollte ich mit einer Brave-Jungen-Geste die Gefahren beschwören, die zu diesem abendlichen Gang gehörten. Ich pfiff vor mich hin.

»Laß das. Auf die Art ruft man die Viper nicht«, brummte mein Gefährte und blieb stehen.

Wir hatten uns mit zwei gegabelten Ruten bewaffnet, in diesen Gabeln mußten wir das Tier festhalten und es dann töten. Das Wasser hatten wir möglicherweise zu mehreren durchwatet, aber jenen Pfad, das ist sicher, stiegen wir beide allein hinauf. Pale ging, im Unterschied zu mir, barfuß über Steine und Dornen, er achtete gar nicht darauf. Ich wollte es ihm sagen – da blieb er plötzlich vor einem Dornbusch stehen und begann, vorgebeugt, den Kopf hin und her wiegend, ganz leise zu zischen. Der Dornbusch wuchs an einem steilen Felshang; durch ihn hindurch sah man den Himmel.

»Es wäre besser, wir überraschten die Schlange«, sagte ich in die Stille hinein.

Der Freund gab keine Antwort, er fuhr fort, ganz leicht zu zischen – wie wenn ein dünner Wasserstrahl aus einem Hahn rinnt. Die Viper kam nicht heraus.

Plötzlich ließ uns ein Schrei zusammenfahren, der mit dem Wind über uns herfiel, es war wie ein Stoß. Wieder wurde vom Dorf her gerufen – die gewohnte Stimme, klagend, wuterfüllt: »Pale! Pale!«

Ich dachte sofort an Zuhause. Pale stand da, den Kopf nach vorn, er stand auf nur einem Bein, und mir schien, als mache er eine seiner teuflischen Grimassen. Aber kaum war es still geworden, schrie die Stimme, unmenschlich in dem uns anspringenden Wind, von neuem: »Pale! Pale!« Da warf der Gefährte wütend die Weidenrute hin und sagte rasch: »Zu blöd! Wenn die Viper meinen Namen hört, während wir sie suchen, kennt sie mich dann.«

»Komm fort«, sagte ich mit einer ganz dünnen Stimme.

Die verfluchte Alte rief weiter. Ich sah sie am Fenster vor mir: immer wieder tauchte sie da auf, einen Säugling im Arm, und stieß diesen klagenden Schrei aus, in einem bestimmten Tonfall, sie sang ihn geradezu. Auf einmal packte mich Pale am Handgelenk und schrie: »Reiß aus!« Wir rannten ohne innezuhalten bis in die Ebene. Wir schrien einander zu: »Die Viper!«, um uns zum Laufen anzureizen, aber unsere Furcht – wenigstens meine – war etwas viel Komplizierteres, ein Gefühl, als hätten wir, irgendwie, Mächte der Luft und der Steine beleidigt.

Der Abend kam, wir saßen auf den Querbalken der Brücke. Pale schwieg und spuckte ins Wasser.

»Komm auf den Balkon, dort ist es kühl«, sagte ich zu Pale. Es war die Zeit, wo alle Frauen im Dorf irgend jemanden riefen; aber im Augenblick war ein wunderbarer Friede, nur ein paar Grillen hörte man.

›Mich haben sie noch nicht gerufen‹, dachte ich. Und laut sagte ich: »Warum antwortest du nicht, wenn sie dich rufen? Heute abend geben sie es dir.«

Pale zuckte die Achseln und verzog das Gesicht. »Frauen! Was verstehen die schon!«

»Kommt die Viper, wenn sie einen Namen hört, dann wirklich an und sucht einen?«

Pale gab keine Antwort. Weil er immer von zu Hause ausriß, war er notgedrungen so schweigsam geworden wie ein Mann.

»Aber dann müßten deinen Namen alle Schlangen hier auf den Hügeln kennen.«

»Deinen auch«, sagte Pale mit einem Grinsen.

»Aber ich antworte sofort.«

»Das ist es nicht«, sagte Pale. »Meinst du, die Viper kümmert sich darum, ob du ein braver Junge bist? Die Viper will die töten, die sie suchen ...«

Aber in diesem Augenblick setzte das laute Rufen erneut ein. Die Alte stand wieder am Fenster. Die Räder eines Karrens quietschten; man hörte, wie ein Eimer in den Brunnen plumpste. Da machte ich mich auf den Heimweg. Pale blieb auf der Brücke.

Ende August

In einer Augustnacht bummelten wir langsam den Gehsteig entlang; selten wechselten wir ein Wort. Es war eine der Nächte, in denen ein lauwarmer, heftiger Wind weht. Immer wieder fächelte er einem zärtlich das Gesicht, er drückte an Wangen und Lippen Wellen von Duft; dann wirbelte er weiter zwischen die schon dürren Blätter der Allee. Nun weiß ich nicht, warum diese laue Wärme eine Erinnerung an eine Frau oder an sommerliche Blätter heraufbeschwor – jedenfalls floß mir das Herz so plötzlich über, daß ich stehenblieb.

Clara wartete, mir halb zugewandt, daß ich weiterginge. Als bei der Straßenbiegung ein neuer Windstoß über uns herfiel, blieb Clara, ohne mich anzusehen, von sich aus stehen und wartete wieder. Vor der Haustür fragte sie mich, ob ich Licht haben oder noch spazierengehen wolle. Ich blieb eine Weile auf dem Gehsteig stehen, horchte auf das Rascheln eines dürren Blattes, das der Wind über den Asphalt trieb, und sagte Clara, sie solle hinaufgehen, ich würde ihr sehr bald folgen.

Als ich nach einer Viertelstunde hinaufkam, setzte ich mich ans Fenster, um zu rauchen, und roch den Wind, und Clara fragte mich durch die Zimmertür, ob ich mich beruhigt hätte. Ich sagte, daß ich auf sie warte; einen Augenblick später war sie neben mir in dem dunklen Zimmer, lehnte sich gegen meinen Stuhl und genoß die laue Wärme des Windes, ohne ein Wort zu sprechen. Damals waren wir nahezu glücklich, ich erinnerte mich nicht, daß wir uns je gestritten hätten; wir lagen lange Stunden nebeneinander, bevor wir einschliefen. Clara hat für alles Verständnis, und damals hatte sie mich gern; auch ich hatte sie gern, wir brauchten es uns nicht erst zu sagen. Und doch weiß ich jetzt, daß unser Unglück in jener Nacht begann.

Wäre Clara wenigstens über meine Unruhe ärgerlich gewesen, hätte sie nicht mit solcher Fügsamkeit gewartet! Sie hätte mich fragen können, was mich gepackt habe, hätte von sich aus versuchen können, es zu erraten, um so mehr, als sie es ja doch ahnte – aber verständnisinnig schweigen, wie sie es tat, das durfte sie nicht. Ich finde selbstgenügsame Menschen abscheulich, und zum erstenmal fand ich Clara abscheulich.

Jener nächtliche Wirbelwind hatte mir, wie das so geht, eine weit zurückliegende Freude wieder unter die Haut, in die Nase getrieben, eine dieser einfachen Erinnerungen, die geheim sind wie unser Körper, die mit ihm, man könnte sagen von Kindheit an, fest verwachsen sind. Der Strand, an dem ich geboren bin, bevölkerte sich im Sommer mit Badegästen; er kochte unter der Sonne. Es waren drei, vier Monate eines Lebens voll Überraschungen, immer wieder anders, bewegt, schwierig, etwa wie eine Reise oder ein Umzug. Die kleinen Häuser und Gassen wimmelten von Jungen, von Familien, von Frauen – halbnackt, so daß sie mir gar nicht wie Frauen erschienen: sie hießen ›weibliche Badegäste‹. Die Jungen dagegen hatten Namen, die mir vertraut waren. Mit ihnen schloß ich Freundschaft, ich nahm sie mit ins Boot oder entwischte mit ihnen in die Weinberge. Die Jungen dieser ›weiblichen Badegäste‹ wollten von früh bis spät am Strand sein; ich hatte Mühe, sie zum Spielen mitzunehmen hinter die niedrigen Mauern, auf die Hügel, den Berg hinauf. Zwischen dem Berg und dem Dorf lagen viele Landhäuser und Gärten, und bei den Gewittern am Ende der Saison roch es im Sturm durchdringend nach verdorrten Pflanzen, nach auf den Steinen schlierig werdenden Blumen.

Nun weiß Clara, daß mich solche nächtlichen Windstöße an jene Tage erinnern. Und sie bewundert – oder bewunderte – mich so sehr, daß sie lächelt und schweigt, wenn sie sieht, daß mich diese Erinnerung überwältigt. Wenn ich ihr davon erzähle und sie teilnehmen lasse, fällt sie mir beinahe um den Hals. Dies ist der Grund, daß ich in jener Nacht – und Clara weiß gar nicht, warum – merkte: ich mochte sie nicht mehr.

In meinen Kindheitserinnerungen ist etwas, was die leibliche Zärtlichkeit einer Frau, und sei es Clara, nicht duldet. In jenen Sommermonaten – sie haben nun in der Erinnerung eine einzige Farbe – schlummern Augenblicke, die von einer Empfindung oder einem Wort plötzlich wieder entzündet werden können; und sogleich setzt die Verwirrung ein, die eine solche Distanz mit sich bringt; ich kann kaum glauben, daß ich in einer entschwundenen, fast schon abgetanen Zeit so viel Freude wiederfinde. Ein Junge – war das ich? – blieb nachts am Ufer des Meeres stehen, unter der Musik und den unwirklichen Lichtern der Cafés, und roch den Wind; nicht den gewohnten Seewind, sondern einen plötzlichen, kurzen Windstoß, der den Duft von exotischen, von der Sonne verbrannten Blumen mitbrachte, zum Tasten nahe. Jener Knabe könnte existieren ohne mich; und er existierte tatsächlich ›ohne mich‹, er wußte nicht, daß seine Freude nach so vielen Jahren, nicht zu glauben, in einem anderen, einem Mann wiederauftauchen würde. Aber ein Mann setzt eine Frau voraus, *die* Frau; ein Mann kennt den Körper einer Frau, ein Mann muß eine Frau umarmen, liebkosen, pressen, eine jener Frauen, die, dunkelbraungebrannt, unter den Lampions der Cafés am Meer getanzt haben. Der Mann und der Junge kennen sich nicht und suchen sich, sie leben zusammen und wissen es nicht, und wenn sie einander wiederfinden, haben sie das Bedürfnis, allein zu sein.

Clara, die Ärmste, war in jener Nacht so zärtlich zu mir wie immer. Vielleicht noch zärtlicher, denn auch sie hat ihre Bosheiten. Wir spielen manchmal: zwischen uns wieder das Geheimnis aufrichten, ahnen, daß jeder für den anderen ein Fremder ist, und so der Eintönigkeit entfliehen. Aber nun konnte ich ihr nicht mehr verzeihen, daß sie eine Frau ist, eine, die den weit zurückliegenden Geschmack des Windes in den Geschmack von Fleisch verwandelt.

Die Freiheit

Mein Freund Alessio gesteht mir, daß er Kinder nicht liebt. Nicht weil sie lästig sind, sagt er, sondern weil sie – man brauche sie nur zu beobachten, dann begreife man es – in einer Welt leben, die nicht die unsere ist, weil sie ganz anders als wir sehen, fühlen und hören. Hier am Strand gibt es viele Kinder; wir sprechen natürlich nur von denen, die älter als drei Jahre sind, die schon allein herumlaufen und spielen. Es gibt reizende unter ihnen, zumal die mit blondem Haar; manchmal brüllt eines, macht dummes Zeug, reißt aus. Aber manchmal steht auch eines ganz still und aufgerichtet vor dem Meer, betrachtet den Sand, prüft ihn mit dem nackten Fuß, oder es setzt sich wartend hin: das veranlaßt dann Alessio, stehenzubleiben.

Wahrhaftig gehässig ist er den Größeren, den etwa Sechs- bis Achtjährigen gegenüber. Denn die leben nicht nur auf ihre Art, sondern sie wissen auch schon, warum sie so leben, und mustern ihn von oben bis unten und schätzen ihn ab. Wenn die ganz Kleinen sein Gesicht nicht mögen, reißen sie höchstens aus oder beginnen zu schreien; aber die anderen lassen nicht ab, sie haben gar keinen Grund abzulassen: sie betrachten ihn oder, schlimmer noch, sie geruhen ihn überhaupt nicht anzusehen.

»Und was wirst du jetzt tun?« fragte er eines Tages meinen Sohn, der sich an den Ast eines Ölbaums gehängt hatte und nicht recht wußte, ob er wieder auf den Stamm klettern oder sich fallen lassen sollte. Schließlich ließ er sich fallen, aber dann tat er, als könne er sich nicht mehr aufrichten und begann zu jammern, und Alessio betrachtete ihn, ohne näher heranzukommen, halb erschreckt, halb grollend.

»Gerade so macht es Spaß«, sagte einer zum anderen. Alessio mit Wut, während mein Sohn schon auf die Füße sprang; Alessio aber war davon unangenehm berührt.

Alessio ist verheiratet, hat jedoch keine Kinder. Seine Frau erzählt der meinen, daß sie es nicht verhindern, welche zu bekommen. Ich bin überzeugt, hätte er einen Sohn, so würde er die Welt nur noch durch dessen Augen sehen. Nun – er hat keinen und bringt seine Zeit damit hin, sie allesamt zu hassen.

»Es ist nicht so, daß ich sie nicht leiden kann«, sagte er einmal zu mir. Wir hatten gerade eine ganze Bande vor uns, sie schwatzten und spielten auf dem Sand Karten. »Sieh nur, was für Gesichter! Als wären sie Berufsspieler. Was einen daran erschreckt, ist, daß sie, obwohl sie noch für nichts verantwortlich sind, sich benehmen, als wären sie es. Warum hat sich der dort das Taschentuch wie eine Bartbinde umgebunden? Das ist nicht nur Nachahmung. Sie haben andere Beweggründe. Sie kennen sie nicht einmal selbst. Und wenn sie Männer sind, werden sie dementsprechend handeln.«

Es ist wirklich so: wenn wir mit Alessio zusammen sind, verwandelt sich der Strand, der einen Augenblick zuvor nichts als Lärm und heiteres Treiben war, in eine Vorhölle voll unruhiger Seelen; für den Moment tritt eine Stille ein, die jeden, ob klein oder groß, isoliert und ihn in eine gewisse Angst versetzt, so daß er sich unbehaglich fühlt; das tritt zwar auf dem Gesicht nicht in Erscheinung, bleibt jedoch in der Seele haften.

Wir sprachen von Kindern. Alessio ist besessen von der Idee, daß jedes Kind in seiner Unbewußtheit die Instinkte, die unklaren Anwandlungen, die Stimmen in sich schon heraushört, denen es einmal als Erwachsener folgen wird. Alessios Ansicht nach ist es ungeheuerlich, daß in einem Alter, wo das Kind nur spielt, wo es für seine Launen und Einfälle noch nicht einzustehen braucht, der Grundriß des künftigen Verhaltens vorgebildet wird, etwa wie sich eine Koralle unter Wasser bildet. Bei diesem Gespräch gerät er in Feuer. Offensichtlich redet er von sich selbst.

Mein Sohn sieht mir nicht danach aus, als horche er auf die Stimmen des Instinkts. Er ist eine kleine Kanaille und ein Spaßvogel, aber doppelbödig ist er nicht. Er denkt nur daran, sich zu vergnügen und zu tauchen. Alessio sagt, mit sieben Jahren sei er genauso gewesen.

»Siehst du«, setzt er mir auseinander, »es ist ja nicht so, daß man in diesem Alter ein Bewußtsein von sich selbst hätte und über seine Handlungen nachdächte, um sich über ihren Wert schlüssig zu werden. Das ist klar. Nicht umsonst leben solche Jungen in einer Welt, die anders ist als die unsere. Die Jungen denken nicht – sie handeln. Darum nennt man sie instinktiv. Aber gerade auf diese unschuldige Wahl kommt es an, die sich in ihnen abspielt: vor einer Gefahr zum Beispiel bricht der eine in Tränen aus, ein anderer türmt, wieder einer wirft sich zu Boden, der nächste pfeift – und sie wissen es nicht, aber als Männer werden sie das gleiche tun.«

»Na hör mal! Und die Freiheit?«

Alessio sagt, er pfeife auf die Freiheit, er wolle nichts davon hören. So ausfällig wird er manchmal; und dann, womöglich schon nach einer halben Stunde, kommt er auf das Gespräch zurück und entschuldigt sich beinahe. So macht er es auch bei seiner Frau, sie sieht immer ein wenig erschreckt aus. »Alessio«, sagt sie, »muß sich, auch wenn er jemanden gern hat, aufregen. Hinterher schämt er sich.« Meine Frau, die sie vor ihrer Ehe kannte, wie ich Alessio kannte, hörte von ihr eine schreckliche Geschichte von maßlosen Ausbrüchen, die mein Freund sich bei jeder Schwierigkeit in ihrer Liebe zu leisten pflegte. Auch ich wußte davon, aber mein Freund hatte mir doch nicht gesagt, daß er sich dieser bitteren Ausbrüche bediente, damit seine Braut ihm verzeihen und ihn sozusagen erlösen sollte. Alessio hat blaue Augen; wenn er niedergeschlagen ist, kann man nicht ohne Rührung mit ansehen, wie er sie, trüben Gedanken nachhängend, abwendet. Und das weiß er.

Am nächsten Tag strafte ich meinen Sohn, weil er irgend etwas getan hatte, und Alessio fragte mich: »Wohin geht er jetzt?«

»Er geht unter die Treppe und spielt den geprügelten Hund«, antwortete ich. Da erzählte er, während er mit mir hinausging, daß er als Kind, im Alter von sechs, sieben Jahren, das gleiche getan habe. »Manchmal war es mir ganz lieb, wenn ich geschlagen wurde, denn dann fühlte ich mich so richtig verzweifelt und konnte hochmütig in den Himmel starren oder mich mit der Katze auf den Balkon verkriechen und auf ihren Rücken heiße Tränen weinen. Niemand ahnte, daß in einem solchen Augenblick meine ganze Familie, das Dorf, die ganze Welt nur dazu da waren, mich zu quälen: und diese Lust war so groß, daß ich sie für keines Menschen Küsse eingetauscht hätte. Damals konnte ich mich so verhalten, es war etwas Unschuldiges. Aber wer merkt es, wenn er das mit fünfzehn Jahren, mit achtzehn, mit fünfundzwanzig wiederholt? Wenn er sich in der Niedergeschlagenheit so gehenläßt, wie ein Schwamm im Wasser versinkt? Ist er dann noch unschuldig, oder ist er ein Unglücklicher? Die Natur verleugnet sich nicht.«

»Sagen wir: er ist rührselig.«

Alessio verzog den Mund. »Es gab Tage, an denen ich brav sagte: Ja, Papa – und dabei dachte ich, wie schön es wäre, ihm den Schlips wegzunehmen und ihn damit zu erdrosseln. Findest du das rührselig?«

»Offensichtlich.«

Aber Alessio weiß, daß ich gern Spaß mache, und war nicht gekränkt. Dagegen sagte er mir, mein Sohn schmecke in solchen Augenblicken schon die Leiden seines ganzen künftigen Lebens. Wir waren am Strand, ich unterhielt mich damit, die lang ausgestreckten Körper zu betrachten. Dort war eine Gruppe von Jungen, die irgendein Spiel erörterten; ich erkannte etliche Freunde meines Sohnes, aber ihn sah ich nicht. Ich suchte meine Frau: sie lag bäuchlings auf dem Sand und ließ ihre Schultern bräunen. Unruhig wechselte ich mit meinem Freund noch einige Worte; dann konnte ich mich nicht mehr halten. Ich sagte Alessio, er solle am Strandschirm auf mich warten, und kehrte nach Hause zurück.

Ich erinnere mich, daß ich Guido vor anderen eine schallende Ohrfeige gegeben hatte; mit ungerührter Miene, wie man sie in solchen Fällen aufsetzt; und die Ohrfeige war nur der Schluß eines bedrohlichen Hin und Her von Blicken gewesen. Schon am Abend vorher hatte es wegen einer anderen Ungezogenheit einen Sturm gegeben, und nun war mir klargeworden, daß der Junge sich in dem von Alessio beschriebenen Seelenzustand befinden konnte. Ich suchte ihn in dem kleinen Hof, in dem leeren Haus, in den Zimmern, die unordentlich und kahl wirkten, wie es so ist, wenn alle am Strand sind. Auf einem Stuhl lagen seine kurzen Hosen, aber er war nicht da.

Verärgert, jedoch mit klopfendem Herzen wollte ich gerade fortgehen, da hörte ich ein Knirschen im Hof. Ich hob den Blick. Wie kam es, daß ich ihn vorhin nicht gesehen hatte? Mein Sohn kauerte auf dem Dach des Abtritts, die Knie bis zum Kinn hochgezogen, und sah irgendwohin, aber weder auf mich noch auf die Straße. Er war so braungebrannt, daß sein Gesicht keinerlei Ausdruck hatte.

»Was machst du hier?« fragte ich.

Guido ließ einen Augenblick verstreichen, dann antwortete er mit einem Grunzen.

»Warum hockst du hier auf dem Abtritt?«

»Nur so.«

Er betrachtete hartnäckig seine Fußspitzen. Ich wußte nicht, was ich noch sagen sollte; vor allem wollte ich mir nicht anmerken lassen, daß ich gekommen war, um ihn zu suchen.

»Deine Mutter sucht dich«, sagte ich.

Guido lächelte geringschätzig. Ein Lächeln, das ich so, von unten herauf, noch nie an ihm gesehen hatte.

»Gehst du nicht baden?«

»Laß mich in Ruhe«, brummte Guido. Das Lächeln erlosch, er machte wieder das verdrießliche Gesicht, das ich an ihm kenne. Aber dieses Lächeln war nicht nur geringschätzig gewesen – im Aufblitzen der Augen hatte etwas Grausames, Böses gelegen. Ich wußte genau: wenn ich ihn darauf ansprach, würde ich nur erreichen, daß er log. Darum begnügte ich mich damit, ihm gut zuzureden, ich sagte, er solle doch spielen kommen, und half ihm herunter.

Ich erinnere mich, daß Guido so barmherzig war, mir kein triumphierendes Gesicht zu zeigen. Aber dies gehört genau zu dem von Alessio beschriebenen Charakter.

Schwimmbad am freien Tag

Schön ist unser meergrünes Schwimmbad in der Sonne mit den Sträuchern ringsum, die die Häuser und die baumbestandenen Straßen verbergen, und weiter weg niedere Hügel – so schön, daß sich immer einmal einer von uns erhebt, einen Blick ringsum wirft, einen Schritt tut, dann tief atmend mit einem Seufzer die Augen schließt und sich schweigend wieder hinlegt. Wenn eine Frau das tut, sehen wir alle zu ihr hin; dann werfen wir einen Blick auf die Gittertür des Eingangs: niemand kommt herein. Wir wissen, daß die Sonne und das grüne Wasser genügen, um den Vormittag auszufüllen – von Zeit zu Zeit erhebt sich einer und wirft sich ins Wasser –, aber die geheime Angst eines jeden geht dahin, was er täte, wenn das Schwimmbad verlassen wäre und er sich an so vielem Licht und einem so heiteren Himmel allein freuen müßte.

In Wahrheit ›warten‹ wir alle. Wir sagen es uns mit spaßhaften oder lässigen Sätzen, wobei wir kaum den Kopf drehen und die Lippen bewegen, die vom Schweiß feucht sind. Die beiden Mädchen aus der Schule, die mit uns hier sind, sitzen oder liegen, je nachdem, wie es die Sonne erfordert oder wie sie gerade Lust haben. Wir leisten uns Gesellschaft, um uns abzulenken von dem verschiedengearteten Warten, von der ungewissen Leere, die die Versuchung, zu schweigen, in uns schafft.

Das Schwimmbad ist sehr groß, aber es kommt uns nicht in den Sinn, über die Körper hinwegzusteigen, das Becken zu durchschwimmen und die anderen von da aus zu betrachten. Im Schwimmbad ist man nicht neugierig. Obwohl man von befreundeten Gesichtern und Körpern umgeben ist, läßt man sich lieber von plötzlichen Einsamkeitsgefühlen überraschen. Es gibt Leute, die schreien und lachen: man könnte sagen, daß für sie das Warten zu Ende ist. Man blickt umher, man sieht Schaum, nackte Körper, spritzendes Wasser; es sind Jungen, es sind Spiele. Das ist noch nicht das Eigentliche, wenigstens nicht für uns.

Die Nacktheit des Himmels appelliert an die unsere. Es ist schwierig, in dieser ungewohnten Nacktheit Gedanken zu verbergen. Man rührt sich kaum, man meint jedem Blick so offen dazuliegen wie Kiesel auf dem Grund des Wassers. Unsere Einsamkeit ist wie eine Leere, eine Unfähigkeit der Gedanken, sich zu bewegen. Nur so bleibt uns etwas im Herzen, was uns gehört. Manchmal vergessen wir das und sagen plötzlich etwas mit lauter Stimme – aber es verhallt sogleich, es war überflüssig, die anderen wußten es schon.

Wer sich aus der Gruppe löst, um sich ins Wasser zu werfen, macht ein Gesicht, als wolle er sich entschuldigen; er lädt die anderen ein, ihm zu folgen, ihm Gesellschaft zu leisten. Die Mädchen sehen ihm nach und lächeln. Manchmal erheben sie sich gleichfalls, manchmal erheben wir uns alle und gehen ins Wasser.

Nicht einmal im Wasser entflieht man der Einsamkeit und dem Warten. Wir alle tauchen bis auf den Grund, tauchen, um den Zementboden zu berühren; das ist etwas Ungewohntes; jeder Augenblick, den wir tief unten in dem grünen Wasser zubringen, ist eine Art sich zu verbergen, allein zu sein. Wenn dann der, der getaucht hat, schweigsam zu den anderen zurückkehrt, so erweckt er als einziger den Eindruck, daß er nicht mehr auf etwas wartet.

Was also soll geschehen? Hin und wieder, wenn sich die Gruppe neu bildet, wird davon gesprochen. Es ist eine Frage, die uns leidenschaftlich erregt; mancher merkt es nicht sofort, wenn der Lebhafteste von uns davon anfängt, aber dann wird ihm die Sache auseinandergesetzt, und auch er wird neugierig. »Wir sind hier, um zu baden und uns zu sonnen«, sagen wir. Ja eben. »Wir sind hier, um zusammenzusein.« Jeder von uns denkt: wenn das Schwimmbad verlassen wäre, würde er es nicht aushalten, allein unter dem Himmel zu sein.

Eins der Mädchen lächelt; da sie halbnackt ist, merkt man, daß sie denkt, wir seien hier, um im Kreis um sie herumzusitzen. »Auch das stimmt«, sagt ein anderer. »O ja.« Aber alle sind wir unruhig, ob wir sitzen oder daliegen oder ob wir uns zusammenrollen; und in uns ist eine Leere, ein Warten, das uns einen Schauder über die nackte Haut jagt.

Das Abenteuer

Sandra verbrachte den Morgen in der Nähe des Bahnhofs. Sie war durch eine Allee mit Bäumen gegangen, die wie Sträuße von Blüten aussahen; dort betrachtete sie die Schaufenster, blieb stehen und drehte sich manchmal um. Dann bemerkte sie, daß die Allee mit ihren Häusern immer weiter abfiel, daß der Himmel dort unten leer war, daß die Allee in einer Art Biegung endete, es war wie ein Sprung in die Luft. Da blieb sie stehen und ließ den Blick unschlüssig umherschweifen, von einem Schaufenster mit Obst zu den Bäumen, zu den hohen Fenstern.

Dort war das Meer. Sandra holte tief Luft und verspürte doch nur den scharfen, sehr süßen Duft der Blüten. Da kehrte sie um und suchte das Café, das sie vorhin gesehen hatte. Ihr schien, sie erkenne es nicht wieder; fast ärgerte sie sich darüber, doch dann sah sie die kleinen, aus Weidenruten geflochtenen Tische, sie standen unordentlich im Schatten des Laubenganges, hinter einer Säule versteckt. Einige Leute saßen schon an diesen Tischen, mit einem zerstreuten Gesichtsausdruck, die Hände ineinandergelegt; Frauen waren nicht dabei. Sandra ging hinein, ohne die Männer zu beachten. Während sie an der Theke ihre Milch trank, kümmerte sich der Barmann überhaupt nicht um sie, und sie dachte: Was für ein Leben muß das sein, wenige Schritte vom Strand, Jahre um Jahre!

Sie sprach mit dem Barmann, sobald sie ihn bei einem Blick ertappte. Sie ließ sich erklären, wo die Piazzetta sei; aber er begriff nicht, was sie wollte, und stammelte ein paar Worte, wie alle jungen Männer auf dieser Welt sie in einem solchen Fall stammeln. Da entschloß sich Sandra, ihm die Adresse unten auf dem Brief zu zeigen; sie mußte ihm erklären, daß es sich um eine Wohnung für die Saison handelte, und ihm den Namen der Besitzer sagen. Der Barmann begleitete sie bis zur Schwelle, zwischen die Tische, und machte sich ihr mit vielen Gesten verständlich: nun spaßte er. Sandra ging ärgerlich davon.

Die Piazzetta war nur wenige Schritte vom Bahnhof entfernt, man gelangte durch ein Gäßchen mit Steinstufen dorthin. Sandra hoffte auf Zimmer, die wenigstens so hoch gelegen wären, daß man über die Häuser der anderen Straßenseite hinweg aufs Meer sehen könnte. Nur wenn das der Fall war, wollte sie darauf verzichten, irgendwo auf den Felsen am Steilufer zu wohnen. Sie sah sich auf der verlassenen Piazzetta um: da war ein zartes Viereck von Himmel mit einzelnen weißen Wolken, die vom Meer kamen. Eines der Häuser hatte an der Seite eine niedrige Mauer, und Sandra erinnerte sich, daß in dem Brief etwas von einem Erdgeschoß mit Garten stand: also keine Aussicht aufs Meer, keine sonnigen Zimmer. Sandra blieb vor den vergitterten Fenstern im Erdgeschoß stehen, so enttäuscht und erbittert, daß sie gar nicht dazu kam, wirklich entmutigt zu sein. Wie weit war sie jetzt von zu Hause entfernt! Sie hatte den Blick zu dem kleinen Balkon im ersten Stock erhoben: eine dicke Frau, ein Tuch um den Kopf, trat heraus und hängte Wäsche auf. Wie häßlich und dick sie war! Und so etwas lebte nun am Meer.

Da tat sie, als spaziere sie nur so umher, und ging über die Piazzetta, die mit kleinen Steinen unregelmäßig gepflastert war. Am Ende kam sie in eine schmalere Gasse. Dort hob sie den Kopf, weil sie von oben eine rauhe Stimme hörte; etwas bewegte sich, und vor ihr prasselte ein Wasserguß herab. Sie fand gar nicht Zeit, in Verwünschungen auszubrechen, denn hinten in der Gasse erschien, leuchtend und fern, ein blaues Stück Meer.

Andere, heftige Stimmen kamen von der Piazza her, und wieder ertönte jene rauhe Stimme: Sandra ging weiter in die Gasse hinein, sie merkte, daß die Rufe ihr galten, drehte sich aber nicht um. Sie schritt bergab, sah auf den unbestimmt-duftigen Horizont und überließ sich der Lust des Gehens. Sie überquerte eine asphaltierte Straße und war am Strand.

Sandra war verzweifelt: jetzt, wo ihr die Piazzetta schon fast gefallen hatte, konnte sie mit der Empörung über den Lärm und über den unverschämten Wasserguß gar nicht fertig werden. Als zu Hause beschlossen worden war, sie solle allein hierher reisen und wegen der Wohnung verhandeln, hatte Tonino bemerkt: »Falls sie dort ankommt, ohne auf die Nase zu fallen ...« Aber sie mußte einfach hier ankommen. Sandra betrachtete das Meer, betrachtete den Strand, der noch menschenleer war.

Auf der Straße gingen Leute vorüber, blieben auf dem Damm

stehen, und einige saßen an den Tischen unter den Bäumen. Sie genossen die noch kühle Sonne; gebadet wurde noch nicht. Sandra betrachtete das Meer, ohne es eigentlich zu sehen; da holte ein Schritt sie ein. Jemand griff nach ihrem Arm. Sie wunderte sich nicht, sie drehte sich langsam um und sorgte für einen gewissen Abstand. Es war ein kräftiger Kerl, er sah aus wie ein Badewärter; nackte, braungebrannte Schultern; er lächelte, als wolle er einen Spaß machen, und sagte: »Ihr seid ausgerissen.«

»Na und?« gab Sandra unfreundlich zurück, sah von ihm weg, zog den Ellenbogen an und umfaßte mit dem Blick den hellen Himmel, ein an einem Fenster flatterndes Bettlaken, den Umriß des Vorgebirges hinter der Küste. Sie spürte den Wind an der Kehle, und ihr traten Tränen in die Augen. Sie hielt sie zurück, sie wollte sich durchaus beherrschen, aber eine dumme Träne lief ihr warm über die Wange. Der junge Mann wandte den Blick nicht ab. Er sah sie mit einem spöttischen Lächeln an. »Wir haben Euch gerufen«, sagte er. »Habt Ihr es nicht gehört?«

Rot vor Ärger sah Sandra wieder auf den jungen Mann. Er lachte nicht: die Hand, die sie am Ellenbogen gefaßt hatte, war noch nach ihr ausgestreckt; der Wind fuhr ihm durch die Haare. Sandra gab keine Antwort, sie war ihrer Stimme nicht sicher. Sie betrachteten einander eine Zeitlang, dann griff er wieder nach ihrem Arm, er streifte ihn nur und bewegte sich auf die Stelle zu, wo die Gasse einmündete – wie jemand, der weitergeht, um mit mehr Ruhe reden zu können. Und Sandra ging mit ihm weiter.

Der junge Mann sagte, der Vorfall mit dem Waschnapf sei eine Unverschämtheit gewesen, aber das habe weiter nichts zu bedeuten: Gesindel in der Gasse, das nicht wisse, was Sauberkeit und gute Sitte sei; aber man habe auch nicht bemerkt, daß sie dort vorüberging. Da sagte Sandra: »Genug davon. Was geht das Euch an?« Er war ganz betroffen. Nun lächelte Sandra und fragte ihn, ob er auf der Piazzetta wohne. »Wenn ich Euch lästig falle, gehe ich«, sagte er langsam. »Aber warum weint Ihr?« Sandra fuhr sich rasch über die Wange und sagte: »Ich weine doch nicht.«

»Vorhin«, erklärte der junge Mann. »Vorhin habt Ihr geweint, ich habe es gesehen. Fehlt Euch etwas?«

Da mußte Sandra lächeln, verzog das Gesicht und sagte schließlich: »Es war dumm von mir.«

»Ich heiße Nanni«, sagte er ganz einfach.

Sie blieben einen Augenblick am Eingang der Gasse stehen –

denn von ihr war die Rede gewesen –, aber Sandra wandte sich sogleich dem Meer zu, und sie sprachen vom Meer. Als sie sich die Hand gaben, sagte Sandra ihm nicht ihren Namen und entfernte sich, ohne sich noch einmal umzudrehen, froh, daß sie mit der Sache so rasch fertiggeworden war. Sie ging zum Strand hinunter und sah auf das Wasser; vor ihren Füßen schäumten die Wellen, und diesmal spürte sie den Salzgeruch. Sie war an dem langen Strand ganz allein, still vor der weiten Fläche, das Kinn erhoben. Ob dieser Nanni noch zwischen den Palmen der Allee stand? Dann hätte er wieder über sie lächeln können.

Sandra ging zuerst bis hinten zu den Badeanstalten, wo sich der Sand in dem Bett eines Wildbachs verlor, und stieg dann wieder zur Straße hinauf. Auf dem Rückweg durch die Allee betrachtete sie die Villen mit den schönen blühenden Gärten; dort würde es noch im August blühen. Ja, im August würden die Blätter verschwunden sein und Blüten über Blüten zurücklassen, dicht und stark riechend. Als sie an die Stelle kam, wo die Gasse einmündete, sah sie diesen Nanni wieder.

Er stand still da und sah nach oben. »Ich suche eine Wohnung«, sagte Sandra. Der junge Mann machte auch diesmal keinerlei Späße. Er preßte die Lippen aufeinander und sagte: »Das ist schwierig.«

»Wieso schwierig?« rief Sandra. »Ich habe ja schon den Brief.«

»Seid Ihr allein?« fragte Nanni.

»Jetzt schon. Dann im August komme ich mit der Mutter her.«

Nanni zeigte, ohne bestimmte Absicht, ein zufriedenes Lächeln. Er war so groß, daß er ein wenig krumm dastand, und seine Haare zitterten im Wind.

»Seid Ihr nicht verheiratet?« fragte er.

»Ich bin erst achtzehn«, murmelte Sandra ärgerlich.

Da sagte Nanni, falls sie nicht schon mit jemandem verhandelt habe, könne er ihr Villen zeigen, er kenne die Hausverwalter und auch einige Besitzer. Sandra sah ihn ungläubig an und antwortete auf sein Lächeln hin, sie sei ganz und gar nicht gebunden und könne sich alle Wohnungen ansehen, die er ihr zeigen wolle. Aber die Villen seien zu luxuriös für sie. Nanni zuckte die Achseln und ging voraus.

Sie besahen zwei Villen. Die erste war ein reizendes, kleines Haus zwischen Magnolienbäumen; aber die Frau, die den Schlüssel dazu hatte, war nicht zu finden, und sie begnügten sich damit, durch die Fenster zu spähen, und sprachen von dem in Amerika lebenden Besitzer. Das waren keine Gespräche, wie man sie mit jemandem führt, der wirklich eine Villa vermietet. Da betrachtete Sandra Nannis Hände und fragte ihn, was für einen Beruf er habe. »Als ich in Amerika war, war ich Ladearbeiter«, sagte Nanni lachend.

»Und jetzt?«

Jetzt arbeitete Nanni, wenn er durchaus etwas verdienen mußte, irgendwo als Kellner. Sandra schwieg; sie begnügte sich mit dieser Auskunft.

Die andere Villa lag über dem Meer. Es gab eine Terrasse, auf der man die Kühle genießen konnte, und einen Garten mit Oleander und Kieswegen. Das nur angelehnte Gittertor erschreckte Sandra, aber Nanni faßte sie am Arm und führte sie hinein. Sie fanden einen alten Gärtner, der gebeugt unter einem Heiligenbild stand; er musterte Sandra mit seinen roten Augen und sagte dann zu Nanni, das Haus solle verkauft werden, und es brauche wohl andere Käufer als ihn. Nanni scherzte eine Weile mit ihm und ließ sich die Schlüssel geben, wobei er Sandra ›die Signorina‹ nannte. Der Gärtner kam bis an die Schwelle mit und rief hinter ihnen her, sie sollten die Fenster nicht offenstehen lassen.

Das war freilich nicht das Erdgeschoß von der Piazzetta. In der drückenden Schwüle der geschlossenen Vorhalle kamen Sandra allerlei Gedanken: sie war allein mit einem Mann, draußen schien die Sonne, aber dieser Nanni war ein kräftiger Bursche. Er hatte sie nicht einmal nach ihrem Namen gefragt. ›Womöglich hofft er auf ein Trinkgeld‹, sagte sie sich. Sie gingen durch die Säle; alle Möbel steckten in Überzügen. Und die großen Fenster, die blanken Füße eines Klaviers, die Kronleuchter ärgerten sie, denn der Lebensstil, den sie heraufbeschworen, war prächtig und unerreichbar.

»Es ist wirklich schön.«

Nanni in seinen Leinenschuhen ging unhörbar neben ihr her und öffnete und schloß Fenster. Im ersten Stock traten sie auf den Balkon des fast nur aus hohen Fenstern bestehenden Saales. Sandra blickte entzückt auf den Garten, auf die Allee – das Stimmengewirr der Vorübergehenden klang nur gedämpft hier herauf – und auf das Meer, das glänzende, offene, lichtblaue Meer, das dem, der auf dem Balkon stand, höher erschien.

»Es ärgert mich schon«, brummte Sandra, »daß es Leute gibt, die so glücklich daran sind.« Nanni lehnte am Geländer; er betrachtete sie schweigend mit seinen hellen Augen. »Hier fühlt man sich wohl«, sagte er dann.

Sie traten in das Zimmer zurück. Während er die Fenster schloß, fragte er plötzlich: »Wie heißt Ihr?« Sandra blieb auf der ersten Stufe stehen, wartete und sagte ihm ihren Namen. Da trat Nanni neben sie und küßte sie, während sie hinuntergingen, aufs Haar.

Als sie am Fuß der Treppe angelangt waren, war Sandra nahe daran, ihn zu fragen: ›Warum hast du mich geküßt?‹ Doch statt dessen sagte sie: »Es ist spät, ich habe mir die Wohnung noch nicht angesehen. Diese hier ist nichts für uns.« Aber sie war wütend, daß sie nichts anderes zu sagen wußte; und Nanni schwieg, seine großen Hände baumelten friedlich hin und her. Auf der Schwelle zur Vorhalle blieb sie stehen: draußen vor der Tür war der Sonnenvorhang halb heruntergelassen. Nanni drehte sich ruhig um und wartete auf sie. Sandra klopfte das Herz bis in den Hals, sie hätte am liebsten geweint oder geschrien – weil sie jetzt den Strand, die Leute wiedersehen würde, weil auch Nanni ihr nun genauso fremd werden würde wie die Villa, wie das Meer, wie dieser ganze blöde Morgen. ›Er weiß doch nun, daß ich Sandra heiße‹, sagte sie sich. ›Warum spricht er nicht? Warum?‹

Dann fand sie sich in Nannis Armen, sie spürte, wie seine Muskeln gegen ihre Schulter drückten; aber statt zu weinen oder sich zu empören, hob sie den Blick und sah ihn an.

Als Sandra aus dem Bad in die Vorhalle zurückkam, sagte Nanni zu ihr: »Heute morgen hast du schon zweimal geweint.« Sandra blieb mit einem leichten Lächeln auf der Schwelle stehen. Sie sagte sich: ›Vielleicht gehört die Villa doch ihm‹, aber sie mußte über sich selbst lachen.

Nanni stand in dem Sonnenstreifen und rauchte eine Zigarette. In dem Strahl sahen die Rauchspiralen wie Seide aus, wie Geäder in einem wertvollen Holz. Nanni betrachtete Sandra mit einem ruhigen Lächeln. Wieder zögerte sie, ein Wort zu sagen. Sie fürchtete, ihre Stimme werde noch rauh klingen, wie zerrissen.

Nanni rauchte die Zigarette zu Ende und warf sie durch den Spalt. Bei dieser Bewegung geriet die ganze leuchtende Wand durcheinander, und Sandra ging mit raschen Schritten zur Tür. »Wollen wir gehen?« flüsterte sie ihm über die Schulter zu. Nanni nickte wortlos und öffnete die Tür. Er ließ Sandra hinaus und schloß dann die Tür wieder ab. Während er den Schlüssel herumdrehte, verspürte Sandra ganz heftig den Wunsch, loszurennen, zu fliehen, ihn nie mehr wiederzusehen. Trotzdem sagte sie mit kecker Stimme: »Wenn ich jetzt ausrisse, würdest du sagen, ich wäre ein dummes Ding.« Da sah Nanni sie überrascht an.

Sie gingen zusammen über den knirschenden Kies, und Sandra fragte ihn, ob er die Sprache verloren habe. Nanni sagte, jetzt müsse man etwas essen. »Ich habe keinen Hunger«, sagte Sandra. »Ich habe keinen Hunger, und jetzt müssen wir uns trennen.«

Sie setzten sich schweigend auf eine Bank. »Versteh doch«, sagte Sandra. »Du mußt mich allein lassen. Ich muß allein sein und weinen. Und dann habe ich zu tun. Wir treffen uns später.«

Nanni war, wenn auch ungern, damit einverstanden, aber er wollte genau wissen, wann sie sich wiedersehen würden. Auf dieser Bank, um vier Uhr. »Jetzt geh. Laß mich allein.«

Sandra blieb auf der Bank sitzen, denn die Allee war nun schon menschenleer. Sie hatte keinen Hunger. Sie spürte überhaupt nichts. Die hellblaue Luft und das in der Sonne fast unsichtbare Meer sagten ihr nichts. Alles war wie vorher, sie selbst auch. Tränen kamen ihr ganz und gar nicht. Sie hätte nur geweint, wenn jemand gekommen wäre, sie zu trösten. Sie konnte sich nicht entscheiden, ob sie sofort wieder zum Zug gehen sollte. Es tat ihr leid, das Meer zu verlassen. Es tat ihr leid, Nanni zu enttäuschen. Aber sie wußte ganz genau, daß sie in diesen Badeort nie zurückkehren würde.

Da stand sie auf, suchte die Stelle, wo die Gasse einmündete, und stieg hinauf, mit einem Schritt, so locker und kräftig, daß es ihr unwahrscheinlich vorkam. Sie mußte lächeln. Als sie auf die Piazzetta kam, erinnerte sie sich an den Waschnapf und hob den Blick. In der brütenden Sonne war alles still: dort oben wehte leicht ein Laken, das gegen den Himmel gebreitet war. Da ging sie auf das Haus mit dem Balkon zu, hart an der niedrigen Mauer entlang, drehte sich nach der Gasse um und sah wieder das luftige Stück Meer. Alles war wie zuvor.

Als Sandra an die angelehnte Haustür klopfte, trat die dicke Padrona vom Morgen auf den Balkon heraus. Sie hatte noch immer das Tuch um den Kopf, aber als sie sich diesmal vorbeugte, um einige Worte zu sagen, hatte Sandra den Eindruck, das sei eine brave Frau. Sandra wedelte mit dem Brief, und die Frau sagte, sie werde hinunterkommen. Gleich danach klapperten auf der Treppe ihre Holzpantoffeln.

Sie gingen durch die drei schmalen, dunklen Zimmer; die Alte lief voraus, sperrte Fensterläden auf, richtete Bilder gerade; auf den Fensterbrettern lag mit Blumengewinden verziertes Papier. Sie blieben in dem Garten stehen, der voller Gestrüpp war, und sprachen von den Bequemlichkeiten und von der Nachbarschaft. »Das hier ist vor allem ein anständiges Haus«, sagte die dicke Alte. »Es wohnt niemand hier als mein Nanni ...«

Bei dem Namen Nanni schwiegen sie, und Sandra wunderte sich, daß sie nicht rot wurde. Sie wußte schon, was nun kommen würde.

»Jetzt ist er oben. Er ißt eine mächtige Schüssel Salat. Wollen Sie mitessen?«

Sandra sagte zu der Frau, sie danke ihr sehr, aber sie müsse sich beeilen. »Nehmt wenigstens ein paar Pfirsiche mit. Wartet.« Sandra sah ihr nach, wie sie auf die Zimmertür zulief und dann nach hinten zur Treppe, und sie sagte kein Wort. Die Alte klammerte sich an das Geländer und stieg keuchend hinauf. »Wartet. Ich mache Euch ein Paket.« Sandra sah ihr nach, bis sie um die Wendung des Treppenabsatzes verschwunden war, dann stieß sie leise die Haustür auf und war draußen. Sie überquerte die Piazzetta; ihr Herz war in Aufruhr. In der Gasse begann sie zu laufen und hielt erst inne, als sie am Bahnhofsgarten war.

Die Wiese der Toten

Das Fenster, von wo aus man die Verbrechen mit ansehen konnte, ging auf einen mit Gras bewachsenen Platz, der hinten von Holzbaracken abgeschlossen wurde. Unter dem Fenster lief ein Kanal, einer von denen, die übervoll sind, aber langsam fließen und durch ein schwarzes Gitter unter den Häusern hervorkommen. Früher benutzten den Kanal die Selbstmörder; doch jetzt kommt das nicht mehr vor. Am Morgen fand man auf dem einsamen Platz das Opfer, es lag in seinem Blut, erschlagen oder auch erwürgt. Traurig stimmten einen die buntgekleideten, manchmal eleganten Mädchen. An der Allee, zweihundert Meter entfernt, war ein Ballsaal mit großen, weinumwachsenen Laubengängen und einem Bocciaspielplatz. Von dort kamen diese Mädchen. Es kamen auch Männer – Sportler, Arbeiter, Geschäftsleute –, und die endeten fast immer durch Messerstiche.

Von dem kleinen Fenster aus sah man in den Mondnächten den Schauplatz ganz deutlich. Ein Paar bog um die Ecke, ein Mann und eine Frau oder zwei Männer, manchmal sogar zwei Alte; sie gingen am Kanal entlang und, merkwürdig zögernd, auf den freien Platz. Fast immer sprachen sie miteinander, oder sie machten, wenn sie schwiegen, finstere Gesichter; sie waren geradezu vertieft in ihren Zorn, und auch wenn sie Verzweiflung zeigten oder wenn einer den andern beruhigte, taten sie das ganz intensiv. Auf diese Art gelangten sie im Mondschein bis auf die Wiese; hier störte sie plötzlich das Gras, so daß sie den Kopf hoben und rundum blickten. Ihre Worte hallten klar in der Nacht. Fast nie waren es laute Rufe oder hysterische, aus der Tiefe hervorbrechende Schreie. Im Gegenteil: sie sprachen mit einer leisen Müdigkeit, als hätten sie einander diese Dinge immer wieder und wieder gesagt und es handle sich nun nur noch darum, alles noch einmal zusammenzufassen, um abzuschließen. Immer kam vor dem Verbrechen dieser Meinungsaustausch. Vielleicht hatten in der Vergangenheit auf dem menschenleeren Platz Unbekannte einander angefallen; aber das kam schon eine ganze Zeit nicht mehr vor. Im übrigen – wie hätte man jemandem in diesem toten Winkel, wo kein Mensch je durchkam, einen Hinterhalt legen sollen? Nein, dorthin ging man mit seinesgleichen, als mache man einen Spaziergang. Ich möchte wetten, daß das Opfer, wenn es seinen Schrei ausstieß, erstickt, als wäre es ein Seufzer, und wenn es, selten genug, danach auf dem Gras liegenblieb, röchelte und noch um sich schlug, plötzlich zu der Einsicht kam, es habe immer gewußt, daß es so enden werde.

Auch der Mörder fehlte nicht, der nach vollbrachter Tat unentschlossen stehenblieb, um den Himmel, den niederen Horizont zu betrachten. Wahrscheinlich fragte er sich, wie der Platz wohl am hellen Tag aussähe, und suchte ihn seines mondhaften Schreckens zu entkleiden und ihn sich vorzustellen als irgendeinen beliebigen Ort unter der Sonne, wie die ganze Stadt hinten von Hügeln umrahmt. Das waren die Augenblicke, wo man über die Häuser hinweg den Lärm des Orchesters oder aufprallende Bocciakugeln hörte. Da riß der Mörder aus. Er riß aus und verschwand – wohin, das konnte man nie begreifen. Viele kehrten wahrscheinlich in den Ballsaal zurück, sie gingen, je näher sie kamen, immer langsamer und warfen erschöpft einen Blick in den großen Eingangsspiegel. Einmal hat einer die Straße überquert und sich die Hände im Wasser des Kanals gewaschen. Aber das tat nur ein einziger.

Das Opfer blieb unter dem Mond bis zum Morgen liegen. Wenn ich nachts aus dem kleinen Fenster sah, fragte ich mich: wer konnte etwas wissen von den blutunterlaufenen Stellen des Toten oder von der großen Blutlache? Diese Dinge würden bis zum Morgen dasein; jetzt verrannen die Minuten still, das Orchester hatte schon eine Zeitlang zu spielen aufgehört; auch die Leidenschaft, die Habgier, die Wut waren verschwunden, die die Nacht für einen Moment erfüllt hatten, verschwunden wie die Dünste beim Aufgang des Mondes. Es war nicht einmal kalt. Einen einzigen Menschen gab es, der die ganze Nacht in den Knochen eine leichte Kälte spürte – und der war ausgerissen. Das Opfer ruhte in Frieden.

In einer Nacht waren es zwei. Erst kam einer mit einem Mädchen und erdrosselte es. Nach einer halben Stunde bogen im Mondschein zwei ältere Männer um die Ecke, sie schwankten ein wenig und wären beinahe in den Kanal gefallen. Aber die Betrunkenen wissen schon, was sie wollen. Sie kamen auf die Wiese, einer warf dem andern irgendeine alte Gemeinheit vor. Zwei Schritte von dem ersten Opfer entfernt vernahm man einen rauhen Seufzer, und einer der beiden blieb aufrecht und putzte sich das Messer an den Hosen ab. Danach ging er davon – unter dem Mond.

Es war wohl nicht mehr der Mühe wert, weiter hinzusehen: für diese Nacht war es zu Ende. Wer die Sache vorhin nicht mit angesehen hatte, hätte die beiden dunklen Haufen, die regungslos nebeneinander lagen, nie für Menschen gehalten. Es war tiefe Nacht; das Wasser gurgelte im Kanal, der Mond allein regierte. Da klang eine rauhe Stimme laut durch die Nacht – das kleine Fenster war hoch oben; ist es möglich, daß man es von dort aus hörte?

Die Stimme sagte: »Frau, er ist doch nicht zu Hause?«

Und ihre Stimme: »Gehen wir noch einmal herum, dann muß ich rasch fort.«

Das Zwiegespräch hörte auf. Offenbar hatten die beiden sich nichts anderes zu sagen, sie schwiegen still. Doch kurz darauf begann das Mädchen von neuem:

»Wir wollen morgen wieder hierher gehen, dann sind wir allein.«

»Was willst du damit sagen? Daß mir der Weg zu weit gewesen ist?«

Sie jammerte: »Schämst du dich nicht vor dem Mond?«

»Frau, er ist doch nicht zu Hause?«

Jetzt redeten, redeten sie. Jeder mit einer Stimme, die noch verlorener klang, einsam, so, als sei er davon überzeugt, daß der andere ihm nicht zuhöre, als höre nur der Mond ihm zu. Die Nacht war vorgerückt, Wolken zogen langsam vor dem Mond vorüber und verbargen den Platz, die Baracken, jedes Ding. Mich bedrückte der Gedanke, daß die beiden Toten sich so unnütz bemühten. Aber allmählich wurden die Stimmen leiser, und unter einer dichten Wolke, die größer war als die anderen, schwiegen sie endgültig.

Die Lederjacke

Mein Vater läßt es zu, daß ich die Tage in der Baracke verbringe, die zur Bootsstelle gehört; denn damit vertreibe ich mir die Zeit und lerne ein Handwerk, ohne es richtig zu merken. Jetzt ist dort eine dicke Padrona, die immerzu schreit, und wenn ich ein Boot gerade nur anrühre und sie mich sieht, sei es auch vom Keller aus, schreit sie schon, ich hätte dort nichts zu suchen. Hinter der Baracke stehen die Tische und die Stühle für die Kunden, aber diese Padrona läßt mich nicht mehr helfen; wenn ich ihr eine Bestellung überbringe, sagt sie sofort zu ihrem Sohn, er solle die Gläser nehmen. In die Baracke komme ich schon eine Zeitlang nicht mehr, und noch weniger gehe ich nach oben, um von Ceresas Fenster aus das Wasser und die Boote zu betrachten. Jetzt kommt niemand mehr her, und mein Vater ist schön hereingefallen, wenn er meint, ich könnte hier noch das Handwerk lernen.

Diese Madama Pina versteht sich nicht aufs Geschäft: sie behandelt die Kunden, wie sie mich behandelt. Um eine Bootsstelle zu führen, genügt es nicht, daß man eine Lederjacke trägt; die Leute müssen gern kommen und dem Padrone am Gesicht ansehen, daß er an den Booten und am Po Gefallen findet, und daß es etwas Schönes ist, sich hier zu vergnügen. Ceresa – der war der rechte Mann dafür: er schien mit allen zu spaßen, und auf den Booten war er mehr als die Kunden. Als Ceresa noch da war, gab es immer etwas zu lachen: man stand in Badehosen im Wasser, man bereitete den Teer, man schöpfte die Boote aus, und in der schönen Jahreszeit vesperte man unter den Bäumen, den Eimer mit den Trauben auf dem Tisch. Die Mädchen, die zum Bootfahren kamen, spaßten erst einmal unter dem Schutzdach, und eine wollte durchaus, daß Ceresa sie den Po hinaufruderte. Ceresa sagte immer zu ihr, er könne die Bootsstelle und die Osteria nicht im Stich lassen: sie solle ganz früh kommen, vor Sonnenaufgang. Eines Morgens war die dumme Gans gekommen, und da sagte Ceresa zu ihr, sie solle alle Tage so früh aufstehen, dann werde ihr das Kopfweh schon vergehen.

Die Lederjacke, die sich jetzt die Alte über die Schultern wirft, wenn es regnet, trug Ceresa immer, und ich erinnere mich, daß er sie einmal, als wir im Boot waren, während ein Gewitter kam, auszog und mir gab, damit ich mich bedecken konnte. Darunter war er immer nackt, und er sagte zu mir, bei einem Leben auf dem Po würde ich, wenn ich groß wäre, Muskeln bekommen wie er. Er hatte einen Schnurrbart, der von der vielen Sonne blond geworden war.

Im Jahr zuvor kamen Noras wegen einige Leute nicht mehr hin. Nora war zuerst die Kellnerin, die den Kunden die Getränke brachte; dann, im nächsten Jahr, blieb sie, so spät ich auch nach Hause ging, noch in der Baracke, und früh, wenn ich kam, sah sie schon aus dem Fenster. Sie war keine hübsche Frau; Ceresa sprach das nie aus, aber die jungen Männer und die alten, die Boccia spielten, sagten es. Nora lehnte an der Tür, in einem roten Kleid, den einen Ellenbogen auf die Hand gestützt, und betrachtete alle, ohne ein Wort zu sprechen. Zu mir allerdings sagte sie einmal, als ich auf der Stufe saß und auf Ceresa wartete: »Blöder Kerl, mach, daß du heimkommst.« Aber ein andermal lachte sie, als ich mich in ein Boot setzte, die Füße im Wasser, und wenn jemand ein Ruder oder ein Kissen haben wollte und Ceresa nicht da war, sagte sie, ich solle die Sachen unter dem Schutzdach holen.

Mich bekümmerte es sofort, daß Nora die Baracke nicht mehr verließ. Zuerst sagte auch ich, wenn ich sie mir ins Gedächtnis rief: ›Sie ist ein hübsches Mädchen‹ und dachte nicht weiter darüber nach; aber mit Ceresa war ich jetzt wirklich selten zusammen, und das bekümmerte mich, weil ich nicht verstand, was dahintersteckte.

Sie aßen zusammen unter dem Schutzdach; ich blieb noch eine Weile, um zu helfen, wenn Boote zurückkamen, damit sie nicht erst aufzustehen brauchten. Sie redeten unter sich, sagten hin und wieder etwas zu mir, aber vor allem blinzelten sie einander verständnisvoll zu, und wenn Nora in die Küche ging, um einen Teller zu holen, saß Ceresa still da und sah nach der Tür. Untereinander redeten sie anders, als sie mit mir redeten; nicht einmal Ceresa, der mit allen spaßte, war zu ihr wie zu den andern, sondern er redete langsam, trommelte mit den Fingerspitzen auf den Tisch und sah nach oben, oder er zog den Reißverschluß der Jacke wie einen Fächer auf, und Nora kniff beide Augen zusammen und sah lachend auf diesen Verschluß.

Man begriff, sie lebten zusammen, doch nicht, um zu heiraten, denn Nora trug nie irgendein Hauskleid, sondern sie hatte nur das rote und ein anderes weißes, noch schöneres; und sobald sie die Teller gespült und den Boden gefegt hatte, blieb sie an der Tür stehen oder ging nach vorn, um über das Wasser zu schauen, wie es die Mädchen tun, die ein Boot nehmen. Wenn Ceresa sie suchte, kam sie langsam auf ihn zu, es machte stets den Eindruck, als habe sie nichts zu tun. Aber der Tag war lang und brachte allerlei mit sich: sie bediente in der Osteria, wusch die Hemden und hatte immer noch Zeit genug, eine Zigarette zu rauchen.

Jetzt, wo Nora die Padrona war, sagte Ceresa zu mir, wir beide würden eines Tages wieder das Boot nehmen und bis zum Abend fortbleiben, wir wollten den Po hinaufrudern, bis über das Wehr hinaus. Nora kam nicht mit ins Boot, sie behauptete, das Wasser stinke, und als wir mit den Netzen und dem Korb losfuhren, um unter der Brücke zu fischen, sah sie uns vom Fenster aus lachend nach. Zum Fischen zog Ceresa nur die Jacke an und die ganz engen schwarzen Badehosen; wir sprangen ins Wasser und stellten den Korb gegen die Steine, und während ich das Boot hielt, stöberte Ceresa die Fische mit den Händen auf. Oberhalb vom Wehr kannte er einen ganz ungewöhnlichen See, von dort kam man mit dem gefüllten Korb heim, und er sagte immer, wir würden eines Morgens dorthin aufbrechen und erst am Abend zurückkommen. Viele Morgen hindurch kam ich zur Bootsstelle in der Hoffnung, diesmal würde etwas daraus, aber immer war plötzlich allerlei zu tun, oder Ceresa mußte gerade mit Nora ein Gespräch zu Ende führen oder ein Boot teeren, mit dem er am Abend zuvor nicht fertig geworden war – und die Sache wurde aufgeschoben.

Schließlich ruderte ich allein bis über das Wehr hinaus. Als Ceresa eines Tages in Turin zu tun hatte, blieb ich mit Nora allein; sie putzte unter dem Schutzdach in einem Eimer Gemüse. Nora ließ mich nicht aus den Augen, sprach aber kein Wort, und da wurde es mir langweilig. Ich sagte, ich nähme ein Boot, und ruderte los. Ich blieb bis Mittag auf dem Wasser und ruderte dann zurück, überzeugt, daß ich Ceresa an diesem Tag nicht zu Gesicht bekäme und besser daran täte, nach Hause zu gehen. Aber Ceresa war zurückgekommen, er lachte mir vom Fenster aus zu, während er in die Jacke fuhr, und rief mich nach oben. Ich tat einen Schritt hinein: da stand in der Tür Nora, die mich von der Seite ansah, und ich hatte nicht den Mut, hineinzugehen und die Treppe hinaufzusteigen. Ich sagte nur: »Ceresa ruft« und ging unter das Schutzdach, um das Ruder hinzulegen. Nora sah mich weiter immerfort an; dann ging sie selbst hinauf.

Die Morgenstunden waren am schönsten, denn da konnte man sich immer noch mehr erhoffen als am Abend. Am Abend mußte ich fort, weil Ceresa und Nora sich nach dem Essen umzogen und untergehakt losgingen: nach Turin, ins Kino, spazieren. Die Bootsstelle blieb leer, sie schlossen die Osteria, sobald es dunkel wurde. Früher waren immer einige dageblieben, und Ceresa sorgte für gute Laune; er fror nie, er blieb auch im Dunkeln in der Badehose. Ich war wütend darüber, daß Nora, die nie in die Sonne ging und sicher so weiß war wie ein Fischbauch, Ceresa duzte, und daß die beiden sich immer unterhakten. Ich hätte viel darum gegeben, hätte ich solche Gespräche führen können wie sie.

Eines Morgens sagte Ceresa zu mir: »Du wirst sehen – wenn ich heirate, wird alles sein wie zuvor.« Ich hielt ihm den Teer und hätte am liebsten geweint. Ich weinte nicht und sah auf das Boot: er sollte nicht über mich lachen. Ich gab acht, daß mich Nora von der Küche aus nicht hörte – und doch wußte ich genau, er wollte sie wirklich heiraten.

»Ich würde nicht heiraten«, sagte ich leise. »Du wirst sehen, wenn du heiratest, zieht Nora nicht mehr das rote Kleid an, und ihr fangt an, euch zu zanken.«

»Was hast du gestern mit Zucca beim Bocciaspiel zu reden gehabt?«

Ceresa wußte immer alles. Aber Zucca, der mit dem Kropf, hatte im Gespräch mit einem anderen gesagt, Nora sei ein liederliches Frauenzimmer, und Ceresa dürfe sie nicht heiraten. Ich hatte das nur gehört, als ich ihnen die Gläser hintrug.

»Du bist noch ein Junge«, sagte Ceresa, »misch dich nicht in die Gespräche der Großen. Wenn Nora etwas zu dir sagt, sag du es mir wieder.«

Aber Nora sagte mir nie etwas von Belang. Manchmal jagte sie mich weg. Als Ceresa und ich uns an einem Boot zu schaffen machten, sah sie uns von der Tür aus zu mit einem Gesicht, als sei sie die Padrona, und ich wußte nicht, ob sie mich oder Ceresa meinte. Jetzt wartete ich nur noch, daß das Gespräch darauf zurückkäme, um ihm zu sagen: Nora ist eine schlechte Frau.

Einige Tage nach der Geschichte mit Zucca wartete ich im Boot, daß Ceresa herunterkäme, aber Ceresa kam nicht. Er war einen Augenblick hinaufgegangen, um sich etwas zu rauchen zu holen, und ich sah vom Wasser aus das offene Fenster; da jedoch das Wetter recht schön war, konnten Kunden kommen und mir Ceresa wegnehmen, und ich konnte es nicht erwarten, daß er erschien. Es war ein warmer Nachmittag, man hörte nicht einmal das Wasser gegen die Boote glucksen. Dann sehe ich flüchtig am Fenster Ceresas Rücken und höre, daß er nach dem Zimmer zu spricht und gar nicht daran denkt, sich umzudrehen und etwas zu mir hinunterzurufen. Da schaue ich in die Sonne, dann schließe ich die Augen und drücke sie fest zu; ich sah lauter rote und grüne Flecken und langweilte mich. Wie lange ich wartete, weiß ich nicht; jedenfalls steht Ceresa mit einemmal unter dem Schutzdach, er zündete sich eine Zigarette an und fragte, was wir tun wollten. Ich zeigte auf das Ruder, Ceresa machte eine Bewegung, als habe er keine Lust dazu, sprang aber ins Boot. Er ließ sich von mir bis zur Brücke rudern und saß da, ohne ein Wort zu sagen. Dann sprang er ins Wasser, wir fischten, hin und wieder sagte er etwas von den Fischen, aber er hörte nicht auf zu rauchen, sich aufzurichten und über das Wasser zu starren. Ich erzählte ihm von dem Motorboot, und wir diskutierten, ob es mit Benzin führe, aber er verspottete mich nicht mehr, wie er gewöhnlich tat, er schlug die kleinen Fische auf den Boden des Bootes und sagte: »Mögt auch ihr krepieren.«

An diesem Abend kam Zucca mit dem großen Boot vorüber und rief: »He, ihr dort!« »Na, du bist schlau«, sage ich und gieße Wasser über die Fische, und Ceresa sieht mich an, sieht mich wieder an und lacht, legt mir kräftig die Hand auf den Kopf und massiert ihn mir ein bißchen.

Und doch hatte er mit Nora keinen Streit gehabt. Frauen schlagen gern Krach, oder zumindest weinen sie; Frauen sind anders als wir. Aber bei Nora war man besser still; ich wette, auch zu ihm sagte sie manchmal wie zu mir: ›Wie bist du blöd! Mach, daß du fortkommst‹, und dann konnte er nichts anderes tun, als sie am Handgelenk packen und es ihr umdrehen. Ein einziges Mal sagte er ihr in Gegenwart zweier Kunden, sie solle ein zerrissenes Bootskissen flicken: da nahm Nora das Kissen und warf es ins Wasser. Dann schloß sie sich oben ein und wollte ihm nachher nicht aufmachen. Ich begann an den Tischen hinter der Baracke zu bedienen, dort hatte man nichts bemerkt. Ceresa sprach den ganzen Tag nicht mit mir, er stand unter dem Schutzdach, feilte einen Ruderpflock, fachte sich selbst die Schmiede an, packte die noch warmen Kohlen und warf sie mit den Händen in den Po, daß sie zischten.

Am nächsten Tag finde ich den Eingang mit der Holztür zugesperrt. Ich rufe – niemand ist da. Da gehe ich wieder, denn ich wollte nicht, daß mich die Kunden hier fänden und ich ihnen sagen müßte, daß Ceresa Streit gehabt hatte. Die Bootsstelle lag zwei Tage still; dann ging ich eines Morgens zufällig am Ufer entlang und sehe, daß zwischen den Booten Bewegung ist. Ceresa war zurückgekommen; auch Nora war zurückgekommen, sie stand am Fenster und zog sich eine andere Bluse an. Ceresa half gerade zwei Mädchen ins Boot, sie hatten sich, wie manche anderen, unter dem Schutzdach umgezogen und riefen allerlei dummes Zeug. Ceresa lachte und hielt das Boot.

Am Abend wurde gefeiert, weil Nora wiedergekommen war. Es kamen fünf, sechs Gäste, Schiffer und Kunden – Zucca, Damiano, die üblichen –, aber sie schienen jetzt vergnügter und redeten und spaßten bis Mitternacht. Alle sagten, Nora müsse baden, morgen solle sie sich einen Badeanzug kaufen und die Bocciaspieler im Trikot bedienen. Dann ging der Mond auf, die Bocciabahn war hell wie am Mittag; da holte Damiano Wein, und sie begannen zu spielen. Ich fiel fast um vor Müdigkeit, aber ich wollte nicht fortgehen; Nora half nach und sagte: »Zu Hause mögen sie dich wohl nicht?« Da ging ich heim.

Von diesem Tag an wurde Nora vergnügter, aber Ceresa gegenüber war sie kurz angebunden, sie wußte immer eine Antwort; Ceresa lachte darüber und zuckte die Achseln. Manchmal schämte ich mich für ihn, wenn diese Hexe in Gegenwart anderer dummes Zeug redete. Sie hatte sich den Badeanzug gekauft, rot wie ihr Kleid; sie zog ihn mittags an, um die Sonne auszunutzen, während sie vor dem Schutzdach hin und her ging, und behielt ihn auch danach an, bis Ceresa sie beim Arm nahm und böse ansah. Nora hatte eine Haut wie helle Butter, aber im Po badete sie nie. Wenn Damiano oder der Sohn von Zucca oder Soldaten kamen, blieb sie bei ihnen stehen, um mit ihnen zu lachen und sich zu zeigen. Ich begreife nicht, was die Leute an den Frauen finden. »Du wirst sehen«, sagte Ceresa einmal zu mir, »dir werden sie schon auch noch gefallen.« Aber bis jetzt ist mir das noch nicht passiert.

Dann bekam Ceresa mit Damiano Streit. Er stritt mit ihm an einem Tag, als ich nicht da war, doch am Tag danach wurde in der Osteria davon gesprochen. Sie waren mit den Fäusten aufeinander losgegangen und hatten so laut geschrien, daß es die Trambahnschaffner am anderen Ufer hörten. Diesmal beobachtete ich heimlich Noras Gesicht; ob auch sie wütend war? Aber sie erschien mir weniger wütend als erschreckt. Ceresa jedoch sagte nichts und ging mit mir fischen, und an dem Tag gab es nicht einen einzigen Fisch, und vor Wut packte er den Korb und schleuderte ihn gegen den Pfeiler. Dann legte er sich im Boot lang und sagte, ich solle ihn heimrudern.

Ich war nun schon ungern an der Bootsstelle, außer wenn Ceresa für mich zu tun hatte. Es gab Tage, da saßen wir unter dem Schutzdach, ohne ein Wort zu sprechen, und Nora ließ sich nicht blicken. Aber noch schlimmer war es, wenn Nora in der Küche herumwirtschaftete oder die Kunden bediente, denn dann hatte ich immer irgend etwas von ihr zu gewärtigen. Später suchte ich einmal mein kleines Boot – ich hatte es mir auf der Werkbank unter dem Schutzdach selbst gemacht, als Ceresa mich dort arbeiten ließ – und fand es nicht mehr. Ceresa saß am Boden, gegen den Pfahl gelehnt; ich fragte ihn nach meinem kleinen Boot; er sagt, er wisse nicht, wo es sei. Da laufe ich in die Küche und frage Nora, und sie sagt ruhig, sie habe es als Brennholz verfeuert.

An dem Tag fragte mich Ceresa, warum ich kein Handwerk lernte. »Aber ich will doch Schiffer werden«, antworte ich. »Du bist verrückt«, sagt er, »siehst du nicht, was für ein verdammtes Handwerk das ist? Sag deinem Vater, er soll dich in die Fabrik schicken. Los, sag ihm das. Ehe du Schiffer wirst, solltest du lieber zu den Soldaten gehen.« Das bekümmerte mich, nicht so sehr meinetwegen, ich war sowieso ein Nichts, als seinetwegen: daß ihm der Po keinen Spaß mehr machte. Ich hätte ihm am liebsten gesagt, er solle Nora heiraten, dann könne er sie besser kommandieren, aber ich wußte nicht, ob er mir darauf antworten würde. Ich zog mich wieder an und kehrte nach Hause zurück.

Nora hatte offenbar gemerkt, wie übel sie mir mitgespielt hatte, denn am nächsten Tag rief sie mich in die Küche und brachte es dahin, daß ich mit ihr redete. Sie fragte, ob es mir besonderen Spaß mache, Schiffer zu werden, und ob ich nicht Angst hätte, zu ertrinken. Ich antwortete ihr, ich hätte Spaß daran, weil es Ceresas Handwerk sei. Dann fragte sie mich, ob ich imstande sei, sie im Boot zu rudern. »Wir wollen Ceresa fragen, ob er es uns erlaubt, ans Wehr zu rudern. Wenn es morgen schön ist, rudern wir hin.«

Am nächsten Tag zog sie den Badeanzug an und lieh sich Ceresas Jacke aus. Wir nahmen den Korb mit dem Vesperbrot, und sie setzte sich auf die Kissen; Ceresa sah lachend zu, wie wir losfuhren. Als wir die Brücke hinter uns hatten, begann ich kräftig zu rudern, und Nora fragte mich, ob es noch weit sei. Ich erklärte ihr, wie man das Ruder ansetzte, und sie probierte es: sie kam neben mich, und beinahe wären wir ins Wasser gefallen; die Frauen sind alle gleich. Sie setzte sich wieder hin und fragte mich, ob ich im tiefen Wasser schwimmen könne. Sie wußte, daß man unterhalb des Wehrs nicht schwimmen kann, und sagte, ich solle an der Sangone-Mündung anlegen, wo das Wasser ruhig war.

Ich pflockte das Boot am Ufer fest und tauchte tüchtig, während sie mir zusah. Dann schwamm ich in den Sangone und rief ihr zu, das Wasser sei hier kälter als im Po. Als ich wieder am Boot auftauchte, ich berührte es schon, sah ich am Ufer Damiano und einen Soldaten. Sie waren offenbar befreundet, aber den Soldaten hatte ich nie gesehen. Dann kamen sie ans Boot und begannen mit Nora ein Gespräch. Ich grüßte Damiano, doch ohne mich weiter mit ihm einzulassen. Ich kletterte ins Boot und setzte mich hin.

Ich war wütend auf Damiano, denn ich wußte, er ruderte besser als ich; und wenn Nora ihm sagte, er solle sie ans Wehr rudern, stand ich als der Dumme da. Aber Damiano und der Soldat setzten sich ans Ufer und begannen zu spaßen. Nora antwortete, und nach einer Weile sprang auch sie an Land und sagte, sie wolle spazierengehen. Der Soldat legte die Hand auf den Reißverschluß ihrer Jacke und sagte lachend: »Das hier braucht Luft.« Er war aus Neapel.

Ich blieb allein im Boot und dachte an Ceresa: Wehe, wenn er das erführe! Da ging ich wieder ins Wasser, damit keiner, der vorbeikam, merkte, daß es Ceresas Boot war. Nora kam erst gegen Abend zurück und sagte zu mir, wir dürften Ceresa nicht sagen, daß wir Damiano getroffen hätten. Das wußte ich auch selbst.

Aber am Tag danach wollte sie sich durchaus wieder von mir rudern lassen – diesmal zu den Mühlen –, und ich ging einfach nicht zur Bootsstelle, denn ich hätte nicht nein sagen können; Ceresa bestand darauf, daß ich es täte, und sie sah mich an, wie Frauen einen ansehen, wenn sie wütend sind. Ich kam erst gegen Abend; sie hatte schon den Rock übergezogen, aber statt der Bluse trug sie noch die Lederjacke. Also behielt sie jetzt unter dem Rock den Badeanzug an. Sie sah mich recht unfreundlich an, doch ich hielt mich zu Ceresa.

Schön waren die Septembermorgen, wenn der Po im Nebel lag

und wir warteten, daß die Sonne allmählich durchbräche. Jetzt gab es immer etwas zu tun, an der Schmiede oder beim Teer, und Nora war so früh nicht zu sehen, weil sie auf den Markt ging. Ceresa sprach weniger als früher, aber ich war gern mit ihm zusammen, denn ich merkte, daß er zu nichts Lust hatte und mich unter dem Schutzdach herumkramen ließ, wie ich wollte. Hin und wieder sagte er etwas, und so leistete ich ihm Gesellschaft.

Endlich kam die Zeit der Weinlese, und eines Nachmittags lösten wir Trauben von den Rebstöcken, die die Osteria überdeckten, und machten dann Pause, wir aßen einen ganzen Eimer Trauben. Auch Nora war dabei, wir aßen alle drei und hatten unsern Spaß. Nora sagte, man müsse achtgeben, daß die Trauben uns nachts nicht gestohlen würden. Dann, wie um uns zu zeigen, wo die Diebe die Trauben verstecken könnten, öffnete sie den Reißverschluß der Jacke. Ich sah flüchtig, daß sie darunter nackt war, irgend etwas Weißes und Geflecktes; sie hatte keinen Badeanzug an. Sie schloß die Jacke sofort.

Während wir Jause machten, tranken zwei Soldaten an einem Tisch Bier, und der eine, schien mir, war jener Freund von Damiano, der Nora den Hof gemacht hatte. Aber wie soll man das sicher behaupten? Sie sehen einer wie der andere aus. Als Nora ihm das Bier brachte, war sie nicht stehengeblieben.

Doch nach einer Stunde sah ich die beiden noch immer dort sitzen, sie lachten und redeten mit Nora. Ceresa war ins Haus gegangen. Ich sah, wie Nora sich über den Tisch beugte und wie der Soldat die Hand ausstreckte wie damals, nur daß er diesmal den Reißverschluß herunterzog und daß auch Nora, zu ihm gebeugt, lachte. Ich drehte mich erst um, als ich merkte, daß Ceresa in der Tür stand. Er rief mich und sagte sonst kein Wort.

Einen Augenblick danach war ich allein auf der Bocciabahn, die Tische waren leer, Nora und Ceresa waren im Haus. Ich horchte, ob sie schrien, aber nichts regte sich. Ich hatte nur Angst, daß ein Kunde käme oder ein Boot zurückkehrte und ich Ceresa rufen müßte. Zwischen den Bäumen war es noch hell, doch es wurde Abend; ich fror. Drüben hinter den Bäumen hörte ich die Vögel; sie flogen tief. Auf dem abschüssigen Dammweg kam auch nicht ein Auto vorüber. Alles lag wie tot.

Mich packte Scham, Furcht, ich weiß nicht was. Ich dachte noch immer an jenes Weiß von Nora. Mir war, als schreie alles, als rufe jemand nach mir. Dann öffnete sich das Fenster. Ceresa beugte sich heraus und sagte: »Pino, lauf heim.« Er schloß das Fenster sofort.

Am nächsten Tag kam ich mit klopfendem Herzen zurück. Ich ging auf dem Dammweg, aber nicht hinunter; die Bootsstelle lag ruhig inmitten der Bäume. Niemand war da. Ich mußte sowieso beim Zoll etwas ausrichten. Aber nach dem Mittagessen entschloß ich mich: Ceresa mußte erfahren, daß ich nicht schuld daran war. Ich sehe eine Menge Boote, sie fuhren vor der Bootsstelle hin und her; ich sehe zwei Männer in Zivil dort, wo der Pfad einmündet, neben einem Auto stehen. Ich begreife, daß man da nicht vorbei kann, und so mache ich den Umweg über die Wiese. Unter dem Schutzdach gehen alle möglichen Leute hin und her, aber Ceresa ist nicht dabei. Da treffe ich den Sohn von Zucca; er sagt mir, daß Ceresa Nora erdrosselt und in den Po geworfen hat.

Ich wollte ihn sehen, um ihm das von dem Tag am Sangone zu sagen, aber sie trieben alle, die dort waren, weg; und als er herauskam, hörte man nur noch den Motorlärm vom Auto. Dann sagte mein Vater, je weniger ich davon spräche, um so besser sei es, für mich und für alle.

Wanda

Da bin ich und läute an der Tür, und wenn mir statt einer zögernden, überraschten Wanda eine empörte Wanda öffnen und fragen würde, was ich will, und wenn ich glaube, man brauche nur dazustehen, sie zu packen und eine Nacht bei ihr zu verbringen, dann müßte ich auch den Kopf beugen und den Hut abnehmen und brummen, ich hätte mich geirrt.

Statt dessen trete ich ein, folge ihr, halte sie am Handgelenk und bleibe selbst stehen, wenn sie stehenbleibt, um sich an mich zu schmiegen. Auch Wanda sollte ihr Gesicht verhüllen und weglaufen, um sich zu verbergen, wenn ich sie fragen würde, was sie von mir will. Aber die Frauen hören nicht hin, als ganze Antwort werden sie zärtlich: so hat sie es mit ihrem Mann gehalten, als sie einen Mann hatte, und so hält sie es jetzt mit mir, während ich dasitze, und sieht mich an und hat mich an der Hand gefaßt und fragt mich mit diesem stummen Blick, warum ich mich verspätet habe. Noch hat sie nicht versucht, mich zu küssen.

Wäre sie nicht eine Frau, sondern mein einziger Freund, der an diesem Tag gestorben ist, so würde sie begreifen, daß ich nicht komme, um zärtlich zu ihr zu sein und ihr von Liebe zu sprechen, sondern nur, um zu weinen. Statt dessen sieht sie mich verdrießlich an, ein beleidigtes Mädchen, und denkt nicht daran, daß ich es nicht erwarten kann, bis sie aufsteht und mich hier allein läßt. Nicht ein Mal von tausend versteht sie sich zu versagen, und ich begreife, warum ihr Mann ihrer überdrüssig geworden ist. Wenn sie doch lächeln wollte, wenn wir im Bett sind! Aber jedesmal tut sie, als erwarte sie am Ende der Galgen, und ihre Spiele sind nur lange Seufzer, ermattete Augen und Schluchzer.

Wenn ich sie ansehe, mag ich nicht einmal mehr weinen, mir kommt der Verdacht, daß sie sich im Grunde gar nicht von mir unterscheidet. Wenn es wirklich so ist, dann bedaure ich mich wahrhaftig selbst. Denn sie hat immerhin das Glück, daß sie mich liebt; und ich liebe sie nicht, ich verspüre keine besondere Erleichterung, wenn ich sie vor mir sehe. Aber wäre ich an ihrer Stelle, so würde ich mich mächtig freuen.

Endlich ist sie aufgestanden und geht quer durchs Zimmer. Jetzt kann ich weinen. Ist es nicht schon mehr als Weinen, wenn ich nachts zu Wanda komme, sie leiden sehe und weiß, daß nichts, was ich tue, ihr nutzt, weil sie mir ohnehin nicht wichtig ist? War mir Bruno wichtig?

Jetzt sollte Wanda zurückkommen; aber sie kommt nicht zurück. Ich bin mit Bruno allein.

›O Wanda, höre mich, ich fühle mich hundeelend.‹

. . . .

Träume im Lager

Manchmal erwachten wir morgens sonderbar ausgeruht; merkwürdigerweise kam es uns dann so vor, als seien wir müde. Der Körper war schwer, wie er im Schlaf schwer ist. In Lenden und Waden pulste dumpf, aber munter das Blut. Wenn wir einander ins Gesicht sahen, schien jeder von uns weither zu kommen. Wir sprachen vom Tag, von dem erhofften schönen Wetter, auch wenn der Himmel an den vergitterten Fenstern mit Wolken bedeckt war. Keiner aber wagte zu sagen, daß eben dieser stumpfe, matte Himmel bewirkte, daß wir vor Wohlgefühl halb die Augen schlossen – einem flüchtigen Wohlgefühl, das Unschlüssigkeit zurückließ.

Ich weiß nicht, ob später, wenn wir zwischen den Baracken umhergingen, jemand seinem Gefährten erzählte, wie er die Nacht zugebracht hatte. Eines Tages fragten sie mich: »Und du – was hast du geträumt?« Aber ich wußte nichts zu antworten, als daß ich, wie ein Kind, ohne Träume geschlafen hätte.

Wir waren zwischen diesen traurigen Baracken wie Kinder; wenn wir darauf warteten, uns für den gewohnten Ausgang in Kolonnen aufzustellen, liefen manche eifrig hin und her und suchten irgend etwas, andere saßen müßig auf einer Kiste oder einer Stufe. Muße hatten wir alle; aber einige wollten durchaus nicht stumpf werden. Sie fürchteten, sie würden dann, wenn jemand von draußen sie rief, heftig zusammenfahren und sich nur mit Mühe wieder zurechtfinden. Und doch war diese Stumpfheit in uns, sie hatte etwas ungeheuer Beschwerliches, das schon wer weiß wie lange anhielt und von wer weiß woher kam. Bei einem solchen Erwachen spürten wir eine Unsicherheit, wie einer, der aus einem Meer kommt, wo er bis zur letzten Kraft geschwommen hat und nun die Beine erschöpft ins Wasser sinken läßt. Irgend etwas war während der Nacht geschehen. Wir hatten so intensiv geträumt, daß jetzt jede Erinnerung daran ausgelöscht war; es blieb nur ungläubiges Staunen. So läßt uns das Summen der Stille manchmal an einen Schrei denken, an einen so betäubenden Lärm, daß man nichts mehr hört.

Ich schämte mich nicht, zu bekennen, daß ich Angst vor dem Dunkel habe – ich, der ich doch standhielt in jenem trostlosen Lager, wo es uns Schmerz bereitete, wenn ein schöner Tag anbrach – so widersinnig war das. Wir hatten Angst vor uns selbst und vor dem Dunkel. Und wer Angst vor dem Dunkel hat, der glaubt bestimmt nicht, daß es Wunder gibt. Er weiß ganz einfach nur, daß sein Blut und sein Denken in der Berührung mit der Nacht erbeben und ungeheuerlich aufschäumen können, wie ein Pferd schäumt, das in Schweiß geraten ist. Es kam vor, daß man am Morgen ganz allmählich munter wurde, ohne eine Erschütterung, so wie sich ein Boot dem Ufer nähert; man erhob sich mit steifen Gliedern und sah sich um, ein wenig überrascht – es waren zwar die ewig gleichen Baracken, aber unsere im dunklen Meer des Schlafes gewaschenen Augen erkannten sie nicht sofort wieder. Mancher von uns blieb vom frühen Morgen an still sitzen, sah hinauf zu den unruhig Tätigen, die sich unter dem niedrigen Himmel auf den schmalen Feldwegen abmühten, und machte ein Gesicht, als suche er unter den Gefährten diejenigen, die in der Nacht mit ihm gewandert waren und mit ihm den Schrecknissen, den plötzlichen Umschwüngen der trüben Träume die Stirn geboten hatten. Keiner sprach davon. Es genügte uns, zu spüren, wie die Verwunderung in uns schwächer wurde.

Statt dessen sprachen wir vom Tag und von unseren gewohnten Beschäftigungen. Da wir in diesem Lager nichts anfangen konnten mit der Gewißheit, es zu Ende zu führen, folgten wir immer den wechselnden Stimmungen am Himmel; war er heiter, so suchten wir in ihm begierig die eigene Heiterkeit zu lesen, aber es war jeden Tag eine Enttäuschung, denn die traurigen Baracken zeigten uns, wie unnütz das war. Sonne und Wind peinigten uns, wie sie es bei Kranken tun. Dann, im Verlauf der schönen Jahreszeit, lernten wir, unsere Melancholie unter dem reinsten Himmel zu bewahren, und das bedeutete für unseren Frieden viel, denn diejenigen unter uns, die leichtsinniger schienen, litten mehr.

Vielleicht war es wirklich so, daß wir nachts an uns erfuhren, was wir bei Tage mit soviel Sorgfalt verschwiegen. Nachts machte sich unser Körper davon, über die letzte Baracke, über die stillen Hügel hinaus, falls es im Schlaf noch Baracken und Hügel gibt und nicht vielmehr ein dunkles Gefilde, wo die Dinge aus ihrem eigenen Licht heraus durchsichtig werden und die Schrecknisse, bohrenden Schmerzen, Ängste, Entdeckungen völlig eins werden mit dem Aufruhr des Blutes, das im Dunkel brüllt. Die Ereignisse des Schlafes waren vergessen, noch ehe sie geschahen, und daher kam wohl die entsetzliche Mühe, sie mit ans Licht zu tragen, ans Licht zu tragen wenigstens das Blut, den Körper, in denen sie sich verwirklicht hatten. Vielleicht hätte jemand, der uns in solchen Nächten hätte schlafen sehen, uns nicht wiedererkannt. Eine wie abwesende Lampe glomm in der Baracke: sie schien zu schwanken, selbst eine Beute des Traums. Nichts von dem, worauf ihr kümmerliches Licht traf, war wirklich. Wirklich war der Aufruhr des Blutes und sein Eintauchen in die absurde Unbewegtheit der Nacht; es war, als gerate man in ein Rad, das, von einem Wirbel erfaßt, stillzustehen scheint. Wer von uns vor dem Morgengrauen erwachte, horchte in die Nacht und wartete, als sei er außerhalb der Welt, angstvoll auf den rauhen Ruf der Wachtposten.

Das Maisfeld

An dem Tag, als ich unten an einem Maisfeld stehenblieb und dem Rauschen der langen, dürren Stengel zuhörte, die sich in der Luft bewegten, erinnerte ich mich an etwas, was ich schon lange vergessen hatte. Hinter dem Feld – es stieg nach oben an – war der leere Himmel. ›Das ist ein Ort, an den man zurückkehren sollte‹, sagte ich mir und fuhr ganz rasch mit dem Rad los, als müßte ich die Nachricht jemandem bringen, der weit fort war. Aber ich selbst war weit fort, weit von allen Maisfeldern und allen leeren Himmeln. An jenem Tag war es ein Feld; es hätte auch ein über eine Straße hängender Felsen sein können, ein einzelner Baum an einem Hügel, ein Rebstock auf dem Rand einer Weinbergterrasse. Gewisse lange zurückliegende Gespräche gerinnen mit der Zeit und konkretisieren sich in Gestalten der Natur. Diese Gestalten wähle ich nicht aus: sie verstehen sich darauf, sich vor mir zu erheben, sich auf meinem Weg einzufinden im rechten Augenblick, wenn ich am wenigsten daran denke. Kein Mensch aus meinem Bekanntenkreis hat soviel Takt wie sie.

Was mir das Maisfeld sagt in den kurzen Momenten, wo ich wage, es zu betrachten, ist das gleiche, was einer sagt, der auf sich hat warten lassen, während man selbst ohne ihn nichts tun konnte. ›Da bin ich‹, sagt ganz einfach der, der auf sich warten ließ; aber ihm, der Herr über uns ist, wirft man dann unweigerlich einen scheelen Blick zu. Anders hier: auf den Himmel zwischen den tiefreichenden Stengeln schaue ich verstohlen wie ein Mensch, der über den Gegenstand hinaussieht, sozusagen in der Erwartung, daß dieser sich von sich aus enthüllt – obwohl er weiß: er kann sich nichts von ihm erhoffen, als was der Gegenstand schon enthält, und eine zu heftige Bewegung könnte alles böse aus dem Gleichgewicht bringen. Dieses Feld schuldet mir nichts, so daß ich nichts anderes tun kann als schweigen und es in mich eindringen lassen. Und das Feld und die dürren Stengel rauschen ganz allmählich in mir und bleiben mir still im Herzen. Zwischen uns bedarf es keiner Worte. Die Worte hat es schon vor vielen Jahren gegeben.

Wann in Wirklichkeit? Ich weiß es nicht. Und ich weiß nicht einmal, was sie einander zu sagen haben konnten, ein Maisfeld und ein Junge. Aber eines Tages war ich gewiß vor einem solchen Feld stehengeblieben – als bliebe mit mir die Zeit stehen –, und ebenso den Tag danach und wieder einen, eine ganze Jahreszeit, ein ganzes Leben hindurch; und das war eine Grenze gewesen, ein vertrauter Horizont, durch den die Hügel – niedrig, so weit entfernt waren sie – hindurchschienen wie Gesichter an einem Fenster. Immer, wenn ich einen Schritt in den gelben Wald hinein gewagt hatte, muß mich das Feld mit seinem knisternden, von der Sonne erwärmten Laut in sich aufgenommen haben; und meine Antworten waren die vorsichtigen, manchmal auch heftigen Bewegungen gewesen, mit denen ich die scharfen Blätter beiseite schob, mich zu den Kornwinden bückte und den Blick über die hohen Stengel hinaus auf die Leere des Himmels richtete.

In jenem Knistern war eine tödliche Stille. Es war die Stille eines abgeschlossenen, einsamen Ortes, die in dem fernen Himmel das

Versprechen eines unbekannten Lebens erschloß, unbegehbar und verführerisch wie die Hügel.

Daß die Zeit damals stillstand, weiß ich, weil ich sie noch heute vor dem Feld unversehrt wiederfinde. Es ist ein Rauschen, das sich nicht bewegt. Ich begreife, daß ich eine Gewißheit vor mir habe, daß ich den Grund eines ewig gleichen Sees, der mich erwartete, sozusagen berührt habe. Der einzige Unterschied ist der, daß ich damals heftige Bewegungen wagte, ins Feld eindrang und dabei zu den vertrauten Hügeln einen Schrei hinaufschickte: mir schien, sie erwarteten mich. Damals war ich ein Kind, und alles von diesem Kind ist gestorben – außer jenem Schrei.

Die eigentliche Jahreszeit dort im Feld ist der Herbst, wenn sich auf dem Land hinter den Maisreihen alles regt. Man hört Stimmen, es wird geerntet, nachts zündet man Feuer an. Die unbewegte Stille des Feldes enthält auch diese Dinge, aber wie in einer gewissen Entfernung, wie Versprechungen, die man flüchtig zwischen den Zweigen sieht. Die dürr werdenden Blätter öffnen immer größere Streifen Himmel, lassen die fernen Hügel nackter erscheinen. Man denkt auch an das, was dahinter ist, an das, was nachts oben im Wald gegenwärtig ist. Manchmal steigt in die Erinnerung das Knistern der gelben Blätter auf, es erschreckt mich, wie wenn ein unbekannter, gefürchteter Schritt hindurchstampft, als schlügen Körper im Kampf um sich. Nun, in der Entfernung, ist alles in eins verschmolzen: die nächtlichen Feuer auf den Hügeln und der zwischen die schwankenden Stengel des Feldes hereinbrechende Abend. Eine Beruhigung ist allein der Gedanke: der sich zu Boden warf und sich versteckte, war ebendieser Junge, und die von den Stengeln herabhängenden dicken Maiskolben werden die Bauern morgen ernten. Aber morgen ist der Junge nicht mehr hier.

Diese Dinge geschehen, sooft ich vor dem Feld stehenbleibe, das mich erwartet. Es ist, als redete ich mit ihm, obgleich sich das Gespräch vor vielen Jahren abgespielt hat und auch seine Worte verloren sind. Mir genügt jener flüchtige Blick, von dem ich erzählt habe: und der leere Himmel füllt sich mit Hügeln und Erscheinungen.

Die Langa

Ich bin ein sehr ehrgeiziger Mensch, und ich verließ als junger Mann mein Dorf mit der fixen Idee, ›jemand zu werden‹. Mein Dorf, das sind ein paar ärmliche Häuser und ein großer Schlamm, aber es wird von der Provinzstraße durchquert, auf der ich als Kind spielte. Da ich – ich wiederhole es – ehrgeizig war, wollte ich die ganze Welt durchstreifen und, wenn ich in die fernsten Gegenden kommen würde, mich umdrehen und in Gegenwart aller sagen: ›Habt ihr diese paar Dächer niemals nennen hören? Nun, von dort komme ich.‹ An manchen Tagen betrachtete ich den Umriß des Hügels aufmerksamer als sonst; dann schloß ich die Augen und tat, als sei ich bereits in der weiten Welt, um mir die bekannte Landschaft ganz genau immer wieder vorzustellen.

So zog ich in die Welt hinaus und hatte dort einiges Glück. Ich kann nicht sagen, daß ich mehr als irgendein anderer ›jemand‹ geworden wäre, denn ich habe so viele Menschen kennengelernt, die aus dem oder jenem Grund ›jemand‹ geworden sind, daß ich, wäre es nicht schon zu spät dafür, mir bestimmt nicht mehr Mühe geben würde, diesen Wahnbildern nachzujagen. Gegenwärtig würde mein stets wacher Ehrgeiz mir raten, mich von anderen, wenn überhaupt, durch den Verzicht zu unterscheiden; aber man kann nicht immer tun, was man möchte. Genug; ich will nur soviel sagen: ich lebte in einer großen Stadt und machte sogar viele Seereisen, und eines Tages, als ich mich im Ausland aufhielt, war ich drauf und dran, ein schönes, reiches Mädchen zu heiraten, das den gleichen Ehrgeiz hatte wie ich und mir sehr zugetan war. Ich tat es nicht, denn dann hätte ich mich dort unten einrichten und für immer auf mein Land verzichten müssen.

Eines Tages also kehrte ich nach Hause zurück und suchte wieder meine Hügel auf. Von den Meinen war niemand mehr dort, aber Bäume und Häuser waren da, und auch manches bekannte Gesicht. Die Provinzstraße und der Dorfplatz waren sehr viel schmaler, als ich sie in Erinnerung hatte, viel bescheidener, und nur der ferne Umriß des Hügels hatte gegen früher nicht verloren.

In jenem Sommer betrachtete ich vom Balkon des Albergo aus oft den Hügel und überlegte mir, daß ich in all den Jahren nicht mehr daran gedacht hatte, zu zeigen, wie stolz ich auf ihn war; und ich hatte es mir doch vorgenommen. Wenn überhaupt, so rühmte ich mich jetzt den alten Dorfgenossen gegenüber der weiten Wege, die ich gemacht hatte, und der Häfen und Bahnhöfe, durch die ich gekommen war. All das machte mich so melancholisch, wie ich es schon lange nicht mehr gewesen war; aber diese Stimmung war mir nicht unbehaglich.

In solchen Fällen heiratet man, und im Tal hieß es in der Tat, ich sei zurückgekommen, um mir eine Frau zu suchen. Verschiedene Familien, auch Bauern, luden mich ein, mir ihre Töchter anzusehen. Es gefiel mir, daß sie in keinem Fall anders vor mir zu erscheinen suchten, als ich sie in Erinnerung hatte: die Landleute führten mich in den Stall und brachten auf die Tenne etwas zu trinken, die Bürger empfingen mich im nie benutzten Salon; dort saßen wir um den Tisch, die schweren Vorhänge geschlossen, während draußen Sommer war. Doch auch diese Bürger enttäuschten mich nicht: es kam vor, daß ich an manchen Mädchen, die verlegen scherzten, einiges wiedererkannte – die Art, sich zu bewegen, die blitzenden Blicke, die sie mir, als ich noch ein Junge war, vom Fenster oder von der Türschwelle aus zugeworfen hatten. Aber alle sagten, es sei etwas Schönes, sich an das Dorf zu erinnern und dorthin zurückzukehren, wie ich es tat, und sie rühmten ihre Äcker, rühmten ihre Ernten und wie gut hier die Menschen und der Wein waren. Auch von dem Charakter der Dorfleute, einem besonders mutigen, schweigsamen Charakter wurde gesprochen, so ausführlich, so oft, daß ich lächeln mußte.

Ich heiratete nicht. Ich merkte sofort: wenn ich eins dieser Mädchen, selbst das aufgeweckteste, mit in die Stadt nähme, hätte ich mein Dorf im Haus und hätte nie mehr so an das Dorf zurückdenken können, wie ich es jetzt wieder so gern tat. Jedes dieser Mädchen, jeder dieser Bauern und Hausbesitzer war nur ein Teil meines Dorfes, er stellte nichts als einen bestimmten Landsitz dar, ein Gut, eine Anhöhe. Ich hingegen hatte alles zusammen im Gedächtnis, ich war selbst mein Dorf: ich brauchte nur die Augen zu schließen um mich zu sammeln, nicht mehr, um zu sagen: ›Kennt ihr diese paar Dächer?‹, sondern um zu spüren, daß mein Blut, meine Knochen, mein Atem, alles aus jenem Stoff gemacht war; außer mir und jener Erde gab es überhaupt nichts.

Ich weiß nicht, wer gesagt hat, man müsse, wenn man ein Junge ist, mit dem Plänemachen vorsichtig sein: sie verwirklichten sich im reifen Alter immer. Sollte das stimmen, so heißt das wieder einmal, daß unser ganzes Schicksal uns schon eingeprägt ist, noch ehe wir das Alter der Vernunft haben.

Ich jedenfalls bin davon überzeugt, aber ich denke manchmal: es ist immer möglich, Irrtümer zu begehen, die uns dann zwingen, dieses Schicksal zu verraten. Das ist der Grund, weswegen so viele Menschen, wenn sie heiraten, fehlgreifen. Ein Junge plant in dieser Hinsicht natürlich nie etwas; wenn er sich entscheidet, so riskiert er dabei sein eigenes Schicksal. In meinem Dorf wird jemand, der sich verliebt, verspottet; jemand, der heiratet, wird gelobt, wenn er sein Leben in nichts ändert.

Ich begann also wieder zu reisen und versprach im Dorf, ich würde sehr bald zurückkehren. In der ersten Zeit glaubte ich daran, denn die Hügel und der Dialekt waren in mir ganz lebendig. Ich brauchte nicht mit Heimweh an sie zu denken, so daß sie zu meiner gewohnten Umgebung in Gegensatz geraten wären. Ich wußte, sie waren dort drüben, und vor allem wußte ich, daß ich von dort kam, daß alles, was von jener Erde Gewicht hatte, in meinen Körper und in mein Bewußtsein eingeschlossen war. Aber das ist nun viele Jahre her, und ich habe meine Rückkehr so lange aufgeschoben, daß ich es fast nicht mehr wage, den Zug dorthin zu besteigen. Wenn ich dort wäre, würden meine Landsleute merken, daß ich das alles nicht ernst gemeint habe, daß ich nur darum wollte, sie sollten von den Vorzügen meiner Heimat sprechen, damit ich sie wiederfände und mit fortnähme. Jetzt würden sie das ganze Streben des Jungen begreifen, den sie schon vergessen hatten.

Eine Gewißheit

Mein Leben ist alles andere als geruhsam, ich kann sogar sagen, daß ich ungewöhnliche Abenteuer gehabt habe, Unglück, neuen Aufschwung, Stürme, auch sind die Prüfungen noch immer nicht zu Ende. Und doch, wenn ich in alledem wirklich einen Augenblick innehalte, um nachzudenken, so finde ich mich in meiner Vergangenheit nicht zurecht und begreife ihre Aufregungen nicht. Es ist, als wäre alles einem anderen zugestoßen und ich schlüpfte gerade aus einem Versteck hervor, einem Loch, in dem ich bis jetzt gelebt hätte, ohne zu wissen wie. Wäre es nicht so, daß ich in diesen Augenblicken ein großes Staunen empfinde und mich selbst nicht wiedererkenne, so würde ich sagen: das Versteck, aus dem ich krieche, bin ich selbst. Manchmal kommt es vor, daß ich ganze Tage, auch sehr mit Arbeit angefüllte Tage, lebe, ohne an meinen Handlungen und Entschlüssen teilzuhaben. Aber das ist es nicht. Ich weiß im allgemeinen sehr wohl, was ich will; und jemand, der, wie ich, ein Leben voll Verantwortung führt, ein Leben, das ihn persönlich befriedigt, muß ja auch klare Vorstellungen haben und sich ganz den Tatsachen zuwenden.

Als ich jünger war, mußte ich mich einmal einige Tage zu Hause verborgen halten. Ich hatte Feinde, etliche Feinde – das brauche ich jetzt nicht alles zu erzählen, aber heißes Blut habe ich immer gehabt, und die Dinge waren bis zu einem Punkt gediehen, daß ich mich unbedingt versteckt halten mußte. Ich erinnere mich, daß ich mich die ersten Tage wie ein eingesperrter Tiger benahm, im Zimmer hin und her lief, mit mir selbst sprach; aber dann, als die Sache sich ihrem Ende näherte, war ich allmählich daran gewöhnt, und an dem Abend, als ich mir erlauben konnte, auszugehen, zögerte ich einen Augenblick auf der Schwelle. Dann natürlich ging ich aus und nahm meine Geschäfte wieder auf. Immerhin – ich erinnere mich, daß ich in dem Augenblick des Zögerns ebendas Gefühl hatte, von dem ich sprach: ein großes Staunen, ein Bedauern, wie es jemand empfindet, der festgehalten wird, als er gerade eine

Geste machen, einen Entschluß fassen will, der aber nie ausgeführt wird. Aber es war nicht so, wie wenn man eine Gewohnheit unterbricht – den Frieden und die Stille des Zimmers eintauscht für die unbestimmte Weite der Straßen –, und ich empfand weder damals noch später jenes flüchtige Unbehagen, sondern ich hatte den Eindruck, ich sei plötzlich in eine völlig andere Luft geraten, als ich sie sonst kannte, eine Luft, die man in sich zu haben meint statt um sich, ein mächtiger Abgrund von Luft, von Leere, von möglichen Geschehnissen und Gedanken, die aus dem tiefsten Ich hervorsprudeln würden, wenn dieses Ich nicht sogleich verschwunden wäre, so unglaubhaft war das.

Das sind Augenblicke, in denen man das Gefühl hat, man könne durchaus über alles verfügen. Wer sie einmal erlebt hat, spürt, daß die ganze überschaubare Vergangenheit und darum auch die Gegenwart, kurz das ganze Leben seinen Wert nicht durch das hat, was man getan, gewollt, erduldet, erreicht hat, sondern daß man genausogut wie ein Bettler an einer Ecke stehen und etwas murmeln könnte, was die Vorübergehenden nicht einmal verstehen, und mit geschlossenen Augen in dieses Staunen, diesen Abgrund hineinstarren könnte. In uns gibt es ein Geheimnis, wichtiger als jede Verantwortung, die man übernehmen kann. Aber obwohl dieser Zustand immer sich selbst gleich ist, liegt nichts Eintöniges darin: man hat stets das gleiche Gesicht, die gleichen Augen, die gleiche Stimme, und doch denkt man nicht im Traum daran, dieser Dinge müde zu werden.

An manchen Tagen, wenn ich – es sind die einzigen Augenblicke, wo ich ausruhe – einmal viel durch die Straßen gehe oder altbekannte Gesichter wiedersehe, weiß ich schon, daß sich nach und nach die gewohnten Gedanken wieder in mir festsetzen werden; diese Gedanken gehen mehr und mehr mit mir, leisten mir bei Begegnungen und wenn ich warten muß Gesellschaft, wollen mir eben ein entscheidendes Wort sagen: da, während ich etwas zu erkennen glaube, begreife ich, daß es nur der Reflex eines Augenblicks ist aus der Zeit, als ich ein Junge war und noch nicht einmal wußte, daß ich ich werden würde. Mit allem, was ich in der Welt getan, gesehen und begriffen habe, geht es mir so: was am allermeisten zu mir gehört, ist ein Haufen Steine, auf dem ich damals saß, ein Kellergitter, auf das ich den Blick richtete, ein geschlossenes Zimmer, in das ich nicht eintreten durfte. Und das Schöne ist: dieser Eindruck, eine Welt zu streifen, die frei ist wie die Luft, für einen Augenblick zu spüren, daß ich und diese Welt eng zusammengehören, und daß ich, bliebe der Eindruck eine Weile bestehen, mich für wer weiß wen halten und auf eine ganz andere Art leben müßte – diesen Eindruck konnte ich schon als Junge haben, natürlich ohne es zu begreifen. Eine Tatsache, über die ich mit niemandem reden möchte, ist diese: wenn man darüber nachdenkt, so sind die Augenblicke größter Genugtuung die, die am weitesten zurückliegen, von denen man nicht einmal weiß, daß man sie erlebt hat, als ich begann, von zu Hause auszureißen, und es voller Furcht tat. Der einzige Unterschied ist der, daß ich damals mit mir in Einklang war und, um zu begreifen, wer ich bin, nicht den Augenblick im Fluge zu erhaschen und auf der Straße stehenzubleiben brauchte wie einer, der das Gedächtnis verloren hat, wie ein erschrecktes Tier.

Aber dann denke ich, daß jeder sich seine Genugtuungen dort nimmt, wo er sie findet; und es ist nicht gesagt, daß ich, weil mir meine Tage als die eines anderen erscheinen, weniger entschlossen bin, wenn es darum geht, zu arbeiten und persönlich dafür einzustehen. Im Gegenteil, daß ich dieses Mittel habe, mir Luft zu machen, schafft mir in gewissem Sinn neue Kräfte; so als ob, wenn alles, was ich habe, betreibe und veranlasse, morgen davonfliegen würde, ich wenigstens nicht davonflöge. Das heißt, daß ich mich in diesem Fall der Gesellschaft jenes Jungen erfreuen werde, der immerhin kein so kleiner Junge gewesen sein kann, wenn er so etwas immer gewußt hat.

Der Einsiedler

Nino war eigensinnig, so wenigstens hatte ich immer geglaubt, aber jetzt merkte ich, daß er nicht eigentlich launenhaft war oder doch kaum mehr als ich selbst. Ich begriff allmählich, daß dieses Haus für den Jungen nicht dasselbe bedeutete wie für mich. Der Flur, der vom Eingang bis zu der kleinen Tür zum Obstgarten hindurchführte – er erfüllte das Haus für den, der eintrat, mit Grün und Licht –, war für ihn ein Freiheitsversprechen, ein Ruf ins Weite, und für mich einfach nur der Hintergrund für einen verhärteten Gram. Es gab Zimmer, die immer geschlossen blieben, besonders eines; und wenn meine Schwägerin sie öffnete, um sie in Ordnung zu bringen, und Nino die Nase hineinsteckte, gab mir das einen Stich, und ich ärgerte mich, weil ich begriff, daß ihm die Vorhänge, die Kommode, das Frisiertischchen im Sinn bleiben würden nur als eine schöne, sonderbare, zu Phantasien verlockende Dekoration.

Nach dem Tod meiner Frau hatte ich geglaubt, ich würde es nicht fertigbringen, weiter in diesem Haus zu leben. Trotzdem war ich dorthin zurückgekehrt, mit Nino, im heißesten Juli, und in den ersten Tagen hörte Nino nicht auf, nach dem Meer zu jammern, von wo wir kamen. Er war dort zum erstenmal in seinem Leben gewesen, und es hatte ihm nicht allzugut getan: wie seine Mutter in der letzten Zeit, als ihre Augen schon tief eingesunken waren, durchaus bestimmte Früchte essen wollte, die ihr schon als Mädchen gut geschmeckt hatten, so hatte auch Nino mir verzweifelt die Übelkeiten, die Erschöpfungszustände zu verbergen gesucht, die ihm die Seeluft verursachte. Er war zwölf Jahre alt und hatte es wunderbar gefunden, den ganzen Tag mit dem Wasser und mit den Altersgenossen zu spielen. Als ich ihm erklärte, wir würden ganz bestimmt abreisen, sagte er: »Du wirst sehen, zu Hause geht es mir noch schlechter.«

Jetzt fand er sich allmählich damit ab und kam wieder in Ordnung, auch dank der Erlaubnis, im Fluß zu baden. Aber ich verbot ihm, allein hinzugehen; ich selbst ging mit ihm, und Nino war vernünftig genug, daß er nicht versuchte, mich zu täuschen und allein auszureißen, schon weil er wußte, daß er damit künftige Bäder aufs Spiel setzen würde. Im übrigen schien er sich, obwohl er an der See so viele Spielkameraden gewonnen hatte, im Dorf weder mit den Bauernjungen noch mit den wenigen anderen seinesgleichen zu verstehen, die auf unserer Straße wohnten. Er stand mit ihnen zusammen, beteiligte sich wohl auch an den Spielen, aber ins Haus brachte er sie nie mit. Ich glaube, er hatte sie schon in den ersten Tagen gegen sich, weil er von seinen Erinnerungen an die See zu begeistert erzählt hatte. Den Morgen verbrachte er ausgelassen auf den Wiesen hinter dem Haus, oder er trieb sich auf dem lärmerfüllten Markt herum zwischen Frauen und Bauern, erpicht vor allem auf Begegnungen mit Verkäufern und Marktschreiern, die von weither kamen, von den Dörfern hinter dem Hügel, jenseits der Terrassen am Fluß: Leute, die lebhaft daherredeten, um die Hüften breite rote Schärpen trugen und sich manchmal rühmten, in fremden Ländern gewesen zu sein. Ich erinnere mich noch, wie froh er über die Bekanntschaft mit dem Fischhändler Colino war, der auch eine Tonne Sardellen hatte und ihm erzählte, er gehe jedes Jahr nach Spanien, um sie neu zu füllen. Der Junge sprach bei Tisch ganz aufgeregt davon. Meine Schwägerin – eine gute Frau, die nie über unseren Dorfplatz hinausgekommen war – verspottete Nino, und er betrachtete sie voll Haß. Am späteren Nachmittag gingen wir, ich und Nino, über die Wiesen zum Baden; der Junge lief voraus. Der Fluß war dort viel zu breit im Verhältnis zu dem Dorf, das mit seinen Obstgärten nach ihm hin abfiel, aber er war nicht sehr tief. Wir durchwateten ihn; dann zog man sich zwischen den Weiden aus, man sonnte sich auf dem breiten Kiesstreifen, tauchte in einem kleinen See am anderen Ufer; manchmal ging man aus Neugier tief in die Macchia hinein, die bis unten an den Hügel reichte. Nino war auf seine sonnengebräunte Haut sehr stolz.

Von dem Einsiedler sprach er zum erstenmal bei Tisch. Auf ein Wort Ninos hatte meine Schwägerin barsch gesagt: »Er ist ein Dreckschwein, alle Frauen zusammen würden nicht genügen, ihn sauberzukriegen.« Nino sagte, heute morgen sei der Einsiedler auf dem Markt aufgetaucht, um Kaninchenfelle zu verkaufen.

»Und wer ist er?« fragte ich.

Offensichtlich war er ein junger Mann, der keine Lust hatte, zu arbeiten, und sich am Hang über dem Fluß eingerichtet hatte; er hatte dort eine Grotte ausgehöhlt, hielt sich eine Ziege und empfing die Besuche frommer Leute. »Aber der Pfarrer hat den Frauen von der Kanzel aus schon Bescheid gesagt«, mischte sich meine Schwägerin ein. Nino beachtete sie nicht, er sagte, der Mann habe einen blonden Bart, eine Felljacke und trage Sandalen. »Er ist ein Ketzer«, sagte meine Schwägerin. Ich erklärte lachend, wahrscheinlich sei er nur ein Faulpelz. Da begann Nino mir eifrig auseinanderzusetzen, er sei, ehe er Einsiedler wurde, Seemann gewesen und habe die Welt durchstreift, er sei reich gewesen und habe sein Geld weggegeben. Diese Dinge wüßten alle im Dorf. Zum Beispiel Colino.

»Und du laß das sein!« schrie er meine Schwägerin an, weil sie lachte. »Du bist ja doch nichts als eine Betschwester.«

So gingen wir am Nachmittag nicht baden, und Nino, der nie weinte, wenn er bestraft wurde, verschwand durch die kleine Tür zum Obstgarten. Gegen Abend ging ich auf die Straße, um ihn zu suchen, und fragte die Maurer nach ihm, die hinten im Dorf an der neuen Kirche arbeiteten: sämtliche Jungen versammelten sich dort. Sie hatten ihn nicht gesehen. Als ich zum Abendessen wieder ins Haus trat, holte ihn meine Schwägerin aus dem Obstgarten, wo er die ganze Zeit zwischen den Bohnen und der Obstdörre hin und her gegangen war. Wir mußten uns Mühe geben, lustig zu sein, um ihn aufzuheitern, und durften seinen Einsiedler im Gespräch nicht mehr erwähnen. Schon etliche Male in dem Jahr hatte er sich so betragen; es war die gleiche Art, wie seine Mutter sie an sich hatte: bei einer Meinungsverschiedenheit, einem noch so harmlosen Vorwurf verschloß sie sich in sich selbst, ballte die Fäuste, floh, um sich zu verkriechen. Man hätte sagen können, daß er, nachdem sie gestorben war, ihre Stelle einnehmen wollte.

Er ähnelte ihr auch in einer gewissen Heftigkeit des Gefühls, das er oft so stark zurückhielt, daß er zitterte; man sah seinen Augen an, wie es ihn geradezu verzehrte. Ich war außer mir, wenn ich in seinen Gesten und Worten sie, die Verstorbene, wiedererkannte. Mit dem immer gegenwärtigen, unstillbaren Schmerz über ihren Verlust gärte in mir der alte Kummer, der Groll, den man nie eingestehen kann – die Kehrseite jeder zu starken Anhänglichkeit. Es überraschte mich auch gar nicht, als Nino an diesem Abend, während wir ihn zu Bett brachten, durchaus wollte, daß die Tante hinausging, er jagte sie geradezu hinaus und sagte dann flehentlich bittend: »Papa, schick sie aus dem Haus. Schick sie fort, sonst bring ich sie um.« Seine Mutter hätte das gleiche gesagt.

Um ihn zu beruhigen, mußte ich ihm versprechen, wir würden zusammen den Einsiedler besuchen. Wir taten es dann auch, wir haben an dem Tag rascher als sonst gebadet, und ich erinnere mich, daß ich mich auf den steilen Pfaden von Nino führen ließ; er lief voraus wie jemand, der den Weg kennt. »Bist du schon dort oben gewesen?« fragte ich ihn. »Der Verwalter hat es mir erklärt.« Die Macchia, Brombeersträucher und Farnkraut, erstreckte sich über ein Stück des Hanges und brachte uns in Schweiß, denn sie war der Sonne ausgesetzt und nahezu undurchdringlich. Atemlos kamen wir auf dem freien Platze an. Nino war zuerst oben und drehte sich um, mich zu rufen.

»Dieser Teufelskerl lebt mitten unter den Vipern«, sagte ich, als ich ihn einholte.

Ein schmaler Pfad aus sorgfältig aneinandergelegten Tuffplatten führte zu dem dunklen Höhleneingang; ihn schützte eine Hecke rostfarbener Dornen. Oben, wo es ins Leere ging, war als eine Art Geländer ein Geflecht von Schilfrohren angebracht, um die sich Kletterpflanzen schlangen.

Wir sprachen laut, aber niemand zeigte sich. Um Nino aus dem kühlen Wind fortzubekommen, näherte ich mich der Höhle. »Ich habe dir doch gesagt, daß er um die Zeit mit der Ziege in die Wälder geht«, sagte er, während er loslief, um vorsichtig über die Hecke zu spähen.

»Geh nicht hinein. Das ist nicht deine Wohnung.«

»Aber Wasser ist dort«, sagte Nino. »Ich habe Durst.«

Ich war erstaunt, wie keck er war, so kannte ich ihn gar nicht, ich selbst sah nur zögernd hinein; Nino aber setzte über die Dornen und rannte in die Grotte. Als ich dann auch hineinkam, trank er schon aus der Schöpfkelle.

In der Höhle roch es dumpf nach Stall. Der Boden war trocken und sandig. Wenn man sich am Eingang umdrehte, sah man nichts als die bläulichen Kletterpflanzen im Leeren.

»Gehen wir hinaus«, sagte ich. »Wir sind verschwitzt.«

Nino meinte, ich solle ein Streichholz anzünden, er wolle mir die Höhlung zeigen. »Hör auf zu trinken. Du weißt ja gar nicht, was für Wasser das ist.«

»Oh, es ist gut«, sagte er keuchend.

Zum Fortgehen konnte ich ihn nicht anders bewegen, als daß

ich in die Tasche einer Joppe, die an der Felswand hing, eine halbe Zigarre steckte. Ich will ehrlich sein: irgendwie beneidete ich diesen Burschen, der sich auf eine so bequeme, großartige Art hoch über allem langweiligen Getriebe des Dorfes und der Welt eingerichtet hatte und dort vergnügt lebte. Während wir zwischen den Farnkräutern abstiegen, betrachtete ich Nino; er lief unlustig vor mir her, ohne je zu zögern, welchen Pfad er einschlagen sollte. Es war offenkundig, daß er auch sonst schon da hinaufgestiegen war. Ich unterhielt mich mit ihm, von Sprüngen über die Wassergräben unterbrochen, darüber, was er so mit seinen Tagen anfange. Ihm Vorwürfe zu machen, sah ich keinen Anlaß. Aber ich fragte ihn, womit er sich künftig beschäftigen wolle, er war ja fast dreizehn Jahre alt und kein Kind mehr. Dieses Gespräch führten wir oft, wenn wir vom Fluß zurückkamen, und es mündete immer in gegenseitige Bekenntnisse über die Welt und über unser Leben. Ich erzählte ihm von der Zeit, als ich ein Junge war, er unterbrach mich mit seinen Plänen. An diesem Abend war er schweigsamer als sonst, so daß ich mir Gedanken machte.

Es folgten ungeheuer heiße Tage, es war Mitte August und so schwül selbst zwischen diesen Hügeln, wo immer ein Luftzug geht, daß das Land darunter litt. Ich mußte öfter nach Äckern sehen, die ich eine halbe Stunde vom Dorf entfernt besaß. Nino kam gern mit, er kannte alle meine Bauern. Meine Frau war auf diesem Land geboren und aufgewachsen, und wir sagten, wenn wir da hinaufgingen, noch immer: ›zur Mama gehen‹. An manchen Nachmittagen kam die Tante mit uns, froh, daß wir auf diese Art nicht zum Fluß gingen. Ich wußte wohl, ich hätte, um sie froh zu stimmen, nur unsere Bäder aufzugeben brauchen. Um sich nicht um Nino allein zu ängstigen, hatte sich die gute Frau schließlich eingeredet, es sei auch für mich gefährlich, mich soviel der Sonne auszusetzen.

Eines Morgens – es war Markttag – ging Nino fort in der Hoffnung, dem Einsiedler zu begegnen. Um ein Uhr war er noch nicht zurück, und ich zitterte schon im Gedanken an die Kirche, an der gebaut wurde: ich konnte ihn nie von da fortbekommen. Die Tante brummte in der Küche. Als der Junge erschien, außer Atem, verschwitzt, fragte sie selbst ihn aus. Die Tante wußte, wohin er gegangen war. Man hatte ihn mit dem Einsiedler zum Fluß hinuntergehen sehen. Die Tante zog ihm die Schuhe aus. Die Tante fand zwischen seinen Zehen den Sand.

Eines wollte Nino nicht zugeben: daß er ohne Badehose mit jemandem gebadet hatte. Aber wenn allein, dann um so schlimmer – er hatte riskiert, zu ertrinken. Endlich gab er zu, daß der Einsiedler ihn vom Ufer aus im Auge behalten hatte.

Ich strafte ihn, ohne von der Notwendigkeit überzeugt zu sein; es schien mir eine pure Rache von uns wegen der ausgestandenen Angst. Nino konnte mir leicht entgegenhalten: »Bin ich etwa ertrunken?« Die Tante hatte nun einmal etwas gegen den Einsiedler, diesen Vagabunden und Sünder.

An diesem Nachmittag nahm ich Nino beiseite und sprach ernsthaft mit ihm. Ich sagte, ich verstünde seinen Schmerz, auch ich sei ein Junge gewesen, und es handle sich nicht um die Badehose – aber warum mußte er heimlich ausreißen und sich mit dem ersten besten in Gefahr begeben, wo er doch wußte, daß ich ihn an dem gleichen Abend mit zum Baden nehmen würde!

»Am Morgen ist es schöner«, sagte Nino.

Da warnte ich ihn vor dem Einsiedler; ich sagte, wir wüßten nicht, wer er sei, aber etwas besonders Gutes könne er nicht sein, wenn er, ein junger kräftiger Mann, statt zu arbeiten, die Menschen mied und hauste wie die Tiere und von Almosen lebte; auch die Höhle, in der er wohnte, gehöre ihm ja nicht. Ich fragte Nino, ob er schon sonst dort oben gewesen sei.

Er gab keine Antwort und starrte verstockt auf die Wand. Das Essen verlief für uns alle unbehaglich, denn Nino sagte kalt, er habe keinen Hunger. Er ließ sich einfach nichts auflegen und zog sich zurück, und als ich in sein Zimmer ging, fand ich ihn stumm, die Augen aufgerissen, als habe er Fieber. Ich faßte ihm an die Stirn, sie schien mir glühend heiß. Ich sagte ihm, er solle nicht krank werden, wenn er am nächsten Tag mit mir baden gehen wolle.

Am nächsten Tag war Nino verschwunden. Das noch warme Bett bewies, daß er es nicht vor der Morgendämmerung verlassen hatte. Das Wetter, das bis gestern trocken gewesen war, hatte sich in der Nacht verschlechtert, ein kaltes Licht brach ins Zimmer herein zwischen Blitzen und feuchten Windstößen. Ich wußte, Nino hatte eine Angst vor Blitzen, die ihn geradezu lähmte.

Wir suchten ihn im ganzen Haus. Wir fragten die Nachbarn nach ihm; ich rannte auf die Felder und suchte ihn bei unseren Bauern, zu denen er sich manchmal flüchtete, um sich zu verstekken, wenn er sich gekränkt fühlte; ich machte der Tante bittere, ungerechte Vorwürfe, und sie sah mich entgeistert an. Jeder Donnerschlag brachte mich durcheinander. Am späteren Vormittag begann es wieder in Strömen zu regnen. Auch der Fluß würde angeschwollen sein; Nino hatte womöglich kein Dach über dem Kopf. Sobald es heller wurde, rannte ich zu den Carabinieri.

Es war Mittag, ich kam ganz erschöpft im Regen heim, da tauchte auf der Piazza ein blonder Riese auf mit dichtem Haarwuchs, in einen verschossenen Militärmantel gehüllt. Als er auf der Schwelle stand, öffnete er den Mantel – und da war Nino, Kopf und Beine herabbaumelnd wie bei einem Zicklein; er stellte sich beschämt auf die Füße.

»Der Junge muß erst mal richtig gesäubert werden«, sagte eine lustige, rauhe Stimme. Dem Mann rannen Tropfen aus dem blonden Bart, und der Mantel roch dumpf nach nassen Hunden. Nino hatte ein geradezu verzücktes Gesicht, obwohl auf seinen Wangen Spuren frischer Tränen zu sehen waren.

»Wenn Ihr bei schönem Wetter kommen wollt, um die gute Luft zu atmen«, sagte der Riese äußerst ernsthaft, »so habe ich nichts dagegen; aber jeder hat sein Haus, selbst die Tiere.«

Er grüßte mich mit einem Nicken und ging mit seinen riesigen Schmutzfüßen davon.

Nino brachten wir ins Bett, weil wir fürchteten, er bekäme Fieber, doch gegen Abend schlief er, ohne mit uns gesprochen zu haben, ruhig ein. Am nächsten Tag stand er auf, finster, tief in Gedanken, und wollte seine Milch nicht trinken. Als die Tante mit ihren Fragen begann, sah er flüchtig zu mir hin und gab ihr keine Antwort. Ich nutzte den Augenblick und sagte zu meiner Schwägerin, ich wolle zu dem Einsiedler hinaufsteigen, um ihm zu danken.

Nino folgte mir in mein Zimmer und stammelte, ich solle nicht hinaufgehen. Der Einsiedler wolle niemanden in der Höhle haben. »Dann bist du dorthin gegangen?« Er war eingetreten, um vor dem Regen Schutz zu suchen. »Um vier Uhr morgens?« »Geh nicht hinauf, er will niemanden haben«, wiederholte Nino.

Da sagte ich zu ihm: »Du wolltest also dort bleiben, du Dummkopf. Du wolltest also von zu Hause ausreißen. Wer soll dich denn aufnehmen! Du bist doch nicht sein Sohn. Er hat bewiesen, daß er das Herz auf dem rechten Fleck hat.«

»Er ist ein Vagabund, Papa.«

»Er ist ein braver Mann. Was haben wir dir Böses getan?«

Ich zitterte insgeheim mehr als er. Er gab mir keine Antwort. Aber wenn er damals nicht weitere Fluchtversuche machte, so gewiß nicht mir zuliebe.

Der August näherte sich seinem Ende, die Erntearbeit, die nun zu erwarten war, brachte die Ruhe der Vormittage ins Wanken. Karren quietschten; man sprach von Festen und Bällen in den Nachbardörfern. Als ich eines Tages an den Gerüsten der Kirche vorüberging – Nino war auf den Mohrenhirsefeldern –, hörte ich den scherzenden Zuruf einer klaren Stimme. An einer Fensterbrüstung erschien der blonde Kopf des Einsiedlers. Ich blieb verwundert stehen.

»Ich habe ein Haus gefunden, aber kein Dach«, rief er lachend und trocknete sich die Stirn. Gesichter von Maurern kamen zum Vorschein.

»Lebt Ihr nicht mehr dort oben?«

»In den Wäldern? Nein. Die Feldwache will es nicht. Nur die Tiere haben freien Durchgang.«

»Aber Ihr versteht ein Handwerk.«

Der Einsiedler machte eine Handbewegung, als wolle er sagen, er verstehe deren hundert. Sein kalkbespritztes Bärtchen sah komisch aus.

»Wenn Ihr etwas braucht, kommt zu mir.«

Er hörte mir mit halbgeschlossenen Augen zu und winkte zum Zeichen, daß er mich verstanden habe. Er verschwand hinter dem Fenster.

Nino sagte ich alles. Ich sagte es ihm, weil ich ihm gegenüber ehrlich sein wollte, weil ich mich wirklich freute, und auch weil er es sowieso erfahren hätte. Ich sagte zu ihm am gleichen Abend: »Der Einsiedler ist nicht mehr Einsiedler, er ist Maurer geworden.« Nino hörte gleichgültig zu und ging am nächsten Tag über die Piazza in jene Richtung.

Der Einsiedler hauste mit seiner Ziege im Keller eines Flickschusters; es war dort so feucht, daß Venushaar darin wuchs. Nachts – sagte Nino lachend zu mir – war es gesünder, nicht dort zu schlafen, sondern die Zeit in der Osteria und in den Strohschobern zu verbringen. Ich merkte, daß Nino mich bitten wollte, den Einsiedler aufzunehmen, es aber nicht wagte.

Ich ergriff die Gelegenheit und bot ihm selbst Gastfreundschaft an. Ins Haus nehmen konnte ich ihn jedoch nicht; ich sagte meinen Bauern, sie sollten ihm einen Platz unter einem Bogengang geben. Der Einsiedler kam nach der Arbeit zu mir, um mir zu danken, und ich sagte zu ihm, er solle auf diesen Gerüsten Nino im Auge behalten. Die andere Hoffnung war die, daß Nino, weil er ihn nun ungehindert sehen konnte, merkte, daß er ein Flegel war wie die andern, und sich von ihm löste.

Aber Pietro war kein Flegel wie die andern. Er war sogar in einigen Seehäfen gewesen und mengte in seinen Dialekt irgendwelche fremden Wörter, die Nino entzückten. Der Höhlenmenschengeruch war jetzt durch den nach Kalk ersetzt worden, und nun merkte ich, daß Pietro einfach gesund roch, nach freier Luft und Tier. Ich fühlte mich ihm gegenüber älter als meinem Sohn gegenüber.

Damals verlor auch der Fluß für Nino jede Anziehungskraft. Oder besser: der Fluß in meiner Gesellschaft. Hätte jedoch Pietro ihn dorthin begleitet – der aber keine Lust dazu hatte –, so hätte das für Nino das reinste Glück bedeutet.

Im September arbeiten die Maurer nicht allzuviel. Die Ernte, die darauffolgenden Feste leeren alle Arbeitsplätze: der eine geht zum Heumachen, ein anderer schneidet die Mohrenhirse, wieder einer firnißt die Fässer. Jeden zweiten Tag zogen Pietro und Nino zusammen los; es gab immer irgendeinen Meierhof, ein Feld, von dem der Wind den Klang von Ziehharmonika und Liedern herübertrug. Ein-, zweimal kam Nino eiligst allein zurück; ein andermal kam er spät und schlechtgelaunt, und schließlich erschienen eines Morgens er und Pietro bei mir und baten um die Erlaubnis, bis zur Nacht draußen zu bleiben. Diesmal war auch die Tante nicht dagegen, für ein Fest auf der Tenne hatte sie Verständnis.

Als einmal Mais enthülst werden sollte, was bis zum Anbruch des Morgens dauern konnte, bestand Nino, um dort bleiben zu können, hartnäckig darauf, daß ich ihn begleitete. Auch Pietro sagte, ich solle mitkommen, denn es gebe nichts Schlimmeres, als auf jemanden warten, der spät heimkehrt.

In jener Nacht sah ich mit an, wie Pietro tanzte und Nino einige Kopfnüsse von ihm bekam, weil er hinter ihm herlief. Es war dunkel auf der Tenne, die Gespräche und die Musik erregten die Menschen, aber ich beobachtete mit ziemlichem Ärger, wie selbstverständlich Nino seinem Freund gehorchte und nicht einmal brummte, wie er es bei mir getan hätte.

Gegen Ende des Festes fiel Nino vor Müdigkeit beinahe um; Pietro nahm ihn auf den Rücken, und wir gingen heim. Wir waren schweigsam, wie es nach einem ausgelassenen Fest zu gehen pflegt; die Septemberkühle hielt uns wach.

»Habt Ihr Euch niemals irgendwo verheiratet, Pietro?«

»Nein«, sagte Pietro. »Man darf mit den Mädchen nie mehr als zweimal tanzen. Man muß die Versuchung fliehen.« Er lachte.

»Ich meine wegen Kindern. Ihr wäret ein guter Vater. Ihr seht doch, wie sie Euch mögen.«

»Wäre ich der Vater, würden sie mich nicht mögen. Ich würde sie zum Arbeiten antreiben. Je früher sie lernen, daß lustig sein und selbst mit allem zurecht kommen das einzig Wahre ist, um so besser. Für Euern auch.«

Unten am Hügel nahm Pietro den Jungen vom Rücken, stellte ihn auf den Boden und zwang ihn zu laufen. Nino konnte kaum die Augen offenhalten, er überließ jedem von uns eine Hand und ging mit gesenktem Kopf weiter.

»Seid Ihr Einsiedler geworden, weil Ihr lustig sein wolltet?«

»Einsiedler haben mich die Frauen genannt. Sie kamen herauf, nicht etwa nur die Unverheirateten, und bekreuzigten sich. Da habe ich begriffen und habe mich auch bekreuzigt... Allein fühlt man sich wohl.«

»Mir macht der Junge da Sorge. Immer dort, wo es gefährlich ist.«

»Nun ja, er wird eben auch groß.«

Die Nacht dieser Heimkehr ist mir im Herzen lebendig geblieben als die letzte von Ninos Kindheit. Die Lieder, die Müdigkeit, die Erregung im Mondschein haben sie für mich zu etwas Irrealem, Traurigem gemacht. Dieser Pietro ist mir beinahe lieb. Man könnte sagen: das Kind war ich.

Am nächsten Tag blieb Nino, als wüßte er es, im Obstgarten, um ein wenig zu lesen, und kam zum Mittagessen zufrieden und noch schläfrig herein. Er sprach von den Trauben; sie begannen dunkel zu werden. Als ich ihn fragte, ob er mit zum Baden komme, zog er ein Gesicht und meinte, er sei zu müde dazu. Die Tante war zufrieden, und Nino verschwand bis zum Abendessen. Auch ich war müde und irgendwie apathisch.

Dann erklärte mir der Arzt, ich müsse mit vier Wochen Krankheit rechnen, und veranlaßte, daß die Fensterläden geschlossen wurden; ich bestellte mir Nino und sagte ihm, er solle die Tante anständig behandeln und regelmäßig nach Hause kommen. Es war im Grunde nicht das, was ich meinte, es drehte sich mir vielerlei im Kopf, aber etwas anderes wußte ich ihm nicht zu sagen – ich hatte Fieber. Nino hörte mir am Fußende des Bettes zu mit der abwesenden Miene dessen, der ein anderes Leben für einen Augenblick unterbrochen hat.

Ich war mehr als vier Wochen krank. Ich erinnere mich nicht an die einzelnen Tage, weil es die für mich nicht gab. Ich war meiner selbst nicht bewußt, ich lag im Fieberwahn. Die Tante pflegte mich sorgsam, der Arzt kam, Pietro erkundigte sich nach mir. Manchmal sah ich Nino.

Als ich dann allmählich genas und meine Umgebung wieder wahrnehmen konnte, fühlte ich mich doch noch so schwach, so leicht gerührt, daß mir war, als beginne das Leben von vorn. Nino kam mich besuchen. Ich kehrte zu den alten Gewohnheiten zurück wie zu etwas ganz Neuem. Es war Ende Oktober, auch Nino lebte ein ungewohntes Leben, denn wir hätten schon alle in der Stadt und er in der Schule sein müssen. Man mußte sich beeilen, damit seine Studien nicht darunter litten.

Nino war hilfsbereiter und herzlicher als früher, er schien mir auch gewachsen und selbstsicherer. Aber wenn er heimkam und den Regenmantel ablegte – die Weinernte war schon lange vorüber –, ging er durchs Haus und antwortete und trat auf wie jemand, der niemandem Rechenschaft schuldig ist.

Daß die Tante sagte – und sie betrachtete ihn dabei mit Nachsicht –: »Er ist in diesen vier Wochen ganz brav gewesen«, erschien mir unsinnig und beinahe komisch. Auch Nino lächelte.

Die ersten Spaziergänge machte ich nach dem Meierhof. Dort erfuhr ich, daß Pietro bei der Weinlese und bei anderen Arbeiten geholfen hatte und jetzt nichts mehr tat, er lebte von den Ersparnissen seines Tagelohns als Maurer. Da wir sehr bald in die Stadt übersiedeln wollten, suchte ich ihn auf und schlug ihm vor, ihn im Meierhof als Tagelöhner zu behalten, nicht mehr unter dem Bogengang, sondern im Stall. Pietro fand, ich sähe gut aus; auf meinen Vorschlag antwortete er, er habe die Absicht, die Ziege zu verkaufen und ein wenig zu reisen. Die Welt sei groß. Da schenkte ich ihm, mit einem Gefühl der Erleichterung, hundert Lire.

Im Bahnhofscafé

Ich trat eines Morgens, noch ehe es Tag war, ins Bahnhofscafé, und da mein Zug nicht sofort fuhr, setzte ich mich neben zwei junge Männer, die von Reisesäcken umgeben waren.

»Es wird hell«, sagte der eine.

»Es wird hell.«

»Heute nacht war es klar.«

»Es wird ein klarer Tag werden.«

Die Glaswände vom Bahnhofscafé erlauben keinen Blick auf den Himmel, nicht einmal auf einen Prellbock auf dem freien Gleis; ein großes Schutzdach schiebt sich über diese Wände, und man kann kaum erkennen, ob es draußen mehr oder weniger hell ist. Und dann ist unter dem Schutzdach immer ein dichter Rauch, und vor der Glaswand zischen und puffen die Espresso-Maschinen. Viele Leute kommen und gehen.

»Wir sind zu früh gekommen.«

»Ich konnte nicht schlafen.«

»Du möchtest wohl schlafen?«

»Ich wünschte, es wäre schon morgen.«

Die beiden rauchten, sie hielten die Zigarette in der hohlen Hand, ohne sie anzusehen.

»Morgen wirst du genausowenig schlafen können.«

»Ich werde im Zug schlafen.«

»Man wird es nicht können.«

»Wir werden sehen.«

Keiner von beiden sah zu mir hin; sie saßen zusammengekauert da, gegen die Lehne gestützt, Seite an Seite, und starrten auf den Tisch. Der eine hatte seinen Fuß auf einen Reisesack aufgesetzt.

»Das letztemal hast du gestern geschlafen.«

»Ob er es gemerkt hat?«

»Das interessiert ihn nicht. Nur daß wir fortgehen.«

Sie schwiegen einen Augenblick, dann sagte der erste wieder:

»Du mußt wissen, es ist bald geschafft.«

»Ich weiß es.«

»Na also.«

»Aber wir denken schon eine Zeitlang daran, und ich habe heute nacht nicht geschlafen. Wer weiß, wann wir zum Schlafen kommen.«

Er warf einen Blick auf den Anzeiger für die ankommenden Züge, wo ein blasser Stadtname aufgeleuchtet war. Etliche im Café setzten sich in Bewegung. Ein kräftiger Mann kam von der Theke an den Tisch. Sofort hob sich der Fuß von dem Reisesack, und der Mann nahm die Säcke prustend auf und ging davon. Durch die Eingangstür kamen jetzt Reisende herein. Die Espresso-Maschinen zischten.

»Du wirst sehen, im Zug denkst du nicht mehr daran«, sagte der von den beiden, der dem anderen Mut zusprach. »Bist du einmal fort, dann liegt dir nur noch daran, weiterzukommen. Wir werden an dem schönen Tag eine schöne Reise haben.«

»Bei schönem Wetter arbeite ich nicht gern. Wenn die Sonne scheint, gehe ich lieber spazieren.«

»Das sagst du so, aber es stimmt nicht.«

»Wieso?«

»Spazieren gehen alle gern. Du hast nur keine Lust, was zu tun.«

»Du kannst recht haben. Mir gefällt die Arbeit, wenn sie schon getan ist.«

»Ich reise gern, wenn die Sonne ins Fenster scheint.«

»Ich etwa nicht? Aber es muß eine richtige Sonne sein, und ich muß mir sagen können: was für ein schöner Tag! und darf an nichts anderes zu denken haben. Heute nacht habe ich nicht mal geschlafen.«

Da grinste der andere auf die Zigarette hinunter und sah den Kameraden zum erstenmal flüchtig an.

»Du wirst gute Arbeit tun«, sagte er. »Ich kenne dich. Zuerst bist du immer aufgeregt.«

»Besser, man ist es vorher als nachher. Aber es gefällt mir trotzdem nicht.«

Sie tranken die Tasse Milch aus. Man brauchte nicht den Kopf zu heben, um zu wissen, daß draußen Tag war. Der, der gelacht hatte, begann von neuem.

»Für ihn zählt nur, daß wir fortgehen.«

»Du kannst recht haben.«

»Er – er geht spazieren, wann er will.«

»Ich weiß nur, daß ich diese Nacht nicht schlafen konnte.«

»Aber das ist das letzte Mal.«

»Das sagt man immer.«

Der Aufgeregtere von beiden zündete sich eine neue Zigarette an und kauerte sich wieder zusammen, gegen die Lehne gestemmt.

»Wenn wir wenigstens den Zug verpaßten!«

»Das gibt es nie.«

Wieder schwiegen sie eine Weile.

»Dort unten wird es genauso kalt sein.«

»Wenn die Sonne da ist, ist sie überall da.«

»Du wolltest doch keine Sonne.«

»Ich arbeite nicht gern bei Sonne. Ich gehe am Morgen am liebsten spazieren. Ich wache am liebsten auf, wenn alles schon getan ist. Du wirst sehen: wenn wir morgen am Ziel sind, wird die Sonne nicht mehr da sein.«

Die Gruppe

Wir waren nicht mehr jung, und doch taten wir unbedacht manche merkwürdigen Dinge. Wir fanden uns an Sonntagnachmittagen auf der dunklen, von zwei Wänden umschlossenen Treppe und stiegen, stiegen bis zu dem Absatz, den ein auf den freien Himmel geöffnetes Fenster erhellte. Der Hauptmann empfing uns gleichgültig, er öffnete die Tür, ohne in ihr stehenzubleiben, und wenn wir eintraten, fanden wir ihn schon mitten im Zimmer, als hätte sich die Tür von selbst geöffnet. Das trostlose Zimmer hatte ein großes Fenster wie das am Treppenabsatz, und es gab einen Tisch, einige Stühle, aber es erschien leer.

Ich erinnere mich nicht, wer von uns die Bekanntschaft des Hauptmanns zuerst gemacht hatte. Mir war, als wäre ich immer am Sonntagnachmittag dort hinaufgegangen und hätte immer die anderen vorgefunden. Das ist so, wie wenn man das gleiche Café besucht: man läßt sich auf ein Sofa fallen, sieht sich befriedigt um, wüßte aber nicht zu sagen, wie man das erste Mal hierhergekommen ist.

Wahrscheinlich – vielmehr gewiß – hatte Freund G. ihn als erster besucht, denn man sah, daß er bei dem Hauptmann das größte Vertrauen genoß. Und noch kürzlich hatte G. einen neuen Kameraden mit heraufgebracht. Bei den Gesprächen, die wir, um den Hauptmann versammelt, manchmal führten, war es G., der mit der größten Wärme sprach und die wichtigsten Dinge sagte. Und wenn einer von uns einen Einwand machte, war es wieder G., der mitleidig zu lächeln begann.

Aber so verschieden unsere Ansichten waren – am Sonntag waren wir immer alle da. Man verabredete sich nicht von Mal zu Mal, man sagte einander nicht auf Wiedersehen. Um eine bestimmte Stunde verließ man das Haus, bummelte eine Weile umher, traf zwei, drei andere, gelangte zufällig auf die Piazzetta, hob den Kopf zu dem höchsten Fenster, wartete, ob noch ein anderer hinzukam, und stieg dann hinauf.

Der Nachmittag verlief in friedlichen Gesprächen, manchmal auch in heftigen Debatten. Hieran nahm der Hauptmann nicht teil. Am streitlustigsten war der Advokat U., ein Witwer, ewiger Antagonist des Freundes G., der ihm gegenüber empfindlich war und manchmal zu lächeln vergaß. Wenn der Hauptmann sprach, so fast immer über irgendein Unrecht, über zugefügte oder erduldete Gewalt und über die seelische Kraft, die notwendig war, um damit fertigzuwerden.

Aber nicht die Worte, die man dort oben sagte oder anhörte, können mir zu unserem damaligen merkwürdigen Verhalten den Schlüssel geben. In einem größeren Kreis werden die Gespräche immer banal oder nachlässig. Was mich überrascht, ist, daß wir, die wir nicht mehr jung, sondern ausgewachsene Männer waren, die Familie vernachlässigten oder irgendein Spiel oder eine besonders liebe Gesellschaft, um wie Jungen diese Treppen hinaufzuklettern und ›die Stadt von oben zu betrachten‹.

Außerhalb, auf den Straßen, hatte den Hauptmann niemand je gesehen. Er schien entschlossen, sein Leben dort oben zu beenden, während er in dem einzigen Zimmer auf und ab ging und seinen Blick vom Fenster über die Dächer schweifen ließ. Seine Wege machte er ganz früh, so daß es, wenn er am Sonntag davon sprach, den Anschein hatte, als spreche er von einer anderen Stadt, nicht von der unseren: auf seinen Straßen war ein anderer Verkehr und ein ganz anderes Licht. Und auch wir stiegen diese Treppen nun schon aus Gewohnheit hinauf und sagten uns, daß unsere Geste nur ein Akt der Sympathie einem würdigen Alten gegenüber sei; doch insgeheim gab sich ein jeder der schmeichelhaften Hoffnung hin, diesmal würde die Versammlung für ihn besonders wichtig werden, weil er einen bemerkenswerten Ausspruch, ein Bekenntnis, ein Wort gesagt hatte, das, weil es dem Hauptmann gefallen hatte, ihn selbst künftig immer vor allen und vor sich selbst hervorheben würde.

Von uns allen schien nur der Advokat U. seine Worte nicht abzuwägen und es zu wagen, sich dem Hauptmann ohne weiteres so zu zeigen, wie er war. Ein geschwätziger, sarkastischer Mann, sprach er vor ihm, wie er von sich aus auf der Piazza gesprochen hätte. Manchmal war mir wegen seines Mangels an Takt unbehaglich zumute.

Nun geschah eines Sonntags folgendes: als G. in der Dämmerung die Treppen hinunterging – der Hauptmann ging mit der Sonne schlafen –, sagte er zu dem Advokaten ein böses Wort, und der andere war, wie üblich, rasch dabei, Genugtuung vor dem Gericht zu verlangen. Die Sache hatte keine Folgen, denn es gelang uns, sie ins Scherzhafte zu wenden; aber an jenem Abend sprach Freund G., als er mich heimbegleitete, zu mir offen über den aufgehäuften Groll, beklagte sich und erzählte mir, was er vermutete. Der anmaßende U. erlaubte sich diesen Ton tatsächlich darum, weil er den Hauptmann allein zu besuchen pflegte, er ging hin und wieder am Nachmittag und auch am Morgen zu ihm hinauf.

Das wurde sehr bald bei uns allen bekannt. Zuerst schien es uns unglaubhaft: der Hauptmann in seiner freimütigen Art hätte es uns zumindest an den Versammlungs-Nachmittagen zu verstehen geben müssen! Was der Alte an den anderen Tagen tat, wo wir ihn nicht sahen, war für uns immer ein Gegenstand der Neugier gewesen, einer bestimmten Art Neugier: wir phantasierten darüber und wünschten im Grunde gar nicht, daß wir etwas Genaueres erführen – so war es ein viel schönerer Zeitvertreib. Aber da wir jetzt wußten, daß einer von uns den Alten von sich aus besuchte, daß er mit ihm Gespräche führte und daß der Alte mittat, ärgerte und enttäuschte uns das sehr. Wenn jemandem ein solches Vorrecht zukam, dann war es Freund G. und keiner sonst.

Ich sagte dem Freund offen, wie empört ich war, und riet ihm, einmal am Sonntagnachmittag taktvoll darauf anzuspielen. G. sagte, er habe daran gedacht, aber er wolle keine peinliche Lage schaffen. Immerhin war er bereit, die Rede darauf zu bringen. Aber gerade an dem Sonntag kam bei einem von uns der erste Sohn an, das brachte gegenseitige Besuche mit sich und einen Empfang, und so wurde der Zusammenhalt derer, die den Alten sonst besucht hatten, gestört. Es waren dann nur noch zwei, die weiter zu dem Hauptmann hinaufstiegen, der Advokat U. und der, der zuletzt hinzugekommen war, der gleiche, den G. dort eingeführt hatte. Seit damals also hatte niemand von uns zu diesen Gesprächen mehr recht Lust, und sehr bald hörten wir überhaupt auf, unsere Schritte da hinaufzulenken.

Altes Handwerk

Damals war ich sehr beschäftigt, ich lebte mit Fuhrleuten zusammen. Der Kopf schwirrt mir noch von den lauten Rufen und dem Quietschen der Bremsen. Wir hielten unsere Zusammenkunft im Hof und unter dem Torgang eines Stallgebäudes ab, und das war an den Abenden der Abfahrt eine wahre Dantesche Höllengrube, zornige Stimmen, scharf wie Peitschenhiebe, im Schein der Laternen. Dann begleiteten uns die Mägde und Knechte bis zu den Wagen, das taten sie sehr gern, denn es war für sie die einzige Möglichkeit, an die Schwelle zu treten und Luft zu schöpfen: das Knallen unserer Peitschen war gleichbedeutend mit Befreiung.

Wenn den Pferden draußen vor dem Torgang der breite Gurt über die Flanken geworfen wurde, war das für uns das Signal, daß der Transport und die Nacht begannen. Sobald es dunkel wurde, gingen wir, wenn der Himmel sternklar war, zu zweit oder zu dritt an die Straßenböschung und achteten auf das Leitpferd und auf die Deichseln, denn bei einem Wagenzug ist es nicht anders als bei der Eisenbahn, alles hängt davon ab, daß bei der Abfahrt der Wagenzug in bester Ordnung ist. Dann stiegen die Älteren nach und nach auf die verschiedenen Karren; wir jungen Leute hatten immer ein Gespräch zu Ende zu führen und um eine letzte Zigarette zu bitten. Aber schließlich sprangen auch wir auf die Säcke, und der Zustand zwischen Schlafen und Wachen nahm seinen Anfang.

Wie viele Nächte verbrachte ich so auf den Säcken hockend! Die Laterne schaukelte mir vor den Augen, ich konnte, halb schlafend, halb wachend, nicht mehr unterscheiden, ob sie unter dem vor mir fahrenden Karren hing, oder ob es etwa meine eigene war. Man spürte, wie man weitergetragen wurde, man spürte, wie sich der ganze Karren und das Pferd bewegten und sich unter einem dehnten; manche Stellen der Landstraße erkannte ich an den plötzlichen Stößen. Je nachdem, ob der Karren unter einer Berglehne hinfuhr oder zwischen Feldern, an einem Bogengang vorbei, an einer Mauer oder über eine Brücke, gab das Geräusch der Räder einen anderen Widerhall: es war ein Laut, der uns Gesellschaft leistete, mehr als das Schellenhalsband, das die Pferde zum Klingeln brachten, wenn sie den Kopf bewegten. Es war ein Laut, der uns, sobald uns die Kälte am frühen Morgen weckte, unaufhörlich in den Ohren klang, immer anders, je nach der Straße, auf der wir fuhren; und noch bevor uns ein Blick aufs Land oder auf die Häuser sagte, wo wir waren, beruhigte uns dieser Laut mit seiner Monotonie. Auf den Säcken ausgestreckt, hörte man nur den eigenen Karren, erriet aber an den verschiedenen Quietschlauten, daß noch andere Karren unterwegs waren; und manchmal, wenn auf dem Land alles still war, hob man den Kopf und war nicht eher zufrieden, als bis man eine Laterne knapp über dem Boden schwanken sah, oder bis ein Schellengeklingel und das Geräusch anderer Räder über den Staub hin einen erreichte und beruhigte.

Auf den vielen Straßen, über die ich in jenen Jahren fuhr, schlief ich fast immer. Ich schlief bei Nacht und schlief bei Tag, unter der Sonne, unter dem Regen, zusammengekauert oder im Sitzen. Die alten Wagenführer sagen, als junger Mann schlafe man gern auf dem Karren, weil man da kräftiger und gesünder ist und dem Schlaf nachgibt: ich reiste mit Vergnügen im Wagenzug, weil es immer irgendeinen Alten gab, der wachte und auf den Weg aufpaßte. Was gab es Schöneres, als vor Tag aufwachen, eine Ortschaft erkennen und nicht die Zeit haben, sich zu recken, da hielten die Karren schon an, und alle stiegen ab, um eins zu trinken und einen Bissen zu essen! Inzwischen wurde es hell, und in der Osteria schienen sie es bereits zu wissen: die Holzläden wurden aufgesperrt, die Frauen lehnten sich breit heraus und riefen die Knechte. Je nachdem, mit wem wir im Wagenzug fuhren, wurde getafelt, oder man belud den Brotlaib mit Knoblauch oder Sardellen, und fort ging es. Das eine und das andere hatte sein Schönes. Aber natürlich war es besser, anzuhalten, vor allem, wenn uns vor der Osteria andere Karren erwarteten, die schon hatten Feuer anzünden lassen. Dann wurde kräftig gegessen, wir saßen um den Tisch, und jeder sagte das Seine; man machte Aufenthalte von einer halben Stunde, man ging im Hof hin und her, um den Pferden Heu zu geben und sie zu tränken; die Mädchen von der Osteria kamen auf die Stufe und erzählten uns etwas. Da machte es schon Spaß, wenn man geschlafen hatte: man bekam Lust zu singen – die anderen singen am Abend, wir sangen am Morgen.

Die Alten sagen, damals habe einem all das Spaß gemacht, weil man jung war; aber ich habe mehr als ein Handwerk getrieben, ich bin sicher, daß es nichts Schöneres gibt als einen gut bezahlten Transport. Die Straßen, die Osterien, die Pferde und das Land schienen nur für uns dazusein. Jenes Essen bei Tagesanbruch, ehe die anderen auf den Beinen waren, nach einer Nachtfahrt, war eine große Sache; jetzt, wo ich dieses Leben nicht mehr führe, braucht es anderes als das Krähen des Hahns, daß ich aufspringe mit einer so wilden Lust, zu essen und zu reden, wie ich sie damals hatte. Es ist wahr, jetzt bin ich grau; doch wenn die Welt noch die gleiche wäre wie damals und ich frei verfügen könnte, wüßte ich schon, auf welchen Karren ich steigen würde, um bei Tagesanbruch an eine Osteria zu kommen und die Menschen allesamt zu wecken und einen Aufenthalt zu machen. Falls es die Osterien und die Aufenthalte noch gibt.

Aber nun sind wohl auch die Pferde schon ausgestorben. Seit geraumer Zeit sehe ich auf den Straßen die früheren dreifachen Gespanne nicht mehr. Jetzt kann ich nachts, wenn auch ich keinen Schlaf finde, die Ohren spitzen soviel ich will – nie geschieht es, daß ich einen Transport heranrollen, Pferde näherkommen und einen Fuhrmann schreien höre. Jetzt hört man nachts nur die Autos vorüberfahren, und die Güter werden mit der Bahn verfrachtet: so mag es schneller gehen, aber ein Handwerk ist es nicht mehr. Am Ende wird auf den Straßen das Gras wachsen, und die Osterien werden schließen.

Die Zigeunerin

Wie jeden Morgen wachte ich auf, bevor es Tag wurde, wartete aber mit dem Aufstehen, bis es hell geworden war. Dann hatte ich von dem langen Tag schon ein gutes Stück weg. Der Regen hatte mir, wie üblich, die Scheibe verschmutzt, statt sie abzuwaschen. Ich machte im Zimmer Ordnung, wagte mich jedoch nicht hinaus. Gegen elf Uhr besah ich mir, vom Hunger bedrängt, den Himmel und ging die drei Stufen hinunter. Im Wind war noch die Feuchte des Regens.

Die ganze Welt war ein vom Winde bewegter Dampf. An den Haustüren warteten Männer in Mänteln auf die Sonne; sie konnte nicht ausbleiben. Eine Frau, die barfuß über die Piazzetta ging, machte mir Mut, bis zur Osteria zu gehen. Auf der Schwelle drehte ich mich um, nicht um das Meer zu betrachten – ich wußte schon, daß es genau so ein Dampf war –, sondern weil ich das immer tat für den Fall, daß jemand hinter mir über den Platz ging. Am Fenster saß Carletto – die anderen waren schon gegangen –, er wartete und sah auf die Tür. Er stemmte die Fäuste fest gegen den Tischrand wie jemand, für den der Entschluß, aufzustehen, eine Anstrengung bedeutet, und starrte auf die Tür. Er starrte auch mich an, ohne sich zu bewegen.

Wir redeten nicht, bis unsere Teller kamen. Den ganzen Tag hatten wir Zeit zum Reden, wir mußten das nicht unbedingt jetzt tun. Wir beide hatten schon so viel geredet, daß wir es uns zweimal überlegen mußten, bevor wir ein Gespräch anfingen. Plötzlich sagte ich, der Weinstock am Gemeindehaus sei röter denn je: alles in diesem Dorf verliere die Farbe, nur der Weinstock am Gemeindehaus nicht. Carletto nickte und beugte sich wieder über den Teller. Ich hatte gemerkt, daß er an zu Hause dachte: er war in dem Zustand, in dem man um sich blickt und den eigenen Augen nicht traut und den halbgekauten Bissen weiterzukauen vergißt. Wenn er dieses Gespräch anfinge, würde er nicht mehr damit aufhören.

»Wer sagt dir, daß von mir nicht auch jemand weit fort ist?« hatte ich ihm anfangs einmal geantwortet, als er mich mit seinem ständigen Gerede blockiert hatte, und er hatte mir einen erstaunten Blick zugeworfen, erstaunt und glücklich wie ein Mensch, der unverhofft einen Freund findet. Er hatte mir alle Einzelheiten über seine Einsamkeit erzählt, ohne Scham, ohne jeden Rückhalt, als könnte ich ihm den Schlüssel geben zu dem, was nicht geschah, und es stand auch in niemandes Macht, daß es geschah, da es um einen Willen ging, der nicht der unsere war.

Aber diesmal sprach er nicht von seiner Frau, die weit fort war. Diesmal meldete er mir, im Dorf seien Zigeuner aufgetaucht, mit Kesseln und Karren, einige seien am Vormittag gesehen worden, und die Frauen – so wenigstens sage der Barbier von gegenüber – gingen in die Häuser auf Arbeitssuche. In einer plötzlichen Aufwallung fügte er hinzu: »Es ist kaum zu glauben, heute hier, morgen auf dem Berg, übermorgen wer weiß wo; keiner befiehlt ihnen, keiner hält sie fest. Sie sind ganz das Gegenteil von uns.«

»Sie sind überall zu Hause«, sagte ich.

Carletto hatte wieder die Fäuste gegen den Tischrand gestemmt, anscheinend machte es ihm Mühe, sie still zu halten.

»Iß«, sagte ich zu ihm.

Aber ihn erregte besonders der Umstand, daß die Zigeuner zusammen mit ihren Frauen durch die Welt zogen. Er sagte, sie seien Menschen mit heißem Blut, die nicht ohne Frauen sein könnten: darum schleppten sie sie mit. »Sie müssen ein Höllenleben führen«, wiederholte er.

»Du willst doch nicht ausreißen?«

Er antwortete mit einer Grimasse. Durch die Scheibe kam ein gelber Schimmer Sonne; während ich wartete, daß Carletto mit dem Essen fertig wurde, spähte ich nach dem bleichen Licht und grübelte nun auch nach über die Zigeuner und ihr Vagabundenleben. Wir gingen zusammen über die Piazzetta, hinaus in den Wind, der mit der bleichen Sonne kämpfte; dort waren nicht einmal die Jungen, die sonst hier lärmten. Eine Frau sagte uns, sie seien fort, um die Zigeuner zu sehen, und zeigte in eine bestimmte Richtung. Da machten wir uns ganz langsam, ohne uns darüber zu verständigen, auf den gewohnten Weg am Strand entlang, genossen das bißchen Sonne, das noch Widerstand leistete, und sahen auf den erdigen Schaum des Meeres. Carletto sprach kein Wort. Die Hände hinter dem Rücken, stapfte er nachdenklich über den feuchten Sand.

Ich betrachtete den kahlen Hügel. »An ihrer Stelle wäre ich schon fort«, sagte ich plötzlich, ich konnte die Bemerkung nicht unterdrücken. Carletto gab keine Antwort.

Wir gingen und gingen bis zu der buschigen Pflanze mit den dürren Zweigen ohne Blätter. Hier war der Strand von Felsen versperrt, man mußte auf die Straße hinaufgehen. Wir kletterten nach oben, sahen über die Felsen hinaus, bemerkten aber kein Zeichen von Leben. In der flimmernden Luft vernahm man nichts als das Pfeifen des Windes und das donnernde Geräusch des Meeres.

Auf diesen Felsen rauchten wir gewöhnlich, wir rauchten, starrten auf den Horizont und versenkten uns in den Anblick der merkwürdigen Felsen oder der Hügel hinter uns. Aber an diesem Tag war niemand unterwegs, und mit dem Rauchen waren wir schnell fertig. Carletto sagte etwas über die vielen Winter, die für uns hier an der Küste noch vergehen würden. Diesmal gab ich keine Antwort.

Wir gingen wieder ins Dorf; ich sagte ihm, er solle sich bei mir aufwärmen. Die Sonne war untergegangen, aber die Dämmerung noch fern. Die Osteria war leer. »Hier sind alle tot«, sagte ich. »Ich gehe heim.« Carletto ließ nicht locker, an solchen Nachmittagen klebte er an mir wie feuchte Blätter am Boden. Er redete nicht, er gab kein Zeichen von Leben, er hob nicht mehr den Kopf. Er dachte an seine Frau. Aber auch ich hatte es so satt und fühlte mich so allein, daß es mir eine Erleichterung war, ihn neben mir zu spüren. Es konnte immerhin sein, daß selbst er etwas sagte.

Wir traten ins Zimmer, und ich stellte sofort den Kaffee auf den kleinen Ofen. Er setzte sich, wie er es gewohnt war, auf den Kohlenkasten und steckte sich die Zigarette an mit einem Ungeschick, das mir jedesmal leid tat: die großen Hände schienen Angst zu haben, die Zigarette zu berühren. Er hatte das Rauchen von mir gelernt.

Auf dem Tisch lagen Bücher, und Carletto sah auch diesmal wieder überrascht auf sie hin. Obwohl er früher Drucker gewesen war, brachten ihn so viele Bücher in Verlegenheit, und er begriff nicht, wozu ich sie brauchte. Jetzt ließ er den Blick im Zimmer umherschweifen.

»Es heißt, die Zigeuner wissen alles«, brummte er. »Sie wissen alles, sie ziehen durch die Welt, sie wissen mehr als wir.«

»Es sind Menschen, die keine festen Regeln haben. Sie leben auf ihre Art.«

Während ich ihm den Kaffee gab, brachte ich die Rede auf seine Frau. Ich senkte die Stimme, als ich ihn nach ihr fragte, und er antwortete immer mit einer vor Rührung stammelnden Stimme. Als er mir eben erzählte – und das war meine Absicht gewesen –, was er in den schönen Zeiten tat, wenn er von der Arbeit nach Hause kam, als er davon sprach, daß seine Frau hoffe, zu ihm kommen zu können, wurde die Glastür hinter uns, die nur angelehnt war, heftig aufgerissen, und eine kräftige Stimme ertönte, so daß wir uns umdrehten. Auf die Schwelle war eine Frau getreten, eine braune Frau mit flatterndem Rock, die uns in dem grauen Licht jenes verwünschten Tages ansah, auf uns einredete, und doch immer irgend etwas in dem schmalen Hof im Auge behielt, vielleicht die Tür neben der unseren. Mit der einen Hand hielt sie uns eine Ofenschaufel hin und sagte in kehligen Lauten, wir sollten sie ihr abkaufen; aber sie war schon im Begriff zu gehen, als hätte man sie gerufen.

»Die Zigeunerin«, flüsterte Carletto hinter mir.

Beinahe verlegen betrachtete ich die Frau, vor allem das rote Halstuch, das sie um den Hals geknotet trug; ich glaubte, sie werde fortgehen. Ihre klagende Stimme sprach noch einige Sekunden weiter, die eiserne Ofenschaufel wurde rhythmisch gehoben und gesenkt, während die Frau, halb drinnen, halb draußen, uns immer fester ansah, so daß sie im Zimmer war, ehe ich mich dessen versah.

»Kauft die Schaufel hier, kauft die Schaufel«, sagte sie, sah sich überall um und kam weiter herein mit einem Gesichtsausdruck, als wisse sie nun schon, daß wir verwirrt seien und ihr keine Antwort geben würden; sie sah die Bücher, sah den halb mit Kaffee gefüllten Becher, sah das Häufchen Apfelsinenschalen, das auf einem Stuhl lag, sah das ungemachte, aufgeschlagene Bett. Ihr Gesicht war nicht mehr jung, der Kopf unbedeckt, das Haar feucht mit blinkenden Tröpfchen darin. Draußen regnete es leicht. Diese Frau war mager und dunkelhäutig – eine Bäuerin mit raschen Handbewegungen und einer ungewöhnlichen Stimme. Sie trug unter dem Rock Stiefel; nur darum wirkte sie nicht wie eine Bauersfrau.

Sie betrachtete den brennenden Ofen und ließ die Schaufel fallen. Carletto hinter mir war aufgestanden, und ich sagte irgend etwas. Die Zigeunerin hatte ihrer Rede schon eine andere Wendung gegeben. Im gleichen Tonfall, aber mit größerer Wärme sagte sie, nachdem sie uns beiden starr in die Augen geblickt hatte, ganz unvermittelt, viele Weibsbilder würden gern mit uns zusammensein, womöglich sofort, aber wir wüßten Bescheid, die Weibsbilder könnten sich keines Erfolges rühmen, wir jedoch, wir könnten uns rühmen, daß wir erwartet und herbeigefleht würden von einer Frau, die hinter samtenen Türen gefangen sei. Als sie das sagte, zeichnete sich um die Mundwinkel ein Lächeln ab. Es war kein Hohn, der zu den Worten in Beziehung gestanden hätte: sie hatte geredet, ohne innezuhalten, zwar sehr lebhaft, aber in dem mechanischen Tonfall eines Menschen, der eine Rede wiederholt. Dieses Lächeln war eher ein Zeichen dafür, daß sie uns verstanden hatte.

Die Zigeunerin lehnte die Ofenschaufel gegen die Wand, sie bückte sich, ohne uns aus den Augen zu lassen; sie zog, wie, weiß ich nicht, einen Stoß Karten aus einer Tasche hervor und blätterte ihn zwischen den Händen knallend auf. Zu Carletto, der sie mit offenem Mund ungläubig ansah, sagte sie, dies hier sei das Glück; ob er Lust habe, es sich sagen zu lassen. Carletto tat unerwartet einen Schritt auf sie zu, war ganz belebt und legte die Hand auf den Tisch, als wolle er ihn abräumen, damit die Zigeunerin dort ihr Spiel machen könne. Aber diese bat mich um ›ein Zeichen‹.

Ich legte eine Münze auf den Tisch – die erstbeste, die mir in die Finger kam –, und nun starrte sie mich an und ließ die Karten rasch unter dem Daumen hingleiten. Da sagte ich ihr, nicht ich, sondern der andere erwarte, sein Schicksal zu hören, ich lachte, wie sie vorhin gelacht hatte, und ging zum Ofen; ich fachte die Glut an und drehte mich um, ihr zu sagen, daß mir mein Schicksal für mindestens drei Jahre bekannt sei. Da verzichtete sie darauf, mir die Karten zu legen, sie nahm Carlettos Hand und drehte die Handfläche nach oben.

Merkwürdig war, wie Carlettos kräftige, schwere Hand so zwischen den Händen der Frau lag und erforscht wurde. Aber die Zigeunerin ließ seine Hand sogleich wieder fallen und sagte, Hände wie diese sprächen nicht; sie legte den Stoß Karten auf den Tisch und breitete sie aus. Ich sah sie jetzt fast vom Rücken her, sie brummte, holte mühsam Luft, stieß kleine Überraschungsrufe aus – eine schmeichelnde Art zu reden, wie man sie einem Säugling oder einem Kätzchen gegenüber anwendet. Diese Stiefel und das rote Halstuch, die flinken Augen, die einem ständig auswichen – ich vermutete sie aufmerksam beim Spiel –, ließen mich beinahe vergessen, daß sie nicht mehr jung war. Ich hätte mich nicht gewundert, wenn sie mir, sobald sie sich umdrehte, schön, stolz, lachend erschienen wäre wie eine Räuberbraut.

Carletto jedenfalls hörte ihr mit klopfendem Herzen zu. Zweifelnd und aufmerksam, die Stirn gerunzelt, folgte er den Bewegungen der Hände auf den Karten, empfing ihre Enthüllungen und bestaunte die Kartenbilder mit der Miene eines Menschen, der sie hier zum erstenmal erblickte. Er wagte sogar einige Fragen.

Die Zigeunerin sagte, er solle alles den Frauen überlassen. Zwei Frauen, die eine ihm bekannt, die andere unbekannt, bemühten sich um ihn und überwachten sich gegenseitig. Seine Nebenbuhler waren bereits geschlagen und fort. Ein Brief kam auf ihn zu. Eine Krankheit würde sein Schicksal ändern. Man brauche übrigens das Schicksal nur zu befragen, dann erfülle es sich rasch. Gerade in diesem Augenblick zähle man eine Summe ab, die für ihn bestimmt sei; und eine Frau träume von seinen Küssen.

»Wollt Ihr Kaffee?« fragte ich die Zigeunerin, als sie sich umdrehte. Ich hatte die dunklen, tiefen Falten um ihren Mund vergessen; sie überraschten mich, als ich sie jetzt sah. Schade, diese Magerkeit und diese gespannten Züge. Ihre Augen und Bewegungen verrieten, daß sie eine schöne Frau gewesen war.

Sie lächelte – auf ihrem Gesicht erschien unwillkürlich das etwas höhnische Lächeln, das bei ihr Freundlichkeit bedeutete. Sie zog sich den Rock glatt, fuhr sich mit einem Finger zwischen Kehle und Halstuch, nahm die Tasse und blickte rasch im Zimmer umher.

Sie setzte sich, antwortete Carletto, der noch etwas wissen wollte, wandte sich aber an mich und sagte, alle Männer hätten ein Schicksal und eine Frau, die an sie denke.

Carletto fragte sie, was das Schicksal der Frauen sei. Ich mußte lächeln. Er hatte das im Stehen gesagt, mit einer halb ungeschickten, halb verführerischen Stimme wie jemand, der scherzen will; aber sein Gesicht war noch ernst und die Stirn gerunzelt.

»Der Mann...« sagte die Zigeunerin und setzte die Tasse an die Lippen. Und während sie trank, sah sie uns prüfend an. Ich betrachtete wieder ihre Stiefel.

»Ihr tragt Männerstiefel«, sagte ich. »Tragt Ihr sie immer?«

»Ich bin viel unterwegs.«

»Fahrt Ihr nicht auf dem Karren?«

»Der Karren wird geschoben, wenn die Wege schlecht sind.«

»Bleibt Ihr nicht in den Dörfern?«

Carletto betrachtete uns, zögernd, während wir sprachen; er stand neben meinem Stuhl. Er hob den Kopf und sagte: »Eine Frau sieht in diesen Schuhen nicht gerade schön aus. Behaltet Ihr sie immer an?«

Die Zigeunerin lächelte und sagte etwas rauh: »Ich ziehe sie aus, wenn ich ins Bett gehe.« Und sie sah dorthin, wo das Bett stand.

»Habt Ihr auf dem Karren ein Bett?« fragte ich.

Sie sah mich kühn an. »Nein, aber manchmal finde ich welche, die mir gefallen.«

Da drehte ich mich zu Carletto um, als wolle ich ihn auffordern, etwas dazu zu sagen. Carletto, die Hände in den Taschen, betrachtete die Zigeunerin von unten bis oben, halb bereit, halb unwirsch. ›Jetzt erzählt er ihr von seiner Frau‹, dachte ich. Aber Carletto tat einen Schritt nach vorn, den Kopf gesenkt wie ein Stier, und stammelte mit einer unsicheren, fast wütenden Stimme: »Wenn Ihr Eure Stiefel auszieht, könnt Ihr auch hier schlafen.«

Die Frau sah von mir auf ihn, sah zwischen uns hindurch, sah uns dann beide an und hatte wieder diese Falte um den Mund. Aber diesmal lachte sie.

Wir schwiegen einen Augenblick, und ich stand auf. Der Nebel draußen hatte eine dunkelblaue, fast trübe Tönung angenommen. »Es regnet nicht mehr«, sagte ich und sah auf die Scheibe. »Ich gehe in die Osteria und sehe, ob jemand dort ist. Komm du dann zum Essen.«

Und ohne Carletto zu beachten, lächelte ich der Zigeunerin zu und winkte zum Abschied, knöpfte den Regenmantel zu und ging hinaus.

Schlaflosigkeit

Wenn ich vor Tagesanbruch auf die Tenne zurückkam – ich kehrte von Festen, von Gesprächen, von Abenteuern heim –, wußte ich meinen Vater drüben unter dem dunklen Fleck des Nußbaums; dort stand er schon wer weiß wie lange unbeweglich und sah mit scharfem Blick in die Bäume, immer auf dem Sprung, unter die Sterne hinauszutreten. Ich kam von der Wiese und ging quer über die Tenne; ich hätte durch den Laubengang schlüpfen können, dann hätte er mich nicht gesehen, aber es war besser, wenn er sofort merkte, daß ich mich nicht verbergen wollte; er sollte wissen, daß ich, wenn es hell wurde, schon seit einer Weile zu Hause war. Der Nußbaum füllte den halben Himmel, aber ein großes Stück Tenne blieb ungeschützt und leuchtete hell: ich ging über dieses helle Stück, und die Nacht war so klar, daß ich unter den Füßen meinen Schatten sah.

Ich ging über dieses helle Stück Tenne, ohne nach dem Nußbaum hinzusehen, denn hätte ich hingesehen, dann hätte ich stehenbleiben müssen, und mein Vater hätte mich gerufen, hätte irgend etwas gesagt und wäre herausgekommen. Mein Vater schlief nachts nicht, denn er war alt, er meinte, er verliere damit nur Zeit.

Er sagte, die Zeit, die man nicht bei seinem Hab und Gut verbringe, sei ganz und gar verloren. Tief in der Nacht stieg er aus dem Bett – er ging zu Bett, wenn es noch nicht dunkel war – und begann umherzuwandern, er trat in den leeren Stall, stellte eine dreizinkige Gabel gerade, hob einen Strohhalm auf. Seit sich meine Schwestern verheiratet hatten, war uns nur noch ein einziger Weinberg geblieben: zwei Tagwerk am Hang, die er bei Tage hackte und bei Nacht von der Tenne aus überwachte. Früher, als wir Kinder waren, hörten wir im Bett, schon halb im Schlaf, wie der Strick am Stall fest gepackt und die schmale Tür aufgesperrt wurde; sie quietschte und schabte an der Wand entlang. Damals erschien uns dieses Knarren als eine Drohung, als die wahre Stimme unseres Vaters, der schlaflos wachte: er schien gerade dadurch in der Nacht das Haus den schrecklichen Gefahren preiszugeben, die ein plötzliches Geräusch im Finstern in unserer Phantasie hervorrufen kann. Wir hätten gewünscht, die Tür schlösse sich hinter ihm, dann hätten wir uns in den Betten, wo uns das Herz klopfte, sicherer gefühlt. Wir hatten immer in diesem Haus gelebt, und dort war ein Geräusch gleichbedeutend mit einem Fremden.

Jetzt kam ich lachend auf die Tenne und wußte, daß mein Vater unter dem Nußbaum auf mich wartete. Manchmal begleitete mich ein Freund bis zur Straße unter dem Weinberg: wir redeten von der letzten Flasche Wein, von dem, was man getan hatte und noch tun mußte. »Auf morgen«, sagte ich. »Auf morgen«, und der andere entfernte sich mit langen Schritten unter den Bäumen; auch er ging nach Hause. Ich stieg rasch den kurzen Pfad hinauf, sah den großen Nußbaum und fand mich, wie jede Nacht, auf der Tenne. Vor dem Schatten meines Vaters überquerte ich sie, ohne stehenzubleiben. Ich spürte, daß er mich beobachtete und mit mir sprechen wollte. Ich drehte mich nicht um, ich gelangte an die Tür, und die Begegnung war auf ein andermal verschoben.

Bei Tage hatte mein Vater seine bestimmten Ideen, er machte sich der Mutter gegenüber Luft und schalt auf mich. Immer gab es etwas Unnützes zu tun, und man mußte diese Arbeiten um des lieben Friedens willen verrichten: man band Reisigbündel und hackte. Mein Vater verlangte nicht so sehr, daß wir uns bückten und uns mühten, als daß wir um ihn waren und auf der Tenne hin- und hergingen, damit er glauben konnte, es gäbe Arbeit für alle. Seit meine Schwestern sich verheiratet und von ihm den Weinberg gepachtet hatten, war unser Haus so gut wie tot, keiner ließ sich mehr blicken, auch der Stall war leer. An manchen Tagen langweilte ich mich wie damals, als ich ein Junge war und keiner zum Spielen kam. Ich lief unvermittelt in die Felder und sagte, ich ginge ins Dorf; statt dessen ging ich zu meiner Schwester und bat sie, mir irgendeine Arbeit zu geben. Arbeit gab sie mir nicht, aber dort kam immer jemand vorbei, und man redete sich satt.

»Was habt ihr getan?« fragte mich mein Vater beim Abendessen. Man brauchte ihm gar nicht erst zu antworten, wir hätten geschwatzt, denn schon begann er zu schelten und der Mutter Vorwürfe zu machen, daß sie uns so, wie wir waren, in die Welt gesetzt hätte. Mir warf er nichts vor. Wenn es Nacht geworden war, ließ er mich in Ruhe, er wagte nicht, sich gegen mich zu stellen. Immer war er drauf und dran, aus dem Schatten herauszutreten; aber jedesmal ging ich vorüber, die Jacke unter den Arm geklemmt, in Gedanken, entschlossen, ihm auszuweichen; ich horchte auf das Zirpen der Grillen, und nichts geschah. Es kam nur vor, daß die Mutter mich, sobald ich ins Haus getreten war, mit ihrer gedämpften Stimme vom Bett aus rief – in ihrem Alter schlief auch sie nicht mehr viel – und wissen wollte, ob mein Vater immer noch auf der Tenne sei, was er tue, ob er gesagt habe, er komme herein. Ich beruhigte sie und brummte, nur ich käme herein, und draußen sei klarer Himmel. Ich antwortete so ungeduldig, daß es wie bei meinem Vater klang. Es war August, da brauchte man sich keine Gedanken zu machen, wenn ein alter Mann nicht schlafen wollte. Die Mutter wurde nach und nach still, aber nicht einmal ich konnte Schlaf finden, mich trieben der Wein und die nächtlichen Gespräche um. Draußen war das Land, waren die verlassenen Straßen; am nächsten Tag bei Sonne würde es ganz etwas anderes sein; aber inzwischen hielten mich bestimmte Gedanken unwiderstehlich wach: wie ich hier ein Ende machen, einen Zug nehmen, in die Stadt fahren und ein männlicheres Leben führen könnte. Auch mein Vater war als junger Mensch ausgerissen, aber er war zu Fuß losgezogen, weil es zu seiner Zeit die Eisenbahn noch nicht gab. Nach einem Jahr jedoch war er zurückgekehrt. Ich wollte nie mehr zurückkehren.

In der Nacht von Mariä Himmelfahrt kam ich erst am Morgen nach Hause, und diesmal erschien mir der Wiesenpfad anders als sonst. Mein Vater kam aus dem Stall, während ich an der Tür frühstückte.

»Wie war das Fest?«

»Ich habe Nanni getroffen«, sagte ich kauend. »Wir haben miteinander geredet.«

»Was kann dieser Herumtreiber schon sagen ...«

»Nichts weiter. Er nimmt mich mit zum Arbeiten, wenn ich will.«

Mein Vater blieb unentschlossen stehen; er hatte ein Halfter in der Hand und legte es auf das Fenster. Ein Jahr zuvor hätte er es mir noch über den Rücken geschlagen. Aber jetzt hatte das keinen Zweck mehr, und er wandte sich nach dem Stall, aus dem die Mutter kam, und fuhr mit der Hand über die Augen. Ich ließ sie streiten und betrachtete unterdessen den langen Schatten des Nußbaums.

Erwachen

In jener Nacht war mir eine schwere Demütigung widerfahren, eine, wie wir sie mitten unter den Menschen erdulden, ohne daß diese etwas davon merken. Wir lächelten weiter, ich und meine Gesprächspartner, als sei nichts geschehen, und für sie war ja auch nichts geschehen: es war nur einfach ein Wort gesagt worden, das für alle, mich inbegriffen, nur ein Scherz war. Doch einen Augenblick danach bekam ich kaum Luft und hockte in meinem Winkel, bestürzt und benommen wie jemand, der keinen klaren Gedanken fassen kann. Ein Glück, daß niemand auf mich achtete: jedem lag nur daran, selbst zu reden und zu erreichen, daß der andere ihm zuhörte. Ich brachte es sogar kurz danach fertig, wieder mitzureden; ich suchte das Gespräch noch einmal auf das zu bringen, was vorhin gesagt worden war – ob aus Schwäche oder um meiner Angst Trotz zu bieten, weiß ich nicht.

Als alle gegangen waren, begleitete ich meinen Freund P. nach Hause, obwohl ich erst so offenkundig verschlafen und zum Umfallen müde gewesen war. Der Freund schwieg, gutgelaunt; doch als er merkte, daß ich nichts sagte, sah er mich neugierig von der Seite an. Ich fragte mich, warum ich mit ihm gegangen sei; ich sehnte mich nach einem einsamen Rückweg, um mich meiner Niedergeschlagenheit zu überlassen und sie bis auf den Grund auszukosten. Zwischen uns war etwas, wovon nicht gesprochen wurde; verzweifelt war ich in jener Nacht ohnehin, und die unbewußte Vorsicht des Freundes vermehrte mein Unbehagen.

»Und was tust du morgen?« fragte der Freund, als wir stehenblieben.

Ich weiß nicht, was ich ihm antwortete; vielleicht machte ich nur eine der zwischen uns üblichen ungeduldigen Gesten. Er mußte glauben, daß die schlechte Laune von meiner Schläfrigkeit kam, und entfernte sich auf dem Gehsteig mit hallendem Schritt. Ich horchte seinen Schritten nach, fast als bildete ich mir ein, sie seien die letzte Stimme des Lebens, das sich mit ihnen von mir entfernte, und ich fand in dieser Phantasie so etwas wie eine verzweifelte Erleichterung. Dann drehte ich mich um und ging weiter, mir selbst überlassen.

Es war eine Juninacht, in der Dunkelheit vibrierte das Leben. Ich verglich meine Angst mit so viel Süße und wühlte bei jedem Schritt in meinem Schmerz; mir war, als sei die ganze Finsternis mit ihm durchtränkt und ich brauche nur weiterzugehen, um seine Last immer unerträglicher auf mir zu spüren. Plötzlich merkte ich – und ich blieb stehen –, daß das harmlose Wort, mit dem alles angefangen hatte, meinem Gedächtnis entfallen war. Ich stand am Rande einer Piazza, auf der ein Brunnen murmelte. Dieses Geräusch erschien mir nichtig, selbst in seinem Zauber. Nichts konnte jetzt die elende Wirklichkeit meiner Existenz aufheben. Von dem sanften Reiz der Stunde nahm ich nur die Stille, den Duft, die Ruhe in mich auf. Es war tief in der Nacht, ich war länger als sonst umhergebummelt, weil ich unwillkürlich neue Eindrücke suchte und auf diese Art die Demütigung von mir fortschieben wollte. Ich konnte mich nicht darein ergeben, daß ich am nächsten Tag, in dem kurzen Halbschlaf des dämmernden Morgens, diese nun schon vertraute Qual wieder in meinem Herzen finden sollte, noch bevor ich die Lider aufschlug. Ich war müde und schmerzerfüllt in einem Grade, daß ich mich nur mit einer Anstrengung, einem gewaltsamen Losreißen wieder aufschwingen konnte.

Da beschloß ich, den Tagesanbruch unterwegs abzuwarten, einfach den Tag herankommen zu lassen, denn die ganze Stadt lag noch öde, und das Quietschen eines entfernten Karrens hier und da gehörte zum Land und nicht zur Stadt. Schon wies die Milde des Himmels auf eine nicht mehr nächtliche Stunde. Ich ging weiter, sah umher, lenkte meine bedrückten Gedanken auf das Rauschen sanft wirbelnder Blätter vor dem durchsichtigen Dunkel des Himmels. So entstand zwischen mir und der Nacht eine vage Vertrautheit – vage, weil mir ganz anderes auf der Seele lastete und die Häuser, die einsamen Straßenlampen, die Wölbung des Himmels wie ein leichter Windhauch still um mich herliefen. Der Körper war in Bewegung; aber in dem Schweigen lag mein großer Schmerz still, als sei er eingeschlummert. Ich ging immer weiter; ich kam durch Gassen, über Plätze, durch Alleen; ich suchte an das Ende dieses sich unendlich hinziehenden Weges zu gelangen, der erst am Morgen aufhören würde. Da ich ein Ziel hatte, fürchtete ich die Zeit nicht mehr; die Einsamkeit selber hob das vergangene Bewußtsein meiner selbst auf. Der Morgen würde mich nicht mehr, wie er es zu tun pflegt, jählings überraschen; die ungewohnte Stunde, die ich durchlebte, hatte schon jede Bitterkeit aufgesogen, und ich ging auf ihn zu wie auf etwas, was ich nie erlebt hatte, was mir gehörte. Ich begrüßte ihn hinter einem Hause der Vorstadt.

Als er sich entfaltete und die Straßen überflutete, begann ich langsamer zu gehen. Jetzt konnte ich sogar stehenbleiben und die Müdigkeit auskosten, mich den Stimmen überlassen, die den Morgen frisch anriefen. Doch wenn ich stehenblieb, aufhörte, ihn zu beschwören und ihm entgegenzugehen, würde er ein Morgen werden wie die anderen, wie ich es schon in der Nacht gefürchtet hatte. Darum ging ich immerzu weiter und setzte dem restlichen Schmerz meinen unermüdlichen Willen entgegen, wach zu sein. Ich kam an den letzten Häusern vorüber, an eine Brücke; jenseits der Brücke begann das Land. Ich sah hinten in der Ebene eine winzige, braune Osteria und nahm mir vor, hinzugehen.

Signor Pietro

Mein Vater starb, als ich sechs Jahre alt war, und ich wurde zwanzig, ohne zu wissen, wie sich ein Mann im Hause benimmt. Schon mit achtzehn entwischte ich immerzu in die Wiesen, überzeugt davon, daß ohne einen raschen Lauf und einen Streich der Tag verloren war. Meine Mutter hatte versucht, mich so streng zu erziehen, wie es ein Mann tun würde, aber sie hatte damit nur erreicht, daß es bei uns weder einen Kuß noch ein Wort zuviel gab und ich nicht wußte, was eine Familie ist. Solange ich schwächer war als sie und von ihr abhing, hatte ich nur Angst vor ihr, was freilich ein öfteres Entfliehen und Zurückkehren nicht ausschloß; und als ich Manns genug war, behandelte ich sie wie eine Großmutter, die man mit Ungeduld und nur mühsam erträgt.

Jetzt hatte ich immerhin eine Arbeit, und auch das verdankte ich ihr: sie ließ mich nicht nur etwas lernen, sondern sie zwang mich zu dem Wagnis einer weiteren Prüfung. Sie hielt es für ihre Pflicht, mir auseinanderzusetzen, ich in meinem Alter müsse mich unabhängig machen. Natürlich lebten wir weiter zusammen und wohnten in einem Haus am Stadtrand, das mir darum gefiel, weil es vor sich die Allee und die Stadt hatte, hinter sich – man sah es von den hohen Treppenhausfenstern aus – Wiesen, und weiter entfernt Gruppen von Bäumen. Bis vor einigen Jahren hatten wir auf dem Lande gelebt, und für mich bedeuteten ein grüner Horizont, Pfade in den Wiesen, die Häuser zwischen Wäldern und Schilfröhricht soviel wie Freiheit und Ferien. Seit ich den Tag am Schreibtisch verbrachte, begnügte ich mich, wenn ich abends heimkam, damit, vom Treppenhaus einen Blick auf die große Leere von Himmel und Wiesen zu werfen, um mich zu vergewissern, daß sie noch immer da waren. Doch obwohl mir nach der Arbeit etliche Stunden Tageslicht blieben, ging ich nie dorthin. Ich war lieber auf dem Hauptbahnhof, dessen geschäftiges Hin und Her mir gefiel, oder wanderte in bestimmten, von dem unseren entfernten Vierteln umher, wo es Fabriken, Lärm, aber auch manche Einsamkeit gab.

Eines Tages – ich kam zeitiger zurück – hörte ich im Wohnzimmer reden, und die Mama sagte lebhaft durch die Tür: »Komm, komm und sieh, wer da ist!« Ich war gerade in einer meiner widerborstigen Stimmungen; ich zögerte an der Tür zum Wohnzimmer und spitzte die Ohren: drinnen schwiegen sie in der Erwartung, daß ich erschiene. Das ärgerte mich so, daß ich gewünscht hätte, ich wäre noch im Treppenhaus. Ich kehrte um, rief irgend etwas vom Treppenabsatz aus und ging eilig wieder hinunter.

Als sich meine erste Wut abgekühlt hatte, war ich schon ein Stück entfernt, und als ich heimkam, schön langsam in der Abenddämmerung, stellte ich mir das, was sich abspielen würde, unwillkürlich vor. Die Mama würde mich mit mürrischem Gesicht am Tisch erwarten. Damals aßen wir in der Küche, und ein Essen zu zweit ist bald zu Ende; aber ich würde sitzenbleiben, bis sie anfing abzudecken. Dann würde ich mich in mein Zimmer verkriechen, mich ans Fenster setzen und im Dunkeln rauchen, bis es Nacht geworden wäre. Ich würde nicht wagen, wie sonst auszugehen und sie allein zu lassen; durch die Wand hindurch würde ich hören, wie sie beim Geschirrspülen mit den Tellern klapperte.

Statt dessen war die Wohnung hell erleuchtet, der Tisch war im Wohnzimmer gedeckt, und die Mama und der Signor Pietro sprachen von mir. Seit fünfzehn Jahren war er nicht bei uns gewesen, ich erkannte ihn fast nicht wieder, er aber fragte mich sofort nach einer gewissen Ninina, in die ich zu seiner Zeit offensichtlich verliebt war. Die Mama runzelte die Stirn, aber sie lächelte. Als wir uns zu Tisch setzten, hatten die beiden sich schon in so viele Erinnerungen an meine Kindheit verloren, daß ich die Sommerabende in dem Landhaus, in dem wir damals wohnten, wiederzuerleben meinte, wenn er und der Papa, schon von unterwegs rufend und lachend, miteinander ans Gittertor kamen, wo ich sie erwartete: ich rannte ihnen entgegen und kramte in Papas Taschen, bis die Mama am Balkongeländer erschien und sie sich begrüßten und so in der Entfernung miteinander redeten und ich den Signor Pietro am Arm zog, damit er nicht nach Hause ginge, sondern zum Essen bei uns bliebe.

Zwischen den einzelnen Gerichten stand die Mama auf, um in die Küche zu gehen, und einmal lief er hinter ihr her und redete weiter. Ich konnte ihn nicht davon zurückhalten; aber dieses Mitteilungsbedürfnis gefiel mir nicht übel. Er erzählte uns von seiner

Frau, einer Argentinierin, die er in Genua treffen sollte: dort wollten sie künftig wohnen. Mit dem Papa war Signor Pietro so befreundet gewesen, daß es bei uns hieß, sein Tod habe ihn veranlaßt, durch die Welt zu ziehen. Aber jetzt war er alt, sagte er uns, er war alt und wollte irgendwo seßhaft werden. Ich bemerkte, daß seine dunklen, lebhaften Augen voll Unternehmungslust waren; und riesengroß und kräftig wie er noch war, erschien Signor Pietro mir nicht wie ein alter Mann, sondern eher wie einer von denen, die ein solides Gleichgewicht erlangt haben, in dem sie unverändert verharren können.

Von diesem Abend an besuchte er uns oft. Er sagte, wir müßten Geduld mit ihm haben – er sei so allein, und wir stellten für ihn die Familie dar. Den Vormittag verbrachte er mit der Organisation eines bestimmten Unternehmens, das ihm zu dem dauernden Wohnsitz verhelfen sollte; er schrieb in seinem Hotel lange Geschäftsbriefe und erwartete Telefongespräche. Ich kam am Mittag dorthin, begrüßte ihn und lud ihn ein, zu uns zu kommen. Ich wartete auf ihn in dem großen Sessel, mitten im Hin und Her der Menschen; und ich begriff, daß ein Mann, der im Hotel, auf Bahnhöfen, immer unterwegs gelebt hat, das Gesicht und die Willenskraft haben mußte, die er besaß. Er hatte in seinem Leben alles nur mögliche erlebt, der Signor Pietro, und in den ersten Tagen erzählte er mir und Mama davon recht gewandt; dabei hatte er eine bestimmte Geste, wie um uns zu bedeuten, daß diese Zeit vorüber sei. Aber mir schien, Stimme und Schritt, die zupackende Art, mit der er die Gesprächspartner verabschiedete, ja der Blick, den er mir zuwarf, könne sich gegenüber früher gar nicht geändert haben.

Bisher hatte ich ihm verborgen, daß ich bei der Stadtverwaltung arbeitete. Doch als er einmal, während ich ihn heimbegleitete, die Rede auf meinen Vater brachte, war es nicht zu vermeiden, daß ich ihm meine Tätigkeit nannte. Er sagte zerstreut: »Das ist recht von dir«, und kehrte zu dem zurück, was ihn gerade interessierte.

Bei uns zu Hause hatte es immer geheißen, der Papa habe, wenn er am Leben geblieben wäre, aus mir einen Seemann machen wollen, einen Kapitän, damit ich umherfahren und die Welt sehen könne. Im Innern war ich ihm dankbar dafür, daß er mich für ein so schönes Leben bestimmt hatte; und wenn auch das Schicksal anders verfügt hatte, ließ ich darum doch nicht ab, davon zu träumen – früh und abends, für mich allein, sooft ich aus dem Hause trat –, daß meine große Fahrt endlich doch beginnen werde, daß ich nur immer weiter zu gehen brauchte bis hinten in die Stadt, bis zu den unbebauten Flecken der Vororte, dann werde etwas geschehen: wenn ich um die letzte Hausecke gebogen wäre, werde mir am kühlen Himmel oder in der Abendröte das Meer erscheinen, ein nie gesehenes Meer, ungeheuer mit dem Rauch der Häfen, mit einem langen Strand, lärmerfüllt. In meiner Vorstellung vermischte sich das Bild, das Schauspiel, das ich vor mir sah, sogar mit der verblaßten Erinnerung an den Papa; ich war immer höchst begierig gewesen, etwas über ihn zu erfahren, Anekdoten, Eigenheiten: zum Beispiel wurde ich nicht müde, zuzuhören, wenn die Mama mir von seiner Flucht aus dem Internat erzählte: mein Vater hatte mit fünfzehn Jahren zwei Nächte unter einer Brücke geschlafen, und um ihn herum schneite es. Jetzt weiß ich, daß ich krampfhaft in meinen Erinnerungen, meinen Instinkten, meinem Bewußtsein nach einer völligen Übereinstimmung meiner Natur mit der seinen suchte, nur weil ich in ihm mein Schicksal vorgezeichnet fühlte.

Daß Mama vom ersten Abend an Signor Pietro gegenüber meine Anhänglichkeit an Papa rühmte, hatte mich verdrossen. Trotzdem konnte ich nicht anders, ich kam im Gespräch mit ihm darauf zurück. Da sagte Signor Pietro: »Dein Vater war ein Mann, der klar sah, und er hätte der Stadtverwaltung bestimmt einen Fußtritt versetzt; aber er wußte, daß er sehr bald sterben würde. Das nahm ihm jede Entschlußkraft.« Ich war verstimmt und nahm mir vor, künftig den Mund zu halten. Daß Papa in den Jahren, da ich schon kein Kind mehr war, seinen Tod vorausgefühlt hatte, war mir nicht neu. Ich erinnerte mich an einen fernen Abend, wo er sich, erregt und rot im Gesicht, ans Fenster gestellt und mit rauher Stimme gerufen hatte, er ersticke, er kriege keine Luft mehr.

»Bist du verliebt?« fragte Signor Pietro und sah mich von der Seite an, und mein Ärger über seine Frage war so groß, daß ich nahe daran war, ihn stehenzulassen und nach Hause zu entwischen. Aber wir gingen sowieso nach Hause, und ich hätte ihn weiter vor mir gehabt, und seine Spöttereien hätten nur noch länger angehalten. An diesem Abend begnügte ich mich damit, das Gespräch der beiden auf die früheren Zeiten zu bringen; und die Mama, die mich immer gelehrt hatte, einer Aufwallung nicht nachzugeben, und mir als Beispiel den Papa vorgehalten hatte, der, obwohl er gewußt habe, daß er bald sterben müsse, den Gedanken an den

Tod still ertragen und sein bisheriges Leben weitergeführt habe, sprach an diesem Abend ganz anders: hätte ihr Enrico ein Leben wie Pietro gehabt, so wäre er wohl nicht so früh gestorben; denn was ihn umgebracht habe, sei eben diese Resignation gewesen, nie habe er die seßhafte Lebensweise aufgeben wollen, nie sich eine Zerstreuung gegönnt. Mich überraschte es, was für einen Klang ihre Stimme gegen Ende des Gespräches annahm: sie war energischer geworden, beinahe bitter. Es schien, als mache sich in ihr ein Groll endlich Luft. Zum Glück begann Signor Pietro von der Zeit zu erzählen, wo mein Vater ihr den Hof machte und er, der Freund, den Hund ablenken mußte, während der Papa ausgerechnet eine Sprossenleiter hinaufstieg, um, wie vereinbart, ein Briefchen in den Taubenschlag zu legen. Dann trafen sie sich auf den Bällen. Damals trug Mama ein berühmtes hellblaues Kleid, das eine bestimmte Bedeutung hatte; erschien sie hingegen in Weiß, so bedeutete das das Gegenteil. Daran erinnerte sich die Mama gar nicht mehr; die beiden fanden auch, so sehr sie sich bemühten, den Sinn der Botschaft nicht wieder. »Vielleicht wüßte es Enrico«, bemerkte Signor Pietro, »wenn er noch bei uns wäre.«

Eines hätte ich niemandem zu sagen gewagt, und am wenigsten dem Signor Pietro: wie sehr ich ihn besonders darum beneidete, daß er im Hotel lebte. Er ging hinein und kam heraus, ohne daß es ihm das geringste ausmachte, aber in den wenigen Minuten, während ich auf ihn wartete, studierte ich eifrig die Menschen und das Gepäck, mehr das Gepäck als die Menschen, denn sie hatten, jeder einzelne, die durchschnittlichen Gesichter, wie man sie auf der Straße oder in der Trambahn sieht, während die bunten, mit Etiketten bepflasterten Koffer zu mir redeten, als seien sie lebendig. Vom Signor Pietro bekam ich nicht einen einzigen Koffer zu Gesicht, weil ich mich immer in der Halle mit ihm traf, und er erzählte von seinen Reisen nicht gern oder nur, soviel unumgänglich notwendig war. Er war vielmehr ausschließlich mit seinen Telefongesprächen beschäftigt, und als ihm der Portier eines Tages einen Brief gab, an dem ich nur eben die ausländische Marke erkannte, sah er diesen kaum an und steckte ihn in die Tasche. Zwei Tage danach sagte er plötzlich, während er an der Hoteltür stehenblieb, seine Frau sei in Genua. Übermorgen werde er abreisen.

Er kam zum Abschiedsessen zu uns und brachte eine Flasche Sekt mit, um sich, so sagte er, einen vergnügten Abend zu machen, denn seine Frau duldete keine Vergnügtheit, und das sei der letzte Sekt, den er trinken werde. Mama beobachtete besorgt, wie wir tranken, doch als Signor Pietro einen Toast auf die Zukunft ausbrachte, hob auch sie mit ihren knochigen Fingern den Kelch und stieß erst mit ihm, dann mit mir an, mit großer Würde. Ich sah ihr nicht in die Augen, denn meine Gedanken waren schon ganz woanders, ich schwamm in Plänen. Ich sah ihr auch nicht ins Gesicht, als ich sagte, ich wolle Signor Pietro ins Hotel begleiten; aber ich erinnere mich, daß sie uns beide ermahnte, uns nicht zu erkälten.

Die Nacht war nebelig; ich weiß nicht, warum ich mit unserem Gast durchaus hatte ausgehen wollen. Ich hatte das auch sonst schon getan, wahrscheinlich tat ich es aus Gewohnheit. Aber es erschien mir auch unmöglich, daß er einfach so, wie ein Besuch, fortgehen sollte, ohne das Gespräch wieder auf meinen Vater und meine Zukunft zu lenken. Bei sich dachte er doch gewiß, daß ich mein Leben ändern müsse!

Beide Straßenseiten waren von Schneehaufen gesäumt, und zwischen den Nebelstreifen funkelte hin und wieder ein Stern. Ich machte Signor Pietro darauf aufmerksam, daß der nächste Tag klar sein würde, ein Morgen, an dem die Sonne rot hinter Nebel hochsteigen werde. Er zog die kalte Luft ein und fragte mich, um wieviel Uhr ich im Amt sein müsse. Ich antwortete, ich ginge sehr früh aus dem Haus, weil ich, bevor ich mich in mein Kellergeschoß einschlösse, gern durch die menschenleeren Straßen streifte; aber das Wort ›Kellergeschoß‹ sagte ich fast mit Tränen in den Augen. »Es ist kalt«, brummte Signor Pietro. »Wollen wir etwas trinken?«

Wir traten in das erstbeste Café. Ich wollte mich setzen, aber Signor Pietro bestellte zwei Glühwein an der Theke. »Teufel noch mal«, sagte er, »um sich aufzuwärmen, braucht man sich nicht zu setzen. Das habe ich in deinem Alter nie getan. Allenfalls geht man, wie es die Matrosen tun, von einem Café ins nächste.«

Ich goß den Wein hinunter. Signor Pietro schlürfte ihn langsam, er streckte nur eben die Lippen aus dem Pelzkragen, und solange er das Glas in der Hand hielt, sagte er kein Wort. Er war wirklich alt; nur das fast blonde Haar und die flinken Augen machten einen lebendigen Mann aus ihm. Die bleiche, dunkle Frau, die uns bedient hatte, sah ihn aus dem Augenwinkel heraus beinahe verzückt an.

»Das schmeckt dir, was? Geht es dir jetzt besser?« sagte er zu mir, als er ausgetrunken hatte; und sobald wir wieder unterwegs waren, schien er vergnügter. Er kuschelte sich in den Pelz und bemerkte melancholisch: »Was tut man nicht alles in dieser Welt, um obenauf zu bleiben, und dabei brauchte man nur ein Glas Wein.« Als wir vor dem Hotel waren, redete er noch immer vom Wein und sagte, für jemanden, der kein Land habe, sei es schwierig, sich einen guten Weinkeller anzulegen. Von da kam er auf das Landgut zu sprechen, das er sich kaufen wolle – bisher hatte er nur mit meiner Mutter davon gesprochen –, und setzte mir auseinander, er selbst würde sich, wenn er nicht auf seine Frau Rücksicht nehmen müsse, ganz aufs Land zurückziehen. Aber wenigstens hoffe er, daß er sich ein Weingut kaufen und von Genua aus nach Übersee liefern könne, wohin, wisse er schon. Wir standen jetzt in der Hotelhalle, und er fragte: »Wollen wir den Wein hier versuchen?«

An den Tisch der zum Hotel gehörenden Trattoria ließ er sich von einem Kellner, den er Giacomo nannte, eine Flasche alten Wein bringen. Unter dem Lampenschirm hob sich die weiche Farbe des Weins von der blendenden Weiße des Tischtuchs sanft ab. Auch Signor Pietros Augen waren weich geworden. Nur wenn er das Glas an die Lippen setzte, hörte er auf zu reden.

»Wir machen es nicht wie die Matrosen«, sagte ich und betrachtete ihn. »Wir haben uns hingesetzt.«

Ich weiß nicht, warum ich an diesem Abend sprach. Meine schüchterne Zurückhaltung löste sich bei der Wärme und dem plötzlichen Wohlwollen, das Signor Pietro mir zeigte. Wenn ich noch feuchte Augen hatte, so gewiß nicht vom Trennungsschmerz. Ich fragte Signor Pietro rundheraus, ob er nicht eine Stelle als Matrose für mich habe oder als Kellner auf irgendeinem seiner Schiffe. Ich erklärte ihm, entweder er befreie mich aus dem Leben, das ich hier führte, oder ich würde enden wie der Papa. Ich sprach mit Schwung, und ich erinnere mich, daß ich nicht innezuhalten wagte aus Angst vor der unausbleiblichen Antwort.

Aber Signor Pietro sah mich nur ernst an, und als er mir noch ein Glas Wein einschenkte, war seine Miene betrübt. Er verzog den Mund und murmelte, ich sei ein dummer Kerl, daß ich es ihm nicht früher gesagt hätte. »Ich selbst besitze keine Schiffe«, sagte er. »Aber ich kenne Kapitäne. Für dich schickt es sich nicht, als Schiffsjunge an Bord zu gehen. Wer unten anfängt, bringt nie etwas zustande.« Er betrachtete mich wohlgefällig von der Seite. »Mir ist, als sähe ich deinen Vater«, brummte er. »Wovor hast du Angst? Man fängt mit Geld an, und dann reist man erster Klasse.«

Ich sagte, ich wolle nur vom Land fortkommen und freier atmen, und erzählte ihm von dem alten Traum meines Vaters, von meinen eigenen Träumen; und er beugte sich ins Licht vor und sah mich unverwandt an, mit einem halb ungläubigen, halb mechanischen Lächeln.

Ab und zu warf er ernsthaft ein Wort dazwischen. Ich erzählte ihm von Segelschiffen und Häfen, und auch er wurde warm und erzählte mir von den vielen Häfen, in denen er angelegt, von dem Geld, das er verdient hatte. Wir diskutierten, ob ein Segelboot oder ein Motorschiff vorzuziehen sei. Er setzte mir auseinander – aber ich wußte es schon –, daß die Segelschiffe sozusagen weiße Raben seien, Museumsstücke, Schulschiffe. Als er hörte, daß ich das Meer noch nie gesehen hatte, wurde sein Gesicht plötzlich ganz anders, geradezu bestürzt. Er packte mich an der Schulter und fragte, warum ich nicht morgen mit ihm losführe. Wir kamen überein, daß er mir von Genua schreiben würde, sobald er einen guten Posten für mich gefunden hätte. Gleich danach schien er mir müde, schläfrig, und ich stand auf, um mich zu verabschieden. Er brummte etwas, ohne sich zu rühren; dann streckte er mir die Hand hin.

In jener Nacht kehrte ich nicht nach Hause zurück, ich ging ins Bahnhofscafé, um für mich allein weiter an meine Zukunft zu denken und meine neue Unabhängigkeit zu genießen. Ich war berauscht, aber nicht vom Wein, im Gegenteil – ich spürte in mir eine Klarheit und Kühnheit, wie ich sie später nie mehr empfunden habe. Gegen Morgen war ich müde und doch nicht schläfrig. Guter Laune kehrte ich heim.

Meine Mutter zu beruhigen, war nicht leicht; aber der Gedanke, daß sie sich sehr bald an ein noch ganz anderes Fernsein würde gewöhnen müssen, machte mich zu einem braven Sohn. Natürlich wollte sie mir nicht glauben, daß ich die ganze Nacht allein verbracht hatte und daß sie sich da irgend etwas vorstellte, machte mir Spaß. Auch die Frauen würden an die Reihe kommen – später.

. . . .

Die Zeit

Schon als junger Mann vermutete ich, einer, der nie schliefe, würde nicht altern. Allenfalls tauchte die Zeit in den Erinnerungen auf, in den Pausen, wo ich über mich selbst überrascht innehielt, wenn mir schien, als wache ich auf, wie man am Morgen aufwacht, und wußte, daß wieder ein Tag, wieder ein Leben, wieder eine Begegnung vorüber war. Die Gegenwart der anderen bedeutete für mich eine Gelegenheit, zu leben und der Zeit zu entfliehen, und ich suchte sie mit einer Gier, die nicht einmal tief in der Nacht nachließ. In der Nacht, im Dunkeln, überfiel mich diese Gegenwart und zwang mich, zu sprechen, gerade als hätte ich einen Gesprächspartner, und es fiel mir leicht, mich mit mir selbst zu unterhalten, weil mir der Tag und die nur eben unterbrochenen Worte die ruhige Gewißheit hinterließen, daß mein Gespräch mit den anderen am nächsten Tage wieder würde aufgenommen werden; und inzwischen nährte ich mich davon in der Einsamkeit. Wirklich tauchte damals die Zeit nur dann auf, wenn ich schlief oder an die Vergangenheit zurückdachte. Beides bildete eine Einheit, denn ich ging aus ihr heraus – ich erwachte –, wenn ich das Licht und die Gegenwart mit dem gleichen ungläubigen Schauder wieder ins Auge faßte. Meine Freude, in die Welt zurückzukehren, war jedesmal neu.

Ich konnte mir nicht vorstellen, daß alte Menschen, die nur wenig schlafen, die Stunden des Wachens, und zumal die Zeit gegen Morgen, damit verbringen, sich der Vergangenheit zu erinnern. Wach sein heißt: denken und leben, auf das Licht warten und ein wenig phantasieren. Mochten diese Menschen auch alt und an die Zeit gewöhnt sein – ihre verhärteten Sinne und das dicke Blut brauchten den Anstoß und Aufruhr des Lebens um so mehr. Dieses Leben bestand aus Gesichtern und Dingen, aus Lärm, aus Stimmen, es war eine unaufhörliche Begegnung, eine Bewegung, die keine Vergangenheit hatte. Ich begriff nicht, wie es möglich war, gefügig darin zu verharren, sei es auch aus Sattheit, und sich den

Erinnerungen zu überlassen wie sie. Das hieß: die Zeit und den Tod fühlen.

Mich jedenfalls trafen auch die fernsten Erinnerungen wie Entdeckungen. Sie waren etwas wie ein fortwährendes Erwachen, das mich wieder in die Gegenwart versetzte. Die eigentümlichste Tatsache – so merkwürdig, daß ich sie oft künstlich hervorrief – war folgende: es fiel mir auf, daß ich eine Geste, eine Farbe, eine Stimme schon erlebt oder wer weiß wann verspürt hatte, und daß sie darum mehr aus meinem Bewußtsein selbst wieder heraufstiegen als aus den Dingen ringsum. Bei dieser Vermutung, dieser Gewißheit, in der Welt verwurzelt zu sein, empfand ich eine ruhige Begeisterung, die mich, obwohl sie naturgemäß auf meine Augen und auf meinen Körper beschränkt war, in ihrer Flüchtigkeit erschüttern konnte wie eine menschliche Begegnung. Dieses wiederholte, immer unerwartete Erwachen hatte wirklich etwas von der Gegenwart eines anderen, der Gegenwart eines Freundes oder der noch stummen eines Menschen, der uns sehr bald Freund sein wird und schweigend neben uns hergeht und uns ansieht. Ungesagte Dinge schimmerten in dem Augenblick von unten herauf, wie ein bekannter Gegenstand unten im Wasser eines Beckens heraufschimmert, und ich hätte nur das bißchen Mut aufzubringen brauchen, die Hand hineinzutauchen, dann hätte ich das, was dort fern, ungreifbar schien, berühren können. Das geschah besonders beim Wechsel der Jahreszeiten, wenn die Luft ganz durchweht ist von Schauern der Vergangenheit, die uns, frisch und unerwartet, uralte Gewißheiten bringen. Dieses Uralte, diese Schauer gaben mir so etwas wie einen Zuwachs an Leben, etwas wie ein Gefühl, daß sich unter dem weggleitenden Augenblick ein schon mir angehörender Schatz aufhäufe, den ich nur wiederzuerkennen brauche.

Darum war mir nichts lieber, als wenn ich in bestimmten April- oder Oktobernächten beim Nachhausegehen mit einem gleichaltrigen Freund, wenn wir lange bald geredet, bald zugehört hatten, den Abschied hinauszögerte. Wir schwiegen oder sprachen leise von gleichgültigen Dingen; durch die Luft kamen schimmernde Lichter, ein Widerhall, ferne Stimmen. Zwischen den Dachfirsten, auch wohl zwischen den Zweigen eines Baumes blinkten die Sterne. Sonderbar, wie im Spiel, stieg der Mond hoch: er zeichnete Schattenkulissen zwischen die Häuser oder über den Hügel jenseits vom Fluß, glänzte hier und da an den Bäumen auf und überflutete den Himmel. Der Freund schwieg, stand da und schaute; ich spürte in den Sinnen, auf der Haut flüchtig den Hauch von Nächten, die wie diese waren.

Eines Abends stieg der Mond über dem Gipfel des Hügels empor. Die Silberpappeln in der Ferne waren dunkel; der Mond riesig, reif. Wir blieben stehen. Ich sagte: »Jedes Jahr im September ist der Mond der gleiche, und doch habe ich ihn so nie im Gedächtnis. Hast du noch gewußt, daß er gelb war?«

Der Freund betrachtete ihn und dachte darüber nach. Ich glaubte wirklich, den Mond noch nie so gesehen zu haben, zugleich aber hatte ich seinen Geschmack im Munde; ich grüßte, meinte ich, in diesem Mond etwas Uraltes, Kindliches, so daß ich sagte: »Es ist ein Weinbergmond. Als Kind glaubte ich, der Mond lasse die Trauben wachsen und reifen.«

»Ich weiß es nicht«, sagte der Freund. »Für mich ist es immer der gleiche.«

Jetzt spürte ich den Schauer nicht mehr; der Mond mit seinem Weinlese-Geschmack sah uns beide an wie ein Geschöpf, das ich kannte und wiederfand. Und da er ein Geschöpf war, zählte seine Vergangenheit nicht für mich: ich war jung, ich hätte ihm entgegengehen und zu ihm sprechen mögen, hinaufsteigen bis zu den Silberpappeln dort oben, in den sanften sommerlichen Dünsten, die immer dagewesen waren, die niemals altern. Der Freund schwieg, und ich dachte schon an die Freude, die ich am nächsten Tag empfinden würde, wenn ich unter der Sonne die Gewißheit in mir trüge, daß auch die Nacht lebendig ist.

So vergingen jene Tage mit ihren frischen Eindrücken für mich einer wie der andere, und doch war jeder Tag neu. Ich wußte nicht, daß ich ihren stürmischen Überschwang später einmal als eine feststehende Erinnerung betrachten würde.

Die Stadt

Gallo gehörte nie, auch im Dorf nicht, zu denen, die gewisse Reden führen und sich in Gesellschaft betrinken, damit sie mit um so größerer Freiheit reden können. Unter jungen Burschen gibt es immer einen, der durchaus alles auspacken muß; nun – Gallo ließ ihn reden und machte kein Aufhebens davon, und als er einmal zwei sah, die miteinander flüsterten, nahm er die Karten, mischte sie und sagte ruhig: »Jungens, so etwas tut man, aber man redet nicht davon.« Als wir eines Tages beide den Damm entlang vom Dorf zurückkehrten, barfuß, weil es uns so kühler war, sahen wir unter den Bäumen gerade ein Mädchen aus dem Wasser steigen; sie war sicher, daß niemand vorüberging. Ich blieb wie angenagelt stehen und wurde natürlich rot, sah aber sofort zu Boden; Gallo lachte los, klatschte in die Hände und rief – und das Mädchen machte, daß es wegkam.

Solche Dinge geschahen, solange wir gemeinsam in der Stadt studierten und Gallo noch mit uns zusammen war. Ich lernte viele seiner Kameraden kennen, und es verging fast keine Nacht, wo wir nicht bis zum Morgen getrunken und gespielt hätten. Gallo brachte mir bei, daß ich mich amüsierte, ohne die Steigbügel zu verlieren; nicht daß er große Worte machte, aber ich brauchte ihn nur anzusehen, wenn er die Karten gab oder über das Glas hinweg lachte oder ungeduldig ein Fenster aufriß, und schon schämte ich mich meiner Ausbrüche. Im übrigen war er für alle ein guter Freund, und wenn keiner von uns, wenigstens damals, zu viele Dummheiten machte, verdanken wir es auch ihm; er sagte immer, es sei besser, sich wirklich den Hals zu brechen, als sich zu wünschen, man bräche sich ihn.

Ich vertrug damals den Wein nicht so gut wie er, ich bin zwei Jahre jünger, und ich weiß noch, daß Gallo, wenn wir nach einer Nacht, in der es hoch hergegangen war, auf die Straße traten, mich zwang, tüchtig zu laufen: die Luft sei gut, die Frauen schliefen, und das sei der Augenblick, daß ich mich als einen tüchtigen Kerl zeigte, Müdigkeit und Muff hinter mir ließ und wieder zu Kräften kam – zum Beispiel auf dem Hügel. Und er schleppte mich hinauf. Dann mit der Sonne kehrten wir zurück, frisch, leicht benommen, und beim Milchkaffee lachten wir. Damals bewohnten wir gemeinsam ein großes Zimmer im obersten Stock, eine Art Dachzimmer. Nach dem ersten Jahr, als wir die Stadt in allen ihren Stunden und Straßen besser kannten, machte es uns noch weit mehr Vergnügen, nach Lust und Laune umherzubummeln oder an einer Ecke zu warten. Auch das Aussehen der Alleen und einzelnen Straßen war jetzt freundlicher geworden, und das, woran ich wenigstens nie aufhörte, mich zu freuen, war, daß sich mir auch an den vertrautesten Straßenecken immer andere Gesichter zeigten. Noch sehr viel schöner war es, daß ich wußte, ich brauchte nur zu bestimmten Stunden ein Café zu betreten, an einem Haustor stehenzubleiben, in einer Gasse zu pfeifen, und die alten Freunde kamen hervor, wir machten etwas aus, wir gingen los, wir lachten. Besonders schön aber wurde es, wenn ich in Gesellschaft daran dachte, ich könnte, wenn ich wollte, in der Nacht oder am nächsten Tag allein sein, oder ich brauchte, wenn ich allein nach Hause kam, nur wieder auszugehen, um mich mit Freunden zu treffen. Eben darum beschloß ich nach dem ersten Winter, im Einverständnis mit Gallo, mich von ihm zu trennen, und fand ein von der Stadtmitte nicht weit entferntes Zimmer in einer baumbestandenen Straße, im dritten Stock. Den letzten Anstoß gab mir Gallo, denn er sagte, wenn ich dieses Zimmer nicht nähme, würde er es nehmen. Es hatte an den Fenstern weiße Gardinen und einen Diwan als Bett. Ich war auf ein so städtisches Milieu nicht vorbereitet und noch weniger auf eine häusliche Vertrautheit mit der Padrona, die sich nach Gallos Ansicht daraus ergeben mußte. Die Padrona hatte außer mir keine Mieter, sie würde mich wie einen Sohn behandeln. Sie war nicht mehr jung, von kleinem Wuchs, aber ihre Haut war warm und die Augen lebhaft. Schon bei der ersten Begegnung bemerkte ich, daß sie den Morgenrock über dem Busen zusammennahm, viel zu beflissen, als daß es unschuldig gewesen wäre. Ich bemerkte es, beschloß aber, nicht darauf zu reagieren. Die Vorstellung, daß eine Frau im Hause über mich und meinen Frieden sollte verfügen können, beunruhigte mich. Und obwohl sie manchmal in mein Zimmer kam, um eine Zigarette zu rauchen, und wir zusammen lachten, kamen wir zu keinem Einverständnis. Lieber ließ ich die Freunde in dem Glauben, ich hätte Glück gehabt, und verbrachte manche Nächte, zumal in der schönen Jahreszeit, am weit geöffneten Fenster in der unsinnigen Hoffnung, sie selbst werde sich entschließen, ins Zimmer zu kommen und ihre Arme um meinen Hals zu legen. Aber diese Stunde kam nie, und Gallo verteidigte mein Schweigen vor den Freunden.

Unsere Abenteuer spielten sich nur unterwegs ab; und auch an den ausgelassenen Abenden in Gallos großem Zimmer gab es keine eigentlichen Ausschweifungen. Wir disputierten lieber, betranken uns, redeten recht laut. Einer der Freunde, einer aus der Stadt, brachte eines Abends ein Mädchen mit, eine Freundin von ihm, sie rauchte wie ein Mann, hatte lackierte Nägel und verdarb uns den ganzen Spaß. Gallo sagte zu ihr, wenn sie das Zimmer für einen Nachmittag benutzen wolle, brauche sie es ihm nur zu sagen; aber wo disputiert werde, sei eine Frau überflüssig. Ich war nicht seiner Ansicht, für mich war eine Frau immer eine Frau; doch empfand ich vielleicht stärker als die andern diese neugierigen Augen bei unseren Worten als störend und lästig. Damals war ich versessen auf Gesellschaft, jede Art Gesellschaft, besonders aber auf die fröhliche, vertraute bekannter Gesichter. Wir vom Lande sind so: wir lugen gern über die Hecke, aber wir steigen nicht gern darüber. Die Freunde, die wir hatten, waren willkommen; aber ein plötzlich auftauchendes neues Gesicht beunruhigte uns. Das soll nicht heißen, daß Gallo sich alles versagte. Es gab Tage, wo wir den Abend hinten in einer Trattoria ohne ihn beenden mußten. Doch in solchen Fällen hatte er uns die Tür absichtlich vor der Nase zugeschlagen.

In dieser Sucht nach Kameraden und Festen verbrachte ich jenes Jahr einigermaßen aufgeregt und fürchtete nur den Sommer, der all das unterbrechen würde. Gallo sprach nicht davon, aber ich wußte, daß für ihn, der sich selbst immer gleich blieb, auch der Sommer seine Freuden haben würde. Zum Beispiel: zur Familie zurückkehren, an den Arbeiten auf den Ländereien des Vaters teilnehmen, in die umliegenden Dörfer zum Fest gehen – Dinge, die für mich, weil das neue Leben mich ganz gefangen nahm, an Reiz verloren. Ich wußte, die Stadt mußte und würde noch schöner sein, wenn ich nur weiter hier lebte und den notwendigen Mut dazu aufbrächte. Es war erst sehr kurze Zeit her, daß ich mein Zimmer entdeckt hatte, die Freude, heimzukommen und auszugehen so spät ich wollte, die langen Abende, wo ich mit Gallo auf die anderen wartete. Wenn ich in manchen Nächten todmüde einschlief, schmeckte ich im voraus den nächsten Tag, eine festliche Zukunft, über die ich vollkommen verfügen könnte. Meine Padrona zeigte sich jetzt an der Tür mit einem leichten Lächeln, drehte die Zigarette zwischen den Fingern und fragte, ob sie hereinkommen dürfe. Ich gab ihr Feuer; danach ging sie redend umher und behandelte mich als Mann, und schließlich setzte sie sich, die Beine übereinandergeschlagen, in den Sessel neben dem Bett. Die Möglichkeit eines heimlichen Einverständnisses, das in ihren Augen aufblitzte, hielt mich ganz wach, ich war ganz versessen darauf; und ich wußte, daß auch sie das bemerkt hatte.

An dem Tag, als ich Abschied nahm, um nach Hause zurückzukehren, half sie mir beim Kofferpacken und fragte dabei, ob ich mich in diesem Jahr amüsiert hätte. Ich fühlte mich beinahe veralbert, daß sie für eine vertrauliche Frage diesen Augenblick abgewartet hatte, und wiederholte nur immerzu, sie solle mir das Zimmer aufheben, im Herbst würde ich wieder zu ihr ziehen. Ich sagte es ihr so oft, daß ich mir plump vorkam; aber sie lächelte immerhin und schien gerührt zu sein.

Der Sommer verging; ich tat nichts als warten. Gallo verbrachte seine Tage zwischen Tenne und Stall, er stand mit der Sonne auf, am Abend saßen alle zusammen, es gab Diskussionen mit den Tagelöhnern. Wenn ich ihn in der niedrigen Gutsküche besuchte, lud er mich zur Mittags- oder Abendmahlzeit ein, ich mußte mittrinken, und seine Familie, die Schwestern, die Großeltern sprachen zu mir, als hätte ich das Dorf nie verlassen. Das gefiel mir schon; aber auch Gallo war ganz mit seinem Tagesablauf beschäftigt und dachte an die Vergangenheit nur manchmal abends, wenn wir aus dem Dorf im Mondschein zurückkehrten. Er studierte übrigens in der Stadt Agrarwissenschaft und wollte sein Studium im nächsten Winter beenden. Ich dachte an ganz anderes; unter den Kameraden in der Stadt hatte ich mich an einen besonders angeschlossen, der ins Theater ging und mit mir darüber diskutierte, und hatte in diesem Freund ein neues Lebensgefühl gefunden, das mich den ganzen Tag beschäftigte. An einem Abend, als wir im Mondschein auf dem Damm gingen, bekannte ich Gallo, daß ich mit meiner Padrona nichts zustande gebracht hatte. Gallo erzählte mir von einer Liebsten in der Stadt und vertraute mir an, er sei nahe daran gewesen, sie mit nach Hause zu nehmen, habe aber dann begriffen, daß das Schöne an diesen Dingen sei, sie nicht allzu ernst zu nehmen. Das heißt – ernst nehmen schon, aber eine bestimmte Grenze nicht zu überschreiten. Ich sagte, ich sei im Gegenteil bereit, jede Grenze zu überschreiten, es gelinge mir jedoch nicht, das Objekt dafür zu finden.

Als ich im November zurückkam, war mein Zimmer bereits vermietet; aber die Padrona, wie immer im Morgenrock, beschwor mich, sie doch ja wenigstens zu besuchen. Das Durcheinander in der Stadt verwischte diese Erinnerung, und ich mietete mich in irgendeiner Pension ein, bis ich im Einverständnis mit Gallo wieder in das große gemeinsame Zimmer zog. In diesem Jahr brauchte er nicht mehr ständig dort zu wohnen; er machte öfter kleine Abstecher. Im Winter blieb er da, aber mit Beginn der schönen Jahreszeit begann er zu reisen, denn sein Vater wollte ihn jetzt, wo er die Vorlesungen nicht mehr ständig brauchte, zu Hause bei der Arbeit haben und gönnte ihm in der Stadt keinen zusammenhängenden Monat mehr. Es gab zwar noch köstliche Abende wie früher, in unserem Zimmer wurde getrunken und laut geredet; fast alle Kameraden kamen wieder zu uns; aber ich merkte, daß Gallo die Seele der Gruppe war, und Gallo hatte jetzt an anderes zu denken. Ich ging viel ins Theater – auch das war schön –, die neuen Freunde nahmen mich mit. Durch sie gewann das Leben einen ganz anderen Geschmack. Man ging zum Beispiel tanzen, ich lernte Frauen und Mädchen kennen, die ich dann in den Cafés oder in den Familien wiedertraf. Ich mußte mir Mühe geben, die Schwestern meiner Kameraden von den einfachen nächtlichen Freundinnen zu unterscheiden, da sie ja alle auf die gleiche Art gekleidet waren und sprachen. Aber als es April wurde und dann Mai, fehlten mir die langen Nächte, die wir in einer Trattoria außerhalb mit Trinken, Singen, Diskutieren verbracht hatten; es fehlten mir die Spaziergänge mit Gallo in der Frische des frühen Morgens, der letzte Schwatz vor dem Fenster.

In jenem Jahr begannen zwei aus unserem Dorf mit dem Studium, fast noch Jungen, einer sogar ein Vetter von Gallo. Ich wollte sie nicht in unserm Zimmer haben, soviel Gallo auch redete. »Ich bin keine Amme«, hielt ich ihm entgegen, aber der wahre Grund war eher der, daß ich mich unserer ländlich-ungeschickten Art zu schämen begann. Denn ich hatte einen Freund, einen ganz jungen blonden Studenten; auch seine Schwester kannte ich. Sie waren Städter und sehr wohlhabend; er hieß Sandrino, die Schwester Maria. Sandrino diskutierte mit mir über das Theater, und unser großes, unordentliches Dachzimmer mit dem Blick über die Dächer gefiel ihm sehr. Sonderbar, aber wahr: früher als ihn hatte ich die Schwester kennengelernt, ich weiß nicht, ob auf einem Ausflug oder einem Ball, und dieses Mädchen hatte mir gesagt, unser Dachboden sei berühmt bei vielen Familien, und man rede über ihn, verspotte ihn oder finde ihn begeisternd, je nach dem Alter der urteilenden Personen; und Maria fügte von sich aus hinzu, die Sache sei gewiß auch amüsant – aber warum suchten wir gewisse verdorbene Frauenzimmer auf und betranken uns gelegentlich? Maria sagte das ›amüsant‹ in dem leichten Ton, den eben die Mädchen ihrer Schicht haben – auf ihren Lippen war das Wort schön –, und so überzeugt und kräftig ich auch die Anklage zurückwies – sie schüttelte doch nur lächelnd den Kopf. Jedenfalls lernte ich durch sie Sandrino kennen, der damals mit dem Studium begann, und Sandrino faßte eine leidenschaftliche Zuneigung zu mir und einigen Kameraden, die so gern wie ich diskutierten. Er lernte auch Gallo kennen, ziemlich spät, als dieser einmal in den Monaten vor der Doktorprüfung hier erschien; er kam jetzt nur selten. Ich nahm Sandrino eines Abends mit zu uns, denn er sprach, anders als seine Schwester, von einem richtigen Rausch, ohne viel Worte darüber zu verlieren, als von einer allgemeinen Erfahrung und wiederholte nur immer wieder, ihm gefalle an uns gerade die ursprüngliche Kraft und bäuerliche Art. Das sagte er mir oft, und darin war er noch ein Junge. Ich glaubte damals, ich sei nun schon ein anderer geworden, und die Sache verdroß mich einigermaßen.

Gallo fuhr am nächsten Tag zeitig wieder weg. Ich blieb allein in dem großen, leeren Raum; morgens betrachtete ich vom Bett aus in der grauen Kühle des Morgens den Tisch, auf dem Teller und Gläser herumstanden, dazwischen lag Papier. Ich war noch benommen von den Ausschweifungen der Nacht, stellte mir Gallo in seinem Zug vor, der ihn aufs Land brachte, schloß halb die Augen und spielte mit dem Bild, das eine Flasche mir bot, die auf dem Fensterbrett genau gegen den Himmel stand. Sandrino war wirklich ein kluger Junge; er hatte mit uns gelacht, gesungen, diskutiert; wir hatten auch mit Begeisterung von bestimmten Büchern gesprochen. Ein heftiges Klingeln ließ mich aufspringen.

Es war Sandrino. Er kam zu dieser ungewohnten Stunde, weil er nicht hatte schlafen können, und brachte mir zum Frühstück Brot und Obst. Während ich mich anzog, sprachen wir den Abend noch einmal durch, und Sandrino sagte, zum Fenster gewandt, jeder, der so über den Dächern wohne, müsse das doch sehr genießen.

»Das Schlimme ist, daß man alt wird«, sagte ich. »Du hättest uns im vorigen Jahr sehen sollen, mich und Gallo, wenn wir um diese Zeit vom Hügel kamen, nicht mehr betrunken, aber todmüde.«

»Ihr wart Frühaufsteher«, sagte er.

»Wir waren die ganze Nacht auf.«

»Es war doch immer Morgen für euch.«

»Nur Frauen paßt dieses Leben nicht«, sagte ich. »Frauen wollen nichts davon wissen.«

Sandrino hatte die gute Eigenschaft, daß er auch von Frauen sprach, ohne eine Miene zu verziehen. Er sagte, während ich die Kirschen nahm, um sie zu waschen, ruhig: »Eine Frau muß am Morgen schön sein.«

»Alles kann man am Morgen treiben, wenn man Lust darauf hat«, sagte ich. »Aber wo findest du die Frau, die sich damit begnügt, ein paar Kirschen zu essen und dabei die Dächer zu betrachten?«

Der blonde Sandrino sah mich bewundernd an.

»Ich ziehe die Kirschen vor«, sagte ich.

So redeten wir miteinander und machten im Zimmer ein wenig Ordnung. Sandrino sagte, Gallo sei ein netter Kerl, aber nicht so klug wie ich. »Man kann ganz gut einen Abend mit ihm zusammensein und singen, mehr aber nicht.« Als ich ihm sagte, Gallo sei mein Führer und Lehrer gewesen, lächelte er leicht – das Lächeln seiner Schwester.

Um die Mitte des Vormittags hörte ich jemanden an der Tür und sogleich danach wieder ein heftiges Klingeln. Sandrino sagte: »Das wird Maria sein. Sie hat mir gesagt, sie käme vorbei.« Ich antwortete bestürzt: »Aber sie ist noch nie hierher gekommen.«

»Na und?« fragte Sandrino ruhig.

Es war in der Tat Maria, frisch und über das Treppensteigen empört; sie kam, um die Höhle in Augenschein zu nehmen. Beim Anblick der auf dem Fensterbrett durcheinanderstehenden Flaschen und Gläser rümpfte sie die Nase und fragte mich, wer das Zimmer fege. »Die Pförtnersfrau«, sagte ich. Maria sah komisch auf die Tür.

Für mich war dieser Besuch ein Schlag. Bisher hatte ich mich, wenn ich Maria anderswo traf, sehr vorsichtig benommen, ihr nur Dinge gesagt, die ich ihr sagen konnte, und meine ungeschlachte Art in eine rauhe Höflichkeit umgewandelt. Aber daß sie jetzt die schmutzigen Spuren unserer Ausgelassenheit entdeckte – Zigarrenstummel, eine Flasche in einer Ecke, auf die Scheiben geklebte Zeitungsausschnitte –, schmetterte mich nieder. Sie war menschenfreundlich genug, die Aussicht über die Dächer zu loben und mir mit kühlem Lächeln die Hand zu geben. Sie sagte sogar: »O ihr Männer!«, aber ich merkte, daß nicht die Unordnung und der Schmutz an sich sie verstimmt hatten. Als die beiden mich allein ließen, dachte ich: hätte sie irgendeine Spur einer Frau gefunden, so wäre sie vielleicht weniger verletzt gewesen. Im Gegenteil, sagte ich mir: es hätte ihr Spaß gemacht.

Sandrino gegenüber konnte ich mich nicht aussprechen, das hätte ausgesehen, als wollte ich für jemanden gelten, der ich nicht war. Und auf Maria konnte ich nicht verzichten: sie sprach ganz anders mit mir als die Tänzerinnen und Nutten, die ich damals kennengelernt hatte. Gallo hätte gesagt, ich solle kein Dummkopf sein und mich daran erinnern, woher ich kam; aber dieses Freundes schämte ich mich, und ich schämte mich, daß ich Sandrino seine Bekanntschaft vermittelt hatte. Mein Leben war anders geworden. Ein Glück, daß der Sommer kam.

Als Gallo, frischgebackener Doktor, zufrieden, im Juni das letztemal wegfuhr, seufzte ich erleichtert auf. Das Zimmer und die Straßen gehörten jetzt mir. Ich schrieb nach Hause, ich suchte eine Arbeit in der Stadt, sie sollten mich das versuchen lassen, denn wenn ich fortginge, verlöre ich die Beziehungen, die nach der Doktorprüfung notwendig seien. Von zu Hause schickten sie mir einiges Geld und forderten mich auf, zur Weinlese heimzukommen.

Das hatte ich gewiß nicht nur getan, um in Marias Nähe zu bleiben, denn sie, Sandrino und die ganze Familie fuhren in die Sommerfrische. Ich genoß die Gesellschaft der beiden noch vier Wochen; ich sah sie fast jeden Tag; ich machte mit ihnen Radtouren; mit Sandrino machte ich Unsinn, mit ihr diskutierte ich; und ich wurde in ihrem Haus empfangen. Als der Augenblick der Trennung kam, fragte ihre Mutter mich, ob ich nicht auch zu meiner Familie führe. Ich antwortete ihr, ich müßte arbeiten und bliebe in der Stadt. Und die Mutter sagte in Marias Gegenwart zu Sandrino, er möge sich ein Beispiel an mir nehmen. Maria drohte mir im Scherz mit dem Finger.

Jetzt war ich allein. Natürlich fand ich keine Arbeit. An den heißen Tagen bummelte ich durch die Straßen, besonders am Morgen; ich genoß die kühlen Schattenstreifen auf dem frisch gesprengten Gehsteig. Jeden Morgen riß ich das Fenster auf, von dem aus man über die Dächer sah, und horchte auf die bis hier herauf hallenden unbestimmten Geräusche. In der klaren Luft erschienen mir die dunklen Dächer mit den Furchen ihrer Ziegel wie ein Bild meines neuen Lebens, hinfällige Hoffnungen auf einem rauhen Grund. In dieser Ruhe, dieser Erwartung fühlte ich mich wie neugeboren.

So ging es den ganzen Juli. Aber eines Nachmittags, in der Zeit, wo die Ämter schließen, traf ich gerade an der Hausecke auf ein bekanntes Gesicht. Wo hatte ich es gesehen? Auch sie blieb stehen und sagte mir selbst, wer sie war: Giulia, die kleine Freundin von Gallo. Sie fragte mich, wo ich wohnte, und als sie hörte, daß es dort oben war, wurde sie ganz lebhaft und wollte mit hinaufkommen.

»Aber ich muß essen gehen.«

»Gehen wir essen«, sagte sie, »ich werde warten, bis du fertig bist.« So kam Giulia an dem Abend mit hinauf in mein Zimmer.

Sie war noch immer das dunkle Mädchen, mager, die Haarlocke zwischen den Augen, wie ich sie aus der Zeit mit Gallo kannte. Damals hängte sie sich eigensinnig an seinen Arm, wenn sie irgendwohin nicht mitkommen wollte. Sie war Ladenmädchen und Arbeiterin gewesen, jetzt war sie Hausmädchen. Aber das war sie nur den Tag über. Sie sagte, und lächelte unter der Haarlocke hervor, sie könne die ganze Nacht bleiben. Ich wollte das nicht, ich kann die Gegenwart einer Frau nicht ertragen, wenn ich aufwache; aber die Art, wie Giulia die Arme um meinen Hals schlang, gefiel mir so gut, daß ich nachgab. In jener Nacht kam ich natürlich auf Gallo zu sprechen, und Giulia machte eine liebenswerte Geste: sie legte mir den Finger auf die Lippen und brachte mich zum Schweigen. Ich wiederhole, das gefiel mir.

Am nächsten Tag ging sie, als hätte sie geahnt, wie ich es gern hatte, ganz früh fort. Ich blieb im Bett liegen, um an Maria zu denken.

Mit dem August wurden die Straßen fast leer. Giulia kam schon am Nachmittag zu mir herauf. Sie hatte eine Art, verstohlen über mich hinwegzusteigen und sich neben mich zu legen, die an ein Kätzchen erinnerte. Sie sprach wenig, sie war mager und muskulös. Sie war die erste Frau, die ich wirklich kennenlernte. Wenn sich der Tag dem Ende näherte und die Luft kühler wurde, sprang sie auf und machte sich im Zimmer zu schaffen. Dann redeten wir leise miteinander. Ich versuchte ihr zu erklären, warum ich gern in der Stadt blieb. Sie wollte, daß ich sie mit aufs Land nähme, wenigstens bis in die Vororte; und da ich darauf nicht einging, fing sie von Gallo an und fragte sich und mich mit einem etwas boshaften Lächeln, wo er wohl um diese Zeit wäre. »Er ist auf dem Land«, sagte ich. Giulia riß die Augen auf und ließ sich die Hügel beschreiben, die Gräben, die Wege, die Mädchen. Sie ahmte das Rasseln der Kette nach, wenn sie in den Brunnen hinuntergelassen wird, und sie wurde plötzlich so ausgelassen, daß sie mich ansprang, als ich mich schon erhoben hatte, und mich wieder aufs Bett warf. Sie hatte immer in der Stadt gelebt, sie hatte keine Familie. »Wo schläfst du?« fragte ich. Sie wich einer Antwort aus, und die Vorstellung, daß sie für die Nacht einen anderen Mann habe, machte mir beinahe Spaß. Das hieß, ich war für sie nur eine Laune, wir alle waren nichts als eine Laune.

Daß sie schon die Freundin von Gallo gewesen war, gab mir ein Gefühl der Sicherheit, um so mehr, als wir jetzt von ihm wie von einem älteren Bruder sprachen. Sie kannte auch seine andere Freundin. Gallo hatte sie zwei Jahre behalten, und fast hätte er sie geheiratet. Als Gallo abgereist war, hatten die beiden einander getröstet.

»Warum das? Wolltest du ihn auch heiraten?« fragte ich.

»Wer hätte ihn nicht heiraten wollen?« antwortete sie und warf mir einen Blick zu.

Um wie Gallo zu sein, sagte ich zu ihr, ich wolle ihr ein Kleid schenken. Giulia wurde sehr zärtlich zu mir, und als sie das Kleid hatte, stellte sie sich in die Tür, um mit mir auszugehen. Sie wollte tanzen gehen. So etwas liebte Gallo, aber ich nicht. Doch gingen wir in der linden Dämmerung aus, und ich führte sie zum Essen. Um den Abend abzurunden, bot ich ihr zu trinken an. Wir tranken viel. Wir kauften auch eine Flasche und nahmen sie mit nach Hause. Giulia hing an meinem Arm, lachte und wand sich hin und her.

So verbrachte sie wieder eine Nacht mit mir. Ich fühlte mich um ein Jahr zurückversetzt, nur hatte ich jetzt statt Freunden und hitzigen Diskussionen ein lebhaftes, willfähriges Mädchen. Am nächsten Tag schliefen wir lange, und Giulia ging um Mittag fort. Am Nachmittag kam sie mit Vorräten an und sagte, sie lade mich zum Essen ein. Ich gab den Wein dazu.

Da ich nach der ersten Glut nicht wußte, was ich noch mit ihr reden sollte, kam ich darauf, zu trinken. Wenn ich nicht in die Trattoria ging, sparte ich ziemlich viel, und wir aßen nun fast immer zusammen im Zimmer und waren lustig. Giulia hatte das Gute, daß sie tat, was sie konnte, um ein wenig Ordnung zu halten, und wenn ich aufwachte, so immer davon, daß Giulia vor dem Mittag die Teller spülte. Dann zog ich den Zustand zwischen Schlafen und Wachen noch hinaus, hätschelte mein Kopfweh und meine schlechte Laune, hing meinen Phantasien über vergangene Trinkgelage nach und tat, als schliefe ich noch. Ich sah im Geist die Freunde, Sandrino vor mir; ich fürchtete Katastrophen; in dem erzwungenen Schweigen schlug mir das Herz. Das Geräusch des Wassers, das Giulia beim Tellerspülen machte, kam nur aus weiter Ferne zu mir herüber.

Eines Morgens rührte sich etwas an der Tür, ich hörte Stimmen, dann klingelte es heftig. Bevor ich mich aufrichten konnte, wurde die Tür geöffnet, und Giulia, barfuß, mit nacktem Oberkörper, nur mit dem Unterrock bekleidet, wich vor Sandrino und Maria zurück. Von Maria sah ich unter dem breiten Strohhut nur eben das Gesicht, das sie schnitt; dann sah ich sie nicht mehr.

Während ich mich recht und schlecht anzog, sagte Sandrino ziemlich unbefangen, sie seien in die Stadt gekommen, um Besorgungen zu machen, und wollten mich zu sich aufs Land einladen. Beim Sprechen wanderte sein Blick über den Tisch, wo noch Flasche und Gläser von der Abendmahlzeit standen. Ich stammelte irgend etwas; da rief Marias Stimme laut von draußen, vor der Tür: »Laß ihn doch! Ich gehe.« Sandrino breitete mit einer Geste der Ohnmacht die Arme aus und sagte: »Auf Wiedersehen irgendwann einmal.« Er warf Giulia einen zweideutigen Blick zu und ging.

Vespa

Corradino kannte seit kurzem jemanden, der ihn, ohne daß sie sich viel zu sagen gehabt hätten, manchen Abend in Anspruch nahm. Es war Vespa, ein junger Mann, aus Afrika zurückgekehrt, verwundet und krank. Er wohnte im fünften Stock eines Hauses ohne Fahrstuhl; Corradino war mit Fabio zum erstenmal im Juni bei ihm gewesen. Eines Abends ging er mit ihm da hinauf, sie unterhielten sich, und er hatte gehört, wie jemand an der Tür war, noch ehe sie klopften; es wurde sofort geöffnet, als hätte Vespa sie mit Ungeduld erwartet. Dieser Vespa war dürr und braun, er ging hinkend durch das Zimmer und sprach wenig. Fabio, der ihm geholfen hatte, als er Radrennfahrer war, befühlte sein geschwollenes Schienbein und brachte ihn dazu, von Afrika zu reden. Vespa besaß aus seiner Rennfahrerzeit noch einen hochgeschlossenen, gelben Trikot; sein langes, nervöses Gesicht sah ganz anders aus, wenn er lachte.

Corradino war dann auch allein wieder zu ihm gegangen; auf dem letzten Treppenabsatz blieb er stehen, um aus einem kleinen Fenster zu sehen, das ins Leere ging. Dieser Vespa hatte ein Gutes: er bewegte sich nicht von da oben fort, einmal, weil er Rekonvaleszent und dann, weil er gar zu schlechter Stimmung war; und so freute er sich, wenn jemand ihn besuchte. Er hatte weder Mutter noch Schwestern; er saß auf einem immer ungemachten Bett – eines Abends betrachtete Corradino die ganze Zeit den Bettuchzipfel, der auf dem Boden in einer Wasserlache hing –, hatte auf dem Tisch ein Durcheinander von trockenem Brot, Schraubenschlüsseln und Eierschalen und sperrte, als er kam, das Fenster auf, um frische Luft hereinzulassen. Es roch dumpf in dem Zimmer; aber Vespa war so jung, daß Gestank und Schmutz einen an die Studentenzeit erinnerten, wo man mitten in der Unordnung lebt und sich nicht darum kümmert.

Vespa und Fabio duzten sich, wie es bei Sportkameraden üblich ist; aber obwohl Corradino diese Treppen auch hinaufstieg, als

Fabio nicht mehr in der Stadt war, hielt er eine gewisse Distanz zu Vespa, nicht aus Hochmut, sondern um seine Ruhe zu haben. Er wollte nicht, daß Vespa, der zu sehr an Menschen wie Fabio gewöhnt war, zu vertraulich würde. Ihre Beziehung war etwa die eines Offiziers zu einem Unteroffizier, die gleiche Beziehung, an der er ganz natürlich festgehalten hätte, wenn auch er in das afrikanische Abenteuer geraten wäre.

Er leistete ihm da oben Gesellschaft, hörte zu und antwortete; aber er hätte das, wenn er gewollt hätte, am Tag darauf genausogut lassen und allein bleiben können. Übrigens beneidete er ihn gerade um diese Fähigkeit, für sich zu leben und sich selbst zu genügen, dort oben über dem letzten Treppenabsatz, beneidete ihn darum, wie er ohne übermäßige Qual auf etwas wartete – auf die Heilung, auf die Zukunft. Freilich war Vespa nicht, wie er zwischen den Weiden, freiwillig allein; aber wenn Vespa die Tür mit einem kurzen, klaren Gruß öffnete, die Besuche empfing, ohne sich überrascht zu zeigen, sah er nicht so aus, als halte er sich für unglücklicher als irgendein anderer. Übrigens besuchten ihn einige gleichaltrige Freunde zu den ungewöhnlichsten Stunden – Menschen, die am Tag arbeiteten und sich nachts vergnügten. Sie erinnerten sich an ihn womöglich tief in der Nacht, wenn sie von einem Fest kamen, und stiegen die fünf Stockwerke hinauf, um ihm etwas zu bringen, was sie für ihn besorgt hatten, oder um ihm eine Neuigkeit zu erzählen.

Manche von den Jungen lernte Corradino nach und nach dadurch kennen, daß Vespa ihn fragte, ob er, wenn er am Café vorüberkam, diesen oder jenen gesehen habe. Dann traf er einmal einen auf dem Rad auf der Straße im Wald, genau damals, als er die Lichtung entdeckte. Es war ein sehr langer blonder Junge, der einmal spät am Abend zu Vespa gekommen war – nicht eigentlich ›zu Besuch‹, diese Leute machten einander keine Besuche – und einige Minuten mit dem Rücken zum Fenster dagesessen hatte, ohne ein Wort zu sprechen. Dann war er unvermittelt aufgestanden und hatte gebrummt: »Na, leb wohl.« Er erkannte Corradino nicht wieder; und Corradino hatte ihn nur deshalb im Gedächtnis behalten, weil er sich damals eine Zigarette angezündet hatte und sein knochiges ernstes Gesicht durch das plötzlich aufflammende Licht sich aus dem Dunkel hob. Auf dem Rad, in der Julisonne, schien er ihm wie irgendein beliebiger, mechanisch die Pedale tretender junger Mann, der beim Treten schaukelte und pfiff. Corradino schaute ihm, während er davonradelte, nach und mußte daran denken, daß Bootfahren und das Umherstreifen in den Wäldern zu seiner Zeit die große Unterhaltung der Vorstadtjugend gewesen war.

Damals mit Fabio hatte er einige kennengelernt; sonntags begegnete man vollbesetzten Booten mit Gitarren und Mädchen darin, alle Wiesen im Umkreis hallten von ihren Liedern und Stimmen. Er nahm sich vor, mit Vespa nicht von der Lichtung zwischen den Weiden zu sprechen, obwohl er genau wußte, daß Vespas Schienbein, das ihm bei der kleinsten Anstrengung weh tat, Sonnenbäder nötig gehabt hätte.

Übrigens gab Corradino seine Gänge zum Sangone ab und zu auch auf; in den Stunden, die ihm die fortgeschrittene Jahreszeit noch gönnte, bummelte er in der Stadt herum, durch abgelegene Gassen. Hätte Vespa ihn gefragt, warum er zu ihm heraufkomme, so hätte Corradino ihm geantwortet, er tue es, um sich noch mehr allein zu fühlen, und sie hätten einander nicht verstanden. Aber Vespa war nicht der Mann, solche Fragen zu stellen, und sie redeten an manchen Abenden von nichts als vom Wetter, von dem leichten Wind, der die Schwüle milderte, von drohendem Regen.

Um zu Vespas Haus zu kommen, überquerte man eine große Straße, die in der Abendkühle belebt und voller Lärm war. Aber war man erst einmal oben, so mußte man genau hinhorchen, wenn man die Stimmen und das Durcheinander hören wollte. An der Ecke war ein großes Vorstadtcafé, in dem sich Passanten um das Gekreisch des Radios versammelten. An den ihm schon bekannten Gesichtern der Männer und Mädchen, die einander suchten, ging Corradino unerkannt vorbei, und das gefiel ihm so gut, daß er sich am liebsten einer der plaudernden Gruppen genähert und den Gesprächen von der Tür aus zugehört hätte. Es hätte doch sein können, daß sich eines der Mädchen im Café als Bekannte von Vespa herausstellte, und da hätte es ihn gefreut, etwas aufzuschnappen, ein Wort, einen Scherz, um es als Erinnerung mit nach oben zu nehmen. Von Vespas Radfahr- oder Mechanikerfreunden blieb einem immer etwas im Gedächtnis; Abenteuer, gesalzene Geschichten, Unanständigkeiten, allerlei verübte Schandtaten. Sie waren gar nicht einmal mehr so besonders jung. Vespa sprach mit ihm nicht darüber, seine Augen jedoch lachten.

Eines Abends – Corradino war länger als sonst am Sangone-Ufer gewesen – verlangte er von dem Mädchen an der Theke ein

Eis. Während sich das Mädchen mit dem nackten Arm den Schweiß von der Stirn wischte, fragte Corradino sie, ob sie etwas Frisches für ihn habe, das er zum fünften Stock hinaufbringen könne. Das Mädchen sagte: »Ein Eis« und beugte sich schon über die Theke; da kam eine Stimme von einem Tisch hinter der Tür, eine ganz gleichgültige Stimme: »Vespa macht sich einen Dreck aus Euerm Eis.« Das Mädchen wartete ab. Der, der das gesagt hatte, war jener blonde Amelio; da fragte Corradino ganz nebenbei, was er denn nehmen solle. Amelio, der Karten spielte und sich nicht einmal umgedreht hatte, sagte: »Nina. Bringt ihm Nina hinauf. Die ist schön frisch.«

Die kartenspielenden Jungen lachten; das Mädchen machte eine ungeduldige Bewegung, wie um ihm zu bedeuten, er solle sich entscheiden. Corradino brummte: »Wenn Ihr mitkommen wollt?«

Neues Gelächter derer, die dabei waren. Amelio sagte noch etwas, was in dem Lärm unterging; das Mädchen geriet nicht aus der Fassung, sie warf Corradino einen zweideutigen Blick zu.

»Dann gebt mir Bier.«

Vespa nahm das Bier entgegen, ohne darüber erstaunt zu sein. Er stellte die Flaschen kalt und suchte inzwischen die Gläser. Er hinkte wie üblich, und Corradino fragte ihn, ob er an einem dieser Tage die Treppen hinuntergehen würde.

»Hinuntergehen macht nichts, hinaufsteigen ist schwierig«, antwortete Vespa.

Corradino wußte, daß eine Nachbarin, eine alte Hausgenossin, ihm das Essen kochte und manchmal das Zimmer putzte. Vespa hatte sich das Schienbein gebrochen erst, nachdem er vom Militär entlassen war; da sprang er einmal unglücklich vom Rad, und er bekam von der Regierung keinen Soldo, man verstand nicht, wovon er lebte. Auch kaufte er sich keine Arzneien. Er sprach jedoch seit etlichen Abenden davon, er wolle hinuntergehen und jemanden sehen. »Ihr müßtet im Erdgeschoß wohnen«, sagte Corradino zu ihm. »Vom Erdgeschoß aus könntet Ihr Euch bewegen.« Das sagte er, aber er wußte, ein Vespa, der unter die Leute ging, der nicht mehr allein und alle verachtend unter dem Dach wohnte, würde ihn sehr viel weniger interessieren, den würde er gar nicht mehr als Vespa ansehen. Das, was ihn von den anderen, seinen Altersgenossen, so vorteilhaft unterschied, weswegen er, Corradino, ihm Gesellschaft geleistet hatte, hing mit diesem fünften Stock zusammen.

Jetzt, an dem Abend mit dem Bier, war Corradino, von der vielen Sonne am Sangone wie betäubt, zu Vespa hinaufgestiegen, um untätig die Nacht herankommen zu lassen; er wollte sich den nur spärlich gewechselten Worten überlassen, den gewohnten Eindrücken, die das aufs Leere gehende Fenster, das Stimmengewirr der Straßen, die Gegenwart des Freundes in ihm hervorriefen. Vespa verstand diese Art, die Zeit hinzubringen, er hatte sich schon eine Weile daran gewöhnt. An einem der ersten Abende, als auch Fabio da war, hatte er erzählt, wie er mit den Kameraden, wenn sie nachmittags Ausgang hatten, halbe Tage am Damm des Meeres verbracht hatte, als sie warteten, daß sie eingeschifft würden, und noch nicht wußten, ob es Krieg gäbe. Er sagte, ein Mann, der dieses Leben führen müsse, denke mehr an zu Hause als an die Zukunft; jetzt habe er das Gefühl, er sei alt, während er doch erst ein Jahr zuvor noch in die Abendschule gegangen sei.

»Und Ihr – warum macht Ihr nicht, daß Ihr von der Straße herunterkommt, wie Euer Freund?« sagte Vespa barsch, als er auf dem Bett saß.

Corradino lächelte in dem Halbdunkel: »Dann wäre ich nicht hier, um mit Euch Bier zu trinken.«

»Ich wette, Ihr seid krank.«

Corradino saß rittlings auf dem Stuhl, das Kinn auf die Lehne gestützt, und starrte in das Viereck des Fensters. Nie hatte er sich so wohl gefühlt, so gekräftigt von Sonne und Wasser. Aber so etwas konnte man Vespa, einem Krüppel, nicht sagen.

»Möglich«, antwortete er. »Ich bin älter als ihr andern.«

»Welche andern?«

»Amelio ... Ihr ...«

»Dieser blöde Kerl«, sagte Vespa.

Sie schwiegen eine Weile, und Corradino fürchtete, Vespa wolle die Petroleumlampe anzünden. Er hatte gehört, wie er sich auf dem Bett bewegte, und wartete, daß er das Gespräch fortsetzte. Vom Fenster kam ein kühler Hauch, der den Duft von Bäumen mitbrachte.

»Heute abend wollten sie Euch eine Frau herschicken«, sagte Corradino. »Die Eisverkäuferin. Nina.«

Vespa sagte nichts und bewegte sich nicht. Corradino merkte, daß seine Worte wie im luftleeren Raum stehenblieben. Zufällig schwieg unten das Radio, und ebenso waren für einen Augenblick die Stimmen und Geräusche der Stadt wie ausgelöscht.

»Schweigen«, brummte er und lachte.

Aber Vespa hatte es wohl nicht gehört. Er hatte nur mit einer ganz anderen Stimme gefragt: »Wer war noch dort, außer Amelio?«

»Ich weiß es nicht«, sagte Corradino. »Sie spielten Karten. Das Mädchen hat mir Augen gemacht...«

»Nina?«

»Das Mädchen an der Theke.«

»Das ist ein dummes Ding«, sagte Vespa. »Nina ist eine andere.«

. . . .

Der Sommer

Von dem ganzen Sommer, den ich in der halbleeren Stadt verbrachte, weiß ich kaum etwas zu sagen. Ich brauche nur die Augen zu schließen, da hat der Schatten wieder seine Funktion angenommen, Frische zu verbreiten, und die Straßen sind ebendies: Schatten und Licht, die einander abwechseln, so daß es einen überfällt und verschlingt. Wir liebten den Abend, die heißen Wolken, die auf den Häusern lasten, die stille Zeit. Die Nacht wirkte dann auf uns etwa, wie wenn das kurze Halbdunkel den einschluckt, der aus der grellen Sonne wieder ins Haus tritt. Wir trafen uns, wenn der Abend hereinbrach – und schon war es Morgen, war ein weiterer ruhiger Tag. Ich erinnere mich, daß die Stadt ganz uns gehörte – Häuser, Bäume, Cafétische, Läden. In den Läden, auf den Auslagetischen sehe ich Berge von Früchten vor mir. Ich erinnere mich an den warmen Duft und die Stimmen in den Straßen. Ich weiß, wohin in einer bestimmten Stunde das Sonnenviereck auf den Backsteinboden fällt.

Von uns hingegen und von unseren Worten finde ich so gut wie nichts wieder. Ich weiß, daß ich eine Menge Obst aß; daß ich viele Male umarmt und umarmend einschlief; daß ich am Abend unterwegs trödelte, mich an den Vorübergehenden, den Farben, an jedem Augenblick freute, weil ich wußte, ich wurde erwartet. Ich weiß, daß meine Hände und mein Körper etwas Zärtliches, Lebendiges geworden waren, genauso wie damals an den Sommerabenden die Wolken, die Luft und die Hügel. All das war mir vertraut, ich möchte fast sagen alltäglich, wenn mir die Folge jener Tage nicht noch jetzt wie eine Täuschung erschiene, so sehr, daß mir manchmal, wenn ich darüber nachdenke, die ganze Jahreszeit wie ein einziger gemeinsam verlebter Tag vorkommt. Dieser Tag war in mir, und die Gemeinsamkeit, die mit dem Sommer endete, gab ihm einen Sinn und eine Stimme. Wenn wir einander verließen, schien es uns nicht, als trennten wir uns, sondern als warteten wir anderswo aufeinander – so, wie hinten in den Straßen, wenn man sich trifft, der Hügel entschwindet und wiedererscheint. Wir sahen jeden Abend mit an, wie er sich in Schatten hüllte, und er war uns so lieb in seiner Stille, daß er sozusagen zum Zimmer gehörte, er wurde ein Teil des Fensters und der Straße. In der kurzen Nacht entschwand er nicht – so nahe war er. Der Tag begann und endete mit ihm. Wir aßen Früchte und betrachteten ihn. Jetzt bleibt mir nichts als der Hügel und die Früchte.

Die halbleere Stadt erschien mir verlassen. Das Spiel des Schattens und der Sonne belebte sie sehr; es war schön, an einem Fenster zu stehen und auf den Himmel, auf ein Stück Pflaster zu schauen. Das Bewußtsein, daß es außer Licht und kühlem Schatten etwas gab, was mir am Herzen lag und mit der Sonne wiederaufging und die Nacht schneller herbeiführte, gab jeder Begegnung, die auf diesen Straßen geschah, einen Sinn. Da waren die Bäume, die die Sonne tranken, da waren die Rufe der Frauen, da war eine große Stille. Wenn ich mein Zimmer verließ, fühlte ich andere Empfindungen und die Kühle des Abends voraus. Ich konnte schauen und jedes Ding lieben.

Manchmal war da, in einem ganz anderen Stadtteil, eine Piazza, die mich mit ihren Wolken und ihrer stillen Wärme erwartete. Keiner überquerte sie, kein Fenster tat sich auf, aber es taten sich die

Tiefen der verlassenen Straßen auf, die auf eine Stimme oder auf einen Schritt warteten. Es war heller Tag. Später, am Abend, dachte ich an sie zurück und fand sie unverändert wieder.

An jenen Abenden verlor der Sommer nicht an Kraft, denn wir wußten, daß jeder von uns an den anderen dachte. Jede gewohnte Begegnung berührte in meinem Herzen diese Gewißheit, bewegte sie ein wenig und brachte sie zum Überfließen. Dann kräuselte sich das Licht – ich sah es wie eine ganz frische Erinnerung –, als träte ich plötzlich in einen anderen Sommer ein, jenseits der Körper und Stimmen, als hätte mir das Zimmer, das ich verlassen hatte, als ein Schatten gedient, der mich verschwiegen aufnahm. Alles wurde im gleichen Augenblick, da es geschah, zur Erinnerung, denn es geschah früher in mir als außerhalb. Es war, als würde der lange Tag von mir selbst geschaffen, und darum war mir nichts an dem Zimmer und dem Abend fremd; nicht einmal der Körper, der den meinen aufnahm, und die leise Stimme.

Eines Abends wurden die Wolken dichter, es regnete die ganze Nacht. Ich wartete an einem Fenster – nicht dem unseren –, und die Spritzer und Tropfen kamen mir ins Gesicht. Ich wußte, am nächsten Tag würde das Licht lebhafter und der Schatten kühler sein, und ich hatte keine Eile, dort einzutreten, wo ich erwartet wurde. Es war der letzte Sommerregen, er veränderte die Farbe der Stadt. Ich hätte an dem geschützten Fenster warten können, aber ich ging hinunter in den Regen und lief durch andere Straßen. Ich dachte intensiv an unser Fenster, dachte daran und entfernte mich davon. Hinten in den Straßen war der Hügel, finster geworden, von dem zunehmenden Dunkel näher gerückt. Ich sah im Regen Fensterbretter und Haustore, die ich immer in der Sonne gesehen hatte. Alles war frisch und nah, und diesmal war meine Stadt wirklich verlassen. Als ich zurückkam, verliebt und mit den Gedanken bei den Straßen des nächsten Tages, fand ich das Zimmer leer, und das blieb es bis zur Nacht. Da stellte ich mich ans Fenster.

Wir waren noch viele Tage zusammen, solange die Jahreszeit dauerte; aber wir wußten beide, alles würde im Herbst zu Ende sein. So war es wirklich.

Das Blut

Mein Entsetzen vor Blut begann an dem Tag, als ich auf eine Gruppe Menschen stieß, zu der immer neue Passanten hinzukamen. Sie standen um eine Tram herum: daneben war etwas am Boden, und ich rief mir zu ›Geh nicht hin, geh nicht hin‹, aber ich wußte, daß man Tote mit einer Zeltbahn bedeckt. Aus dem Wagen kam eine bleiche Frau, von einem Polizisten gestützt, sie hatte keine Blutspuren an sich: ich war enttäuscht und bereits im Gehen, da begriff ich, daß die Frau nur, wie ich, Angst gehabt hatte; und schon zitterten mir wieder die Knie, denn die Menschen bewegten sich, gingen weiter, und ich mußte jetzt auf die Geleise sehen. Die Tram war zurückgefahren; der Blutfleck war ungeheuer, er füllte den Raum zwischen den Geleisen aus, und das Blut floß weiter in die Rillen.

. . . .

Das Kastell

Badegäste hat es in diesen Orten immer gegeben, und im Sommer tauchen sie auf der Straße am Hügel auf, die mitten durch das Röhricht führt, und drehen sich um und betrachten das Meer. Es mag auch sein, daß sie mit der Zeit die Stadt füllen, und daß man auch auf der Mole viele Kabinen sehen wird: wenn es stimmt, daß der Hafen versandet und daß es eines Tages hier einen Strand geben wird, werden wir auch das erleben. Aber ich glaube nicht daran. Ich glaube auch nicht, daß sich der Hafen sehr verändert hat. Nur die Jungen, die wir damals waren, sind nicht mehr da. Und auch die Alten sind nicht mehr da, seit Gregorio gestorben ist, hat sich im Kastell niemand mehr gefunden, der denen, die an Land kommen, ein Wort zu sagen weiß, der sie kennt und zufriedenstellt. Die wenigen, die hier auftauchen, schlagen die breite Straße des Corso ein und gehen sofort zu Frauen. Sie schlafen wer weiß wo.

Im letzten Winter – wir hatten gerade erst geheiratet – ging ich jeden Tag zum Kastell hinunter. Ginia sagte selbst: »Bist du noch immer da? Hier werde ich allein fertig, und du langweilst dich nur. Geh spazieren!« Die Lust, die Welt zu sehen, war mir nachgerade vergangen, aber die Frauen wollen nicht den ganzen Tag einen Mann im Wege haben: sie sehen es lieber, daß er zu einer bestimmten Stunde heimkommt, wollen ihm erzählen, was sie getan haben, und sich etwas erzählen lassen. Jetzt nun, wo sie ein Kind erwartet, hat sie das Bedürfnis, sich zu bewegen und vom Gemüsegarten in den Keller zu laufen.

Von der Straße aus sah ich an manchen Morgen Dampfwolken, die einen Kreis um die Molen zogen und in der klaren Luft aufstiegen, und vielleicht, wenn auch nur selten, einen Schnellsegler, der stillzustehen schien. Für den Jungen, der ich damals war, genügte das, damit ich Flügel an den Füßen spürte; ich war sicher, daß sich im Lauf des Tages das Kastell mit Menschen füllte; Händler, Hausbesitzer, Bedienstete, Lastträger, fast alle an der Tür, alle zufrieden, daß es etwas Neues zu sehen gab.

Gegen Abend kamen die Matrosen betrunken aus dem Kastell, und wir erwarteten sie, brachten sie dazu, daß sie redeten und schrien, und am Morgen danach konnten wir uns damit vergnügen, kleine Säcke auszuladen, Kisten mit Obst, Taue, alles, was es gibt. Wir Jungen waren die Herren der Boote und der verankerten Schnellsegler. Die Piazzetta am Ladeplatz beim Kastell war unser Reich, und noch jetzt steigt hier um Mittag ein Geruch, eine Wärme auf, die mich an jene Zeiten erinnern.

Diesen Sommer kam ich einmal dort vorüber, es war heiß, und ich sage mir: ›Sie werden im Schatten sein.‹ Ich trete ins Kastell und sehe keinen Menschen. Ich setze mich mit dem Rücken ans Fenstergitter, um die Piazza zu überwachen, und warte. Die Mauern in dem großen Raum im Kastell sind mit Holz getäfelt, und es gibt keine Theke: sie bedienen unmittelbar aus der Küche. In der Küche spülte jemand Geschirr. Niemand kommt. Ich stehe auf, um mich bemerkbar zu machen, und stecke die Nase in die Küche: der Hahn über dem Aufwaschtisch war geöffnet, das Wasser strömte auf das Geschirr und verursachte dieses Geräusch. Sie hätten die Tür schließen können, denn alle schliefen, auch die Mägde.

Als ich all das Ginia erzähle, lacht sie und sagt, die Frauen seien schuld. »Wenn ich das Kastell hätte!« wiederholt sie. Ihrer Ansicht nach verstehen sie dort weder die alten noch die neuen Kunden zu bedienen. Sie sagt, wenn man Badegäste haben wolle, müsse man bei den Lampen und den Tischen anfangen, die alte Holztäfelung von den Mauern reißen, die Türen lackieren und aus dem Hof einen Garten machen. Aber sie begreift eben auch nicht, daß das Kastell das Kastell ist, und daß man es dann genausogut auf den Corso verpflanzen könnte.

Ich ging gern hin, ich hoffte immer, ich sähe an der Tür einen dieser dicken Händler mit der goldenen Uhrkette und daneben den Viehhüter mit der Mütze über den Ohren und dem abgeschälten Stab – denn auch das Vieh trieb man früher aus dem Kastell. Aber jetzt sind auch die Händler gekleidet wie wir, ich sah keinen, nur Ciccotto war da; er kam, um Carmela zu sehen. Schon als Kinder hatten die beiden immer zusammengesteckt, und schon damals mußte man, um ins Kastell hineinzukommen, mit Carmela befreundet sein, die uns von den Treppenstufen aus auf der Piazza spielen sah und Angst vor dem Wasser hatte. Ciccotto tauchte damals, wenn sie ihn sah, in dieses schwarze Wasser tief bis auf den Grund; wenn er wieder hochkam, trug er irgend etwas in der Hand,

Steine, Eisenstücke, die er gefunden hatte. Mit ihm lief Carmela von zu Hause weg, um sich auf dem Hügel Feigen oder Trauben zu holen; die aßen sie zusammen hinter einem Mäuerchen oder unter einer Brücke. Carmela ging damals barfuß wie wir. Ciccotto wohnte in einer Gasse, wenige Schritte von der Piazzetta entfernt; dort hatte sein Vater die Schmiede gehabt, und seine Mutter verkaufte darin jetzt Obst. In den Jahren, wo wir Lust hatten, die Welt zu sehen – der eine arbeitete weit von zu Hause entfernt, wieder einer heiratete irgendwo, andere sind wohl gestorben –, rührte er sich nicht von der Piazzetta fort. Bei der Musterung merkten sie, daß er krank war, und gaben ihm höchstens ein Jahr zu leben. Früher hatte er in der Fabrik gearbeitet und mehr als alle anderen verdient, jetzt kehrte er nach Hause zurück und spuckte Blut.

Ciccotto mit seiner kranken Lunge kam jeden Tag ins Kastell, und Carmela, die jetzt nicht mehr barfuß ging, ließ ihn rücksichtslos warten. Es war schon viel, wenn am Vormittag ein Lastträger hereinkam, im Stehen einen Schnaps zu trinken. Ciccotto schlenderte von der Küche in den Hof; die Schwägerin oder die Magd sagten ihm, Carmela sei ausgegangen; und dann kehrte er an die Tische zurück, setzte sich unter das Fenster, wartete und besah seine Hände. So fand ich ihn vor, oder er hob, wenn ich eintrat, die Augen, diese von der Krankheit trüben Augen. »Ich bin es«, sagte ich, »komm heraus in die Sonne.« Ciccotto hob die Schultern, aber er machte dann doch mit, und wir gingen in die Küche, sagten ein paar Worte zu den Frauen und traten in den Hof hinaus, in diesen kleinen ebenen Hof, in dessen Mitte noch ein Ölbaum stand. Es war ein mächtiger Ölbaum, er verdeckte beim Mauervorsprung das Meer; auch hier hatten wir geherrscht, wir waren auf ihn hinaufgeklettert, um in die Zimmer zu spähen. Einmal zeigte sich an einem Fenster Carmela, mit nackten Armen, sie kämmte sich – sie war also gar nicht ausgegangen, sie stand gerade erst auf. Ciccotto blickte nach oben und tat, als sehe er in die Blätter.

Carmela hatte Geranien am Fenster, sie goß sie mit dem Wasser vom Waschbecken. Ich weiß nicht, was die Geranien bedeuten sollten – aber Ciccotto machte es ein riesiges Vergnügen, wenn sie sich an den Blumen zu schaffen machte, sie ausputzte und uns dabei bemerkte. Wir blieben stehen und hörten auf zu reden. Die Magd kam an die Küchentür, um etwas wegzuwerfen, und lachte. Unter all den Frauen kam ich mir wieder wie ein Junge vor.

Aber es gab Tage, da war Carmela wirklich ausgegangen, und dann sagten die Frauen, wenn sie auf Ciccotto trafen, er solle ihnen aus dem Weg gehen und auf der Piazza warten. Er bummelte mit seinem unzufriedenen Gesicht herum und steckte die Nase in alles. An manchen Tagen kam er mir entgegen, wenn ich die Treppen hinunterging – was er dort in den leeren Zimmern getan hatte, weiß ich nicht. Statt im Hof in der Sonne zu sitzen und sich zu wärmen, war er immerzu in den Winkeln oder an den Türen, zwischen diesen mächtigen, schimmeligen Mauern. Ich hatte die Vorstellung, er schlüge mit den Knöcheln an die Mauern, um zu spüren, wie dick sie waren. Das Kastell ist alt, alt sind die Tische, alt die Fensterscheiben, alt die Steine. Alt waren auch die Liköre, Gregorio hatte sie noch gekauft: viele Flaschen, die seit damals nicht mehr aufgemacht worden waren. Hätte nicht ich aus Anstand ab und zu einen Schnaps getrunken – Ciccotto hätte nicht einen Soldo im Kastell gelassen.

In jenem Winter war es kalt, aber Ciccotto schwitzte immer und wurde von Tag zu Tag magerer. Was er und Carmela sich zu sagen hatten, weiß ich nicht, aber ich ließ die beiden allein, wenn Carmela, zum Ausgehen gekleidet, in den Saal kam, und schlich in die Küche, um der Schwägerin zuzuhören, die sich dann gerade irgend etwas zu tun machte und die Magd ausschalt; sie spalteten Holz oder redeten leise vertraulich miteinander. Carmela half schon eine Zeitlang nicht mehr in der Küche, und wenn sie sich stritten, schrie sie der Schwägerin zu, sie würde diese alte Bude schon am nächsten Tag zumachen, sie schon. Sie ging selbstsicher über die Piazzetta, immer in Wut, und der einzige, den sie grüßte, war Ciccotto. Hätte Ciccotto ein Handwerk gehabt, wäre er wenigstens nicht todkrank gewesen, ich bin sicher, sie hätte ihn genommen. Als Carmela nicht mehr ins Kastell zurückkehrte – man erfuhr, daß sie mit einem Mann auf und davon war –, verzog Ciccotto als einziger keine Miene und sagte zu mir, er wisse schon seit einer Weile, daß es so enden würde. Danach spuckte er in sein Taschentuch und rührte sich nicht; er blieb am Tisch hocken. Ich meinte noch immer Carmela neben ihm auf dem Tischrand sitzen zu sehen, die Beine übereinandergeschlagen, und ich konnte es nicht glauben, daß sie wirklich davongegangen war und ihn so verließ.

. . . .

Das Meer

Manchmal denke ich, wenn ich den Mut gehabt hätte, ganz auf den Hügel hinaufzusteigen, wäre ich nicht von zu Hause weggelaufen. Die Johannisnacht muß schon eine Weile zurückgelegen haben, denn wir waren etliche Male die Straße in dem weiten Tal entlanggegangen und zu den Haselbüschen hinaufgestiegen, um die Brandnarbe der Sonnwendfeuer zu suchen. Wir wußten, daß es dort oben welche gab, die so breit waren wie eine Wiese. Aber eines Tages prahlte Gosto, sein Großvater sei als Junge von zu Hause fortgelaufen, durch das Tal und dann so hoch hinauf, daß er von dort oben das Meer sah.

Uns führte das Tal in einen fast ebenen, rings von Hainbuchen umschlossenen Weinberg. Was wir dort bis zum Abend taten, weiß ich nicht. Wir betrachteten die Baumwipfel. Ich sagte zu Gosto, am Meer brenne man keine Johannisfeuer ab, denn das Meer sei Ebene; und im Gras langgestreckt, langweilte ich mich und betrachtete die Wolken. In diesem Weinberg gab es auch Grillen, und ich wäre am liebsten eine von ihnen gewesen, um die Nacht hier zu verbringen und am Morgen dabei zu sein: beim ersten Licht, wenn die Sonne noch kalt ist. Bei uns geht die Sonne hinter den niedrigen Hügeln auf, dort, wo Gostos Großvater als Junge das Meer gesehen hatte.

Daß das Meer auf dieser Seite sei, hatte ich Gosto gesagt. An Gewittertagen tat sich dort der weite Himmel auf, und die Sonne ließ ihre Strahlen wie auf ein großes Feld voll Blumen fallen, während es bei uns noch tröpfelte. Ich habe mir das Meer immer vorgestellt wie einen hellen, hinter dem Wasser geschauten Himmel. Die breite Straße, die nach jenen Hügeln hin abfällt, ist keine Landstraße; sie führt aus dem Tal heraus in eine immer weiter abfallende Ebene mit Bäumen, die aussehen, als gehörten sie zu Gärten. Gleich an der Biegung, nach der Einmündung in das Tal, nach der Eisenbrücke, steht die Piana, das kleine Haus, das einen Balkon mit Geranien hat. Dort unten gibt es keine Weinberge mehr, auch keine Wälder und Ställe; Ochsenkarren kommen nicht bis dahin, wohl aber die leichten, zweirädrigen, rasch fahrenden Wagen und Gesellschaften mit Sonnenschirmen.

Die ganze Johannisnacht war Gosto im Dorf unterwegs gewesen; ich hatte nicht mitgehen dürfen, weil man sich bei uns zu Hause die Feuer von der Terrasse aus ansieht. Gosto wartete unten auf der Straße auf mich, und wir zeigten einer dem andern mit lauten Rufen die fernsten und größten Johannisfeuer. Aber dann kam die Musik vorüber, die ins Dorf zog – alle waren dabei, auch Candido –, und ich klammerte mich an die Gitterstäbe der Terrasse und rief; Candido blieb stehen, um meine Schwestern zu begrüßen und Späße zu machen. Dann ordneten sie sich zu einem Zug und spielten, Gosto lief neben ihnen her, und sie zogen auf die Piazza, und die ganze Nacht hörte man Candidos Klarinette und die Baßtrompeten und Gitarren und lautes Singen; besonders laut sangen die Frauen. Wir gingen schlafen, als die letzten Feuer auf den dunklen Hügeln erloschen. Im Bett weinte ich vor Wut; aber die Stimmen einzelner Betrunkener und das Gebell der Hunde erinnerten mich an meinen Weinberg im Tal und an die leichten, raschen Wagen und die Hügel, die ich am nächsten Tag, sobald ich es wollte, wiedersehen würde.

Am nächsten Tag aber kamen wir nicht über die Haselbüsche hinaus, und Gostos Großmutter stellte mich ihm als gutes Beispiel hin. Gosto lachte. Bei mir zu Hause sagten sie, ich solle mir ihn zum Beispiel nehmen: er war mit seiner Großmutter allein auf der Welt und vertrat die ganze Familie. Es hatte keinen Sinn, jetzt all das zu erzählen, was wir im Internat in Alba getrieben hatten. Sie hätten es nicht geglaubt. Sie sagten und sagen, Gosto sei mehr Mann als ich. Bei mir zu Hause wissen sie nicht, was alles man im Internat zueinander sagt.

Die Idee mit dem Meer indes kam mir, nicht ihm. Gosto weiß nicht, was das ist: sich vor ein Haus stellen und es anschauen, bis es kein Haus mehr zu sein scheint. Gosto macht sich so wenig eigene Gedanken, daß er alles tut, was man ihm sagt; aber von sich aus kommt er nicht so weit. Noch jetzt will er nicht daran glauben, wenn ich ihm erkläre, daß die breite Straße kein Ende hat, genau wie die Eisenbahnen kein Ende haben, man fährt, solange Erde da ist, von Land zu Land, ohne Unterbrechung. Er sagt: wenn es so wäre, würden die Menschen nicht aufhören, zu gehen, und alle würden um die Welt reisen. Und auf unserer Straße gäbe es ein

Hin und Her von Fremden aus allen Ländern. »Alle Straßen enden am Meer«, sagte ich zu ihm, »wo die Häfen sind. Dort schifft man sich ein und fährt auf die Inseln, und dort fangen die Straßen wieder an.«

Er war nicht davon überzeugt, daß man, um ans Meer zu kommen, sich nur auf den Weg zu machen brauche. »Man muß den Weg kennen«, sagte er. »Aber den kennt man doch. Man geht auf das Haus von der Piana zu.« »Ob es weit ist?« »Wenn dein Großvater es von den Ca'Rosse aus gesehen hat!« »Aber wie lange ist es her, daß er es gesehen hat!«

Eines Tages gingen wir zur Werkstatt des Stellmachers; er hänselte uns, daß wir nicht barfuß liefen. Ich blieb in der Tür stehen, ich erkannte in der Dunkelheit bei den Öfen so gut wie nichts, aber ich hörte, wie auf Eisen geschlagen wurde, und Pietro fragte mich, ob ich mit Gosto zur Schule ginge. Und er erzählte, er sei in unserem Alter schon über die Berge gezogen, um zu arbeiten – und auf was verständen wir uns? Da merkte ich, daß wir uns auf gar nichts verstanden. In diesem Augenblick hatte Pietro aufgehört, das Eisen zu schlagen, und Gosto sagte: »Na ja, wir sind mit den Schuhen auf die Welt gekommen!« »So ist es«, sagte Pietro und wurde nicht einmal wütend. »Ihr seid mit den Schuhen auf die Welt gekommen.«

Ich dachte viel über Pietros Worte nach, und am folgenden Tag gingen wir in die Werkstatt, um das Gespräch wieder aufzunehmen. Pietro hatte sich nicht vom Ofen fortbewegt, er sagte, wir sollten ihm nicht im Licht stehen.

An dem Tag erzählte er uns, er sei als Junge Schlosserlehrling gewesen: er und sein Padrone wanderten umher, suchten Arbeit auf den Gütern und brachten ihre Öfen und die Kohle mit. Für den Marsch über die Berge hatten sie Schuhe mit Bindfadensohlen anziehen müssen. Dann hatten sie in den Kohlengruben gearbeitet, so weit fort, daß sie, um zurückzukehren, den Zug nehmen mußten. Während er erzählte, stellte er sich an die Tür und sah auf die Piazza. »Und das Meer, Pietro, hast du das nicht gesehen?« fragte Gosto. Da erzählte er uns, er sei in Marseille gewesen und habe dort das Meer vor der Tür gehabt. Er betrachtete die Piazza, auf die der Schatten des Hauses fiel, und sagte: »Als wäre es hier auf der Piazza. Und in Bewegung, Tag und Nacht. Mehr als der große Markt.« Er spuckte in die Sonne und trat wieder in die Werkstatt.

Wir fragten ihn, wie es am Meeresufer aussehe, aber er wußte es nicht oder verstand nicht, was wir wollten. Er sagte, das Wasser, o ja, das sei grün und immer bewegt und mache ständig Schaumkämme, aber auf dem Meer sei er nie gewesen und wisse nicht, was für einen Anblick das Land von der See aus biete. Er erzählte uns, die Farbe der Schiffe sei halb rot, halb schwarz, und im Hafen rieche es wie auf den Bahnhöfen. Er sagte, im Hafen verlade und lösche man an einem Tag mehr Kohle, als man auf allen unseren Hügeln Karren mit Trauben belade. Und die Matrosen – auch die fremden – seien gekleidet wie wir und hätten keinen anderen Gedanken, als nach Hause zurückzukehren. »Das Meer kostet harte Mühe«, sagte er. »Man muß barfuß auf die Welt gekommen sein.«

Es wurde August, zwischen der ersten und der zweiten Ernte: dann wird auf dem Lande nichts mehr getan, und es bleibt die halbe Nacht hell. Es kam vor, daß ich zu Bett ging, wenn es draußen Abend, aber noch taghell war; dann hörte ich, wie auf der Straße unter der Terrasse die anderen Leute lachten und vorüberzogen. Wegen jedes dummen Streiches schickten sie mich ins Bett. Wenn Gosto kam und mich abholen wollte, sagten sie ihm, es sei spät, ich schliefe schon seit einer Weile.

Wir gingen ab und zu auf das andere Belboufer, aber ich langweilte mich dort mehr als zu Hause, wo ich wenigstens die Zeitungen las. Ich hatte davon einen ganzen Schrank voll. Eines Nachmittags, es ging auf den Abend zu, las ich auf der Terrasse, und Gosto rief mich von der Straße her. Er schrie, auch ich schrie, aber als er sagte, ich solle nach dort drüben horchen, hörte ich in der Ferne Stimmen wie im September, wenn in den Weinbergen geredet wird. Da merkte ich, daß die Musik, deren Klänge am Nachmittag mit dem Wind herübergeweht waren, aufgehört hatte. Bei Martino feierten sie Hochzeit, am Morgen waren sie im Wagen aus dem Dorf gekommen: Candido, die Baßtrompeten und die Oktavflöten spielten schon seit dem vorhergehenden Abend. »Feuer! Dort ist Feuer!« brüllte Gosto. Meine Schwestern traten auf die Terrasse und schauten über die Bäume hinweg nach drüben. Die Sonne blendete so, daß man nichts klar erkennen konnte; es schien, als zittere über den Bäumen die Luft. Irgend jemand rief, man höre die Frauen weinen. Aus den Häusern ringsum waren alle auf die Straße gerannt, sie redeten, sie kletterten auf die Pfeiler, die alten Frauen riefen allerlei, Gosto schrie uns zu, es sei ein ganz verschwitzter Stallknecht hier vorüber ins Dorf gelaufen. Schließlich sahen wir den Rauch, er zitterte, wie Wasser zittert.

Als sie mir von der Terrasse aus zuriefen, ich solle mich nicht von der Stelle rühren, war ich schon bei Gosto auf der Straße, sie konnten uns nicht mehr festhalten. Ich rief hinauf, es gingen alle hin, auch Candido sei dort; sie sollten die Zeitungen auf der Terrasse liegen lassen. Gosto rannte schon stampfend los.

Ich hatte ihn noch nie so rot und aufgeregt gesehen. Als hinter der Mohrenhirse die Rauchsäule erschien, als wir die Flammen knistern hörten, begann er wie ein Stier zu brüllen. »Sonnwendfeuer! Sonnwendfeuer!« riefen wir beide. Aber dann war ich, auch aus Rücksicht auf die Besitzer, still; er hingegen drängte sich mit Gebrüll in den Hof und stieß mit den Füßen nach dem ringsum verstreuten Hausrat, und hätte man ihn nicht festgehalten, so wäre er auch ins Haus eingedrungen.

Der Hof war voll Hausrat, den man aus den Fenstern und Türen geworfen hatte, und dazwischen liefen die Kaninchen herum. Viele Frauen schleppten weiteres Zeug nach draußen; eine konnte, weil die Matratze so dick war, nicht durch die Tür kommen. Niemand sprach; nur das Brausen der Flammen vom Heustadel her war zu hören und hin und wieder eine Stimme, die einen Befehl gab.

Ein Glück, daß der Wind den Rauch und die verkohlten Papierfetzen über den Weinberg trug. Es war eine Gluthitze; die drei, vier Männer, die die Wassereimer aus dem Brunnen hochzogen, steckten erst das Gesicht ganz ins Wasser, bevor sie die Eimer an die Jungen weitergaben, die damit losrannten. Gosto lief jetzt zwischen den Tischen umher, die unter den Nußbäumen schon gedeckt waren, und machte mir Zeichen, daß auch ich hinkommen und zugreifen sollte. Ich kannte dort im Hof fast alle und erkannte die Braut: rot gekleidet saß sie auf einem Sessel in der Sonne, in Schuhen und feinen Strümpfen, und sah mit hochmütiger Miene in den Hof, gerade als hätte sie nichts damit zu tun. Mir schien, sie weinte, aber offenbar wagte niemand ihr etwas zu sagen. Unter den Nußbäumen redeten sie und riefen einander; sie sahen mich und fragten, wer wir beide, ich und Gosto, wären; es war wie sonntags, wenn die Leute unter der Terrasse vorüberkommen, um ins Dorf zu gehen. Irgendwer saß da und aß. Von der Hinterseite des Hauses kamen die Männer, ohne Hemd, verschwitzt – der Bräutigam fluchte – und schenkten sich ein Glas Wein ein, sagten etwas, schlugen die Hand auf den Hals, um die Fliegen zu zerquetschen. Bevor es Abend wurde, trat auch ich näher und betrachtete die Flammen. Das Haus war hinten zusammengesunken. Stall und

Heustadel qualmten, sie strömten eine unerträgliche Hitze aus. Hier fand ich Candido, der mit der dreizinkigen Forke schwarzes angekohltes Heu ausbreitete; er sagte nichts, blinzelte mir zu, ohne zu lachen, und machte mir ein Zeichen, ich solle weggehen.

Im Hof hielten die Gespräche an. Jetzt waren sie alle unter den Nußbäumen, Frauen und Männer, die Hofbesitzer, die Braut; der eine rief etwas, ein anderer schwieg, der nächste gab einer Hacke einen Fußtritt. Wir, ich und Gosto, gingen durch den Hof und besahen die Betten, die Schränke, den zerbrochenen durcheinandergeworfenen Hausrat. Ich hatte nun schon begriffen, daß die finsteren Gesichter, der Schreck, die harte Mühe dieser Menschen noch weit anderem galten als dem Brand, daß sie Anklagen, bittere Worte, böses Blut bedeuteten.

»Ich konnte schließlich nicht Hochzeit feiern und auf den Stall achten«, schrie der Bräutigam, der noch das seidene Tuch um den Hals trug. »Hätte ich, statt auf die Musik zu hören ...« »Aber die Musik hat Eure Tochter durchaus haben wollen«, stieß eine Alte zwischen den Zähnen hervor. Ich sah, wie Candido von der Rückseite des Hauses her auftauchte, und da hielten sie inne und begannen über anderes zu sprechen, über das Stroh, das ihnen blieb.

Durch das vergitterte Küchenfenster sah man die leeren Zimmer, deren Boden eingesunken war. An den Wänden zeichneten sich die Umrisse der Möbel ab, die Papiergirlanden hingen noch herunter. Draußen schrien Jungen, die den Kaninchen nachsetzten. Eine Frau lief barfuß in die Küche, kam schnell wieder heraus und sagte, der Boden sei glühendheiß.

Daß es spät war, wußte ich. Gosto sagte, sie müßten noch vor Nacht die Tiere einfangen, die, als die Stalltüren sperrangelweit aufgingen, ausgerissen waren. Unter den Bäumen redeten sie darüber, wie das geschehen sollte. Sie teilten sich in Trupps ein, nur die Männer, nicht die Frauen: die Braut sollte für diese Nacht in der Piana schlafen, aber ehe die Frauen mit ihr durch das Kiesbett des Belbo gingen, aßen sie etwas – es war eine Tischgesellschaft von mehr als zwanzig Personen. Inzwischen fingen Candido und die anderen die Tiere auf dem Land ein. Uns Jungen verboten sie, uns von der Stelle zu rühren: ein Ochse, der noch eben fast verbrannt wäre, sei schnell dabei, uns auf die Hörner zu nehmen. In der kühlen Luft hörten wir die Rufe Candidos und seiner Truppe über die Weinberge hin.

Gosto stöberte im Hof herum, ich ging unter die Nußbäume und hörte den Frauen zu, die zur Piana gehen sollten. Bei der Piana führt die Hügelstraße vorüber: jenseits der Hügel – das ist nur eine Frage der Zeit – ist das Meer. Man brauchte nur zwischen den Nußbaumstämmen hindurchzusehen: das ganze Tal geht dort hinunter. Wenn man die Belboniederung durchschritten hat, ist man in anderen Gegenden.

Ich ging unter den Bäumen hin und her, da rief mich eine der Frauen, Clelia, von der Piana, und fragte mich, ob ich mit der Braut essen wolle. Gosto saß schon da und aß. Sie gaben mir Fleisch, Salami, Krapfen. Ich aß wenig, aber ich trank Wein und prostete Gosto über den Tisch hin zu.

Die Braut, Clelia und andere Mädchen redeten mit mir und mit Gosto. Sie erkundigten sich nach meinen Schwestern und fragten, warum sie nicht auch zur Hochzeit gekommen seien. Eine Alte behauptete, wir vom Dorf seien stolz. »An ihrer Statt sind wir gekommen«, sagte Gosto mit vollem Mund. »Wissen sie, daß du hier bist?« fragte mich Clelia lachend.

Als wir zur Piana aufbrachen, war es dunkel. Zwei, drei von Candidos Musikanten begleiteten uns. Wir gingen mit ihnen und den Frauen; auf halbem Weg war es Nacht geworden. Sobald wir auf die Straße herauskamen, ertönte die Gitarre, und die Mädchen begannen zu singen und hakten die Braut unter. Einige junge Männer und Mädchen waren hinter der Gesellschaft zurückgeblieben, man hörte, wie sie drüben auf dem weißen Kies, jenseits der Wiesen, lachten und einander zuriefen. Ich ging mit Gosto und sagte zu ihm: »Heute nacht ist es günstig.« »Mag sein«, sagte er, während er weiterlief.

Nicht alle sangen; einige Mädchen redeten im Gehen miteinander; hier und da ging ein junger Mann von einer Gruppe zur anderen, er lief wie ein Hund hin und her. Ich hielt mich nahe an Clelia, denn ich hörte sie gern singen.

Vor dem Gehöft fing die Braut wieder an zu weinen, weil ihr Mann, statt schlafen zu kommen, auch nachts weiterarbeitete. Alle, die alten Frauen wie die jungen, riefen, sie solle Geduld haben, ihr Mann fange die Rinder ein und werde schon bald wieder hier sein. Clelia und die anderen begleiteten sie hinein, sie traten in den Hof; die Musikanten – Gitarre und Oktavflöte – begannen die Serenade. Vom Heustadel brachten sie die Lampe.

Da blieben wir auf der Straße im Dunkeln. Das Haus mit den

Geranien war etwa hundert Schritt um die Biegung. Ich sagte zu Gosto: »Wenn sie uns jetzt sehen, schicken sie uns heim.« »Du bist verrückt«, sagte er. »Gehen wir?« Wir gingen los. So oft hatten wir an diese Reise gedacht, und jetzt zogen wir bei Nacht los, ganz plötzlich. Gosto jammerte später, ausgerechnet das Brautmahl habe ihn zu diesem Entschluß gebracht. »Aber wir finden schon noch andere Brände und Bräute«, sagte er immerhin. Zu Hause mußte ihnen inzwischen klargeworden sein, daß ich auf und davon war.

In jener Nacht war es so finster, daß man nichts als die Sterne sah. Wir gingen langsam, als wären wir diese Straße noch nie gegangen. Gosto war lustig vom Wein, er redete von dem Brand, lachte und tanzte auf dem Weg. »Leute wie wir«, sagte er, »sollten immerzu auf Hochzeiten gehen.« Ab und zu blieb er stehen, um mich zu rufen. »Was für ein Johannisfeuer hätte das gegeben, wenn der Hof vom Martino heute nacht ganz abgebrannt wäre!« Aber wenn sich die Baumwipfel über die Straße wölbten, ging auch er schneller. Nicht daß wir Furcht gehabt hätten. Wir hörten nicht auf zu reden. Wir lachten. Unterhalb der Piana, dem Haus mit den Geranien, begann Gosto zu singen, zu rufen, als kennte er hier jemanden. In der Ferne hinter uns sangen sie noch. Ich sagte ihm, er solle still sein, und er rief zum Schluß noch einmal: »Feuer, Clelia!« Ich sah ins Dunkel und atmete kaum, denn erst jetzt begann die richtige Straße, und die Luft duftete. Gosto rannte voraus.

Die große Straße folgte mit einer Biegung dem Ufer; nach einer Weile hörten am Hang die Bäume auf, die uns Angst machten. Die Straßendämme gingen ins Leere, auf die Tiefebene des Belbo zu; im Schein der Sterne sah man dort nichts als Dunkel. Und auch die Ufer mit den bebauten Feldern, die bei Tage gelb sind, sahen wie Brunnenschächte aus. Wir blieben stehen, um in diese Leere zu schauen. Dort unten schien es, als fache der Wind die Sterne an. »Wie viele Feuer heute nacht«, sagte Gosto, »und das soll kein Brand sein?« »Dummkopf. Es ist Cassinasco.« »Horchen wir, ob man rufen hört.« Man hörte die Grillen. Wir gingen weiter. Aber Gosto blieb dabei, dort unten sei Feuer. »Ich will einen Brand bei Nacht sehen«, brummte er, und dann schrie er und rannte los. Da rannte ich hinter ihm her auf der Straße, die gerade anstieg, und je mehr ich rannte, um so lauter schrie er, bis wir wieder an einer Biegung waren und wieder, ein Sprung ins Leere, die Ebene sahen und weit fort einen Himmel, in den dunkel die Hügel aufstiegen. »Schrei doch nicht«, sagte ich zu ihm. »Wenn sie uns hören ...«

Wir spitzten die Ohren, ob die Serenade zu Ende sei, aber diesmal waren wir mit den Grillen allein. Auch war Gosto nun nicht mehr betrunken und begriff, daß sein Geschrei irgendwo Schrecken erregen konnte.

Jetzt warf er sich ins Gras und wollte dort bleiben; aber ich sagte ihm, wir müßten bis zu den Häusern kommen, wenigstens zu den Robini, um eine Strohfeime zu finden. In diesem Augenblick krähte irgendwo ein Hahn. »Siehst du wohl«, sagte ich. »Es wird Tag, und wir sind immer noch hier.« Nicht einmal Gosto wußte, daß sie die ganze Nacht krähen. Von da an gingen wir bergab und sahen uns um, ob es hell würde. Wir wollten vor Tag bei den Hügeln gegenüber sein. Wir kamen an den Robini, an anderen Weilern vorüber; im Licht der Sterne konnte man das dunkle Land kaum erkennen, man spürte es aber am Duft.

Diese Nacht war endlos, und man durfte sich nicht umdrehen. Schon seit einer Weile waren wir unten in der Ebene und gingen zwischen Gärten und Landhäusern hin. Auf dem Hügel noch hatten wir die Hähne krähen hören. Jetzt baumelte auch Gosto vor Müdigkeit und gab auf nichts mehr Antwort. Immer wenn sich hinten über der Straße die Bäume wölbten, sah ich ihn an, und mir war, als sei ich allein. Ich wußte, nur der Mond würde uns helfen. Aber würde er aufgehen? Es war schon so spät. Mir schien, die Grillen zirpten nicht mehr. Ich wußte, vor Tag müßte Wind aufkommen; aber alles war still, Bäume und Straße.

Das Schlimme dabei war, daß ich im Dunkeln, Gosto neben mir, der im Gehen schlief, an zu Hause denken mußte. Und ich dachte an die Nacht der Johannisfeuer, als alle auf der Straße herumgingen und ich schon im Bett lag. Gosto hatte recht, Brände und Hochzeit waren nötig gewesen, um auszureißen, wie wir es getan hatten. Ich dachte, während ich im Dunkeln weiterlief, viel darüber nach und stellte mir bei jeder Straßenbiegung vor, daß wir ans Ufer des Meeres gelangen würden; und als wir dann innehielten und unter eine Brücke hinabgingen, um im Freien zu schlafen, schien mir, das Meer sei wohl nur nachts vorhanden. Gosto sagte ich das nicht, denn wenn man diese Dinge sagt, sind sie nichts mehr; aber als wir unter der Brücke bei Sonnenschein aufwachten, als man draußen vor dem Brückenbogen das Wasser unter den Bäumen fließen sah, merkte ich, daß auch der Belbo ins Meer floß, und daß der Sand, auf dem wir geschlafen hatten, ein Strand war.

Unter jener Brücke begegneten wir Rocco. Gosto, der früher aufwachte als ich, sah, daß er sich die Augen wusch. Später versuchte ich herauszubekommen, ob er schon im Dunkeln in unserer Nähe gewesen und etwas von dem gehört hatte, was ich zu Gosto vor dem Einschlafen gesagt hatte; aber es gelang mir nicht. Als wir uns dann umsahen, fragte Rocco uns nur, ob wir von weither kämen, und Gosto erzählte ihm, daß das Haus abgebrannt sei. Dann flüsterte er mir zu, Rocco habe uns nie gesehen und kenne uns nicht, und was lag schon daran! Wir brauchten nur von da unten wegzukommen. Aber Rocco kam uns nach und kletterte den Hang geschickter hoch als wir.

Gleich nach der Brücke kam eine Platanenallee, und in dieser Allee trabte uns in der Sonne ein kleiner, zweirädriger Karren entgegen, von einem Pferd gezogen, das den Kopf schief hielt, als möchte es spielen. Hinter den Platanen sah man ganz nahe den Hügel, einen schönen Hügel von der Farbe weißer Trauben, und niedrig. Ich blieb stehen und sagte zu Gosto, er solle diesen Rocco vorausgehen lassen; ich wolle mir gerade etwas überlegen. Eine Zeitlang sah ich zu den Platanenblättern hoch und horchte, ohne mich umzudrehen, auf den verhallenden Trab des Pferdes; und mir schien, als hätte ich diesen Nachhall, diese Sonne, den niedrigen Hügel schon einmal erlebt, als wäre ich schon einmal hier gewesen. Ein paar Schritte vor mir erwartete mich unter den Platanen Gosto; weiter drüben entfernte sich in seinen Lumpen, mit seinem Stock der alte Rocco; er wandte sich auch nicht einmal zurück. »Er ist fort«, sagte Gosto. Hinten, wo die Platanen aufhörten, waren die ersten Landhäuser von Canelli; wir gingen in den Ort und sahen uns um. Ich weiß nicht, warum wir nicht auf dem Gehsteig gingen, sondern mitten auf der Straße. So merkten alle, daß wir von außerhalb kamen. Gosto redete immerzu, er verstand nicht, daß es um diese Zeit so schön ist, einfach nur zu schauen. Mir gefallen die Balkone und die kleinen Terrassen über den Gäßchen, denn Blumen, wie sie sie in Canelli haben, hatte ich noch nie gesehen. Ich sah nach allen Seiten und betrachtete die Leute, die kamen und gingen. Auf der Piazza fanden wir einen Brunnen wie den in Alba und gingen rasch hin, um zu trinken; Gosto kam nach mir hin und wollte mich wegstoßen, aber ich trank weiter und rief ihm zu, er habe schon zu viel Wein bei der Braut getrunken. »Eben darum habe ich Durst«, sagte er; und gerade da hörte ich wieder die Stimme von Rocco.

Er hatte auf der Steinbank sein Bündel geöffnet und band sich die eine Schuhsohle ab, um den Fußlappen zu erneuern. Er sprach sozusagen mit sich selbst, er sagte, das Wasser dürfe man nicht verschwenden. »Es fließt sowieso«, sagte Gosto. »Die Piazza gehört allen.« Darauf gab Rocco keine Antwort und band die Schuhsohle wieder fest. Dann stand er auf, tauchte die Finger in den Brunnen und trocknete sie an dem schmutzigen Lappen ab. Das machte er wie die Frauen, wenn sie Pfirsiche gegessen haben. Er setzte sich wieder hin, öffnete das Bündel und zog Brot und Sardellen heraus. »Geht wieder nach Hause«, brummte er. »Geht nach Hause.« »Laß uns losgehen«, sagte ich zu Gosto. »Wir essen in Cassinasco.« »Wie hat er es herausgekriegt, daß wir ausgerissen sind!«, rief Gosto, als wir hinten auf der Piazza waren. Da sagte ich ihm, er sei unter der Brücke gewesen, als ich vom Feuer und von der Braut geschwatzt hatte. »Was glaubst du wohl – ein Vagabund wie der merkt so was schnell.« »Wir hätten im September losgehen sollen«, sagte er. »Sagst du mir vielleicht, wie wir essen sollen, wenn es keine Trauben gibt?« »Wir brauchen nur bis Cassinasco zu kommen. Dann sehen wir weiter.« Aber statt dessen gingen wir zu Rocco zurück, um nachzuschauen, was er trieb; doch wir verließen den Gehsteig nicht. Auf die Piazza brannte die Sonne, Rocco konnte nicht lange dort bleiben. Endlich hatte er sein Brot gegessen; während er aufstand, kamen Jungen aus Canelli an den Brunnen und begannen sich mit Wasser zu bespritzen. Er wollte trinken und brachte sie dazu, ruhig zu sein. Dann ging er quer über die Piazza und bog um die Ecke.

Wir rannten hinter ihm her, und Gosto war froh und vergnügte sich wie vorhin auf der Straße. Auch mir gefiel das, um so mehr, als Rocco aus dem Ort heraus und in unserer Richtung ging. Vor uns war der Hügel, so niedrig, daß man meinte, man könne ihn berühren. Rocco drehte sich nicht um. Als wir neben ihm waren, sagte Gosto: »Ciao, Gevatter.«

Rocco war nicht erstaunt. Als Gosto zu ihm sagte, nachts reisen sei kühler, antwortete er, das sei nicht schlau, denn wenn man nicht sehe, wo man die Füße hinsetze, bekomme man Löcher in die Schuhe. Wir gingen jetzt unten an dem Hügel entlang, den wir zuerst vor uns gehabt hatten; Rocco bog in einen Weg ein, der auf einen kleinen Weinberg führte; Gosto hinterdrein. Ich blieb stehen. »Komm mit, ich gehe mit Rocco«, sagte Gosto. »Du weißt ja nicht einmal, wohin er geht.« Um ihm an diesem Morgen den Spaß nicht zu verderben, machte ich mit. Aber solche kleinen Hügel hatten wir auch zu Hause. Gosto sprang um Rocco herum und erzählte ihm, es sei ein mächtiger Brand gewesen, und alle unsere Tiere seien im Stall mitverbrannt. Und man hätte uns von zu Hause weggeschickt, weil die Berechnung der Schäden aufgestellt werden mußte. »Mir scheint, hier geht es nach S. Libera«, sagte ich zu Gosto. »Hier ist der Weinberg vom Pfarrer«, sagte Rocco und blieb stehen. Und er hob den Stock.

Man sah nichts als den Himmel und über der ersten Rebstockreihe einen großen Baum mit grünen Feigen. Gosto sagte: »Diesmal...« Wir sprangen über die Dornen und begannen einzusammeln. »Iß jetzt nicht«, sagte ich zu ihm, »wir essen später«. Während Gosto auf den Baum stieg, drehte ich mich um – Rocco war nicht mehr zu sehen. »Gib acht, ein Feigenbaum ist tückisch«, sagte ich leise. Um die Feigen zu essen, gingen wir auf dem Weg weiter und suchten nach einem schönen Platz. Schon saßen wir im Gras, da sehen wir Roccos Stock und dann ihn selbst: er wartet auf uns. »Die werden getrocknet«, sagte er, »damit man sie im Winter essen kann.« Gerade als kaufe er sie, nahm er immer zwei auf einmal und suchte sich eine Handvoll der schönsten zusammen; Gosto hielt ihm die übrigen unter die Nase, und ich brummte: »Das nenne ich stehlen, wenn man das Zeug beiseite bringt.« »Du selbst hast gestohlen«, sagte Rocco zu mir. An dem Morgen landeten wir schließlich im Haus von Rocco, einem Steingemäuer, das auf das breite Tal hinter dem Hügel sah. Es war kein Hof da und auch sonst nichts. Natürlich ließ man Rocco aus Mitleid hier wohnen. Wir fragten ihn, ob er in der Gegend etwas Land besitze. »Das ist nicht nötig«, sagte er und blieb stehen. Gosto wurde, als er das Haus sah, ganz rappelig und rief: »Sieh doch, wie schön es ist!« und fragte ihn, ob er auch im Winter hier wohne. Rocco ließ uns ins Zimmer treten, es war angefüllt mit Kürbissen, Bündeln von Mohrenhirse, mit Äpfeln, die trocknen sollten, und mit Grashaufen. Es roch nach Hof und Ernte. Rocco stand am Fenster, er hatte das Bündel abgelegt und breitete die Feigen aus. Er machte, richtig wie ein alter Mann, eine Geste und sagte: »Das ist mein.«

Es war nun schwierig, Gosto da herauszubekommen. Und draußen brannte die Sonne. Er sagte zu mir, solange man nichts gegessen habe, sei es noch früh, und wir hätten Zeit. »Gib doch zu«, sagte er, »wie schön es wäre, hier zu bleiben. Wenn wir wollen, gehen wir nach Canelli. Wir können im Belbo fischen.« Und ich: »Das war wohl der Mühe wert, nachts zu reisen, um hierzubleiben und im Belbo zu fischen! Ich mache nicht mit.« »Du machst nicht mit?« »Nein, ich mache nicht mit.« Und er: »Wir sind nur drei Stunden von zu Hause. Wenn wir wollen, kehren wir um.« Wir sprachen an der Tür, Rocco hörte uns nicht. »Dann willst du nicht mehr mit mir kommen?« fragte ich ihn trocken. Gosto gab keine Antwort und zuckte die Achseln. »Ich gehe«, sagte ich. In diesem Augenblick tauchte Rocco auf und sagte, wir sollten dort unten Gras holen. Diesmal zuckte ich die Achseln, und Gosto fragte: »Gebt Ihr uns kein Frühstück?« »Erst das Gras für die Kaninchen«, sagte Rocco. Da gingen wir ins Tal hinunter, um das Gras zu holen. Gosto rannte über die Wiese und schoß Purzelbäume, aber ich sagte ihm wieder und wieder: »Heute abend bin ich in Cassinasco.« »Hör mal, im Grunde ist das gar nicht nötig«, sagte er, »wozu willst du da hinaufsteigen? Das Meer siehst du von dort sowieso nicht.«

Ich wußte es, daß man das Meer von dort nicht sieht, ich hatte es schon gewußt, als wir noch an die Ca'Rosse glaubten, aber mit Gosto hatte ich nie davon gesprochen. Als der Sack gefüllt war, kehrten wir zu Rocco zurück, und er gab uns zwei Stücke Brot und erlaubte uns, es mit Knoblauch einzureiben. Er tunkte sein Stück in gesalzenes Wasser und aß es als Suppe. »Heute«, sagte Rocco, »hülse ich die Mohrenhirse aus.« Gosto brachte die Rede auf den Hügel von Cassinasco und fragte ihn, was man von da oben sehe. Rocco sagte: »Den Campanile von Bubbio.« »Ist der Hügel dort nicht zu Ende?« »Puh«, sagte Rocco, »er fängt dort erst an.« »Dann kommt Nizza«, sagte ich. »Ihr seid viel herumgekommen, Gevatter«, sagte Gosto, »habt Ihr da auch das Meer gesehen?« »Was für ein Meer?« fragte Rocco. »Ach wo!« An jenem Nachmittag riß ich aus, und Gosto lief hinter mir her und rief, ich solle dableiben. »Rocco hat uns zu essen gegeben«, sagte er, »hülsen wir ihm wenigstens die Mohrenhirse aus.«

Wir kamen unter den Feigenbaum. »Hör mal«, sagte ich zu ihm. »Um für die Kaninchen Gras zu holen, brauchten wir nicht von zu Hause wegzulaufen. Das hätten wir uns heute nacht überlegen müssen. Wir können nicht zurück.« »Aber dieses Feuer ist schuld«, sagte er. »Dummkopf«, sagte ich da. »Heute nacht hast du andern die Schuld gegeben.«

Wir gingen durch Canelli und verließen einander auf der Piazza.

Gosto entfernte sich wirklich. Er trabte wie ein Pferd auf die Platanenallee zu. Ich ging die gleiche Straße wie zuvor, ich verließ den Ort im Laufschritt aus Angst vor den Jungen von Canelli, die uns nicht ausstehen können. Aber diesmal schlug ich die Straße ein, die anstieg; und wenn ich mich nach der Piazza umdrehte, war ich froh, daß ich allein war.

Jetzt war es mir nicht mehr wichtig, ob ich jenseits Cassinascos das Meer sehen würde. Es genügte mir, zu wissen, daß es das Meer überhaupt gab, hinter den Hängen der Hügel und den Dörfern, und daß ich daran dachte, während ich zwischen den Hecken hinlief. Ich dachte den ganzen Nachmittag daran, denn der Hügel ist fast eben, und wer da so schaut, denkt immer, er wäre da, aber er ist nie da. Terrassen, Gärten und Balkone sah man bei jeder Straßenbiegung, und anfangs betrachtete ich das alles, besonders die Bäume, die ein Laub oder eine Farbe hatten, wie ich sie nie gesehen hatte. Es war eine Zeit, zu der niemand hier durchkam, nur ab und zu ein zweirädriger Karren. Wenn man stehenblieb, roch man die Weinberge und sah das Röhricht: das ist das Schöne an Canelli. Man meint, man sei weit fort, in einem andern Land; und der Hügel ist nicht mehr der Hügel, auch der Himmel ist heller, wie wenn die Sonne scheint und es zugleich regnet; aber das Land bearbeiten sie wie wir, und die Trauben behandeln sie ebenso.

Ich war unter den Pinien von Cassinasco gegen Abend, zu einer Zeit, wo Gosto schon zu Hause sein mußte. Bei dem letzten Stück Weg dachte ich an gar nichts mehr; dort war eine Brombeerhecke, die den Ausblick versperrte. Auf dem Kammweg kamen in beiden Richtungen Frauen und Bauern vorüber; die Sonne hatte ich im Rücken, mein Schatten fiel auf die Brombeersträucher. Die Häuser von Cassinasco waren klein und dunkel, aber von der Sonne beschienen wie eine Kirche. Endlich kam ich ins Freie. Ich sah wieder einen Hügel und den leeren Himmel.

Da hinein schaute ich, solange die Sonne oben stand. Im Schauen dachte ich an das, was Gosto zu Hause sagte, und daran, was er zu Abend aß. Vielleicht war Gosto auch noch unterwegs, und zu Hause dachten sie, wir seien tot. Ich streckte mich ins Gras, wie ich es auf dem Weinberg mit den Haselnußbüschen tat, und erquickte mich damit, daß ich in den Himmel sah. Hunger hatte ich nicht: mir war, als liege ich seit einer Weile im Bett. Ich schlief ein.

Ich schlief fest, und als ich aufwachte, war es Nacht. Ich träumte von dem Brand und hörte Rufe, Stimmen, als rufe man mich. Der

Himmel war voll Sterne; ich meinte Gosto dort unter den Bäumen zu sehen. Aber ich war allein, und die nur wenige Schritte entfernten Bäume schwankten in einem roten Schein, der die ganze Straße erhellte.

Auf der Straße kamen Leute vorüber, sie redeten und riefen einander; sie gingen auf das Feuer zu, das auf einer Wiese jenseits der Bäume brannte. Es war ein riesiges Feuer, es füllte das Dunkel ganz aus, und immer, wenn die Menschen still waren, hörte man, wie es weiterfraß und knallte. Auch ich lief auf die Wiese zu; dort waren Jungen, sie tanzten und schlugen Purzelbäume, und Männer warfen Holz und Reisigbündel ins Feuer aus mehr als fünf Schritt Entfernung, denn man konnte wegen der Hitze nicht näher herantreten. Ich schrie: »Gosto, Gosto!«

Das Feuer brannte länger als zwei Stunden. Und auf dem ganzen Hügel von Cassinasco flammten weitere Feuer auf, aber unseres war eins der größten. Wir zählten sie, ich und die Jungen von Cassinasco, und sie boxten mich in den Rücken, weil ich die Feuer mit den Lichtern der Gehöfte verwechselte.

Dann rannten wir los: wer brachte es fertig, aus dem Feuerhaufen einen brennenden Zweig herauszuholen? Ein junger Mann, der mich in den Flammen sah, fragte: »Wer bist du?« Aber ich sagte zu ihm, wir zu Hause ließen am Johannisabend die Musik kommen, und die spielten die ganze Nacht. »Hab keine Angst, das Fest ist morgen«, sagten sie mir. »Die Musik haben wir auch.«

Von der Straße her hörte man ab und zu jemanden vor Schrekken aufschreien. Die Männer liefen hin und lachten, denn dort warteten die Mädchen. Ein Mann packte mich, als ich gerade einen Zweig aufnehmen wollte. »Bist du verrückt?« sagte er. »Wenn du nun ins Feuer fällst?« Und er riß mir den Zweig aus den Händen und lief mit den andern ins Dunkel, und sie warfen ihn brennend den Hang unterhalb der Straße hinab. Es folgte ein großes Geschrei, man hörte eine einzelne Frauenstimme heraus, und dann lachten alle, und es gab ein Geraufe. Wenn doch Gosto da wäre, dachte ich. Die Flamme wurde so hoch, daß sie das weite Tal erhellte. »Wer weiß – vielleicht sehen sie sie vom Meer aus«, sagte ich. Und immer, wenn jemand ein Reisigbündel hineinwarf, sah ich ins Tal hinunter, ob wenigstens der Belbo aufglänzte. Ich wäre am liebsten auf einem freien Platz zwischen den Bäumen gewesen, um zu tanzen und von dort oben alles ringsum zu sehen.

Unten im Dorf blies immer einmal jemand los, aber das war

keine Kapelle wie die von Candido: es klang, als probierten sie nur eben den Atem. Das Feuer wurde allmählich zur Glut, und alle sagten, sie wollten trinken gehen. Wir Jungen blieben da, um die glimmenden Äste umzudrehen und die zurückstrahlende Wärme zu spüren, und ich freundete mich mit einem Jungen an, er hieß Maurizio und schien in meinem Alter zu sein; aber ich konnte ihn im Dunkel nicht genau erkennen. Er sagte, er komme aus den Wäldern, die ganze Familie auf dem Karren, um das Fest zu sehen; und für diesen Morgen hatte er sogar Schuhe angezogen.

Maurizio brachte uns zum Lachen, als er behauptete, die Schuhe schürften ihm die Haut von den Füßen ab. In der Nacht verlor ich ihn aus den Augen, weil ich mit den andern ins Dorf lief, um die Kapelle zu hören, die jetzt spielte; wir blieben an der Tür der Osteria stehen; sie war voller Menschen. Nur drei Männer machten Musik, aber sie spielten so laut, daß man nicht im geschlossenen Raum bleiben konnte. Ich verbrachte die Nacht auf der Piazza und an der Tür und sah auf den Tischen den eingeschenkten Wein. Ich bat um etwas zu trinken, und sie gaben mir Wasser. Ich hatte mit Maurizio ausgemacht, ich sollte auf dem Stroh seines Karrens schlafen; aber er hatte nicht auf mich gewartet.

Als es Tag wurde, ging ich schon eine Zeitlang rund um die Brandnarbe des Feuers, die Spatzen schilpten, ich konnte ganz und gar nicht schläfrig werden. Die Sträucher wurden rosa, dann rot, endlich stieg die Sonne hinter dem Hügel hoch. Eines wußte ich: die Sonne hatte auf diese Art auch das Meer in Brand gesetzt. Die Asche des Feuers war weiß, und ich dachte, und lachte im stillen darüber, daß sie zu Hause jetzt den Ofen anzündeten. Aber ich hatte Hunger, Hunger und zerschlagene Glieder.

Den ganzen Morgen ging ich auf den Straßen des Hügelkamms umher, badete die Füße im Gras und aß Maulbeeren. Zwischen den Bäumen sah ich die Kuppe des nächsten Hügels, wie man von zu Hause aus Cassinasco sah. Im Dorf waren sie, wie in allen Dörfern, Flegel. In die Tür der Osteria war eine Magd getreten, die, statt mir zuzuhören, einen Eimer Wasser ausgeschüttet hatte.

Hätte ich Maurizio gefunden, dann hätte ich etwas zu essen gehabt. Aber wie ihn ausfindig machen, wenn ich ihn nur einmal im Licht der Flamme gesehen hatte?

So verließ ich das Dorf; die Bauern sind überall gleich. Aber es gab keinen Baum, der reife Früchte gehabt hätte, und die Äpfel wuchsen zu nahe an den Häusern. Man hätte mich von den Fenstern aus gesehen. Auf allen Seiten hörte man sprechen, und immer tauchten Menschen auf.

Da warf ich mich im Straßengraben ins Gras, damit sie mich fänden und merkten, daß ich einfach verhungert war. »Was soll ich tun?« sagte ich. Und auch diesmal schlummerte ich ein.

Dann weckte mich die glühendheiße Sonne und ein durchdringendes Geräusch: eine Zikade auf einem Baum. Auf der Straße kam niemand vorüber, man hörte die Stimmen im Dorf. Sie schienen mit dem Wind von dem Hügel gegenüber zu kommen.

Da dachte ich, ich wollte bis unterhalb Cassinascos hinuntergehen, dorthin, wo ich, als ich kam, das Röhricht gesehen hatte. Vielleicht gab es hinter dem Röhricht einen Feigenbaum. Nach Hause komme ich bis heute abend doch nicht, dachte ich, gerade als wäre ich mit Gosto zusammen. Ich lief rasch dort hinunter, und kaum hatte ich den Fuß auf die Straße gesetzt, kam mir Candido entgegen, die Klarinette unter dem Arm.

»Wie denn?« sagte er und blieb stehen. »Ja, ich bin hier.« Candido hat das Gute, daß er mich nicht behandelt, als wäre ich noch ein Junge. Er hört mir zu, wenn ich etwas sage, und denkt darüber nach. »Und wo hast du Gosto gelassen?« »Gosto ist gestern umgekehrt. Hast du ihn nicht gesehen?« »Wir haben euch den ganzen Tag im Belbo gesucht.« Er sah mich an mit dem Gesicht, das er bei Martino gehabt hatte, ohne zu lachen. »Gestern haben wir dich als vermißt gemeldet.« Ich zuckte die Achseln und sagte, ich sei schon in Cassinasco gewesen. Da betrachtete Candido die Straße; dann betrachtete er den Hügel. Es kamen Leute auf einem Karren vorüber und riefen ihm etwas zu. Er sagte: »Guten Abend.« »Was, ist es schon Abend?« fragte ich.

»Komm mit hinauf«, sagte Candido. »Wir wollen sehen...« Als erstes suchten wir das Telefon, Candido kannte das Mädchen. Ein Mädchen, das meiner Schwester ähnlich sah. Sie spaßten ein wenig, dann stellte sie ihm die Verbindung her. Candido ließ bei mir zu Hause anrufen, und während wir warteten, sagte er mir, er müsse die ganze Nacht zum Tanz aufspielen. »Willst du sofort wieder nach Hause?« Das Mädchen hörte uns zu und fragte ihn lachend, ob er auch tanzen werde. »Bis heute nacht schaffe ich es nicht mehr«, sagte ich zu ihm. »Ich habe schon zwei Tage gebraucht, um herzukommen.« »So weißt du den Weg«, sagte Candido, und ich begriff, daß er sich nicht deutlicher ausdrückte, um mich vor dem Mädchen nicht zu beschämen.

Endlich klingelte das Telefon, und Candido sprach zuerst. »Deine Schwestern sind alle ans Telefon gekommen«, sagte er zu mir. Er schrie, wir seien in Cassinasco, aber sie verstanden es nicht; da mußte ich sprechen, und ich zitterte vor Angst. Sie schalten mich nicht aus; sie fragten, wo ich geschlafen hätte, sie brachen in Ausrufungen aus, die eine gab den Hörer an die andere weiter, und sie wollten, ich solle sofort nach Hause kommen. Mir wurde ganz schlecht vor Wut, ich fürchtete, das Mädchen könne merken, was los war. Aber sie redete mit Candido. Da fragte ich halblaut: »Und die Mama?« »Dummer Kerl, die Mama wartet auf dich.« Ich antwortete, ich käme mit Candido zurück, ich sei mit ihm zusammen. Sie wollten noch einmal mit ihm sprechen, aber in diesem Augenblick schaltete sich eine andere Stimme ein und sagte, die Verbindung sei zu Ende. Da rief ich: »Wir kommen morgen zurück« und legte den Hörer sofort auf.

Wir gingen in ein Haus etwas außerhalb des Dorfes essen; die anderen Musikanten waren schon im Hof, alle kannten Candido und erwarteten ihn. Der Hof des mit Weinreben bewachsenen Hauses lag dem Hügel gegenüber, und in der Küche war ein lebhaftes Kommen und Gehen und ein Feuer, so mächtig wie ein Johannisfeuer. Candido sagte, ich hätte seit gestern nichts gegessen, und die Frauen, ganz erschreckt, gaben mir einen Teller mit Brot und Julitrauben. Sie wollten wissen, was ich getrieben hätte, aber mit vollem Mund konnte ich nicht reden. Ich hatte mich auf den Holzkasten gesetzt, hörte von da das Feuer knistern und roch das Fleisch, das brutzelte; und das Brett, auf dem sie die Pasta machten, klapperte laut. Von der Tür aus sah man den Hügel und einen Streifen Himmel, und nichts war schöner, als jetzt daran zu denken, daß ich mit Candido zusammen war und mit meiner Familie gesprochen hatte, und daß niemand wußte, daß dort unten das Meer war. Der Hügel sah aus wie eine Wolke. Man brauchte nur ein bißchen die Augen zu schließen, und es blieb nichts übrig als der Stamm von diesem Weinstock. »Iß nicht zu viel«, sagte Candido, »es gibt dann noch Ravioli.« Dann gingen wir in den Hof, wo die Männer tranken und redeten. Sie tranken im Stehen, und mir war, als sei ich unter den Nußbäumen bei Martino. »Habt ihr die Tiere eingefangen?« fragte ich Candido. »Zwei sind uns über den Belbo hinaus entwischt«, sagte er mit einem verschmitzten Ausdruck.

Da sagte ich zu ihm, während die Musikanten ihn schon riefen, Gosto sei ein Dummkopf, er habe bei einem Vagabunden vom Belbo bleiben wollen, der uns zum Grasholen geschickt hatte. Er ließ mich reden und sagte dann: »Zum Fest nach Cassinasco kommen, das lohnt nicht. Was glaubtest du, fändest du hier? Von hier aus kommt man nirgendwohin.« Aber ohne eine Antwort abzuwarten, sah er auf die andern und sagte nebenbei zu mir: »Na ja. Ich mache es manchmal genauso wie du.«

Jetzt warteten alle Leute, die im Hof waren, darauf, daß sie spielten. Candido stellte sich mit seiner Klarinette in die Mitte; mir gefällt er, wenn er die Lippen zum Blasen spitzt, weil er dann ernsthafter ist als je. Die Klarinettenstimme ist die schönste, sie führt die andern an. Candido preßt die Klarinettenzunge unter den Schnurrbart und sieht zu Boden, aber er ist es, der führt, er befiehlt mit den Augen. Die ganze Zeit, die sie spielten, war kein Wort mehr zu vernehmen; die Musik erfüllte den Hof. Dann plötzlich schüttelte Candido den Kopf, hob das Klarinettenmundstück zum Himmel, und sie hörten auf.

An dem Abend aßen wir ein wahres Hochzeitsmahl, ich neben Candido, und eine Frau fragte ihn laut, ob ich sein Sohn sei. Aber alle lachten, sie wußten, daß Candido jung ist und nichts lieber tut als spielen. Noch eine Eigenschaft hat Candido: er trinkt wenig, und er sagte mir, er trinke nicht, weil man dann dem Gespräch nicht mehr folgen könne. »Du mußt immer einen klaren Kopf behalten. Du sollst einmal studieren«, sagte er auch diesmal zu mir. Aber ich wollte in dieser Nacht lustig sein und trank mit den andern. Wir tranken noch im Hof, als wir in die Kühle hinaustraten. Wir tranken und aßen Trauben. Ich betrachtete den dunklen Hügel, wo kein Feuer mehr brannte, und mir schien, als sei ich in diesem Hof geboren, als sei ich mit Candido immer dort oben gewesen.

Er merkte, daß ich müde war, und sagte, ich solle schlafen gehen. Wir stritten beinahe; doch alle sagten, das Bett sei bereit, ich würde mich beim Tanzen sowieso langweilen. Ich antwortete, es gehe mir nicht um das Tanzen, aber ich wolle den Morgen erwarten. Candido gab mir recht – und einen Augenblick danach brachten sie mich zu Bett, denn ich fiel um vor Müdigkeit.

Die Häuser

Ich bin ein Mensch, der allein ist und arbeitet, und jede Woche warte ich auf den Sonntag. Ich will nicht sagen, daß ich diesen Tag schätze, aber ich mache da Feiertag wie alle, denn ein Ausruhen braucht man. Früher, als ich noch ein Junge war, dachte ich, wenn ich auch sonntags arbeitete, würde ich rascher als die andern ein Mann werden, und so ließ ich mir den Schlüssel zur Werkstatt geben. Alle Maschinen standen still, aber ich bereitete in kurzer Zeit die Arbeit für den Montag vor, und dann ging ich in dem großen leeren Raum herum, horchte und freute mich. Am Sonntag gefiel mir besonders, daß ich immer gehen konnte, wann ich wollte, und es nicht hielt wie meine Arbeitskameraden, die um diese Zeit Radtouren machten oder in der Osteria oder auf dem Hügel waren.

Auch jetzt verlassen die Menschen sonntags die Stadt. Die Straßen werden leer wie eine Werkstatt. Ich gehe nachmittags auf ihnen spazieren, und es gibt welche, wo man eine halbe Stunde lang keine Seele sieht. Dächer, Gehsteige und Mauern und manchmal die Gärten scheinen nur geschaffen für einen Mann wie mich, der immer wieder hier herumspaziert und beobachtet, wie sie ihm entgegenkommen und sich wieder entfernen, genau wie es Hügel und Bäume auf dem Lande tun.

Immer gibt es irgendeine Straße, die leerer ist als eine andere. Manchmal bleibe ich stehen, um sie genau zu betrachten, denn um diese Stunde, in dieser Verlassenheit meine ich sie überhaupt nicht zu kennen. Es braucht nur die Sonne zu scheinen, ein leichter Wind zu gehen, die Färbung der Luft anders zu sein, und ich weiß nicht mehr, wo ich mich befinde. Diese Straßen nehmen nie ein Ende. Es ist unwahrscheinlich, daß sie alle ihre Bewohner und Passanten haben und jetzt so still und leer sind. Lieber als die langen Alleen am Stadtrand, wo ich ein wenig gute Luft atmen könnte, gehe ich über die Plätze und durch die Gassen der Innenstadt, wo die Palazzi sind; diese scheinen noch mehr mir zu gehören, eben weil man nicht begreift, wie alle fortgegangen sein können.

Mit den Jahren ist es so gekommen, daß ich nicht mehr Gesellschaft suche, wie ich es früher tat. Damals waren die Sonntage ganz anders. Damals war das Schöne daran, daß man zueinander sagte: »Komm heute da und da hin«, und wir gingen hin und führten Gespräche. Man ging neue Straßen, man endete in irgendeinem Hof: ich drehte mich um, weil ich erkennen wollte, wo ich war, aber es gelang mir nicht immer. Ciccotto war in meinem Alter; ihm machte es Spaß, in den leeren Höfen herumzuspazieren und Treppen hinaufzusteigen, die er nie hinaufgestiegen war, an der Tür zu läuten und mit dem, der öffnete, ein Gespräch anzufangen. Ich folgte ihm; damals glaubte ich ihm nicht immer, daß er an einer Tür zum erstenmal läutete. Hätte ich es geglaubt, dann wäre ich nicht mit ihm hinaufgestiegen. Er hatte, besonders wenn uns Frauen und Kinder öffneten, ein besonderes Geschick, etwas zu sagen, was eine Antwort erforderte; ein Wort gab das andere, wir betraten unter Späßen die Wohnung und blieben bis zum Abend. Ciccotto sagte, die Menschen langweilten sich am Sonntag; wer schon einen halben Nachmittag zu Hause sitze und niemanden höre und sehe, sei froh, wenn er mit irgend jemandem reden könne. Ich glaube, daß er sich nach den Frauen, die uns dann auch etwas zu trinken vorsetzten, zuvor erkundigt hatte.

Damals machten einige von uns Bootsfahrten, andere Radtouren und blieben dann nur in der Osteria, wieder andere warteten vor dem Kino auf die Mädchen. Seit ich Ciccotto kennengelernt hatte, schien mir das alles dummes Zeug, und ich wagte es einfach nicht mehr zu tun oder ihm davon zu sprechen. Wenn man ihm etwas erzählte, so mußte es nicht nur wirklich geschehen sein, sondern es mußte ihm ganz besonders gut gefallen; er hörte zu, den Blick am Boden und mit einem Gesicht wie jemand, der über ganz etwas anderes lacht. Da er ein kleiner Kerl und beinahe bucklig war, hätte es mir leid getan, ihn zu kränken; und so kam es, daß ich von ihm abhängig wurde.

Es gab Wohnungen, wo er Einlaß fand, weil er nach den früheren Bewohnern fragte und erzählte, wir kämen ihretwegen von außerhalb. Wenn uns eine dicke Frau öffnete, erzählte er ihr, er habe einmal in dieser Wohnung gewohnt und sei daraus vertrieben worden. Oft auch wollte er sie mieten und ließ sich überall herumführen, sogar auf den Balkon. Er sagte, der Hausmeister schicke ihn. Die Wohnungen, in denen junge Mädchen waren, gefielen ihm nicht.

Am Abend sind die Männer alle in der Osteria; aber ob ihm nun Männer oder Frauen öffneten, das Spiel glückte immer, und wir gingen lachend die Treppe hinunter. Im Gespräch war Ciccotto der Sieger, und die dicken Frauen, die nicht ausgehen und nur im Fenster liegen, um sich zu erfrischen, sagten uns an der Tür, wir sollten sie am nächsten Sonntag wieder besuchen.

Wir kamen wieder. Aber wie es uns paßte, ein, zwei Monate später. Ciccotto liebte es, in einem Augenblick aufzutauchen, wo unsere Bekannte nicht mehr allein war, wo sie die Familie da hatte, eine Nachbarin, Hausbekanntschaften, und dann unterhielt er alle, machte Späße, redete so, daß es der Frau peinlich wurde, verlangte etwas zu trinken, wobei er die gute Aufnahme vom letztenmal lobte. Es endete immer damit, daß ihn die Frau beiseite nahm und ihm schöne Augen machte, ihm etwas zurief, vor Lachen fast erstickte. Und Ciccotto war rasch dabei, ihr das Kleid aufzuknöpfen.

Wenn ich mit Ciccotto nach Hause ging, lachte ich mit ihm, wußte aber nicht, warum ich lachte. Ich fühlte mich leichter, freier, wie wenn man aus dem Theater kommt; ich ließ Ciccotto reden, ich redete selbst, es gefiel uns, die Geheimnisse und Schwierigkeiten dieser Leute zu erraten, die sonderbarsten Geschichten darüber zu erfinden – aber ich war immerhin froh, daß es zu Ende war. Vielleicht lachte ich gerade darum und half Ciccotto nur aus Harmlosigkeit. Er machte in der Werkstatt Nachtdienst, hatte also auch den Morgen an den Wochentagen, um sich zu vergnügen, und manche Bekanntschaften pflegte er da, weil er dann noch mehr von ihnen hatte. Ich diskutierte oft mit ihm, und er sagte, ich müsse noch in etliche Häuser gehen, um die Frauen eines gewissen Alters kennenzulernen. »Du bist ein Junge«, sagte er. »Weißt du nicht, daß Jungen am meisten gefragt sind?«

Doch damit ich mich davon überzeugte, daß ich ein so gesuchter junger Mann war, nahm er mich doch nicht mit zu seiner Tabaksverkäuferin aus dem Erdgeschoß – wir hatten eines Abends unter ihrem Fenster ein Gespräch angefangen; es war heiß, sie hatte das Licht ausgeknipst und uns gebeten, ihr ein Eis zu holen; ich ging es holen; Ciccotto war unter dem Fenster geblieben, um mit ihr zu schwatzen. Aber dann stiegen wir zusammen eine Treppe in einem Haus der Innenstadt hinauf; da gibt es in den Gassen Häuser, die früher Palazzi waren und jetzt wie Höhlen aussehen. Dort war ein stiller Hof, und auf der Treppe, die mir wie in den

Stein gehauen erschien, blieb ich stehen, um aus den kleinen Fenstern den Himmel zu betrachten. Bis da hinauf war Ciccotto gekommen. Dort wohnten die Zimmermädchen eines Palazzo, der den Toreingang auf einer anderen Straße hatte. Es öffnete uns ein Mädchen mit Hut, das Täschchen in der Hand, sie rief: »Caterina!« und ging, ohne ein Wort zu sagen, zwischen uns hindurch und die Treppe hinunter. Ciccotto war schon eingetreten und sprach mit jemandem; ich sah dem Mädchen nach, so gut hatte sie mir gefallen. Ich fragte Ciccotto nicht, wer sie sei, denn ich hatte Angst, er riefe sie zurück und redete wer weiß was mit ihr; aber ich betrat vergnügt eine Wohnung, aus der solche Mädchen herauskamen.

Caterina war die übliche kleine, dicke Frau, wie sie Ciccotto gefielen, und wir blieben alle drei in einem Zimmer, das von der Decke her Licht bekam. Ich wartete darauf, daß sie redeten, aber Ciccotto hatte sich in den Sessel geworfen und betrachtete seine Nägel; Caterina saß mit aufgestützten Armen am Tisch. In einem Winkel stand unter einer dunklen Wölbung ein ungemachtes Bett.

»Wir sind arme Dienstmädchen«, sagte Caterina und sah mich an.

Ich brummte, das Zimmer sei bequem, und sie hätten es für sich allein. Caterina schüttelte den Kopf, sah nach oben und sagte, manchmal regne es da herein. Ich zog ein Gesicht, um sie abzulenken; aber Ciccotto, der uns beobachtete, sagte irgend etwas, ich weiß nicht mehr genau, was, vielleicht: »Setz dich in Bewegung!« oder »Hast du gar nichts für uns?«, und die Frau stand mit einem Ruck auf, ging unentschlossen durchs Zimmer, schien mürrisch oder verschlafen. Dann ging sie auf das Bett zu, suchte etwas in einem Nachttisch, kam mit einem Päckchen Zigaretten wieder, in Silberpapier, und hielt es mir hin; da ich zögerte, legte sie es offen auf den Tisch. Ciccotto war inzwischen aufgestanden; er hatte sich einer geschlossenen Tür genähert und schien zu horchen. Caterina, die gerade erst das Päckchen hingelegt hatte, fuhr auf, als wolle sie etwas sagen, und hielt sich mit Mühe zurück. Ciccotto drehte sich um und ertappte sie bei dieser Bewegung, aber er schien es nicht weiter zu beachten, im Gegenteil, er kam an den Tisch, nahm sich eine Zigarette und steckte sie an.

Da sagte Caterina: »Wartet, ich komme sofort zurück«, öffnete jene Tür und ging hinaus.

Während wir, nur einen Augenblick, allein waren, sah mich Ciccotto an wie jemand, der sogleich loslachen will, doch er lachte nicht. »Ich habe niemals Fenster in der Zimmerdecke gesehen«, sagte ich. Er sah hinauf, dachte aber an ganz etwas anderes. »Hast du es gemerkt?« fragte er mich. Um ihn nicht zu kränken, sagte ich: »Paß auf . . .«, und schon kam Caterina zurück. Ciccotto zuckte die Achseln.

Caterina brachte eine Flasche Likör und setzte sie auf den Tisch. Sie holte aus einem Schrank drei Gläser, füllte sie langsam, wandte sich uns zu und forderte uns mit einem freimütigen Lächeln zum Trinken auf. Wir tranken alle drei; Ciccotto schnalzte mit der Zunge. Dann ließ sich auch Caterina eine Zigarette anstecken, setzte sich hin, rauchte und fächelte sich Wind zu.

Wir unterhielten uns eine Weile; Ciccotto neckte sie und fragte, ob sie viel Besuch habe, weil sie Zigaretten und Liköre da habe. Caterina war nicht dumm und schlug mit Lebhaftigkeit zurück. Wie sie da saß, die Beine übereinander geschlagen, sah sie nicht wie ein Dienstmädchen aus. Ich merkte, daß sie, als sie einen Augenblick das Zimmer verließ, einen andern Rock angezogen hatte, und auch die Lippen waren röter. Ciccotto brachte sie dazu, von früheren Zeiten zu sprechen, und sie erzählten sich allerlei. Ich hörte verwirrt zu. Caterina war offensichtlich die Ehefrau oder nicht Ehefrau großer Herren gewesen: sie sprach von einer Zeit, wo die Freunde zu ihr ins Haus kamen, ein Tanzorchester kam auch, und sie tanzten jeden Abend. Wir tranken und lachten. Ciccotto sah sich einmal um und brummte: »Hören sie uns hier auch nicht?« Caterina, ganz erhitzt, zuckte die Achseln und antwortete, es sei niemand da.

Ich fragte mich, warum Ciccotto diese Rücksicht nahm. Inzwischen kam die Rede auf ihre Herrschaft, und Ciccotto fragte, ob die Witwe geheiratet habe. »Interessiert dich das?« rief Caterina mit einem ganz andern Gesicht. Ciccotto lachte. Da fragte ich, seit wann sie sich kennten, und Ciccotto begann zu erzählen. Dabei sah er sie boshaft an. Er sagte, eines Tages sei hier im Zimmer die Padrona erschienen, die Witwe, eines Sonntags, als das Haus leer war – Caterina wurde rot und erregt–, habe sie beide in diesem Bett vorgefunden und ganz unerschrocken zu ihm gesagt, er solle sich in ihrer Gegenwart anziehen; er hätte es getan, aber Caterina hatte ihm, obwohl es sehr heiß war, die Decke über den Kopf gezogen, eifersüchtig wie alle Frauen. Ich hörte zu, sah ihn an, um Caterina nicht anzusehen, und sagte: »Und dann hast du dich angezogen?«

Da rief Caterina heftig: »Du! Du hättest dich sicher angezogen.

Frech genug bist du dafür.« Ciccotto lachte. Caterina hatte die Hände vors Gesicht geschlagen.

Ich hatte wirklich die Absicht zu gehen; statt dessen betrachtete ich die Tür und wußte nicht, was ich sagen sollte. Ciccotto stand auf, um sich neu einzuschenken. Bei dieser Bewegung hob Caterina den Kopf – rot, mit mächtig großen Augen, schien sie Ciccotto zerreißen zu wollen. »Geh doch hin, geh doch hin, sie ist nicht ausgegangen«, rief sie gedämpft. »Sie ist dreckiger als du, und du bist nur hergekommen, um sie zu besuchen.«

Ciccotto hatte fertig eingeschenkt und setzte die Flasche hin. Er blieb einen Augenblick zögernd, in Gedanken stehen. Dann setzte er sich wieder und sagte zu mir: »Diese Frauen gehen nie aus.«

Caterina sah uns an, noch immer erregt. »Sie sollte euch ein Fenster geben«, bemerkte Ciccotto. »Ein Fenster auf die Straße. Sie hat eine Menge ...« Caterina zuckte ärgerlich die Achseln. »Die steht nicht an den Fenstern«, sagte Ciccotto noch. »Das hat sie nicht nötig.«

Caterina brummte irgend etwas. Sie fuhr sich mit dem Taschentuch über den Mund und sah mich an. Mir schien, sie habe Absichten auf mich. Ich machte Miene, aufzustehen, und wollte gerade sagen: »Es ist besser, ich gehe«, da sprang sie auf und bot mir noch ein Gläschen an.

Ich fand nicht die rechten Worte und blieb. Caterina schwieg nun gekränkt, und Ciccotto betrachtete sie ruhig. Das Zimmer war voller Licht.

»Jetzt müßte Lina zurückkommen«, sagte Ciccotto. »Die beiden sind jung, sie würden sich verstehen.«

Aus dem folgenden Gespräch merkte ich, daß Lina das andere Mädchen war, die, die hinausgegangen war, als wir kamen. Caterina sagte, die stehe sehr wohl am Fenster, sie sei frech. »Aber ihm gefällt Lina«, sagte Ciccotto. »Er weiß nicht, was gut ist.« Ich betrachtete mein Glas und spitzte die Ohren. Ich begann zu hoffen. Aber man hörte keine Schritte.

Ich fragte, wann Lina zurückkäme. »Ihr müßt allein miteinander reden«, sagte ich. »Das geht mich nichts an.« Diesmal glückte es mir aufzustehen. Caterina steckte mir Zigaretten in die Tasche, damit ich den Nachmittag etwas zu rauchen hätte. Ich ging die Treppe hinunter, ohne mich umzudrehen, und erst auf der Piazza atmete ich auf.

Dies war der erste Nachmittag, wo ich durch die leere Stadt

ging. Die Vorstellung, daß ich jetzt Lina kannte und daß Ciccotto in diesem Augenblick die Liebe genoß, begeisterte mich. Ich war ein wenig benebelt. Ich war jung, alles erschien mir so leicht. Ich wußte noch nicht, daß ich froh war, weil ich allein war.

An diesem Abend betrachtete ich, während ich auf der Piazza auf Ciccotto wartete, das Fenster seiner Tabakverkäuferin und lachte mir eins. Ciccotto war wirklich eine Kanaille. Als er dann kam, schwatzten wir über alles. Er setzte mir auseinander, was eifersüchtige Frauen tun und reden. Sie wüßten, sagte er, auf der Welt nichts anderes zu tun, sie verbrächten ja ihre Zeit am Fenster, womöglich hinter den Läden. Man müsse sie kennen, und ein junger Mann kenne sie auf jede Art. In einem bestimmten Alter, sagte er, warteten sie hinter der Tür wie Katzen.

Aber jetzt dachte er an seine Tabakverkäuferin und wollte von Caterina nichts mehr wissen. Er sagte, ich solle allein hinaufgehen, nach Möglichkeit abends. Ich hatte nicht den Mut dazu. Ich trieb mich unter den Balkonen des Palazzo herum in der Hoffnung, Lina am Fenster zu sehen. Aber die Fenster waren geschlossen; den ganzen folgenden Sonntagmorgen blieben sie geschlossen, und dann sagte mir Ciccotto, im Sommer gehe die ganze Familie an die See. »Auch die Dienstmädchen?« Auch sie.

Das verstand ich nicht: Caterina war so eifersüchtig, und vor acht Tagen hatte sie nicht davon gesprochen, daß sie fortging. »So sind die Frauen«, sagte Ciccotto.

Er war nicht mehr der gleiche wie früher: er hatte die Lust an dem Spiel verloren, er stieg nicht mehr mit mir die Treppen hinauf in Wohnungen, wo man anfangs so gelacht hatte. Er trennte sich nicht mehr von der Piazza, er verbrachte alle Sonntage in der Nähe der Tabakverkäuferin. Die Tabakverkäuferin war die einzige Frau, die ihn nicht ins Haus ließ; sie sprach auch abends vom Erdgeschoßfenster aus mit ihm und schickte ihn nach einem Eis; so verharrten sie halbe Stunden lang ganz still und horchten auf die verhallenden Schritte derer, die über die Piazza gingen. Diese Frau war etwa dreißig Jahre alt, aber sie wirkte wie vierzig, so gut verstand sie zu befehlen und Antwort zu geben.

Allein war ich nicht dazu geeignet, das frühere Leben weiterzuführen. Ich begnügte mich damit, Ciccotto in der Werkstatt zu sehen, und ich ging spazieren, ich hatte mich mit einigen Arbeitskameraden angefreundet, ich verstand mich auch noch zu vergnügen, aber es war nicht mehr dasselbe. Man weiß, wie es zu Hause zugeht: wenn man tagsüber schläft, wecken sie einen, und von daheim zur Werkstatt und von der Werkstatt heim – das ist kein Leben mehr. In dem Sommer damals – Zeit hatte ich ja – fing ich an, allein durch die Straßen und über die Plätze zu gehen, durch die Gassen von damals und Lina zu suchen; aber sie war an der See. Ich hoffte irgendwie, sie tauche eines Tages vor mir auf. Wenn die Straßen verlassen sind, ist alles möglich. Ich blieb an den Ecken stehen.

Und dann gab es nicht nur Lina. Ciccotto kannte so viele Frauen. In einem bestimmten Alter laufen sie dir nach, sagte er immer. Aber die Treppen hinaufsteigen, sie zum Reden bringen, sie besuchen, hartnäckig bleiben, sie in sich verliebt machen – dazu war ich nicht imstande. Ciccotto, der beinahe bucklig war – der brachte es fertig. Ich wußte, ich brauchte nur zu warten.

Aber dann heiratete Ciccotto. Mir sagte er es nicht einmal, ich erfuhr es von meiner Schwester. Die Tabakverkäuferin machte ihn verrückt, und sie zu heiraten war die einzige Art, in ihre Wohnung zu kommen. Bis zuletzt hat er mir nie etwas anderes gesagt, als daß sie zu eifersüchtig sei und eine hübsche, dicke Frau, und ob sie mir nicht auch gefiele. »Eine Frau muß man necken«, sagte er, »man darf sich nie besiegt geben.« Er heiratete sie beinahe heimlich, denn sie war Witwe und behauptete immer, wenn sie sich wieder verheirate, verliere sie die Kunden. Aber sobald sie verheiratet war, stellte sie ihn hinter den Ladentisch. Da lachte ich über Ciccotto, wie alle über ihn lachten, und schließlich zerstritten wir uns und sahen uns nur noch, wenn er über die Piazza ging. Aber jetzt gibt es Tage oder manche Sonntage, wo ich ihn beneide.

Die Feste

Pino hat nie Ganolas Pferd aus dem Sinn bekommen, und manchmal erzählte er mir von ihm. Eines Abends kommen wir aus Pozzengo zurück, da biegt er in die kleine Straße ein und sagt, als ich ihn ansehe, zu mir: »Ich komme erst heute nacht heim.« Er kam wirklich am nächsten Tag in der Morgendämmerung heim und ging ins Heustadel. An dem Tag sagte ich auf dem Acker zu ihm: »Schlaf doch gleich im Röhricht«, und er saß da und lachte. »Dann arbeite wenigstens.« Aber Pino betrachtete den Hügel und sagte: »Wenn dieses Pferd mir gehörte, würde ich den ganzen Tag herumreiten.« Ich dachte: ein Pferd ist noch lange kein Weinberg; doch mit einem Bruder, der statt mit den Mädchen mit Pferden spricht, kann man nicht vernünftig reden. Aber ich fragte: »Schlafen die Pferde nachts?« Und Pino sagte, immer mit dieser verzückten Miene: »Ich bin herumgelaufen, bis zu den ›Rocche‹ gegangen.«

An das weite Tal von Ganola komme ich immer wieder, denn es beherrscht ringsum die halbe Höhe des Hügels. In dem von Röhricht umgebenen Meierhof oben am Wald war ich schon eine Zeitlang nicht mehr hinaufgestiegen, seit Ganolas letzte Tochter in die Welt gezogen war. Jetzt ging man unterhalb vorbei, und nie hörte man dort eine Stimme oder sah einen Menschen. Die Felder waren halb verwildert; der alte Ganola hatte den Weinberg unbestellt gelassen, und es hieß, alles übrige sei Wiesenland. Da es guter Boden war, wartete man nur, bis Ganola stürbe. Aber alte Leute sterben nicht. Als Pino noch klein war, gingen wir dorthin, um die Maiskolben abzuschneiden: damals waren die Mädchen da und Bruno, man war ganze Tage lang guter Dinge. Der Hof gehörte den jungen Menschen; Ganola, schon alt, ging auf die Jagd, wir hörten seine Schüsse jenseits des bebauten Landes, in den Wäldern der ›Rocche‹. Damals taten wir unsere Ziegen zusammen, man stieg zu den oberen Wiesen hinauf; es wurde Abend, und wir hatten noch nicht genug, auf dem Heimweg rollten wir uns bis zur

Straße schreiend im Gras. Schon damals flößte Ganola uns Angst ein, er befahl allen allein mit den Augen; aber wenn er eine gute Jagdbeute gemacht hatte, begann er zu lachen und ließ uns die blutigen Vögel berühren, die an der Jagdtasche hingen. Um sie den Frauen zu übergeben, löste er sie los und warf sie zu Boden, und da mußte man den Hund sehen! Zu zweit konnte man ihn nicht halten. Ich sagte zu Hause, ich wolle auch einmal auf die Jagd gehen; aber noch mehr begeistert als ich war Pino, er konnte sich von diesem Hof einfach nicht trennen. Nur wenn ich mich auf den Weg machte und drohte, er müsse allein heimgehen, kam er mit. Dann wurden wir älter, wir hatten keine Angst mehr, nachts herumzustreifen; damals ging ich mit Bruno zum Tanzen, und wer dachte da noch an die Jagd! Bruno mußte man hören, wenn er den Fremden allerlei erfundene Geschichten vorsetzte, um Streit anzufangen. Darin war er ganz sein Vater, und in dem Sommer, als wir zusammen auf diese Feste zogen, erfuhr ich, daß Ganola in seiner Jugend schlimmer gewesen war als wir, denn damals hielt die jungen Leute niemand zurück, und sie trugen das Messer in der Tasche. Sehr bald ließ ich Bruno allein gehen, denn er zog mit Vorliebe von einem Fest zum nächsten und ging Tag und Nacht über Land, um zur rechten Zeit dort zu sein; und er holte sich in den Häusern zu essen wie ein Dieb. Zog man mit ihm los, so wußte man nie, wo man landen würde.

Bruno stieg schon in jenem Jahr aufs Pferd. Beim Volksfest hatte sich die Stute von irgendeinem Zirkusteufel schwängern lassen, während sie, vom Karren abgeschirrt, hinter der Bude Gras fraß; sie hatte ein rotgescheckte Füllen geworfen, von dem Ganola sogleich sagte: »Das Pferd lassen wir rennen.« Bruno übte sich mit der alten Stute auf den oberen Wiesen hangauf, hangab, und als es Zeit war, stieg er auf das junge Pferd. Das mag fünf Jahre her sein. Wir, vor allem Pino, waren wild begeistert den ganzen Tag auf der Straße, um ihn vorüberreiten zu sehen; aber da kam der alte Ganola dazwischen, der Bruno auf die Wiese begleitete, und sagte uns, er wünsche keine Spione. An manchen Tagen jedoch, wenn Bruno, über die Mähne gebeugt, heranstürmte, rief Ganola auch mir zu, ich solle mir das ansehen – falls ich das Pferd, das wie der Wind rannte, überhaupt richtig zu sehen kriegte. Damals war Pino ein kleiner Kerl, den niemand weiter beachtete. Dann gab es Tage, wo das Pferd bockte, und dann traktierten sie es oben im Hof mit Fußtritten, sie ruckten heftig am Zügel, und Brunos Kraft reichte nicht aus, es zu zähmen. Die Mädchen rissen aus. Ganola wurde wütend und griff dem Pferd selbst in den Zaum, und es bäumte sich auf und schlug mit dem Schweif, und nicht einmal Pino blieb in der Nähe. Unser Vater sagte, sie hätten besser daran getan, es vor den Pflug zu spannen: auch die Tiere würden verdorben, wenn sie nicht arbeiteten.

In dem Haus dort waren nur die Frauen ordentlich; sie schienen zu ahnen, wie die Sache enden würde. Pino will jetzt nichts mehr davon wissen – aber als Kinder hielten er und Carmina zusammen, und Carmina starb gerade in dem Herbst, als Bruno das Rennen gewann. Sie lag schon zur ›Madonna di settembre‹ zu Bett, und ihre Schwester kam nicht aufs Fest, um bei ihr zu wachen; als die Ihren singend und mit Geschrei zurückkamen, drehte sie, wie es heißt, vor Müdigkeit das Gesicht zur Wand und weinte, das arme Mädchen.

Natürlich ging auch Pino hin: es war das erste Fest außerhalb des Dorfes, das mitzumachen unser Vater ihm erlaubte; und diesen ganzen Tag trennte er sich weder von Bruno noch von dem Stall des Pfarrers, wo sie die Pferde eingeschlossen hatten; aus dem Tanzen machte er sich damals noch nichts. Ich besuchte sie gegen Abend. Bruno war schon seit zwei Tagen auf der Wiese und übte sich, in Stiefeln, das Tuch um den Hals, und Ganola überwachte das Pferd. Sie hatten am Morgen einen Proberitt gemacht; er war schlecht ausgefallen, und jetzt schlossen sie sich zusammen im Stall ein, und Ganola machte ein böses Gesicht: er wollte, daß wir alle hinausgingen, aber ich lehnte mich an eine Treppe und blieb drinnen. Auch Pino beobachtete alles. Ganola entkorkte eine Flasche guten Wein, füllte einen Napf und schob ihn dem Pferd, das bebte, unter die Zunge. Das Pferd trank den ganzen Napf leer. Dann traten sie zurück, und Ganola nahm die Peitsche und gab ihm mit dem Stiel drei, vier Schläge auf Sprunggelenke und Steißbein, so daß es wie eine Natter hochschnellte. Sofort bekam es einen Ausdruck, als werde es wie eine Katze losspringen: man merkte, der Wein hatte vollkommen gewirkt; Ganola grinste. »Du hättest das nicht nötig gehabt«, sagte er zu ihm. Da bleckte das Pferd die Zähne und richtete sich hoch. Man bekam geradezu Angst.

Das Rennen gewannen sie. Ich erinnere mich an den Abend auf der Wiese: die Menschen hatten sich zerstreut, mit dem Mond kam die Kühle, in den Buden im Hintergrund wurden die Azetylenlampen angezündet, die Tanzmusik hatte aufgehört. Ich fand Pino hinter einem Baum, allein, er weinte und wollte es sich nicht anmerken lassen. »Los«, sagte ich zu ihm, »such dir jemanden, rede mit den Mädchen.« Damals glaubte ich, er denke an Carmina. Aber nein – er weinte vor Wut, weil er selbst am liebsten ein Pferd gewesen wäre. »Wir bleiben mit Bruno hier«, sagte er. Es hatte ihn schon die Sucht gepackt, nachts herumzustreifen, nicht etwa um zu tanzen oder sich zu vergnügen, sondern weil er am Morgen allein sein und sich am Tag danach wer weiß wo befinden wollte. In jener Nacht aßen wir beim Pfarrer, wir waren ein ganzer Tisch voll: Ganola verspottete die Besitzer der anderen Pferde, und alle lobten ihn und lobten Bruno, der über den Teller gebeugt aß, als sei er noch beim Rennen, und ich dachte: er ist so alt wie Pino. Durch das Zimmerfenster drang die Musik und der Lärm der Leute. Wir redeten von den Rennen der vergangenen Jahre und von den künftigen. Es war eine schöne Nacht. Der Mond schien auf dem ganzen Heimweg.

In jener Nacht ahnte Ganola sein Schicksal noch nicht. Carmina starb an Allerheiligen, und im Winter folgte ihr die Mutter – aus Verzweiflung; sie hatte schon eine Zeitlang nicht mehr gegessen. »Frauen«, sagte Ganola nur, als er vom Begräbnis kam. Linda, die andere Tochter, die immer stolzer gewesen war und zu der Alten gehalten hatte, stritt mit den Männern, sooft sich die Gelegenheit bot. Sie stritten so laut, daß man es von der Straße aus hörte. Ich weiß nicht, wie Pino es hielt, ich jedenfalls ging von da an seltener hin. In diesem Herbst bearbeitete Ganola nicht einmal die Hälfte des Landes. Er ging mit Bruno auf die Jagd, und sie dachten an nichts mehr als an das Pferd. Hin und wieder nahmen sie den Zug, um ihm etwas zu kaufen. Dann kauften sie die Sporen.

Es heißt, Bruno wollte sie an jenem Tag nicht nehmen, weil das Pferd ruhig war. Aber Ganola sagte lachend: »Besser, es lernt und begreift das sofort.« Er hielt es am Zaum, bis Bruno aufgestiegen war, dann gab er ihm freien Lauf. Man sah, wie das Pferd zur Seite sprang und sich wie eine Natter hochrichtete, dann ein Luftsprung – und Bruno flog in den Hof. Dort blieb er wie ein Sack liegen. Wäre das Pferd nicht wie toll in den Laubengang gerannt, so hätte Ganola es nie mehr einfangen können.

Bruno also war tot, und Linda wollte jetzt das Pferd umbringen. Es heißt, Ganola habe sich in jenen Tagen um nichts mehr gekümmert: immer wieder ging das Feuer aus, er sprach nicht mit dem

Priester, er vergaß den Stall zuzuschließen – er schlug Linda, wie man Korn schlägt. Er schielte schon lange, hatte einen Stoppelbart und die Hosen nachlässig zugeknöpft, aber von jenem Tage an dachte er an den Bart und die Hosen überhaupt nicht mehr. Bis Linda auf und davon ging.

Alte Geschichten. Seitdem machte ich, wenn ich konnte, um den Hof einen Bogen. Auch Pino nahm seinen Weg, seit Bruno fehlte, über andere Hügel. Das Jahr danach hieß es, er habe ein Mädchen in Ponte. Im Sommer ging er allein zu den Festen, manchmal kamen wir zusammen zurück, aber öfter verschwand er, schlug die große Straße ein und kehrte am nächsten Tag zurück. Es war, als seien wir gar nicht mehr Brüder. Ganola hatte ich vergessen. Manchmal sprach unser Vater von ihm. Er erzählte, ein Mann aus Odalengo sei im Winter zu ihm gegangen, um das Stück bewaldeten Ufers zu kaufen, das er über dem Tal besaß, aber es sei dem Mann nicht einmal gelungen, mit ihm ins Gespräch zu kommen. Ganola hatte ihn an der Tür stehenlassen wie einen Vagabunden und ihn mit zwei Worten abgefertigt, ohne einen Eimer abzusetzen, den er in den Stall trug. Seit Linda fort war, verließ er fast nicht mehr das Haus: es scheint, aus Angst, man könne ihm das Pferd stehlen, aber – so sagten die Leute – wohl weil er ahnte, daß er sterben müsse. Ich weiß, daß Pino ihm damals und in den folgenden Jahren half, Zeug zu verkaufen und zu kaufen, und daß er ihm manchmal das Gras mähte. Pino erzählte zum Beispiel, an schönen Tagen mache Ganola das Pferd los, steige auf, so gut er könne, und reite den Hügel hinauf und herunter. Um Mittag dann, wenn die Sonne recht heiß schien und alle beim Essen saßen, reite er von Kuppe zu Kuppe auch weiter fort, so daß Pino, wenn er in der heißesten Zeit den Hügel betrachtete, sagte: »Das Pferd wird bewegt.«

Eines Tages mußte ich zu Ganola fahren, um ein Faß zu holen, das wir ihm früher geliehen hatten. Ich weiß nicht, warum Pino nicht selbst ging – kurz, ich spannte die Kuh an und fuhr hin. Es war ein nebeliger Abend; während ich die Straße hinauffuhr, erinnerte ich mich an die Zeit, als wir mit den Ziegen dorthin zogen und Bruno noch da war und Carmina, als Ganola mit den Vögeln heimkam, wir mit den Kastanien, und Linda uns ohne ein Wort das Reisigbündel brachte, und wir die Pfanne aufs Feuer setzten. Genau um diese Stunde, denn später bedeckte der Nebel Straßen und Wälder, und wir mußten zu Hause sein. Ich hielt im Hof und suchte Ganola in dem schon dunklen großen Zimmer. Dort war niemand, auch im Stall nicht. Statt zu rufen, setzte ich mich an die Tür und sah in den Nebel.

Ganola kam kurz danach, er zog das Pferd hinter sich her. Zuerst tauchte aus dem Nebel Hals und Kopf des Teufelspferdes auf; es war nicht aufgezäumt, Ganolas erhobene Hand hielt es straff am Halfter. In vier Jahren war es gewachsen wie eine Platane; sein Fell sah aus wie Platanenblätter, wenn sie rot vom Baum fallen. Als Ganola ganz im Hof war, erkannte man, daß er kleiner geworden und krumm war; das Pferd überragte ihn um einen Kopf. Ganola und ich redeten miteinander, als hätten wir uns am Tag zuvor gesehen. Im Stall, in den er das Pferd führte, war alles leer, nicht einmal eine Ziege war da. Er band es an seine Stange, warf ihm Heu vor und klopfte ihm, ehe er hinausging, den Hals. Während wir das Faß zum Karren trugen, sprach er nicht drei Worte. Er sabberte nur in seinen Bart.

Als ich Pino davon erzählte, sagte er, in diesen Tagen bearbeite Ganola das Feld unterhalb des Brunnens, weil er heuer säen wolle. »Wenn er nicht ein alter Mann wäre, sollte er wieder heiraten«, sagte ich. »Was tut er so allein Tag und Nacht?« »An Gesellschaft fehlt es ihm nicht«, sagte Pino. »Und hast du denn Gesellschaft?« fragte ich lachend. Pino schüttelte den Kopf.

Jetzt arbeitete Pino mit mir, und der Vater war darüber froh. Aber es gab Tage, da kam er von der großen Straße, und nun war es an mir, die Augen offen zu halten und aufzupassen, was es wieder geben würde. Ich spürte das richtig auf uns zukommen. Eines Abends endlich, bei Tisch, sagte Pino, er sei es leid, die Erde umzugraben, er wolle in den Gruben arbeiten: auch das sei eine Arbeit, und man müsse Abwechslung haben auf der Welt. Unser Vater sah ihn an. Ich war still, ich wußte schon, daß, wenn Pino sich etwas in den Kopf gesetzt hat, niemand ihn davon abbringt. Aber Pino sagte das nur so hin: die Gruben; keiner ist gern, aus purem Vergnügen, unter der Erde eingeschlossen. Was er wollte, war: herumwandern, etwas erleben. »Du magst im Winter hingehen«, antwortete mein Vater. »Du wirst schon lernen, was das heißt.«

Pino verließ die Gruben im Frühjahr – er hatte genug davon. Er kam, spindeldürr, zurück mit einem Vagabunden aus Pozzengo, einem hinkenden Kerl im zerrissenen Jagdrock, er hatte den Mann in den Gruben kennengelernt; sie schliefen ein paar Nächte in unserem Heustadel. Sie redeten wenig und bummelten zusammen auf der Straße umher. Mir gefiel dieser Kerl nicht, mein Vater aber foppte ihn, und er machte, daß er fortkam. Pino blieb ruhig da.

Jetzt sprach niemand mehr von jenem Mädchen in Ponte: ich glaube, sie hat nie existiert. Die Leute trafen Pino auf der Straße zum Bahnhof, dort hatte er Freunde von den Gruben her, und sonntags zogen sie sich in die Osterien zurück. Dann sahen sie zu, wie der Zug ankam, sie waren mit den Eisenbahnern bekannt und erfuhren, was sich zwischen hier und Genua zugetragen hatte. Nie fingen sie einen Streit an um die einheimischen Mädchen wegen eines Tanzvergnügens oder kosteten in einem Hof den neuen Wein. Sie waren von anderem Schlag. Über Leute wie uns lachten sie.

So kam der vorige Sommer, und als die Feste anfingen, war Pino nicht mehr zu halten. Diesmal hatte er sich mit einem kleinen, mageren Burschen zusammengetan, der auf den Jahrmärkten Wetten abschloß. Aber Geld hatte Pino nicht viel: nur das wenige, um gerade eben rauchen und am Fest teilnehmen zu können. Dieser Mann war gerissener als der vorige aus Pozzengo; er betörte die Leute so mit Worten, daß man ihm Kredit geben mußte, obwohl niemandem klar war, was für ein Handwerk er trieb. Er war in der Welt herumgekommen, aber er wußte auch über die Landarbeit Bescheid. Er war untersetzt, hatte krumme Beine und in den Haaren Pomade. Er hieß Roia.

Über alles wußte er zu reden; und er sagte, Pino wisse sein Glück, daß er auf einem Bauernhof geboren sei, nicht zu schätzen. Besser als uns, sagte er, gehe es keinem. »Na, du beackerst das Land auf der Piazza«, sagte Pino. Mit Roia machte er Spaß. »Natürlich«, gab dieser zurück. »Man braucht das eine und das andere.« Er war ein aufgeweckter Bursche, aber mir gefiel er nicht.

Ich bin sicher, daß Pino ihm von Ganola schon ganz am Anfang erzählte, denn damals im Hof betrachtete Roia den Hügel mit dem Röhricht und fragte mich, wer da oben wohne. »Dort wohnt ein Mann mit einem Tier«, sagte ich, und er lachte leise wie jemand, der schon Bescheid weiß.

Wir sahen ihn manchmal auf dem Fest von Odalengo, und Pino lud ihn in meiner Gegenwart ein, zur ›Madonna d'agosto‹ zu uns zu kommen. Ich nahm Pino beiseite und fragte ihn, ob er verrückt sei, uns diesen Typ ins Haus zu bringen. »Was hast du dagegen?« fragte er halb lachend. »Hast du versucht, das Pa' zu sagen?« fragte ich. »Sag es Pa', und du wirst was zu hören bekommen.« Pino sah mich böse an und blieb noch eine Nacht draußen.

Wir hatten kaum das Korn gedroschen, da kam ein schreckliches Gewitter: es ebnete den halben Weinberg ein und trug manche Bäume weg, als wären es Reisigbündel. Pino tritt aus dem Laubengang und sagt: »Ich gehe zum Bahnhof.« »Was?« ruft unser Vater erbittert. »Und der Weinberg?« »Der Weinberg ist sowieso hin«, sagt Pino. »Ich bin es leid, für nichts und wieder nichts zu arbeiten.« Ich sagte, es sei Abend, er könne genausogut bis zum nächsten Tag warten. Unser Vater ging ins Haus, um seine Schuhe zu trocknen, aber es war klar, daß Pino wieder in die Gruben wollte. Nur daß er diesmal nicht von Gruben sprach.

Es kam der August; bei der erstickenden Hitze am Tag und dem Mond bei Nacht dachte niemand mehr daran, zu arbeiten. In diesem Jahr hatte uns die Gemeinde die Sonnenwendfeier versprochen, und selbst die Alten waren wie Kinder. Es hieß, die Feuer brächten das schöne Wetter. Ich weiß es nicht, aber wenn es stimmen sollte, würden sie die Feuer bereithalten, sobald es das erstemal donnert. »Ihr werdet froh sein«, sagte ich zu Hause. »Welches Dorf macht dieses Jahr die Feuer?« »Jetzt fehlt nur noch das Rennen von Ganola«, brummte der Vater. »Verrückte Kerle ...« Pino war still; er aß seinen Teller leer und ging aufs Land.

So kam jener Abend heran; ich verbrachte ihn auf der Piazza, um mir das Fest anzusehen. Nie waren so viele Menschen zusammengekommen. Sie waren von all diesen Hügeln heruntergeeilt, von den ›Rocche‹, von hinter den Wäldern; selbst die Hunde fehlten nicht. Alle Buden waren aufgeschlagen. Ich sah auch Roia, er hielt eine Bank mit Würfeln. Ich überließ ihn seinen Gaunereien und ging tanzen.

Sobald es vollkommen dunkel war, wurden die Feuer entzündet. Als es gerade am schönsten war, sehe ich auf den Gesichtern von drei, vier Männern vom Bahnhof einen Widerschein, sie schauen nach oben, aber Pino ist nicht dabei. Ich denke: ›Wo mag er sein?‹, aber dann sehe ich wieder auf die Feuer und höre zu, wie es knallt.

Das dauerte eine halbe Stunde, und sobald es zu Ende war, begann wieder das Tanzen. Ich kam noch ganz betäubt nach Hause, pfeifend wie ein Spatz; an Schlafen war nicht zu denken, denn auf der Straße war ein ständiges Hin und Her, Betrunkene, Karren, singende Leute. Pino war, wie üblich, noch nicht da.

Da setzte ich mich auf die Stufe, rauchte und betrachtete die Sterne; sie sahen aus wie eine Tenne voll Korn. Ich schaue zum Hügel von Ganola hinauf und sehe im Fenster Licht. ›Sieh an, selbst er feiert das Fest‹, denke ich und lache. Aber dann schwankte das Licht; es war rot. Da begriff ich, daß es brannte, und ich sprang hoch.

Es war schon fast Morgen, der Verkehr auf der Straße hatte aufgehört. Ich rannte bis zum Rundweg und dachte nicht, daß ich allein wäre, denn ich glaubte, viele hätten die Flamme gesehen und liefen hin. Aber als ich das Tal hinaufstieg, bekam ich Angst. Beim Röhricht bleibe ich stehen und stecke mir den Zigarettenstummel wieder an. Da höre ich die Stimme von Pino: er ruft mich. Er packt mich am Arm und sagt: »Geh nicht hin, geh nicht hin.«

Er bebte wie ein Junge. »Was ist los?« »Roia hat Ganola umgebracht, und das Pferd ist ausgerissen.«

Er erzählte, sie seien hinaufgegangen, um das Pferd zu kaufen. Natürlich am Tag zuvor. Roia war mit ihm hinaufgegangen, er wollte das Pferd sehen und es kaufen. Sie wollten zusammenleben und durch die Dörfer ziehen. Ganola hatte sie in den Stall geführt, aber starrköpfig gesagt, ehe er es verkaufe, brächte er es um. Als sie wieder nach Hause kamen, hatte Roia geäußert, die Alten seien alle so, aber eine schönere Rotschecke habe er nie gesehen. Und dann waren sie heute nacht wieder hinaufgegangen, denn Roia hatte gesagt, hier müsse man beharrlich sein. Ehe sie den Alten weckten, waren sie in den Stall gegangen. Aber während das Pferd schnaubte, war Ganola im Hemd erschienen. Roia hatte lachend etwas zu ihm gesagt; dann war er auf ihn zugesprungen und hatte ihn umgebracht.

Ihm die Gurgel durchschnitten. Dann hatte er das Pferd losgebunden und Pino zugerufen, er solle ihm helfen. Pino hatte nur gesagt: »Wir wollten es kaufen, warum hast du ihn umgebracht?« und war ausgerissen, und da hatte sich das Pferd aufgebäumt, hatte gewiehert und die Stangen zertrümmert, und sie hatten es nicht mehr gesehen.

Ich fragte Pino, ob er wirklich geglaubt habe, Roia werde dieses Tier kaufen. Ich sagte ihm, Roia habe sich seiner nur bedient, um in das Haus zu kommen, aus keinem andern Grund; und das Pferd habe er sicher verkaufen wollen und gar nicht daran gedacht, durch die Dörfer zu ziehen.

»Und wo ist Roia jetzt?«

Wir rannten zum Hof. Das Feuer hatte den ganzen Stall erfaßt, man konnte nicht hinein. »Das Feuer hat Roia gelegt.«

»Komm fort«, sagte Pino. »Komm fort.«

Damit hatte er nicht unrecht. Es war nicht nötig, daß wir hier oben die ersten waren. Und dann bebte er wie ein Blatt. Er war ganz zerschunden. Ich packte ihn, wir gingen durch die Wälder, kamen nach Hause und schlossen uns ein.

Das Feuer löschten andere. O ja, Roia verstand sein Handwerk, denn von Granola fanden sie nicht viel. Von dem Pferd aber noch weniger; und sie erklärten sich den Brand damit, daß das Tier Ganola mit einem Huftritt getötet und die Laterne umgeworfen habe. Sie suchten es eine Zeitlang auf den Hügeln; doch ich bin überzeugt, Roia hat es eingefangen und mitgenommen. Die Leute dagegen, und Pino mit ihnen, behaupten, das Pferd treibe sich noch in den Wäldern herum, und an manchen Tagen hören sie auf dem Kamm seinen Hufschlag.

Geheimnis

Diese Landstraße pflegte mein Vater zu gehen. Er brach nachts auf, denn es war weit, und er wollte beizeiten dort sein. Er machte den Weg zu Fuß: den Hügel, dann das ganze Tal und dann die nächsten Hügel, bis er auf dem letzten Höhenzug war – so hatte er zugleich die aufgehende Sonne vor sich. Die Straße führte zu den Wolken empor, die in der Sonne über dem Dunst der Ebene auseinanderbrachen. Ich habe diese Wolken gesehen: sie glänzten immer noch wie Gold; mein Vater sagte, zu seiner Zeit hätten sie ihm, wenn sie tief hingen und feurig waren, einen guten Tag versprochen. Damals liefen auf den Märkten Goldstücke um.

Noch heute gehen die Menschen, die dort wandern, vornübergebeugt, den Mantelkragen vor dem Mund. Sie schauen sich nicht um, auch nicht, wenn das Wetter schön ist. Die Schatten fallen hinter ihnen auf die Straße und folgen ihnen langsam. Und der Hügel mit seinem immer gleichen Horizont folgt ihnen auch. Ich kenne diesen Horizont und jeden der kleinen Bäume, die die Höhen krönen. Ich weiß, was man von diesen Bäumen aus sieht.

Mein Vater ging nicht beim ersten Morgenlicht in die Ebene hinunter. Er wanderte an den Hängen entlang durch die Meierhöfe, um seinen Handel einzuleiten. Er redete in den Höfen mit verschlafenen Menschen. Sie frühstückten zusammen. Sie tranken schweigend an der Tür ein Glas Wein. Mein Vater kannte sie alle und wußte in den Ställen die ganze Straße entlang Bescheid; er wußte vom Unglück jedes einzelnen, wußte, was er brauchte, kannte die Frauen. Er redete wenig. Wenn er in den Höfen andere Vermittler traf, war er still und ließ sie das Ihre sagen.

Vor vielen Jahren – er war Witwer, wir noch Kinder – hatte ihm jemand geraten, er solle die Fußmärsche aufgeben und einen Karren nehmen. Aber es war Winter, und er sagte, das Pferd würde es auf diesen Wegen zu schwer haben. Den Mantelkragen hochgestellt, die Pelzmütze auf, so zog er im Nebel los und stieg, zwei Täler weiter, zur Bicocca hinauf. Dort lebte Sandiana, die Tochter eines Freundes von ihm, jung, verzweifelt, seit sie in diesen Weinbergen allein leben mußte. Mein Vater dachte daran, sie zu sich ins Haus zu nehmen und mit ihr noch einmal einen Sohn zu zeugen. Aber sie verbrachte die Tage am Feuer, in einem Zimmer, das wie ein Hühnerstall aussah, und wiederholte nur immerzu, sie sei allein und habe Furcht. Dann erfuhr man, ein Vermittler von außerhalb habe ihr geraten, zu verkaufen und fortzuziehen und in der Stadt in Ruhe zu leben. Mein Vater hatte einen bestimmten Verdacht und stapfte viel im Schnee, um dahinterzukommen, bis er eines Tages in der Bicocca jenen andern vorfand, der sich die Füße am Feuer wärmte. Aber noch immer begriff er nicht, wer das Land hätte kaufen können: er kannte die Absichten aller Menschen dort. Die Frau sagte nein; mein Vater ging gegen Abend noch einmal hin und traf die Söhne des Vermittlers, die gerade den Hausrat aufluden. Da begriff er, daß er alt war. Sandiana zog fort und wohnte nahe am Markt.

Mit uns sprach er nicht darüber. Man erfuhr es von den Leuten und aus den Seufzern, die er in jenen Jahren ausstieß. Sooft er jetzt in die Stadt hinunterging, holte er sich dort unten nur schlechte Laune. Sandiana wohnte in einem niedrigen, kleinen, mit wildem Wein bewachsenen Hofraum; der Marktlärm drang kaum bis dahin. Der Vermittler war, nachdem er das Land verkauft hatte, in seine Gegend zurückgekehrt. Sandiana wartete; sie saß am Ofen wie eine Katze. Eine Zeitlang schickte ihr mein Vater warmes Essen. Jenen Winter verbrachte er in der Osteria. Er setzte sich hin, betrachtete das Kommen und Gehen, den Rauch, die Vermittler, und es schien, als höre er den Gesprächen zu. Die Geschäfte ließ er die andern machen. Er dachte noch immer an jenen Weinberg.

Sandiana kam den ganzen Winter nicht aus ihrem Hof heraus. Sie wußte, daß sie ohne Land nichts mehr galt; und obendrein war sie schwanger. Sie sprach sich der Frau gegenüber aus, die ihr zu essen brachte, und sagte zu ihr, die Alten seien schlimmer als die Jungen. Meinem Vater ließ sie sagen, sie wolle sich umbringen. Mein Vater ließ den Winter vergehen; dann, nach und nach, besuchte er wieder die Höfe auf den Hügeln. Im März sagte man ihm, sie habe das Kind geboren.

Da besuchte er sie und schlug ihr vor, er wolle sie mit nach Hause nehmen. Es heißt, Sandiana, abgemagert, habe geweint; aber ich weiß, mein Vater muß es kurz gemacht und ihr gesagt haben, sie komme zu uns, um hier, wo es keine Frauen gab, Frauenarbeit zu tun, aber nicht als Padrona. Doch auch nicht als Magd. Wir seien keine Herren.

So gab er Sandiana und dem Kind ein Zimmer, und er schlief weiter allein. Die Idee, diesen Sohn zu zeugen, war mit dem Weinberg dahingeschwunden. Auch im Sommer, als Sandiana, eine junge, aufgeblühte Frau, das Kind stillte, änderte mein Vater seine Haltung nicht. Er brach noch im Dunkeln auf, und Sandiana stand auf, um ihm sein Zeug zurechtzulegen. Sie sprachen kaum miteinander. Wir Jungen, von der Magd aufgehetzt, spitzten die Ohren, um etwas aufzuschnappen. Sandiana mochten auch wir gern. Sie versorgte uns und half uns.

Im Sommer, gegen Abend, gingen wir mit ihr über das Land. Wir wußten, auf welchem Weg mein Vater zurückkam, und den brauchten wir nur von oben aus im Auge zu behalten. Wir nahmen Sandiana mit, damit sie unsere Orte sähe, und sie konnte uns von jedem noch so weit entfernten Campanile oder Dorf den Namen sagen. Sie beschrieb uns, was man dort oben von den Wäldern aus in der Ebene sah und was die Menschen in den abgelegenen Hütten taten. Sie erzählte uns von ihrem Vater und von der Zeit, als sie auf der Bicocca noch viele Brüder und Schwestern waren und am Abend mit den Laternen losgingen, um Ställe und Keller abzuschließen. Sie erzählte davon, wie ihre Großeltern im Winter einen Wolf hatten an der Tür kratzen hören und wie sie wachblieben und Körbe flochten. Wir gingen die Pfade durch die Weinberge, und wer als erster oben ankam, schrie und winkte mit den Armen. Und sie rannte mit.

In dem Jahr war ich gewachsen, im Winter sollte ich in der Stadt zur Schule gehen. Sandiana sagte, ich würde mich dort wohlfühlen und das Dorf vergessen. Ich würde mich derer zu Hause schämen. Ich begriff, daß sie recht hatte; und doch – als der Sommer zu Ende ging, betrachtete ich die Straßen, die Wolken, die Trauben ganz genau, um mir alles einzuprägen und später mit Stolz davon zu reden. Am liebsten wäre auch ich auf der Bicocca zur Welt gekommen bei ihren Alten, hätte die Brüder gekannt und die Nächte miterlebt, als die Wölfe kamen. Davon hätte ich gern mit Stolz erzählt; wenn ich Sandiana zuhörte, wußte ich, daß ich stolz darauf gewesen wäre. Schon damals war es so: ich freute mich nicht an dem, was ich tat, sondern an dem, was ich von den andern hörte. Ich war meinem Vater nicht ähnlich.

Sandianas Haus war in der Hand von zwei alten Leuten, Halbpächter eines Herrn, der den Hof gekauft hatte, den aber niemand kannte. Auf diesen Hügel gingen wir oft; von dort aus sah man die dunklen Pinien hinter dem Haus, hoch wie Kirchtürme inmitten der Weinberge, voller Vögel, die aufflogen. Sandiana nahm uns einmal auf den Hof mit; dort war ein Hund, der sie wiedererkannte und an ihr hochsprang. Da kam die Alte heraus, sie sprachen miteinander und gingen zusammen durch das Haus und auf die Tenne. Wir warteten im Hof unter dem Strohschober und warfen Steine nach der größten Pinie. Ich betrachtete den Pfad, der von den Gebäuden aus zum Brunnen führte. Nie war ich in einem Hof, der leerer gewesen wäre – er schien verlassen; auch einen solchen Hund, wie er oben bei den Frauen heulte, hatte ich noch nie erlebt: es klang nicht wie die Stimme eines Hundes, sondern viel wilder. Ich dachte an die Zeiten, als Sandianas Brüder durch die Wälder streiften. Der Wald am andern Hügelrand war schwarz und tief. Als Sandiana und die Alte zurückkamen und gemeinsam jammerten, sagte diese zu mir, sie wolle uns etwas schenken, eine Quitte; aber sie fand keine. Sandiana lachte vergnügt.

Der Hund wollte mit uns kommen; sie banden ihn an den Laufdraht. Nach Hause gingen wir einen anderen Pfad, und auf dem ganzen Weg sprach Sandiana kein Wort, außer, wir sollten es meinem Vater nicht sagen, daß wir dort hinaufgestiegen seien, es sei zu weit. Aber an jenem Abend fragte sie mich, ob ich wüßte, ob mein Vater in diesem Sommer dort gewesen wäre. Ich antwortete ihr, danach hätte sie die Alte fragen müssen; und da war sie still.

Eines Morgens fanden wir den Vater in der Küche. Es war nicht Sonntag, aber alles hatte ein ungewohntes Aussehen. Sandiana kam aus dem Hof, aufgeregt, mit wirrem Haar. Das Kind weinte, sie schickte die Magd, sie solle es beruhigen. Der Vater befahl und spaßte. Es war noch nicht der Tag, an dem ich abreisen sollte, und ich begriff den Grund der Aufregung nicht; doch dann erfuhr ich es durch ein Wort der Magd. Die Bicocca gehörte uns, mein Vater hatte sie gekauft.

Er und Sandiana fuhren mit dem Karren los. Die Magd war an dem Tag böse und sagte uns, als seien wir schon Männer, Padrona sei nun die andere, und die Bicocca gehöre ihr und ihrem Sohn. Wir warteten den ganzen Tag, daß sie zurückkämen. Ich hoffte, Sandiana werde mich wenigstens im Wald herumstreifen lassen, und um es mir zu verdienen, versorgte ich das Kind, das – die Magd sagte es – nun mein Bruder war. Ich dachte vor allem an Sandianas tote Brüder und freute mich bei dem Gedanken, daß auch sie meine Brüder gewesen wären. An diesem Abend sagte die Magd zu meinem Vater, die Bicocca müsse man feiern; und sie holte Wein.

Viele Jahre waren vergangen und sollten weiter vergehen. Im Winter fuhr ich in die Stadt und führte ein anderes Leben; im Jahr danach kehrte ich zurück und wurde wieder ein anderer; ich kam ins Dorf für die Ferien, und so meinte ich, ich sei nur im Sommer richtig Junge gewesen. Sandiana blieb sich immer gleich; das Kind war gestorben; so schien die Zeit in unserm Hause still zu stehen. Jedes Jahr wieder war der Sommer so, wie er war, als ich noch nicht fortging: ein einziger Sommer, der ewig dauerte.

Jedes Jahr betrachtete ich die Wolken, die Trauben und die Bäume, um in der Stadt mit Stolz davon zu erzählen; aber ich weiß nicht, wie es kam, dort unten dachte ich an ganz etwas anderes und sprach nicht davon. Sandiana mochte recht haben: sie fragte mich immer, ob mich Kameraden verspottet hätten, und ob ich wieder auf den Weinberg gehen würde. Aber ich war glücklich, daß ich wieder da hinauf konnte, und fragte sie, ob sie mitkäme. Schon am Tag meiner Rückkehr ging ich alle Straßen und Pfade; damals erwachte ich in den Morgenstunden, froh, wenn die Sonne schien, und noch froher, wenn es regnete, denn sobald man das frische Wasser spürt, bekommt man Lust, durchs Land zu streifen. Sandiana lachte, wenn ich naß und mit Schmutz bedeckt heimkehrte, und sagte, sie würde, einmal, mitkommen.

Sie kam nicht mit, aber eines Abends überraschte uns das Gewitter auf der Straße; wir Jungen hatten Angst vor dem Donner, Sandiana vor dem Blitz. Mir gefiel der Blitz, dieses plötzliche, violette Licht, das einen wie ein Wasser überflutete, Sandiana jedoch erzählte, er sei aus Schwefel, und mit der Erschütterung töte er. »Aber es ist doch nichts dabei«, sagte ich zu ihr. »Man sieht ein Licht, das von hier nach dort geht.« »Das verstehst du nicht«, antwortete sie mir. »Wo er etwas berührt, bringt er es um. Mamma mia ...« Da schnupperte ich in die feuchte Luft, und endlich spürte ich, wie der Blitz roch: ein neuer Geruch, wie von einer nie gesehenen Blume, die zwischen Wolken und Wasser zerquetscht wird. »Spürst du es?« fragte ich sie; Sandiana jedoch preßte unter dem Säulengang, in den wir uns geflüchtet hatten, die Hände auf die Ohren. Der Geruch hielt bis nach Hause an: er war frisch und stach einem in die Nase, wie wenn man das Gesicht ins Waschbecken steckte. Sandiana sagte, das sei der Wind, der über die Wälder fahre – aber ich hatte diesen Geruch noch nie verspürt: so roch wirklich der Blitz. »Wer weiß, wo er niedergefallen ist«, sagte sie zu mir.

Doch mitkommen, um ihn zu suchen – das wollte sie nicht. Er mußte in die Wälder gefallen sein, er roch zu sehr nach Wildnis. Jetzt verstehe ich, warum man sich von den Wäldern so viel Sonderbares erzählt: weil es dort so viele Bäume gibt, so viele nie gesehene Blumen und Geräusche von Tieren, die sich in den Brombeersträuchern verbergen. Vielleicht wird der Blitz ein Stein, eine Eidechse, eine Schicht kleiner Blüten – man muß ihn am Geruch spüren. Verbrannte Erde gab es dort gewiß, aber die verbrannte Erde duftet nicht so nach Wasser. Sandiana sagte mir, so, wie ich es mir vorstelle, sei es nicht.

Im Wald der Bicocca gab es im Tuff einen Spalt. Sandiana sagte, dort sei, noch ehe wir geboren waren, ein Erdbeben gewesen. Niemand, höchstens eine Natter, konnte hinüberkommen. Aber ich hatte einmal dort oben eine schöne lila Blume gesehen: wer weiß, ob die nicht genauso roch wie der Blitz. Ich begriff, daß der Donner Spalten aufreißen konnte, aber das Gewitter fiel vom Himmel und mußte irgend etwas Schönes mitbringen. »Ach wo«, sagte Sandiana, »alles, was geboren wird, ist aus Erde gemacht; Wasser und Wurzeln sind in der Erde; in dem Korn, das du ißt, und in dem Wein ist alles Gute der Erde.« Ich hatte noch nie daran gedacht, daß die Erde dazu diente, das Korn hervorzubringen und uns zu erhalten; zumal jetzt, wo ich studierte, lagen mir solche Gedanken fern. Wenn wir auch die Bicocca hatten, so waren wir doch keine Bauern. Aber als ich die Früchte aß, begriff ich es.

Die Früchte schmecken, je nach dem Boden, nach vielerlei. Man vermag sie zu unterscheiden, als wären sie Menschen. Es gibt magere, gesunde, böse, herbe. Manche Frucht ist wie ein Mädchen. Auf der Bicocca gibt es Feigen und Julitrauben, die noch nach Sandiana schmecken. Ich habe Früchte jeder Art gegessen, und besonders die wilden, die Schlehen und die herben Mispeln.

Besonders die Schlehen schmeckten mir gut. Noch jetzt lasse ich alles andere stehen, wenn ich Schlehen habe. Ich spüre sie von weitem: mitten in den Brombeersträuchern bilden sie die engen Täler entlang dornige, tiefgrüne Hecken. Ende August sind die Zweige dicht besetzt mit blauen Beeren, dunkler als der Himmel, alle beieinander und hart. Sie haben einen säuerlichen, sehr herben Geschmack, der wenigen Menschen angenehm ist, und doch fehlt ihnen nicht ein ganz klein wenig Süße. Im November sind sie alle abgefallen.

Daß die Schlehen nach wilden Säften schmecken, sieht man schon an den Plätzen, an denen sie wachsen. Ich fand sie immer am Rand der Weinberge, wo das bebaute Land zu Ende ist und nichts mehr zur Reife kommt: der Boden ist hier trocken und liegt bloß. Damals dachte ich nicht an diese Dinge; ich hätte nur gern gesehen, daß mein Vater, Sandiana und überhaupt alle Schlehen äßen. Was die anderen davon hielten, weiß ich nicht; Sandiana sagte, sie zerbissen ihr die Zunge. »Eben darum mag ich sie«, sagte ich. »Bei ihnen spürt man, daß sie auf dem Lande wachsen. Niemand rührt sie an, und doch kommen sie. Überließe man das Land sich selbst, so würde es immer noch Schlehen hervorbringen.«

Sandiana lachte und sagte: »Wenn du wüßtest...« Wenn ich was wüßte? Bis sie mir eines Tages sagte, jenseits ihrer Wälder, wenn man das nächste breite Tal überquere, bei der ›Madonna della Rovere‹, sei der Hang ein einziges Schlehengestrüpp. »Gehen wir hin?« Es war zu weit. »Aber sammelt sie niemand?« fragte ich.

Darüber dachte ich immer nach. Nicht einmal bei uns konnte ich alle diese Wege entdecken; aber außerdem gab es noch so viele Hügel auf der Welt, so viel unermeßlich weites Land, und überall Schlehen, an den Ufern, in den Gräben, an unzugänglichen Orten, wohin kein Mensch je gelangt, selbst wenn er wollte. Ich sah sie vor mir mit den gekräuselten Blättern, den kleinen, von Früchten schweren Zweigen, die sich nicht bewegen, in Erwartung einer Hand – aber keine kommt je dorthin. Noch heute erscheint mir eine solche Verschwendung von Geschmack und Säften, die doch niemand kosten wird, völlig sinnlos. Die Menschen sammeln das Korn, sammeln die Trauben, und nie gibt es genug davon. Aber der Reichtum der Erde offenbart sich in diesen wildwachsenden Früchten. Nicht einmal die Vögel, die doch auch wild leben, konnten sie genießen, weil die Dornen der kleinen Zweige sie an den Augen verwunden.

Damals dachte ich an diese Dinge, an die Tiere, den Geschmack, die Wolken, an all das, was Sandiana gekannt hatte, als sie in den Wäldern lebte, und ich begriff: dies alles ist nicht verloren, man braucht von manchen Dingen nur zu wissen, daß sie existieren – allein davon zu wissen, ist eine Freude. Auch Schlehen, sagte Sandiana, ißt man nicht mehr als zwei, drei auf einmal. Aber es ist schön zu wissen, daß es sie überall gibt.

Schon damals brauchte sie ein Dorf nur zu nennen, und schon glaubte ich es vor mir zu sehen. Ihre Dörfer bestanden aus Meierhöfen, Röhricht und Ernten, genau wie die meinen. Ich meinte, ich sei dort gewesen oder könnte doch morgen hingehen. Irgend jemand kam hinter den Wäldern zum Vorschein. Und doch – wenn ich mit meinem Vater auf den Karren stieg, fuhr ich los wie auf eine Entdeckungsfahrt. Da steckte jenes Wilde dahinter, das sie nicht kannte; ich aber brachte es überall hinein.

Eine Straße und ein Röhricht sind gewöhnliche Dinge, wenigstens bei uns; aber sie so in der Ferne betrachten, unter einem Höhenrücken, und wissen, daß es dahinter weitere Höhen, weiteres Röhricht gibt, daß, soviel man auch zwischen ihnen hindurchwandert, immer welche übrigbleiben, wohin wir nie gehen werden, wo ein anderer gewesen ist, wir aber nicht – daran dachte ich, wenn ich Sandiana zuhörte. Ich beneidete meinen Vater, der an so vielen Orten gewesen war und über diese Straßen, diese

Höhen bei Nacht gegangen war. Daß es eine Mühe war, erfuhr ich später. Zunächst begnügte ich mich damit, ihn am Abend zu betrachten, wenn er schweigend die drei Stufen heraufkam oder auf uns wartete. In dem Augenblick erschien er mir gar nicht mehr wie mein Vater. Man sah seinem Gesicht an, daß er von weither kam und müde war – auch er hatte in den Augen jenes Wilde. Er war so müde, daß er, wenn Sandiana ihn rief, kam, ohne ihr zu antworten. Von den Dörfern sprachen sie nie.

Manchmal nahm er uns im Karren ein Stück mit, aber nur ein kleines Stück, weil das Pferd schon mit ihm zu viel Mühe hatte. Unsere Wege machten wir immer zu Fuß. Nur am Anfang und am Ende des Sommers fuhr ich mit ihm die große Straße nach der Stadt, und er kutschierte; dann dachte ich daran, daß dort unten Sandiana gewesen war, und die Fahrt erschien mir sehr lang, weil ich damals die Stadt noch nie gesehen hatte. Ich fragte ihn, ob es stimme, daß er als junger Mann heimlich dorthin ausgerissen war, und er sagte barsch, im Spaß, dorthin seien nur die Alten gegangen, sich das Fest anzusehen, und nachts zurückgewandert, während sie, die Jungen, auf jeden Knall horchten und sich den Widerschein vom Feuerwerk aus der Ferne ansahen. »Jetzt haben sie dort zu viele Palazzi«, sagte er, »und schämen sich unser, weil wir vom Land kommen. Sie vergnügen sich nur noch im Saal. Es ist nicht mehr der Mühe wert, hinzugehen.« In der Kühle des frühen Morgens gab ich acht, daß ich merkte, wo die Landstraße aufhörte und die Palazzi begannen; es war dort immer so etwas wie ein golden-nebliger Rauch, es war wie eine andere Luft; man kam ganz allmählich da hinein, und war man einmal dort angelangt, so erschien es einem unmöglich, daß es noch Dörfer und Hügel gäbe. In der Ferne, wer weiß wo, war das Meer. Ich sagte es meinem Vater, und er lachte rauh, wie es seine Art war.

Jetzt, wo die Zeit vergangen ist, und ich an jene Sommer zurückdenke, weiß ich, was ich von der ›Madonna della Rovere‹ wollte. Eine Schlehenhecke schloß den Horizont ab, und der Horizont besteht aus Wolken, fernen Dingen, Straßen – es genügt zu wissen, daß es sie gibt. Die ›Madonna della Rovere‹ hat es immer gegeben; und überall, an den Hügelhängen, ganz oben in den Dörfern sind Kirchen und Baumgruppen, die in der Entfernung klein erscheinen. Drinnen ist das Licht leicht farbig, der Himmel schweigt; und Frauen wie Sandiana knien dort und bekreuzigen sich, irgendeine ist immer da. Wenn ein Fenster in der Wölbung offen steht, spürt man einen wärmeren Hauch des Himmels, etwas Lebendiges, wie es die Bäume sind, die Wolken, jeder Geschmack.

Diese Kirchen auf der Höhe sind alle so. Immer gibt es eine noch weiter entfernte, nie gesehene. In jeder dieser Säulenvorhallen ist der ganze Himmel, man spürt dort die Schlehen und das Röhricht, es gibt gar nicht genug Wege, das alles zu erreichen. Man kann genausogut einige Schritte entfernt stehenbleiben, man weiß ja, daß die ganze Erde ein großer Wald ist, den wir uns nie, wie eine Frucht, wirklich zu eigen machen können. Im Gegenteil – die Dinge, die uns einige Schritte entfernt zuwachsen, schmecken für uns nach jenen wilden, und wenn Feld und Weinberg uns ernähren, so darum, weil an den Wurzeln eine verborgene Kraft wirkt. Mein Vater würde sagen, alles in der Welt komme von unten. Ich weiß und wußte darüber nichts, aber die ›Madonna della Rovere‹ war so etwas wie das Heiligtum der verborgenen, fernen Dinge, die es geben muß.

Als vor Jahren mein Vater starb, fand ich in meinem Schmerz ein Gefühl von Ruhe, das ich mir nicht erwartet, von dessen Dasein ich jedoch immer gewußt hatte. Ich ging in die Kirche und auf den Friedhof; ich sah die Frauen mit dem Schleier auf dem Kopf wieder und die kleinen Tafeln der Via crucis, ich spürte den Geruch von Weihrauch und aufgegrabener Erde. Sandiana, betrübter als ich, betete am Grab; dann kehrten wir zusammen nach Hause zurück, und sie bereitete das Essen. Seit langem war ich nicht heimgekommen; der Hof erschien mir kleiner. Wir sprachen von meinem Vater und von der Bicocca, von der Traubenernte und vom Tod; dann, als die Nacht vorgerückt war, blieb ich allein am Fenster.

Damals dachte ich wieder an vieles, was ich vergessen hatte. Ich dachte daran, daß mein Vater jetzt existierte wie etwas Wildes: er brauchte nicht mehr Tag und Nacht umherzureisen, damit ich es von ihm erfuhr. Die Kirche, das muß schon so sein, hatte ihn sozusagen verschlungen; aber auch die Kirche reicht nicht über den Horizont hinaus, und mein Vater war unter der Erde nicht anders geworden. Erst ein lebendiger Körper, war er nun Wurzel, eine von den tausend Wurzeln, die, wenn der Baum gefällt ist, in der Erde weiterdauern. Diese Wurzeln gibt es, das Land ist voll davon. Die hohen bunten Kirchenfenster ändern sich überhaupt nicht, im Gegenteil, sie legen den Gedanken nahe, daß auch draußen unter dem Himmel nichts anders wird, daß es, so fern oder begraben es sein mag, in jenem Licht ruhig weiterlebt. Jetzt spürte ich in allen Dingen meinen Vater; seine Abwesenheit, die mich quälte, die ich immer gleich schwer empfand, würzte jeden Anblick und jede Stimme des Landes. Es gelang mir nicht, ihn in den Sarg in dem engen Grabe einzuschließen; wie es in allen Dörfern auf diesen Hügeln Kirchen und Kapellen gibt, so begleitete er mich überallhin, er ging mir auf den Höhenzügen voraus, er wollte mich als den Knaben, der ich einmal war. An den Orten, die am meisten zu ihm gehörten, blieb ich seinetwegen stehen; nun fühlte ich ihn als Knaben. Ich betrachtete gegen Sonnenaufgang die Straße und die dort unten verborgene Stadt, in die er – vor wie langer Zeit? – eines Morgens mit seinem bedächtigen Bauernschritt hineingegangen war.

Wir sprachen von ihm. Sandiana hatte ihn, als sie noch ein Kind war, tanzen sehen und wußte von dem Ruf, in dem er damals stand. Sie erzählte, statt auf dem Land zu helfen, sei er schon damals immer unterwegs gewesen und habe Pferde gekauft. Er kaufte und verkaufte, aber mehr als der Handel gefiel ihm das Umherstreifen. O ja, er hatte die Dörfer gesehen. Unsere Mutter hatte er in der Stadt gefunden und geheiratet, ohne einem Menschen etwas davon zu sagen; später war er ins Dorf zurückgekehrt, hatte mit allen seinen Frieden gemacht und ein großes Hochzeitsmahl gegeben. Meine erste Schwester war zwei Tage nach diesem Mahl geboren.

Damals war mein Vater lustig und schlagfertig. Sandiana erzählte, mit vierzig Jahren habe er sich mit ihren Brüdern zusammengetan und sei mit ihnen herumgezogen und habe Unsinn getrieben wie ein junger Mann. Sie sahen einander immer auf der Bicocca, aber sie hätte nie gedacht, daß sie ihn heiraten würde. Meine Mutter kam hinauf, ihn dort zu suchen, wenn sie die Nacht über draußen blieben. Meine Mutter war jung, immer erschreckt, sie sah neben ihm wie seine Tochter aus. Wer hätte gedacht, daß sie zuerst sterben müßte! Sandiana vergaß meinen Vater und sprach von Frauen, von ihnen beiden.

Ich schwieg und sah im Geist die Stadt im Nebel. Nicht dies war es, was ich von ihm suchte. Auch die Frauen hatten meinen Vater zu dem gemacht, der er war; aber es gab etwas, das viel älter war als dies, geheimnisvoller, für immer begraben. Ich meine: den Knaben, der er einmal war. Wie ich, war auch mein Vater in die Stadt gegangen, doch nicht, um die Schulbank zu drücken, sondern um sein Glück zu machen. Er war ›wild‹ dorthin gegangen und in nichts anders geworden. Ich fragte mich, was ihn dort hinuntergetrieben hatte, welche Gewalt, welcher Instinkt, ihn, der doch auf einem Feld geboren war. Die verschlafene Stadt war ihm schließlich zu prächtig erschienen, er war nie dortgeblieben, aber seine Frauen hatte er dort unten gefunden, auch die letzte, auch die, die von der Bicocca kam. Vielleicht wußte er das alles von Anfang an. Vielleicht suchte er auch in der Stadt das Unbekannte, das Wilde.

Hier wandte ich mich an Sandiana und fragte sie, ob mein Vater nie daran gedacht habe, in der Stadt zu bleiben. Sie schien mich nicht zu verstehen und sagte, dann hätte er ja die Bicocca nicht gekauft. Aber nein, sie verstand mich recht gut: die Antwort war ebendiese. Mein Vater kam gern in die Stadt vom Land aus, er tat ja seine Arbeit auf einer Tenne, ging von einer Tenne zur andern und verdiente sein Geld auf diese Art in der Stadt. Palazzi und Markt bedeuteten für ihn noch Goldstücke, Fuhren mit Säkken und Fässern, Land. In der Stadt kannte er in Wirklichkeit nur die, die von den Feldern kamen wie er. Mit den anderen spaßte er. So war er als Junge gewesen, und so war er gestorben.

Jetzt mußte ich, um mit ihm allein zu sein, nicht erst auf jene Höhen hinaufsteigen. Ich brauchte nur an ein Röhricht zu kommen, an einen krummen Feigenbaum, der sich vom Himmel abhebt, an ein umgegrabenes Stück Land, und schon war ich bewegt und zufrieden. Das, was fern war, jenseits der Höhenzüge, die Stadt, die dunstige Ebene, war begraben, war nicht mehr als eine Kirche, die am Horizont hinter Bäumen steht.

Die Geranien hingegen, die Sandiana am Fenster hielt, gehörten irgendwie zur Stadt. Sie hatten eine ganz lebhafte Farbe, wie sie nur der rote Feldmohn hat, aber ihre Form war komplizierter, und an den Blättern merkte man, daß sie nicht auf dem Boden wuchsen. Es näherte sich die Zeit, wo ich viele solche Geranien in der Ebene sehen würde, auf den Terrassen der Landhäuser. Wenn ich Sandiana zusah, wie sie sie am Fenster begoß, erschien auch sie mir wie etwas nie Erblicktes, scharlachrot wie diese Blüten.

Sandiana war gleichsam eine Fremde; was sie tat, schien immer neu, um so mehr jetzt, wo ich nur noch im Sommer da war. Wenn wir auf die Bicocca gingen, folgte ich ihr überallhin, in die rötlichen Zimmer, auf die Trockenböden, vor die Fenster. An den Wänden standen mächtige, immer geschlossene Truhen mit Rückenlehne, und die Backsteinböden waren mit Korn, Kartoffeln, Mohrenhirse bedeckt. Wollte man darübergehen, so mußte man die Schuhe ausziehen. Sandiana lief herum, faßte alles an und betrachtete es. »Wer weiß, wie kalt es im Winter in diesen Zimmern sein mag«, sagte ich einmal. »Ist es nicht überall kalt?« erwiderte sie barsch. Es machte den Eindruck, als gehöre das Haus ihr noch nicht genug, als kehre sie dorthin zurück, um es immer besser kennenzulernen. Man merkte, sie war glücklich.

»Siehst du«, sagte sie, »dein Vater hat all das für euch gekauft.«

Sobald sie ankam, zog sie Wasser aus dem Brunnen hoch und trug es in die Küche. Waren die Bauern draußen beim Heumachen oder irgendeiner anderen Arbeit, so band sie ein Kopftuch um und ging auch hin. Ich stieg die steilen Pfade hinauf, um mir hinten auf den Weinbergen Schlehen zu suchen, und von da aus sah ich, wie sie sich auf dem Feld bewegte. Schon damals legte ich mich in dieser Einsamkeit auf das unbebaute Land, wenige Schritte vom Wald. Dann packte mich Furcht, und ich kehrte Hals über Kopf auf dem Pfad zurück. Wenn ich so angerannt kam, lachten alle.

»Wenn du davonläufst«, sagten sie, »holt die Furcht dich ein.«

Die Furcht – das war etwas, was für alle existierte. Sandiana sagte zu mir, ich müsse ihr standhalten. »Wenn du still auf deiner Stelle bleibst, erschrickt die Furcht. Aber wenn du davonläufst, kommt sie hinter dir her wie der Wind in der Nacht.« Ich antwortete ihr, Furcht hätte ich auch im Hellen. »Wenn es hell ist, mußt du ihr in die Augen sehen. Dann läuft sie davon und versteckt sich.« Aber die Vorstellung, die Furcht selbst anzublicken, erschreckte mich noch mehr. »Hast du sie gesehen?« fragte ich. »Wie ist sie?«

»Du hast sie ja selbst gesehen.«

»Eben nicht.«

Sandiana lachte. »Gib bei der nächsten Gelegenheit acht. Dann wirst du sehen, wie sie ist.«

Diese Gespräche erregten mich heftig. »Es ist nicht nur die Furcht«, sagte ich. »Wenn ich allein auf dem Weinberg oder im Laubengang bin, warte ich auf etwas. Ich meine immer, etwas müsse geschehen. Manchmal gehe ich absichtlich hin. Wenn ich nicht davonliefe, würde ich sehen, was es ist.«

»Dann bleib doch stehen«, sagte Sandiana.

»Das ist, wie wenn du beim Bügeln das Eisen ans Fenster stellst. Über der Holzkohlenglut sieht man den Himmel zittern. Hast du das schon gesehen?«

»Ja.«

»Siehst du denn auf dem Land niemals etwas?«

»Natürlich tue ich das.«

»Nein, du lachst. Mir ist, als steige von der Erde eine ständige Hitze auf, die die Pflanzen grün erhält und zum Wachsen bringt, und an manchen Tagen macht es mir Eindruck, darüber hin zu gehen, weil ich mir sage: womöglich setze ich den Fuß auf das Lebendige, und unter der Erde merkt man das. Wenn die Sonne stärker ist, hört man das Geräusch der Erde, die etwas wachsen läßt.«

Niemandem sonst vertraute ich diese Dinge an. Aber Sandiana sagte, ich hätte recht; sie erzählte, sie habe einmal eine Blume gehabt, die sich jeden Morgen in der Sonne öffnete und sich bewegte.

»Gibt es solche in den Wäldern?«

»Wer weiß«, sagte Sandiana. »In den Wäldern gibt es alles.«

In die Wälder gingen wir manchmal Pilze suchen, aber es mußte geregnet haben; und Sandiana fand allein mehr als wir alle zusammen. Sie kannte den Boden, sie steckte die Hand unter die verfaulten Blätter: sie täuschte sich nie. Manchmal kam ich an einer Stelle vorüber, sah hin, und kein Pilz war da. Nun kam sie, und es schien, als seien sie unter ihren Füßen hochgeschossen. Sie sagte mir lachend, die Pilze wüchsen ganz plötzlich, vom Abend zum Morgen, von einer Stunde zur anderen, und sie kennten die Hand. Sie seien wie die Maulwürfe, sie bewegten sich; Wasser und Wärme ließen sie wachsen. Schade, daß der Weg weit war: ich konnte nur mit ihr hingehen. Wir brachen von zu Hause am Morgen auf und kamen verschwitzt auf die Höhe. Wir durchwanderten ein Tal und einen Hang, wir verloren die Pfade. Wenn ich in jenen Nächten im Bett lag, erschien mir der ganze Hügel wie eine regenwarme Brutstätte für hochschießende Pilze – eine Stätte, die nur Sandiana Zoll für Zoll kannte.

»Mein Großvater sagte«, erzählte sie mir eines Tages, »jede Mühe, die man an das Land wende, kehre nachts in das Blut als Kraft zurück. Im Boden sei etwas, das man beim Schwitzen einatme. Und er sagte, auf dem Erdreich zu gehen, ermüde weniger, als wenn man auf der Straße gehe. Er war schon alt; doch von Straßen hat er nie etwas wissen wollen.«

»Warum ermüdet man auf der Straße?«

Ich fragte, aber ich hatte verstanden. Sandiana sah mich an, als mache ich mir nur einen Spaß.

»Warum! Auf der Straße gräbst du nicht um.«

»Aber Boden ist auch das.«

»Dann frage ihn doch selbst!«

Auf der Bicocca war in dem steilen Tuff-Felsen unmittelbar hinter dem Haus eine tiefe Höhle, die als Keller diente, und dort hob man Geräte, kleine Karren, allerlei Zeug auf. Ich bildete mir ein, ihr Großvater habe sie ausgehöhlt. Mit der Zeit war die Felsmauer grau geworden, aber hinten, wo es dunkler war, schwitzte sie noch Feuchtigkeit aus, und dort war ein kleiner Brunnen. Hier wuchs Venushaar. Mädchen im Dorf sagten, Venushaar sei eine schöne Pflanze, und Sandiana riß einmal welches ab, um eine Vase damit zu füllen. Ich hielt ihr, während sie es ausrupfte, die Kerze.

»Hier sind wir unter dem Hügel«, sagte sie.

»Es ist kühler als oben.«

Solange wir unter der Erde blieben, dachte ich an ihren Großvater und sagte, das Wasser sei der Schweiß der Wurzeln. Ich sagte es nur leise, mehr zu mir selbst, denn ich fürchtete, Sandiana werde mich auslachen. Aber eine Frage konnte ich nicht unterdrükken: ob nicht auch die Geranien unter der Erde wüchsen. »Du bist verrückt«, rief sie. Dann fragte sie mich nach dem Grund.

»Es sähe ihnen ähnlich.«

»Wieso?«

»Sie wachsen ja nicht auf dem Land.«

Sandiana sagte: »Wir sind doch auf dem Land!«

Da begriff ich, daß es zwecklos war, ihr das zu erklären. Aber es stimmte doch: das Land ist nicht nur die Erde, sondern all das, was darin ist. Ich bekam Lust, dort unten zu bleiben; mochte es draußen regnen, mochten die Bäume wachsen, mochten Abend und Morgen darüber hingehen. ›Schon oben ist es in der Nacht dunkel‹, dachte ich, ›aber in der Erde drinnen ist immer Nacht.‹

Ich kehrte noch manchmal allein dorthin zurück; wie überall, wo es still ist, horchte ich voll Staunen. Von der Schwelle aus spähte ich ins Dunkel. Ich meinte, das Wasser rauschen zu hören, das der Tuff ausschwitzt; es dringt durch die Wölbung und läuft den ganzen Hügel hinab. Ich dachte an den Großvater, der nur auf Pfaden ging. Er hatte bestimmt gewußt, was das Land ist. Aber jetzt war er tot und begraben; und mit einem Schritt war ich im Hof unter dem Himmel.

Wenn ich Sandiana etwas sagte, so geschah das um die Zeit, wo alle schlafen, zwischen Mittagessen und Vesper, wenn die Sonne brennt: eine Stunde, in der ich noch jetzt das Haus verlasse, um umherzustreifen. Ich gehe zwischen den Häusern durch, die die Sonne hell zurückstrahlen, und denke an das, was ich damals dachte. Ich glaube, ich langweilte mich und ersehnte den Augenblick, wo der Tag weiterginge; aber in der Langeweile berührte ich den Urgrund des Tages und des Sommers. Nichts geschah, nicht einmal eine Stimme in den Höfen, an den Hängen, und diese Leere entzückte mich: wie wenn die Zeit in der Luft hängen bliebe. Ich kam bis zu dem Punkt, wo alles möglich und wesenhaft erscheint; nur begriff ich nicht, warum in so viel Glut alles schwieg. Dann betrachtete ich die Ameisen am Boden oder die Bäume in der Ferne, winzig auch sie an dem großen Hang; und die unruhigen Ameisen und die Bäume erschienen ebenso in der Zeit verloren. Der Hügel besteht ganz aus von einander entfernten Dingen, und manchmal stieg ich beim Heimkommen, um ihn zu beobachten, zum Fenster mit den Geranien hinauf. Gemeinsam hatten die Geranien und die mit Kalkspat gedüngten Höhen in der Sonne zweierlei: die Entfernung, den verborgenen Reichtum. Ich sah von den Blumen zu den Höhen, doch ohne zu wissen, warum ich es tat; ich hätte auch Sandiana nichts gesagt, sie hätte mich nur verspottet. Eher diente auch sie mir als Fenster, und oft betrachtete ich sie, wie ich die Geranien betrachtete, die in der Stadt blühten. Auch sie war zu ihrer Zeit dort gewesen.

Die Stadt hatte ineinandergeschachtelte Gassen, in denen sich Tore auf überraschende Gärten öffneten. Ich sah sie flüchtig, wenn ich zur Schule ging, und stellte mir vor, sie seien ein neues, geheimnisvolleres, schöneres Stück Land. Ich wußte ganz gewiß, daß mein Vater sie nie beachtet hatte, und wagte ihn nicht danach zu fragen. Aber Sandiana war in den Gassen dort gewesen, sie mußte die Gärten gekannt haben; und ich suchte ihren wilden Weinstock ausfindig zu machen, der im Winter röter als Feuer war. Weder mein Vater noch sie hatten mir je etwas von ihm gesagt; von wem ich es gehört hatte, weiß ich nicht. Aber in die Höfe setzte ich den Fuß nicht, ich begnügte mich damit, vorüberzugehen. Wenn ein Weinstock darin war, fragte ich mich, warum Sandiana nicht dort geblieben sei, und stellte mir vor, ich käme jetzt hierher, stiege die großen, feierlichen Treppen hinauf und lebte mit ihr in dem Palazzo. Manchmal im Winter kamen die beiden mich sonntags besuchen, und ich erhielt die Erlaubnis, mit ihnen, mit ihr auszugehen; aber von den Zeiten, wo sie in der Stadt gewesen war, konnte ich nie zu ihr sprechen. Sie nahmen mich mit bis zum Markt; dort bestellte mein Vater das Vesperbrot; dann blieb er beim Wirt und unterhielt sich mit ihm, und wir gingen hinaus und sahen die Leute umherspazieren. Wir gingen von den Säulengängen bis zum Kastell; da waren schön gekleidete Frauen, Herren, Soldaten, und Kinder wie ich, aber reicher, und alle gingen langsam, blieben eine Weile stehen, kehrten um, winkten und riefen einander zu. Mich entzückten in der Kälte die Türen der Cafés; drinnen war alles voller Rauch und Gold, aber Sandiana zog mich an der Hand weiter; wenn ich mich losmachte, wurde sie unruhig und blieb bei mir stehen, selber halb neugierig, halb ungeduldig, bis ich mir alles angesehen hatte. Mir war es lieber, wenn sie etwas zu tun hatte und wir quer durch die Menge gingen und in die menschenleeren Gassen meiner Gärten eilten. Es war kalt, aber ich konnte ihr doch immer sagen, welche Blumen in der schönen Jahreszeit hier blühten, und ich fragte sie, wer dort in den Palazzi wohnte, und ob sie nie da hinaufgestiegen sei. Sie fragte mich, wo meine Kameraden wohnten, und beneidete die reicheren von ihnen, sagte aber, die wirklich reichen wohnten nicht in den Palazzi, es sei dort zu heiß und die Luft nicht frisch genug, sondern sie zögen aufs Land, wo sie ihre Landhäuser hätten, in den Bergen und am Meer. So sprachen wir vom Meer; ich kannte verschiedene, die im Sommer hingingen, sie hörte mir zu und fragte mich, ob ich später, als Mann, meine Kinder einmal dorthin führen würde. Aber ich dachte nicht an Kinder, ich dachte an mich selbst, sah mich an fernen Küsten, auf langen Reisen; wir kamen an Portalen vorüber, und so vermischten sich in meinem Herzen die reichsten, verborgenen Blumen mit dem Meer. Damals dachte ich an das Fenster mit den Geranien wie an einen Hintergrund von Orten an der See. Am Abend kehrte ich mit Obst beladen zu den Kameraden zurück und gab denen, die mir nahestanden, davon ab; wir aßen und erzählten uns die verrücktesten Geschichten.

So wurde der Reichtum, der das ganze Denken meines Vaters ausfüllte, für mich zu einem Phantasiegebilde und verlor für mich den Beigeschmack von Verbissenheit, mit der die andern, wie ich spürte, ihn erstrebten. Ich verstand diese Verbissenheit nicht. Ich verstand, wenn ich aufrichtig sein soll, auch nicht, was Reichtum war. Er erschien mir als etwas Fremdartiges, das jenseits des Horizontes staunende Bewunderung versprach, etwas wie ein von den Bäumen noch verborgener Septembermond. Ich verstand nicht die Beziehungen von Korn und Trauben zu den Palazzi und dem Leben in der Stadt. Sandiana, die, wenn sie durch die Bicocca ging, mit hartem Blick die Ernten abschätzte, machte mich bedrückt: ich suchte die Schlehen. Einmal ließ sie, ohne es mir zu sagen, ein unbebautes Stück Ufer roden, um dort Korn anzubauen; ich kam hin, als alles fertig und die Sträucher umgelegt waren: ich beschimpfte sie, drohte, schlug um mich – sie lachte. Sie begriff nicht, wie jemand weinen konnte, darum weinte ich nicht. Aber ich trieb es so arg, daß sie böse wurde und es meinem Vater sagte; der schlug mich. Dann machten sie sich den ganzen Abend über mich lustig, weil ich es nicht verstand. Ich weinte heimlich, und aus Rache versagte ich es mir eine Zeitlang, den Hügel durch die Geranien zu betrachten.

Aber ich betrachtete ihn vom Röhricht an der Straße aus, wo man nur still zu stehen braucht, und schon ist man allein; und auch hier erschien die Ferne, wenn sie durch das Röhricht hindurchschimmerte, klar und noch blauer, halb wie in Blüte stehend, halb wie zum Meer gehörig. Stieg man höher hinauf – aber dorthin ging ich selten und nicht allein –, so erkannte man nur gerade die Ebene; und winzige, sich im Unbestimmten verlierende Flecke – Häuser oder Dörfer – sahen aus wie Segel, über das Meer verstreute Inseln, Wellenschaum. Das waren die Dinge, die ich im Winter mit mir in die Stadt nahm; aber ich sprach sie nicht aus, ich verschloß sie stolz im Herzen. Ich hörte zu, wie die Kameraden redeten und sich großtaten, prahlten, ich aber war still, nicht weil ich nicht gern davon hörte, sondern eher, weil ich begriff, daß man die wirklich wahren Dinge einfach nicht erzählen kann. Es ist nicht nur notwendig, daß der, der zuhört, davon weiß – man muß früher davon wissen, als man sie kennenlernt; kurz, es ist unmöglich, sie von einem anderen zu erfahren. Ich selbst fragte mich, seit wann ich von ihnen wußte; aber es war, als habe man mich gefragt, wann ich meinen Vater kennengelernt hätte. Sandiana war eines Tages gekommen, um mit uns zu leben, und nicht einmal das genügte, daß ich mich an sie erinnerte. Damals wußte ich nur, daß alles erst am nächsten Tage beginnt.

Der Weinberg

Ein Weinberg, der an einem Hügel aufsteigt, bis er in den Himmel einschneidet, ist ein vertrauter Anblick; und doch erscheinen die einfachen, tiefen Rebstockreihen wie Portièren an einer magischen Pforte. Unter den Rebstöcken ist rote, umgeackerte Erde, die Blätter verbergen Schätze, und über die Blätter hinaus ragt der Himmel – Schatz und Rebgarten auch dieser immer weiche, reife Himmel mit seinen klar umrissenen Septemberwolken. All das ist vertraut und für mich längst vergangen – ist Kindheit, um es kurz zu sagen, aber es erschüttert mich jedesmal, als wäre es eine Welt.

. Die Vision ist begleitet von der Vermutung, daß dies nur die Kulissen einer für Fabelwesen bestimmten Bühne sind; sie scheint auf ein Ereignis zu warten, von dem weder Erinnerung noch Phantasie wissen. Etwas Unerhörtes ist auf diesem Theater geschehen oder wird geschehen. Man braucht nur an die Stunden der Nacht oder der Abenddämmerung zu denken, wenn sich der Weinberg dem Blick verbirgt und man doch weiß, daß er sich unter dem Himmel ausbreitet, immer gleich und in sich geschlossen. Man könnte sagen: niemand ist dort je gegangen; und doch sind Menschen darin, die Schößling um Schößling bearbeiten, und bei der Weinlese ist der ganze Weinberg erfüllt von lustigen Stimmen und Schritten. Aber dann gehen die Menschen wieder fort, und er ist so etwas wie ein Raum, den schon lange niemand betreten hat, und das Fenster nach dem Himmel steht offen. Dort herrschen der Tag und die Nacht. Manchmal ist es kühl und der Himmel bedeckt – da ist der Regen –, nichts in dem Raum ändert sich, und die Zeit vergeht nicht. Auch bei den Reben vergeht die Zeit nicht; ihre Jahreszeit ist der September, der kehrt immer wieder, er scheint ewig zu währen. Nur ein Knabe kennt den Weinberg wirklich; Jahre sind vergangen, aber vor ihm findet der erwachsene Mann, wenn er ihn betrachtet, den Knaben wieder. Die dumpfe Ahnung dessen, was geschehen muß oder mußte, sorgt dafür, daß der Weinberg der gleiche bleibt, und weckt die Kindheitserinnerung wieder auf.

Aber nichts ist wirklich geschehen, und der Knabe wußte nicht auf das zu achten, was jetzt auch der Erinnerung entflieht. Und das, was nicht am Anfang geschieht, kann nie mehr geschehen.

Oder war es vielleicht gerade diese Unbeweglichkeit, die den Weinberg verzaubert hat? Ein Pfad durchläuft ihn bis oben hin, teilt die Rebstockreihen und schneidet in den nahen Himmel eine Pforte. Der Knabe stieg diese Pfade hinauf, stieg sie hinauf und dachte nicht, daß der Augenblick dauern würde – etwas Ursprunghaftes, das ein heftiges Bestreben, es zu packen und von Grund auf zu kennen, über die Zeit hinaus bis in die Zukunft lebendig halten würde. Vielleicht bestand dieser Augenblick aus nichts, aber gerade auf ihm beruhte seine Zukunft. Ein einfaches, tiefes Nichts – nicht in der Erinnerung haftend, weil es das nicht lohnte, in die Tage ausgebreitet und dann verloren – taucht wieder auf angesichts des Pfades, des Weinbergs, und enthüllt sich als an die Kindheit gebunden, jenseits von Dingen und Zeit, wie es damals war, als es die Zeit für den Knaben noch nicht gab. Und damals geschah wirklich etwas. Es geschah vor einem Augenblick, es ist der Augenblick selbst: der Mann und der Knabe begegnen einander und wissen und sagen sich, daß die Zeit verflogen ist.

Diese Dinge weiß der Mann, wenn er den Weinberg betrachtet. Und alles, was er inzwischen aufgehäuft hat, der langsam angewachsene Reichtum von Erinnerungen aller Art, ist nichts vor der Gewißheit dieser Verzückung, die er nicht mehr im Gedächtnis hatte. Es gibt Himmel und Bäume, Jahreszeiten und ihre Wiederkehr, ein Wiederfinden und süße Empfindungen – aber das ist nur Vergangenheit, das Leben bildet es neu wie Wolkenspiele. Der Weinberg besteht auch aus solchen Dingen, ein Honig der Seele, und etwas in seinem Horizont öffnet glaubwürdige Fernsichten voll Heimweh und Hoffnung. Ungewöhnliche Ereignisse können dort geschehen, die allein die Phantasie aufweckt, aber nicht das Ereignis, das ihnen allen zugrunde liegt und alle wieder aufhebt: das Entschwinden der Zeit. Das geschieht nicht, es ist, ja es ist der Weinberg selbst.

Angesichts des Pfades, der zum Horizont aufsteigt, wird der Mann nicht erst zum Knaben – er ist Knabe. Für einen Augenblick, wo er dahin gelangt, jede Erinnerung zum Schweigen zu bringen, findet sich in den Augen der unbewegliche, im Instinkt lebende, unveränderliche Weinberg: daß er ihn im Herzen hatte, hat er immer gewußt. Und es geschieht nichts, weil nichts geschehen kann, was umfassender wäre als diese Gegenwart. Er braucht nicht einmal vor dem Weinberg stehenzubleiben und seine vertrauten, wunderbaren Züge wiederzuerkennen. Es genügt der Augenblick der Begegnung – und schon haben der Knabe und der erwachsene Mann ihr Zwiegespräch begonnen, das sich, so reich die Tage waren, von Anbeginn nicht ändert.

Das Gespräch am Fluß

Nach der letzten Begegnung am Flußufer streifte ich in den Wiesen umher, wie ich es als Knabe tat. Der Tag wollte kein Ende nehmen. Ich wußte, ich würde mich eines Tages an diese Stunden erinnern, wie ich mich an die Nachmittage vor vielen Jahren erinnere, als ich mir selbst überlassen war. Ich war in einen Zustand geraten, daß ich mich wie ein Kind fühlte, zu zerschlagen, um etwas anderes zu empfinden als meinen Körper, und meine Ängste liefen wie Führer vor mir her. Ich folgte ihnen betäubt.

Fabriken und ferne Kuppeln waren nicht höher als die Hecken. Das Land war völlig leer. Zweifellos war ich bereits in den Bewußtseinszustand eingetreten, in dem alles geschehen kann, weil nichts mehr wichtig ist. Die heftige Zerstreutheit, die mich aufgejagt hatte, erklärte sich als das, was sie wirklich war, eine Getrenntheit von mir selbst, und ich empfand mich als so von mir gelöst, daß, wenn ich mich umsah, mir alles so vorkam, als hätte ich es mir nie so vorgestellt. Ich sprang mühelos, ohne es zu wollen, über einen Wasserlauf, ich ging am Horizont wie auf einem Pfad. Ferne Erinnerungen stiegen vor meinen Augen auf, als wäre ich glücklich.

Aber dabei bemerkte ich alles; ich stellte mir immer wieder die im Fluß umgekehrt erscheinenden Bäume vor und konnte schwanken zwischen der oberen und der unteren Welt, weil ich nicht wußte, welche grüner war. ›Sie spiegeln sich im Himmel des Wassers‹, sagte ich mir und beobachtete die weißen Wolken, als wären auch sie eine Spiegelung.

Nun geschah es, daß mich jemand rief. Ich weiß nicht, warum ich störrisch wurde. Ich hätte mich gern in meinen Schmerz verloren; ich wußte jedoch, ich war wie gespalten, und irgend etwas erhob sich in mir, was mich gänzlich einnahm. Hätte man mir, als ich noch ein Knabe war, gesagt, was mich an diesem Nachmittag erwartete, so hätte ich geantwortet, ein Knabe habe mit den Großen nichts zu schaffen, und wäre weggelaufen. Jetzt rief mich der Knabe – aber ich wollte ihn nicht wiedererkennen. Ich dachte nur immer daran. Solange er allein auf der Wiese war, widerstand ich. Aber dann erschien auch die Barfüßige mit der dunklen und kräftigen Haut, in dem geblümten Kleid. Ich schnupperte wieder den Duft des Sommers, als wäre er unmittelbar da. Während alles mich in den Strudel riß, blieb ich, da ich nichts anderes tun konnte, regungslos stehen und betrachtete zögernd die Hecken und den Pfad. Ich antwortete dem Knabe leise, ängstlich wie jemand, der sich verloren hat, und überließ mich der Erinnerung.

Die Frau war barfuß wie damals. Als sie damals in den Zug gestiegen war, hatte ihr geblümtes Kleid geflattert; der Mann, ein Bauer mit dem gleichen dunklen Gesicht wie sie, war lachend hinter ihr hergelaufen, hatte sie um die Taille gefaßt und hineingeschoben. Sie trugen einen kleinen, ganz feuchten Korb und hatten uns von der Seite angesehen. Der Zug fuhr in die Stadt zurück; viele lachten, weil sie sich die schmutzigen Fußsohlen der Frau auf dem Gehsteig vorstellten. Sie lachten den beiden ins Gesicht, von ihrer ländlichen Art in gute Laune versetzt. Die Barfüßige sah den Knaben nicht an, sie saß hingegen da und preßte sich an den Mann; und sie hatte noch Strohhalme in den Haaren. Woher die beiden kamen, wußte niemand. Sie kamen von den Hügeln, sie hatten sie noch in den Augen und im Schweiß. Der Knabe war der einzige, der nicht lachte.

»Ich habe nicht über dich gelacht«, sagte ich zu der Barfüßigen, die mir entgegenkam. »Der Knabe dort weiß es.«

»Ja«, sagte die Stimme. »Als Knabe warst du zu den Frauen gütiger.«

Ich wandte den Blick ab, als wollte ich ihr bedeuten, daß man in Gegenwart des Knaben besser davon schwieg.

»Damals warst du kein Heuchler. Solche Rücksichten nahmst du nicht.«

»Ich nahm sie bestimmt«, sagte ich überzeugt. »Man ist immer der gleiche.«

Der Knabe ließ uns reden. Ja, es schien, als spähe er über die Wiese, bereit, die Flucht zu ergreifen, sobald wir anderswohin blickten.

»Aber damals war das recht. Damals wußtest du nicht, was eine Frau ist.«

Sie sah mich vergnügt von der Seite an.

»Jetzt müßtest du es wissen.«

Da sagte ich zu ihr: »Du bist immer noch so jung?«

Ich sah auf ihren Hals und sprach leise. Ich erwartete ein beleidigendes Wort, eine Grimasse, einen Ausbruch.

Statt dessen wurde es ein rauher Seufzer, der gut zu dem Kleid und zu den zerzausten Haaren paßte. »Warum fragst du mich das?« sagte sie und wies auf den Knaben. »Er weiß es; genügt dir das nicht?«

Das Kleid über den Waden zitterte.

»Du bist noch immer die gleiche«, sagte ich ganz belebt. »Den Sommerabend damals vergesse ich nie.«

Die Barfüßige lächelte wieder.

»Wir sprechen immer davon. Er will wissen, was ich tat, woher ich kam, ob wir an dem Tag gefischt hatten. Wäre es nicht um seinetwillen, so wäre ich nicht hier.«

»Fragt er dich nicht, wer jener Mann war?«

»Was für ein Mann?«

Sie sah mich überrascht an, dann lachte sie.

»Ach geh«, sagte sie laut. »Er ist nicht wie du. Er hat mich gern. Er sieht mich am liebsten in dem geblümten Kleid. Hätte ich ein anderes an, so würde ich ihm Angst machen.« Der Knabe kam näher, er schien seine Schuhe zu betrachten. »Ihm gefällt der Sonnen-Geruch von damals. Siehst du ihn?«

Sie streckte die Hand aus und packte ihn am Nacken, wie man es bei Katzen tut. Der Knabe schüttelte sich und drehte den Kopf, aber er ging nicht weg, er blieb und sah uns schweigend an. Die Barfüßige lächelte – mit dem spröden Lächeln, das auch in ihrer Stimme schwang, wie eine Sonne, die sich getrübt hat.

»Siehst du ihn?« fragte sie. »Er zeigt, was er denkt.«

»Verberge denn ich dir etwas?« fragte ich.

Da warf sie mir einen schrecklichen Blick zu – den Blick, den ich schon eine Weile befürchtet hatte –, doch ohne daß sie aufhörte zu lächeln, und es war, als sollte mich dieser Blick bannen. Ich begriff die Gefahr, die in ihren Augen lag. Wenn sie mich richten wollte, war ich verloren. Das Herz in Aufruhr, antwortete ich:

»Du hast recht. Ich bin feig und boshaft. Wie du. Wir sind alle so. Die Zeit vergeht.«

Die Barfüßige hörte zu. »Du bist kein kleines Mädchen mehr und weißt es so gut wie ich. Aber heute habe ich nichts Böses getan. Und der mich so zerschlagen hat, ist nicht wie du.«

Die letzten Worte sagte ich nach der Erde hin. Ich hörte das Gras rauschen und sah nur eben den nackten Fuß – da strich mir schon die Hand über den Nacken, und ich trat fort, ebenso widerstrebend wie glücklich. Die Stimme sagte zu mir: »Sprichst du nicht mit ihm?«

Ich merkte, daß ich allein war; und ich bummelte zurück an das Flußufer, auf den ruhigen Kiesgrund. Dort saßen sie schon auf den Steinen. Ich setzte mich zwischen sie und legte das Kinn aufs Knie.

Der Knabe stand auf und warf einen Stein flach über das Wasser. »Es wäre besser gewesen, ich hätte nicht mit euch geredet«, begann ich. »Ich komme nicht das erste Mal zum Fluß.«

»Sag das dem Knaben«, sagte die Barfüßige in singendem Ton.

»Du siehst ja, wie er ist. Ich wüßte nicht, was ich ihm sagen sollte. Immer, wenn ich ihn ansehe, ist er plötzlich fort. Ihm genügt es, Steine zu werfen und auf die Bäume zu klettern.«

»Und wenn es nun doch so wäre, daß er mit dir spricht?«

Ich sah über das Wasser und begriff mich selbst nicht mehr. Das entsetzliche Glucksen, das ich schon den ganzen Nachmittag im Kopf spürte, schien nun etwas anderes zu sein, ein leises Sprechen. Und ich dachte nicht mehr an den Abend und an den nächsten Tag: ich duldete es, daß der Tag über dem Wasser dahinstarb; meine einzige Sorge war, daß die beiden nicht fortgingen.

»Manchmal«, sagte ich, »habe ich so den Abend erwartet. Wer weiß, wo.«

»Auf dem Weinberg«, sagte der Knabe plötzlich.

»Auf dem Weinberg«, sagte ich. »Ja. Aber woran erinnere ich mich sonst als an einen Weinberg und einen Pfad im Röhricht, und an immer gleiche Glyzinienblüten auf dem Balkon? Jetzt schäme ich mich dessen manchmal. Kann man Tag und Nacht an diese Dinge denken? Und doch – du brauchst nur zu graben: darin ist alles enthalten.«

»Der Pfad führt in die Wälder«, sagte der Knabe plötzlich entflammt. »Und das Röhricht endet beim Brunnen. Die Wälder bedecken den halben Hügel, man sieht sie von der Terrasse.«

Da lächelte ich und sagte: »Das stimmt.«

»Im Sommer«, sagte der Knabe, »wenn die Trauben reifen, bewegt sich auf dem Weinberg nicht das kleinste Blatt: auch wenn man still ist, ist es trotzdem, als schreie jemand so laut, daß man sonst nichts hört.«

»Na und?« sagte die Barfüßige.

Der Knabe sah uns an. »Es ist das Getöse der Sonne: sie kocht die Erde.«

Ich sagte: »Es ist wie die Zeit: auf der Glyzinienterrasse steht sie still. Den ganzen Sommer. Nur gegen Abend gibt es etwas wie einen Ruck, und dann kommt die Kühle, und drüben hinter den Bäumen hört man reden und Bruchstücke von Gesprächen.«

Der Knabe verschlang mich jetzt mit den Augen. Er hörte aufmerksam zu. Es war mir bewußt, was geschah, ich hätte ihm gern alles gesagt. Ich fuhr fort:

»Auch in den Wäldern steht die Zeit still. Aber wenn man vom Brunnen aus hinüberschaut, scheint es immer, als müsse auf der Wiese zwischen den Eichen etwas geschehen. Wer weiß – vielleicht betritt bei Nacht jemand die Wiese. Weißt du es?«

Er antwortete rasch: »Ich kann nicht bis da hinauf gehen.«

»Aber du weißt es?«

Die Barfüßige kam ihm zu Hilfe: »Er ist ein Knabe.«

Wir sahen einander in die Augen; in seinen kindlichen, undurchlässigen Augen war vieles, was noch keine Form angenommen hatte.

»Du Dummchen«, sagte ich, »Weinberg und Terrasse sind noch gar nichts. Es zählt nur die Furcht und das Herzklopfen. Und ein paar Schritte vom Weinberg findest du sie.«

»Quäle ihn nicht«, fuhr sie fort. »Er weiß es sehr wohl.«

»Man braucht nur zu hören, wie der Zug vorüberfährt«, sagte der Knabe.

Ich fragte ihn nicht, wozu. Ich sagte zu der Barfüßigen:

»Die Zeit steht still, aber die Welt wartet. Verstehst du? Alle Züge, die vorüberfahren, nehmen dich mit. Da klopft natürlich gegen Abend das Herz, wenn man drüben hinter den Bäumen singen hört.«

»Wie jetzt.«

Ich hörte, wie das Wasser glucksend an das gegenüberliegende Ufer schlug, ein unbestimmter Laut am Abend. Das Land war leer.

»In den Sommernächten«, sagte die Barfüßige laut, »gingen wir vom Dorf hinunter und lachten und sangen. Wie oft gingen wir dorthin! Du nicht?«

Der Knabe schwieg störrisch.

»Sie ließen mich nicht hin«, antwortete ich. »Manchmal bin ich fortgelaufen.«

»Und hast gesungen? So?«

Da kam, in der Luft schwebend, eine Stimme zu mir; das war nicht mehr der Fluß. Sie erhob sich in der Ferne, drüben über den Wiesen, drüben in den Wolken – gleichsam die Stimme des Hügels und des Weinbergs, etwas wie ein gedämpfter Chor. Ich gab der Barfüßigen keine Antwort. In dem Gesang hörte ich deutlich ein losplatzendes Gelächter und Worte. Ich schloß glücklich die Augen.

»Der Wind hat sich gedreht, darum hört man es«, sagte sie. »Von einem Dorf bis zum anderen. Hast du auch gesungen?«

»Ich hörte auf der Terrasse im Dunkeln zu.«

»Aber wenn du weggelaufen bist?«

»Ich wäre gern ganz oben auf die Hügel gegangen. Ich war nie einsam genug.«

Wieder hörte ich das spröde Lachen. Die Barfüßige bog sich nach hinten, fast berührte sie mich – den Knaben sah ich nicht –, und sagte zu mir: »Gingst du, um die Blätter von der Mohrenhirse abzustreifen?« Ich wollte ihr Gesicht fassen, aber sie wehrte sich. »Das alles hast du gehabt«, sagte sie, »und da schämst du dich des Weinbergs und der Terrasse?«

»Ich schäme mich ja gar nicht. Es ist vorbei.«

»Hast du nicht mehr Herzklopfen?«

Da faßte ich ihr Gesicht und spürte unter den Fingern den offenen, lachenden Mund. Einen Augenblick blieb mir die Barfüßige nahe; sie hauchte mir rauh über die Wange, dann sagte sie: »Denk an den Weinberg und die Terrasse.«

Ich spürte, daß sie zurückwich, und ich konnte sie nicht halten. Ich sagte in ihr Antlitz hinein: »Kommst du wieder?«

Die Stimme antwortete: »Im Sommer.«

Im Halbdunkel des Flusses war nichts als das Glucksen. Ich horchte lange, ob ich das in der Luft verschwebende Lied noch hörte. Dann, als ich allein war, wirklich allein, erhob ich mich unter dem Himmel und ging fort.

Nacktheit

Ich bin zu dem Wildbach zurückgekehrt, an dem ich in diesem Winter war, und wie es in den heißen Stunden so geht – es fiel mir ein, mich nackt auszuziehen. Nur die Bäume und die Vögel sahen mich. Der Wildbach ist in eine Schlucht im Land eingesenkt. Hat man einen Körper, so soll man ihn dem Himmel aussetzen. Auch die Wurzeln, die aus der Felswand ragen, sind nackt.

Ich badete in dem Tümpel; wenn ich mich ausstreckte, berührte ich den Grund. Es ist ein lauwarmes Wasser, das nach Erde riecht. Von Zeit zu Zeit kehrte ich dorthin zurück; ich briet die ganze Zeit in der Sonne, ich warf mich ins Gras, und die Wassertropfen rannen wie Schweiß an mir herab. Es war, als bestände ich gar nicht mehr aus Fleisch, als wäre ich nur noch Wasser und Erde. Über meinem Kopf sah ich zwischen den Baumwipfeln den nackten Tümpel des Himmels. Ich blieb bis zum Abend dort.

. . . .

Schon seit einigen Tagen verbringe ich den Nachmittag nackt unter dem Himmel. Ich setze mich ihm aus und bewege mich unruhig auf dem Gras und auf dem lockeren Erdreich des Tümpels.

Sehr selten sind die Augenblicke, wo ich – wenn ich mich tropfend ins Gras werfe – das Bewußtsein meines Körpers verliere und ihn vergesse. Nicht daß ich die Verlassenheit und Traurigkeit verspüre wie damals, wenn ich, als Kind, mich auszog, um mich zu waschen. Jetzt ziehe ich mich im Gegenteil mit Eifer aus, begeistert davon, daß ich wieder hier bin, hier wieder auftauche; mein Herz klopft heftig. Aber in dem Herzklopfen ist auch eine Angst, ist das Warten auf irgend etwas, was meine Einsamkeit erschüttert. Ich meine: ich tue so, als wüßte ich, daß ich gesehen werde.

Ich spreche nicht von Menschen. Um zum Wildbach zu kommen, gehe ich durch die Felder, wo Burschen und Mädchen vom Ort hier und da mähen; aber es ist undenkbar, daß jemand mich überrascht in dieser Senke, die von Sträuchern und Steilufern geschützt ist. Allenfalls höre ich, wie sich eine Wachtel oder eine Eidechse bewegt, und ich würde mich immer beizeiten bedecken können. Meine Unruhe ist anderer Art – übrigens nicht ohne Genuß. Jedesmal erschreckt und erstaunt mich dieser Zustand völliger Nacktheit, als wäre es etwas Besonderes, ihn hier sorglos zu verwirklichen. Jedesmal, wenn ich meine langen Beine aufs Gras strecke und den Nacken drehe, weiß ich, daß die Sonne mich sieht und durchstöbert, wie ich hier bin, vom Kopf bis zu den Füßen, und daß ich mich in nichts unterscheide von einem Stein, einem Baumstamm, einer gesprenkelten Natter – abgesehen von der Verwirrung, die ich mir zu erklären versuche. Jetzt haben Wasser und Sonne mich schon gedrechselt und mit einer Hülle versehen, und auch daraus meine ich zu begreifen, daß die Natur das menschliche Nackte nicht duldet und sich mit all ihren Mitteln – wie sie es mit den Kadavern tut – bemüht, es sich anzugleichen. Aber dazu braucht sie Zeit, und ich müßte Tag und Nacht von ihr umgeben sein. Jeden Tag jedoch erscheine ich wieder, ziehe mich aus und bin wieder nackt. So behaupte ich mich ihr gegenüber und überlasse mich zugleich ihren Blicken mit so viel Genuß, wie ich aufbringen kann. Hier gibt es eine kleine Bucht mit hohen Sumpfgräsern, immer im Schatten, wo ich manchmal umhergehe. Die Gräser reichen mir bis an den Bauch, und die Füße waten im Wasser, aber nicht die Kühle suche ich. Ich gehe hinein, um mich zu verbergen und plötzlich wieder herauszukommen, nackter als zuvor.

. . . .

Die Schreie und Rufe der Vögel über meinem Kopf sagen mir, daß ich nicht eben viel zähle. Hier geht alles weiter, als sei ich gar nicht da; und wenn ich den Blick vom Grund dieser Schlucht hebe, sehe ich hier und da Wolken vorüberziehen, und die Wipfel der Bäume rauschen, als wäre zwischen uns kein Abgrund. Der Wind dringt nicht bis hier hinunter. Sobald ich mich ins Gras geworfen habe, vergesse ich Land und Straßen – mein Horizont ist der schmale dieses Tümpels, und ich betrachte, beharrlich und wie benommen, einen Schmetterling oder einen Baumstamm, genauso, wie mein Körper auch die Erde, auf der ich liege, betastet. In Abständen kommt der Schatten einer Wolke zu mir, und dann wird es kühl, der ganze Buschwald verwandelt sich: die Bäume, die in der Sonne hinschwinden, gewinnen klare Umrisse, werden zum Wald, spiegeln sich im Wasser, die Farben sind gedämpft, der Blick kann unterscheiden. Dann stehe ich auf und schüttle mich, ich bin nackt wie ein Baumstamm unter der Rinde, kühl und nackt wie die Luft, die ich berühre. Ich sehe, daß auch der Himmel hinter den Bäumen nackt ist. Nackt und gesammelt.

Der Schatten wächst, ich beobachte den Wald oder das stille Wasser. Ich wüßte nicht zu sagen, was ich sehe und denke. Die Worte sind Gras und Wurzeln, sind Steine, Schlamm, Glanz – andere gibt es nicht; aber mein Körper nimmt sie nicht an. Ins Gras eindringen, in den Stein eindringen: das würde mein Körper sagen, aber auch das genügt nicht. Diese kleine Bucht ist eine Materie ohne Namen; man muß sich bewegen, sie fühlen, sie berühren. Ich muß mir Mühe geben, daß ich die Wurzeln nicht an mich presse, nicht in den Wald hinaufklettere, zwischen die Dornen und grünen Stämme, und dort umhergehe. Ich betaste meinen Körper und halte mich zurück.

. . . .

Käme jemand, wenn ich mich gerade triefend umgedreht habe, so würde ich mich, glaube ich, nicht rühren. Ich bin unempfindlich wie ein Baumstamm. Wasser und Sonne machen mich jeden Tag dunkler; so meinen sie mich auszulöschen, mich zu bedecken. aber sie wissen nicht, daß sie mich statt dessen dem Tier annähern. Sie härten meinen Körper, um ertragen zu können, daß er etwas selbst tut. Jetzt hat mich, wenn ich verschwitzt heraufkomme, schon die Raserei gepackt, mich mit Schlamm zu beschmieren; ich nehme

Hände voll davon auf, streiche ihn mir auf den Körper und liege dann in der Sonne, bis er langsam abbröckelt. Auch das ist eine Art, mich mit etwas zu bedecken. Wenn ich mich dann wasche, scheint es mir, als käme ich aus dem Wasser nackter, als ich vorher war.

Das Wasser im Tümpel stagniert zwar beinahe, es ist klebrig, aber ich brauche mich nur flach auszustrecken, um gesäubert herauszukommen. Drinnen gibt es eine härtere, kalte Schicht; die suche ich: dann patsche ich auf dem Rücken herum oder ducke mich wie ein Frosch unter die dicken Wurzeln des Steilufers. Der Schlamm macht das Wasser sofort trübe, und der ganze Nachmittag genügt nicht, es zu klären: man könnte sagen, daß die Sonne hier ihre heißesten Dämpfe noch verdichtet. Es ist wie ein Bild eines drückenden schwülen Himmels; in seiner Undurchlässigkeit spiegelt es nichts mehr. Mir ist, als käme ich verschwitzt heraus, Tropfen rinnen mir von der Brust auf die Schenkel.

Nach diesen Bädern ist der Geruch nach Sumpf und Schlamm noch stärker. Die ganze kleine Bucht kocht in der Sonne. Man hört Schnarren, Rauschen, dumpfe Laute, Rufe, die von wer weiß woher zu kommen scheinen und nicht weiter als drei Schritte entfernt sind. In einem solchen Augenblick geschieht es: ich vergesse, daß ich nackt bin. Ich schließe die Augen, und das ganze weite Land, Obstbäume, Fußsteige, Hänge, die Menschen, die des Weges kommen, nehmen drüben hinter den Bäumen wieder Existenz und Raum an, jedes Ding einen Geruch, einen Geschmack, seine Wirklichkeit. Ich brate im Gras, und alles kommt und geht rund um mich her. Warum sollte ich mich bewegen, wenn jemand käme?

Aber es kommt niemand. Die Langeweile, die kommt schon. Ich bin in der Sonne und bin im Wasser, ich laufe umher und setze mich ins Gras, ich beobachte, schnuppere, kehre ins Wasser zurück – nie geschieht etwas. Der Schatten eines Baumes wird allmählich länger, bis er mein gewohntes Lager bedeckt. Wieder erfüllt Kühle die kleine Bucht, und der starke Geruch nach Schlamm und nach Tod wird durchdringender. Jetzt kann ich ihn spüren, wie ich meinen Körper spüre, der nun größer und noch nackter ist. Und niemand kommt. Aber wäre es nicht möglich, daß ich selber gehe?

Als ich diesen Einfall das erste Mal überdachte, war ich bestürzt, aber ich lächelte mir zu. Jetzt, um mir die Lust dazu auszutreiben, renne ich den Pfad hinauf, auf dem ich sonst herunterkomme, und bleibe zwischen den niedrigen Sträuchern auf dem Gras der Ebene stehen. Nun gibt es zwischen mir und dem Land keinen Schutzwall. Ich sehe hinter den Stämmen die ebenen Kornfelder. Im letzten Sonnenstrahl werfe ich mich ins Gras, das Gesicht zum Himmel. Berührungen fürchte ich nicht, nicht einmal die mit den Stoppeln.

. . . .

Sie sind mit dem Mähen zu Ende. Das Land liegt verlassen. Ich mache den ganzen Weg, ohne jemandem zu begegnen. Der Tümpel erwartet mich; mich bekümmern die Tage, die schon vergangen sind. Das Wagnis damals war schön.

Mir kommen die Menschen in den Sinn, die im Po baden. Besonders die Frauen, die sich für nackt halten, weil sie die Kleidung ändern. Sie kommen und gehen auf dem Zement oder auf dem Sand, winken sich zu, sehen einander nach, reden miteinander oder fügen sich Kränkungen zu, nicht anders als im Salon. Dann legen sie sich in die Sonne, manche streifen den Badeanzug von der Schulter, um eine Handbreit mehr Sonne zu haben. Alle ziehen sich aus, alle suchen einander, und nicht einer sagt, was alle im Sinn haben – daß der Körper etwas anderes ist. Sie haben den Mut gehabt, sich zu Gruppen zusammenzufinden, aber so viel Mut, das zu tun, was alle tun möchten, bringen sie nicht auf.

Damals, in jenen Tagen, ging ich gern über die Felder unter den Blicken der Frauen, der Schnitter und der Rinder. Gute Menschen, die nicht wußten, wohin ich ging, die zu jeder beliebigen Zeit zum Wildbach kommen konnten, um sich das Gesicht zu waschen oder ein Tier zu tränken, die zwischen den Brombeersträuchern meinen gebräunten Körper entdecken konnten. Sie wenigstens ziehen sich ungeniert aus, wenn sie einmal baden wollen. Oder vielleicht tun sie das nur als Jungen. Ich ging dicht an den Korngarben vorüber, deren von der Sonne geröstete Ähren genau die Farbe meines Körpers haben, und sah, wie sich die dunklen Hände ausstreckten, die Rücken sich beugten; die Kopftücher der Frauen schimmerten rötlich. Was sie vom Körper zeigen, ist tabakbraun, und sogar das Hemd und die Hosen sehen erdfarben aus wie Baumrinde. Das sind Menschen, die sich nicht erst nackt auszuziehen brauchen: sie sind schon nackt. Wenn ich zwischen ihnen hindurchgehe, wird mir die Kleidung, die ich trage, lästig, ich fühle mich wie ein aufgeputzter Ochse. Ich wünschte, sie wüßten, daß ich darunter dunkel bin. Kurz, daß ich nackt bin.

. . . .

Es ist geschehen. Eine wenigstens weiß es.

Ich war ins Wasser gegangen, um mir die lockere Erde abzuwaschen. Ich schwamm obenauf, die Arme ausgebreitet, und blickte in den hellen Himmel. Ich dachte an nichts. Gerade richtete ich mich auf dem schlammigen Grund auf und bückte mich, um mich mit Wasser abzuspülen, als eine Frau durch die kleine Bucht kam. Sie war groß, eine junge Frau, und trug ein Bündel Zweige auf der Hüfte. Sie kam auf mich zu, war weder erstaunt, noch beachtete sie mich – und sie sah mich doch gebeugt dastehen und Wasser schöpfen; dann bog sie mit ihrem Bündel in die Schlucht ab, watete durch ein Rinnsal und verschwand zwischen den wilden Gräsern. Sie war barfuß. Ich sah ihren kräftigen Rücken in der Sonne zwischen dem Grün wieder auftauchen, dann hörte ich sie weiter drüben rascheln.

Sie war den Pfad heruntergekommen, den ich rasch hinunterlaufe, wenn ich mich ins Gras werfen will. Sie mußte mich schon von oben gesehen haben; und doch ging sie ruhig ihres Weges und dachte auch nicht daran, sich umzudrehen, als sie vorüber war.

Aufrecht im Wasser, nackt, horchte ich, wie sie sich entfernte. Ich war sicher erregter als sie. Über die Haut rannen mir die Wassertropfen. Ich ging aufs trockene Gras, und noch immer schien es mir nicht wirklich. Wieso hatte ich sie nicht gehört? Eine Frau hat einen anderen Schritt als wir. Aber nicht daran dachte ich. Ich dachte daran, daß sie mich nicht mit Neugier betrachtet hatte und auch nicht errötet war: sie sah mich als etwas Natürliches an. Wäre sie stehengeblieben, womöglich lachend, um mit mir zu reden, so wäre die Sache anders verlaufen – ich hätte mich bedeckt, hätte sie vielleicht angerührt, aber in jedem Fall wäre ich nicht so aufgeregt. Und doch war sie jung; denn die Frauen hier verblühen rasch.

. . . .

Die Kühle kommt herab, und ich fühle mich noch nackter. Ich denke an die Augen der Frau zurück; auch sie war sonnengebräunt.

Ob sie am ganzen Körper gebräunt war? Das hat sie gewiß nicht nötig – nicht das ist wichtig. Für sie ist es wichtig, gesund zu sein und kräftige Kinder zu gebären. Sie nimmt im Gehen von der Sonne soviel, wie sie braucht. Die gleiche Sonne, die Korn und Früchte reift, die Sonne, die hier im Wein getrunken wird. Die Traube wird dunkel, auch wenn sie von den Blättern bedeckt ist. Wichtig ist dies: daß darunter der Körper ist.

Sie trug über den kräftigen Beinen einen dunklen Rock und ging achtlos zwischen Steinen und Wurzeln. Ich sehe sie vor mir, wie sie im Wald aufmerksam weiterschreitet und von den Akaziensträuchern, die dort oben so schön wachsen, das Laub abstreift. Da sie auf die Wand der Schlucht steil abfallen und ihre Wurzeln herausragen lassen, kommt es mir vor, als sähe ich unter die Erde und, oben, den Himmel. Hier ist der verborgene Teil des Waldes, die Empfindungen, die tiefe Finsternis, der Urgrund. Die Frau ist um diese Zeit schon weit fort. Ich habe vor mir die nackte, steingeäderte Steilwand, die mir sagt, daß auch der Wald seinen Körper hat – wie das ganze Land –, bedeckt mit Erde, mit Pflanzen bekleidete Erde er selbst, nackt und wahr, wie wir alle sind. Ich betaste meine Haut, die die gute Wärme der Sonne festhält. Ich bin glücklich, daß die Frau mich gesehen hat.

. . . .

Wenn ich zurückkehre, bleibe ich an den Wegkreuzungen stehen, um mit jemandem ins Gespräch zu kommen. Immer ist jemand dort, der etwas zu sagen weiß. Gestern habe ich Marchino gesehen und ihm gesagt, woher ich käme. »Ich muß auch einmal baden«, sagte er. Er ist ein dunkler Mann mit einem zwei Finger dicken Bart und harten Augen. Aber er hat Takt, er hat mich nicht gefragt, ob er mit mir gehen solle.

Er sagte zu mir, er gehe morgen zum Teich, dorthin, wo das Wasser Strömung hat. »Wenn Ihr mitkommen wollt ...«, sagte er. Ich wandte ein, ich trüge keine Badehose. »Mit mir ist das nicht nötig, wißt Ihr«, antwortete er.

Heute abend sind wir an den Teich gegangen: hier bildet der Damm einen See, und das Ufer ist ein sandiger Boden mit Weidenbüschen, auf die die Sonne prallt. Die Jungen sind um diese Zeit alle auf der Weide. Wir zogen uns aus und legten das Zeug dahin, wo ein wenig Schatten war; dann gingen wir ins Wasser.

Es war ein silbriges Wasser, schmeichelnd, mit Sandgrund. Marchino spritzte beim Schwimmen kräftig. Ich streckte mich im Wasser lang, blieb an der Oberfläche und sah in den Himmel. In solchen Augenblicken denke ich immer ans Land, an die Wipfel der Bäume, an das Leben, das dahingeht.

Als wir aus dem Wasser kamen, betrachtete ich Marchino genauer. Er hatte in diesem Jahr offensichtlich mit nacktem Oberkörper gemäht, denn blaß waren nur Bauch und Schenkel. Übrigens war er behaart, ein ins Blonde spielender Haarwuchs, in der Hundstagshitze ausgebleicht. Er ging ruhig und bückte sich, um sich auf dem Sand langzustrecken. Ich wendete den Blick ab.

Wir plauderten, und zwischendurch gingen wir wieder ins Wasser, um den Kopf hineinzustecken. Marchino ließ mich reden und antwortete, wie es ihm paßte, nach einer Weile. Manchmal sagte er etwas, während ich schon an anderes dachte. Mir gefiel seine kräftige Brust, die sich auch beim Atmen nicht bewegte.

Er sagte, ich müsse viel Sonne abbekommen haben, weil ich so dunkel sei. »Ich habe sie nicht bei der Arbeit bekommen«, antwortete ich. »Aber Ihr. Ihr müßtet vollkommen dunkel werden. Was für eine Figur macht Ihr sonst – wenn es darauf ankommt!« Während wir redeten, hatten wir den Nacken auf dem Sand. Er richtete sich halb auf und sah, worauf der Scherz zielte. Nach einer Weile antwortete er: »Wenn sie an dem Punkt sind, denken sie nicht an uns.«

Ich sah im Geist die Frau aus dem Wald vor mir und begriff, daß Marchino für sie geschaffen war. Ich hätte es ihm am liebsten gesagt – aber wie konnte ich das? Marchino hätte es nicht verstanden. Es ist seine Art, an so etwas nicht zu denken.

. . . .

Ich bin zwischen die Bäume oberhalb der Schlucht eingedrungen, in das warme Halbdunkel. Ich gehe den gleichen Weg wie die junge Frau, ganz vorsichtig. Das Land ist alles andere als einfach. Man braucht nur daran zu denken, wie viele Menschen darübergegangen sind. Jedes Ufer, jeder Buschwald hat etwas gesehen. Jeder Ort hat einen eigenen Namen.

Durch die Fenster der Blätter schaut der Himmel, und Hügel und Ebene sind unter dem Himmel wie ein einziger Teppich aus Feldern. Ihre weiche Süße schmeckt wie nach Schweiß. Aber in diese Süße ist auch der Wald getaucht, alle die unwegsamen Winkel des Waldes, der ja auch nackt ist. Hier, an diesen wilden Orten – oft nur ein Strauch, ein Stein – sind Erde und Grund nackt und enthüllen sich.

Ich bleibe am Rand der Stämme stehen. Hier beginnen wieder die bebauten Felder und die Mühen. Wenige Flecke mit Erlen und Akazienbüschen über der Wasserschlucht machten das ganze unbebaute Land aus. Ich kann nicht weitergehen, denn ich bin nackt. Diesmal habe ich es verstanden, warum man, will man sich ausziehen, in die Schlucht hinunter muß; verstanden auch, warum die Bauern sich bekleiden, wenn sie aufs Feld gehen. Arbeiten heißt: die Erde bekleiden.

Darum betrachtete mich die Frau so ruhig. Sie wußte, daß ich mich verborgen hatte, und das bedeutet: Muße. Mich sehen war soviel, als sähe sie sich selbst. Sie wußte nicht, daß ich daran gedacht hatte, auf die Felder hinauszugehen. Alles auf dem Land hat einen Namen, dieses Tun aber nicht. Weder sie noch Marchino denken an so etwas.

Inzwischen sinkt die Sonne auch hier. Ich höre, wie das Gras hin und her weht und rauscht; Vögel fliegen vorüber; ein tieferes Summen betäubt Erde und Himmel. Das Land erscheint nackt, aber es ist nicht nackt. Überall bedeckt es der Schweiß verdorrten Dunstes. Ich frage mich, ob es einen Graben, einen Hügelrücken, ein einziges Stück Erde gibt, das Hände nicht aufgegraben und neu bestellt haben. Überall ist die Erde von menschlichen Blicken und Worten gezeichnet. Von den Feldern kommt etwas wie ein ruhiger Hauch, aber er dringt nicht bis hier unten hin, wo das Wasser, der Schlamm, der Schweiß stehen und nichts aussagen. Ich finde hier jeden Tag das Leben; aber dann strecke ich mich, ein dunkler Körper, wie ein Toter aus.

Der Flüchtling

In den Heustadeln und Ställen wollten sie seit einer Weile niemanden mehr haben, weil es danach vorkam, daß die anderen zu irgendwelchen Repressalien erschienen. Sie gaben einem einen Teller Minestra und ein Stück Brot, wenn man darum bat, sagten aber, man solle gehen und es weiter weg verzehren; man mußte viele Worte machen, um sie wenigstens an der Tür festzuhalten. Ab und zu regnete es, und man mußte unter den Brücken Schutz suchen. Als ich die verlassene Kapelle fand, sagte ich es keinem Menschen; ich füllte den Sack mit Laub und legte mich dort schlafen. Vom Ausreißen und gespannten Horchen hatte ich genug.

Als ich erwachte, war es eher Nacht als Tag; durch das kleine Fenster drang nicht so viel Licht herein, daß man es bemerkt hätte. Es hatte wieder heftig zu regnen begonnen, mancher Spritzer kam bis auf mein Gesicht. Ich lag ausgestreckt auf dem Sack und genoß die sanfte Wärme. Nicht weit entfernt bellte ein Hund, und ich stellte ihn mir vor, wie er im Regen umherstrich und vor Hunger jaulte. In diesem winterlichen Dunkel klang es wie die Stimme der ganzen Erde. Im Halbschlaf zuckte ich zusammen.

Am frühen Morgen hörte der Regen auf, und ich sah ringsum abgeerntete Weinberge. Alles Schlamm und rote Blätter. Die Kapelle hatte noch eine rosa Fensterscheibe, gesprungen; durch sie sah man das Land. In der guten Jahreszeit bewachten sie gewiß von hier aus die Trauben.

Was auch geschehen mochte – dies war ein abgelegener Ort. Den Tag verbrachte ich im Dorf. Es war Sonntag, die Männer spielten Boccia. Ich lehnte mich an die Mauer, um die Gesichter zu betrachten und die Männer kennenzulernen; ich hörte ihren Späßen und Rufen zu. Von hier oben sah man undeutlich im Nebel das ganze weite Tal, die große Straße und die Hügel gegenüber, die zum Po abfielen. Ein Dorf in diesem Tal war niedergebrannt, Menschen waren getötet worden. Die meisten sagten das so hin, ein kleiner dicker Mann aber, der zuhörte, sagte sofort: »Um hinüberzukommen, ist es dort am besten; wo sie etwas niedergebrannt haben, wird nicht mehr so aufgepaßt.«

Im Dunkeln ging ich zur Kapelle zurück; ich war unruhig, ich wünschte, es käme Regen. Statt dessen hatte sich ein heftiger Wind erhoben, der die Sterne freifegte, so daß die Nacht jener andern ähnlich wurde, als ich auf die Hügel gekommen war. Im Wind war alles klar und dunkel, und man hörte die Blätter rascheln. Ich schlief wenig.

Der Wind hielt einige Tage an. Er hatte das Gute, daß er das Land trocknete. Ich konnte mich nicht entschließen, das Dorf zu verlassen. Diese letzte Schranke von Hügeln machte mir Angst.

Mit dem kleinen Dicken vom Bocciaspiel traf ich mich wieder. Er sprach wenig, faßte aber alles sehr rasch auf. Er hatte mich in seinen Hof hinter dem Haus mitgenommen und mir mit Erlaubnis der Frauen einen Teller Minestra gebracht. Dann hatte ich ihnen allerlei erzählen müssen, denn sie wollten wissen, wann der Krieg zu Ende ginge. »Und wenn er hundert Jahre dauerte«, sagte ich, »wem geht es besser als euch?« Unter dem Säulengang war noch der Blutfleck, dort, wo sie das Schwein geschlachtet hatten. »Ihr seht, wie es zugeht«, sagte mein kräftiger junger Mann, »dieses Ende nehmen wir alle.«

Im Hof hatte ich ihn später gefragt, ob er sich nicht schäme, nur zu reden. Er hatte mich lachend angesehen und auf das Haus und das erleuchtete Fenster gewiesen.

»Ein Haus habe auch ich gehabt«, sagte ich zu ihm.

Ihm zeigte ich, wo ich nachts schlief. Er begleitete mich – es war schon dunkel – und sagte, wenn es genüge, in der Kirche zu schlafen, damit man in Sicherheit sei, würden die Kirchen voll sein. »Das hier ist keine Kirche mehr«, sagte ich. »Auf dem Altar haben sie die Nüsse aufgeschlagen und auf dem Boden Feuer gemacht.«

»Jungen sind heraufgekommen und haben gespielt«, sagte er.

Dann erzählte er mir, wie es im Dorf zuging, alle lebten in der Angst, daß auf der Landstraße plötzlich ein Soldat erschossen oder ein Lastwagen angehalten würde. »In O... haben sie auch die Kirche angezündet«, sagte ich.

»Wenn sie nur die niederbrennen würden«, sagte er, »das wäre was!«

Aber von allen Kirchen, die ich gesehen hatte, war meine kleine Kapelle die sicherste. Wir sammelten alle Zweige, die wir fanden, warfen die Hülsen der Mohrenhirse dazwischen und machten in dem Winkel unter dem Fenster ein kleines Feuer an. Dann setzten wir uns vor die Flamme und rauchten. Wir sagten zum Spaß: »Feuer machen können wir auch.« Anfangs war ich unruhig, ich ging hinaus und sah nach dem Fenster, aber der Widerschein war gering und außerdem von einer Erderhöhung geschützt. »Man sieht nichts, nein, nein«, sagte Otino.

Dann redeten wir wieder einmal von den Gesichtern im Dorf und von denen, die größere Angst hatten als wir. »Auch die leben nicht mehr – das heißt doch nicht leben! Sie wissen, der Augenblick wird kommen.«

»Wir sind alle im Schützengraben.«

Otino lachte. In der Ferne knallte ein Schuß.

»Sie fangen an«, sagte ich.

Wir horchten. Jetzt war der Wind still, und die Hunde bellten. »Geht nach Hause«, sagte ich.

Ich löschte sofort das Feuer. Die Nacht verbrachte ich in dem Rauchgestank, zitternd, wenn ich mir bestimmte Gedanken machte. Sooft ich mich auf meinem Sack umdrehte, schien es mir, als erfülle sein Rascheln die Nacht.

Am nächsten Tag beobachtete ich aufmerksam die Hügel, die meinen späteren Fluchtweg versperrten. Braun waren sie, ausgedörrt vom Wind und der Jahreszeit, klar unter dem Himmel. Die Gefahr lauerte nicht dort oben, sondern drüben, auf den Zugangsstraßen zu den Brücken und zur Ebene. Niemand konnte mir sagen, ob diese Straßen frei waren. Unsere Leute, die in den Wäldern hockten, hatten es sicher dahin gebracht, daß um die Ausgänge ein Gürtel des Terrors gelegt wurde. War es klug, die Kapelle zu verlassen und sich dorthin durchzuschlagen?

Ich ging das Sträßchen hinunter, um im Dorf Brot zu kaufen. Die Leute betrachteten mich von der Tür aus mißtrauisch und neugierig. Ab und zu winkte ich einem grüßend zu. Oben von der Piazza aus sah man noch mehr Hügel; sie waren fast blau. Ich blieb hinter der Kirche in der Sonne stehen. In der milden Wärme, in der Stille faßte ich eine leise Hoffnung. All das, was geschah, schien mir unmöglich. Das Leben würde eines Tages wieder anfangen, sicher und ruhig, wie es in diesem Augenblick war. Schon zu lange hatte ich das vergessen. Blut und Plünderung konnten nicht ewig dauern. So stand ich eine Weile da, die Schultern an der Kirche.

Ein Mädchen kam heraus. Sie sah sich um und ging die Straße hinunter. Für einen Augenblick geriet auch sie in meine Hoffnung hinein. Sie ging vorsichtig auf dem holprigen Pflaster. Aber sie spielte Frau: sie sah sich nicht nach mir um.

Auf der Piazzetta war keine lebende Seele; die übereinandergeschachtelten, braunen Dächer, die mir bis gestern als ein sicheres Versteck erschienen waren, kamen mir jetzt wie Höhlen vor, aus denen man die Beute mit dem Feuer herausholt. Es handelte sich nur darum, sich gegen die Flamme zur Wehr zu setzen, bis sie eines Tages erloschen wäre. Man mußte sich zur Wehr setzen, damit man eines Tages die Hoffnung unversehrt wiederfände.

Am Abend kamen Gerüchte von einer Aktion im benachbarten Tal, gegen ein Dorf, das bisher noch nie etwas zu leiden gehabt hatte. So versicherten sie. In der Tat hatte man nicht einen Flintenschuß gehört: die Ställe waren geplündert und Heustadel angezündet worden. Die Leute, die in die Wälder geflüchtet waren, hörten ihre Kälber brüllen und konnten ihnen nicht zu Hilfe kommen. Das war am späten Morgen geschehen, gerade um die Zeit, als ich von der Kirche aus rundum sah.

Ich ging los, Otino auf dem Feld zu suchen. Er hielt eines der Rinder am Schwanz fest und sagte: »Sie sind übel dran. Aber das sind Tage, die bald vorübergehen. Jetzt kommt das schlechte Wetter, und wichtig ist, wer am besten arbeiten kann.«

Ich sagte zu ihm, auch er könne einmal an die Reihe kommen.

»Eben darum«, sagte er, »legen wir uns so ins Zeug, daß wir fertig werden. Dann steckt man bis März im Haus.«

. . . .

Ich war an jenem Tag nicht der einzige, der die Berge beobachtete; sie sahen wie Wolken aus. Otinos Padrona war unter die Pinien getreten und einen Augenblick dort stehengeblieben, um sie zu betrachten. Als sie wieder ins Haus trat, hatte sie den Wassereimer in der Küche aufgehängt und die Milch für den kleinen Guido ans Feuer gesetzt. Vor einer Weile war Otino mit den Rindern vorbeigefahren, aber Guido schlief, sonst wäre er auf den Karren geklettert. Die Frau war ans Fenster gekommen und hatte Otino gefragt, ob ich immer noch im Dorf sei.

»Schläft er immer noch in San Grato? Und wer ist er?« Da hatte Otino gesagt, sprechen könne man mit mir, aber jemanden fragen

›Wer bist du?‹, das könne man nicht. »Ist er vom Berg? Vielleicht kommt er von da oben?« hatte die Padrona zu ihm gesagt.

»Seine Schuhe wären dafür stark genug«, sagte Otino.

Am Nachmittag waren Otino und seine Schwestern losgegangen, um die letzten Äpfel einzusammeln. Guido lief mit dem Korb voraus; ein großer Schwarm Stare hatte sich aus den Rebstockreihen erhoben. Sie machten ein Geräusch, als brumme ein Motor. Guido bückte sich, warf den Flüchtenden eine Handvoll Steine nach und schrie, ein Maschinengewehr nachahmend: »Tatatà, tatatà.«

»Recht so, du Schlaukopf«, sagte die Frau, »alt genug bist du jetzt.«

Die Mädchen lachten. »Alt – ihr seid alt«, sagte Guido. »Und ihr wollt gern tanzen. Ihr wollt, daß der Krieg zu Ende geht, nur damit ihr wieder tanzen könnt.«

»Willst du denn nicht, daß er zu Ende geht?« fragte die eine.

»Er kann nicht zu Ende gehen«, sagte Guido. »Wenn überall Krieg ist wie jetzt, kann er nie mehr zu Ende gehen.«

Die Padrona sagte: »Los, sammeln wir die Äpfel.«

Vom Rebhügel war Guido aufs Feld zu Otino gerannt; dort wälzte er sich in den Furchen herum und rief, ob auch ich dort sei.

»Wer denn?« schrie Otino.

»Der Mann, der in San Grato schläft. San Grato!«

»Er ist fortgegangen. Fort«, antwortete Otino, ohne den Pflug anzuhalten.

»Du hättest ihm sagen müssen, er solle zu uns ins Haus kommen.«

»Warum?« schrie Otino lachend.

»Weil die Frauen alt sind. Alt!«

Dann rannte Guido bis unten an den Hang, lief noch weiter hinunter und geriet so tief ins Feld, daß er die Hügel, statt sie unmittelbar vor sich zu haben, zwischen den Halmen des Röhrichts nur undeutlich und weit entfernt sah.

Hier versteckte er sich im Schilf, dachte sich aus, es beginne eine Aktion, und tastete nach den Äpfeln im Hemd, unschlüssig, ob er sie als Kugeln gebrauchen oder essen solle. Dann biß er hinein und warf die Kerngehäuse nach den Vögeln. Mehrmals versuchte er, beim Werfen über die San Grato-Kapelle hinaus zu zielen, weil er sich den, der dort schlief, nicht zum Feind machen wollte, und kroch am Boden zur Kapelle hin. Um die Zeit ging ich den bewaldeten Hügel hinunter; ich stieg dort hinauf, wenn ich das Tal überblicken wollte. Da oben gab es eine Menge Verstecke, es gab Talsenken, die Wege verloren sich im Buschwald, Steilhänge fielen plötzlich in die Tiefe ab. Ich hatte von oben auf dem braunen Feld Otinos Rinder erspäht: sie schienen still zu stehen. In der kühlen Luft tönten die Stimmen ruhig herauf, und wenn ein Schrei, ein Schuß den Frieden unterbrochen hätte, hätten sich die Rinder dort unten nicht bewegt. An dem Abend war ich froh – ich würde in Otinos Hof eine Minestra essen und dann allein in die alte Kapelle zurückkehren und mich dort verbergen. Ich dachte: wenn nie ein Bewaffneter diese Straßen hinaufstieg, war mein Zufluchtsort so etwas wie ein Spiel, eine ungewohnte klösterliche Sommerfrische. Oben auf dem Hügel hatte ich diese Hoffnung, diese Freiheit wiedergefunden, und ich begriff, daß man sie sich nur als wirklich vorzustellen braucht: dann lebt man in ihr. Hier gab es keine Häuser, Dachböden und Plätze, wo an der Ecke die Gefahr lauerte. Hier erwartete mich niemand zu einem tödlich endenden Stelldichein. Hier gab es nur Erde und Hügel, und man brauchte sich nur flach an die Erde zu schmiegen, um weiterzuleben.

. . . .

Jahre

Von dem, der ich damals war, ist nichts mehr übrig: schon Mann, war ich doch noch ein Junge. Ich wußte es bereits eine Weile – aber alles geschah Ende des Winters, an einem Abend und einem Morgen. Wir waren, fast versteckt, in einem Zimmer zusammen, das auf eine Allee hinausging. Silvia sagte mir in dieser Nacht, ich solle gehen – wir hätten nichts mehr miteinander zu schaffen. Ich bat sie flehentlich, ob wir es nicht noch weiter versuchen wollten; ich lag neben ihr und hielt sie umarmt. Sie sagte: »Wozu?« Wir sprachen leise, im Dunkeln.

Dann schlief Silvia ein, und ich stemmte bis zum Morgen ein Knie gegen das ihre. Es wurde Morgen, wie es immer Morgen geworden war, und es war sehr kalt; Silvia hatte die Haare über den Augen und regte sich nicht. Ich sah im Halbdunkel zu, wie die Zeit verging, ich wußte, daß sie verging, daß sie geradezu raste; und draußen war Nebel. All die Zeit, die ich mit Silvia in diesem Zimmer verbracht hatte, war wie ein einziger Tag und eine Nacht, die nun, am Morgen, ein Ende nahm. Da begriff ich, daß sie nie mehr mit mir in den kühlen Nebel hinausgehen würde.

Es war besser, ich zog mich an und ging, ohne sie zu wecken. Aber nein, erst mußte ich sie noch etwas fragen. Ich wartete und versuchte wieder einzuschlafen.

Als Silvia wach war, lächelte sie mir zu. Wir begannen wieder davon zu sprechen. Sie sagte: »Es ist schön, wenn man so aufrichtig ist wie wir.« »O Silvia«, flüsterte ich, »was soll ich tun, wenn ich von hier fortgehe? Wohin soll ich gehen?« Das war die Frage, die ich ihr hatte stellen wollen. Ohne den Nacken vom Kissen zu heben, lächelte sie wieder, glücklich. »Du Dummkopf«, sagte sie, »geh doch, wohin du willst. Ist es nicht schön, frei zu sein? Du wirst viele Mädchen kennenlernen, wirst alles tun, was du willst. Auf mein Wort: ich beneide dich.«

Jetzt füllte der Morgen das Zimmer, nur im Bett war es noch ein bißchen warm. Silvia wartete geduldig.

»Du bist wie eine Dirne«, sagte ich zu ihr, »und du bist es immer gewesen.«

Silvia machte die Augen nicht auf. »Fühlst du dich besser, nachdem du das gesagt hast?« fragte sie.

Da blieb ich liegen, als wäre sie gar nicht da, sah zur Zimmerdecke und weinte lautlos. Die Tränen füllten mir die Augen und tropften aufs Kissen. Es lohnte nicht, daß man es mir anmerkte. Viel Zeit ist darüber hingegangen, und jetzt weiß ich, daß jene stummen Tränen das einzige wahrhaft Männliche waren, was ich bei Silvia tat; ich weiß, daß ich nicht um sie weinte, sondern weil ich mein Schicksal flüchtig erblickt hatte. Von dem, der ich damals war, ist nichts mehr übrig. Übrig ist allenfalls, daß ich begriffen hatte, wer ich in Zukunft sein würde.

Dann sagte Silvia: »Jetzt ist es genug. Ich muß aufstehen.«

Wir standen beide gleichzeitig auf. Ich sah nicht, wie sie sich anzog. Ich war rasch auf den Füßen, am Fenster, und betrachtete die durch den Nebel hindurchschimmernden Bäume. Hinter dem Nebel schien die Sonne, die Sonne, die so oft das Zimmer erwärmt hatte. Auch Silvia war rasch angekleidet und fragte mich, ob ich mein Zeug nicht gleich mitnähme. Ich sagte zu ihr, erst wolle ich den Kaffee warm machen, und zündete den Herd an.

Silvia saß auf dem Bettrand und begann ihre Nägel zu bearbeiten. Früher hatte sie das immer am Tisch getan. Sie schien in Gedanken, und die Haare fielen ihr ständig über die Augen. Dann schüttelte sie den Kopf und warf sie zurück. Ich ging durch das Zimmer und suchte mein Zeug zusammen. Alles – es war ein ganzer Haufen – legte ich auf einen Stuhl, und plötzlich sprang Silvia auf und machte eilig die Flamme aus; der Kaffee lief über.

Dann zog ich den Koffer hervor und legte das Zeug hinein. Inzwischen mühte ich mich, im stillen alle die unangenehmen Erinnerungen zu sammeln, die ich an Silvia hatte – die Kleinigkeiten, die viele schlechte Laune, die gereizten Worte, die Falten. Das nahm ich aus ihrem Zimmer mit. Was ich dort ließ, war ein Nebel.

Als ich gepackt hatte, war der Kaffee fertig. Wir tranken ihn stehend, neben dem Herd. Silvia sagte irgend etwas – sie werde an diesem Tag zu dem und dem gehen, um über ein Geschäft zu reden. Kurz danach setzte ich die Tasse hin und ging mit meinem Koffer fort. Der Nebel draußen und die Sonne blendeten mich.

Arbeiten ist ein Vergnügen

In der schönen Jahreszeit, von Juni bis Oktober, lebte ich immer auf dem Land; ich kam dorthin wie zu einem Fest. Ich war ein Junge, und die Bauern nahmen mich mit zum Ernten – zu den leichtesten Arbeiten, Heu aufladen, die Mohrenhirse abschneiden, Trauben lesen. Nicht zum Kornmähen, weil da die Sonne zu stark ist; und das Pflügen im Oktober langweilte mich, denn wie alle Jungen zog ich, auch im Spiel und beim Fest, die Dinge vor, die etwas einbringen: Ernten, volle Körbe; nur ein Bauer sieht in den aufgerissenen Furchen das Korn des nächsten Jahres.

An den Tagen, wo nichts geerntet wurde, wanderte ich durchs Haus oder ganz allein durch die Felder, suchte Obst oder spielte mit anderen Jungen Fischen im Belbo, das war einigermaßen nützlich, und es erschien mir als etwas Großes, wenn ich mit meinem jämmerlichen Fang nach Hause kam, einem Fischchen, das später die Katze fraß.

Allem, was ich tat, maß ich große Wichtigkeit bei und bezahlte so mein Teil Arbeit für den Nächsten, fürs Haus und für mich selbst.

Darum meinte ich zu wissen, was Arbeit ist. Überall sah ich die Menschen arbeiten auf diese ruhige, von Pausen unterbrochene Art, die mir gefiel – an manchen Tagen vom frühen Morgen bis zur Nacht, nicht einmal Zeit, zum Essen zu gehen, und verschwitzt, ohne Hemd, zufrieden –, und dann wieder gingen die gleichen Menschen, den Hut auf dem Kopf, im Dorf spazieren oder setzten sich auf den Balken, um miteinander zu reden, und wir aßen, lachten und tranken. Auf den Straßen traf ich einen Verwalter, der in der Sonne zu einem Jahrmarkt ging, um sich umzusehen und zu reden, und ich freute mich bei dem Gedanken, daß auch dies Arbeit sei, daß dieses Leben besser sei als das gefängnisähnliche in der Stadt, wo, während ich noch schlief, eine Sirene Angestellte und Arbeiter zusammenrief, alle Tage, alle Tage; nur nachts ließ dieser Druck nach.

Damals war ich überzeugt, es gebe einen Unterschied zwischen den beiden Arten, zu leben: wenn man morgens vor Tag auf ein Feld geht angesichts der Hügel, im feuchten Gras stapfend, und wenn man über ausgetretene Gehsteige zur Arbeit hastet, ohne daß man auch nur die Zeit hat, nach dem schmalen Stück Himmel zu spähen, das über den Häusern sichtbar wird. Ich war ein Junge, und es mag sein, daß ich die Stadt, wo man keine Ernten und keine vollen Körbe hat, nicht begriff. Und sicher – hätte man mich gefragt, so hätte ich geantwortet, es sei besser und nützlicher, meinetwegen fischen zu gehen oder Maulbeeren zu sammeln, als das Eisen in den Öfen zu schmelzen oder Briefe und Abrechnungen auf der Maschine zu schreiben.

Zu Hause aber hörte ich, wie man gerade wütend auf diese Stadtarbeiter schimpfte, weil sie unter dem Vorwand, daß sie arbeiteten, unaufhörlich Ansprüche stellten, ›lästig‹ wurden und für Unordnung sorgten. Als man eines Tages erfuhr, daß in der Stadt sogar die Angestellten etwas gefordert hatten und lästig geworden waren, gab es einen geradezu wüsten Lärm. Keiner bei uns zu Hause begriff, was die Angestellten – die Angestellten! – davon hätten und dadurch gewönnen, wenn sie sich mit den Arbeitern zusammentäten.

›Ist das möglich? Gegen die, die ihnen zu essen geben?‹ ›Sich so weit erniedrigen?‹ ›Sie sind verrückt oder bestochen.‹ ›Unvernünftiges Pack.‹

Der Junge hörte zu und schwieg. Arbeit hieß für ihn: Sommerfrühe und Hundstagshitze, der Tragkorb, der tropfende Schweiß, die Hacke, die die Erde aufbricht. Er begriff, daß sie in der Stadt jammerten und durchaus nicht vom Morgen bis zum Abend drinstecken wollten – er hatte sie gesehen, diese schrecklichen Fabriken und erstickend heißen Büros.

Er begriff nicht, was Arbeit war. ›Arbeiten ist ein Vergnügen‹, sagte er bei sich selbst.

»Arbeiten ist ein Vergnügen«, sagte ich eines Tages zu dem Verwalter, der mir den Korb mit Trauben füllte, die ich der Mama bringen sollte.

»Wenn es nur so wäre!« antwortete er. »Aber es gibt Menschen, die keine Lust zum Arbeiten haben.«

Dieser Verwalter war ein strenger Mann; die meiste Zeit war er still, wußte jedoch genau, wo bei der Landarbeit etwas herauszuholen ist. Auch mich kommandierte er manchmal, aber im Spaß. Er besaß eigenes Land und einen Meierhof über dem Belbo drüben und hatte dort selbst Verwalter.

Diese Verwalter kamen sonntags zu ihm, brachten Gemüse oder faßten mit an, wenn die Arbeit drängte. Er war immer überall, er arbeitete bei uns, arbeitete auf seinem Besitz, besuchte die Jahrmärkte.

Wenn die Verwalter ankamen und er war nicht da, blieben sie und redeten mit uns. Es waren zwei, der alte und der junge, und sie lachten.

»Arbeiten ist ein Vergnügen«, sagte ich auch zu ihnen in dem Jahr, als die Meinen sich ereiferten, weil in der Stadt Unruhen waren.

»Wer sagt das?« antworteten sie. »Der, der nichts tut – wie du.«

»Der Verwalter sagt es.«

Da lachten sie noch lauter.

»Natürlich«, sagten sie. »Hast du je einen Pfarrer sagen hören, es sei dumm, in die Kirche zu gehen?«

Ich begriff, daß das Gespräch wurde wie die, die man damals zu Hause führte.

»Wenn ihr schon keine Lust habt zu arbeiten«, sagte ich, »so habt ihr doch Lust, die Früchte zu ernten.«

Der junge Mann hörte auf zu lachen. »Da gibt es die Herren«, sagte er langsam, »die sich die Früchte teilen, ohne gearbeitet zu haben.«

Ich sah ihn mit einem roten Kopf an.

»Macht Streik«, sagte ich, »wenn ihr nicht zufrieden seid. In Turin macht man Streik.«

Da sah der junge Mann seinen Vater an, sie blinzelten mir zu und lachten wieder.

»Erst müssen wir die Trauben ernten«, sagte der Alte, »dann sehen wir weiter.«

Aber der junge Mann schüttelte den Kopf und lachte.

»Ihr, Vater, werdet nie etwas tun«, sagte er langsam.

Wirklich taten sie nichts, und bei mir zu Hause machte man weiter großen Lärm um die Unruhen der Angestellten und Arbeiter, die von dem leichten Leben der Kriegsjahre verdorben seien. Ich hörte zu, schwieg und dachte an die Streiks als an ein Fest, das den Arbeitern erlaubte, spazieren zu gehen. Aber etwas – anfangs war es nichts als ein Verdacht – war mir durch und durch gegangen: Arbeiten ist kein Vergnügen, nicht einmal auf dem Land. Und diesmal wußte ich: nur das Bedürfnis, die Ernte zu sehen und sie nach Hause zu schaffen, hinderte die Dorfleute daran, etwas zu unternehmen.

BIBLIOGRAPHISCHE HINWEISE

In diesem zweiten Band sämtlicher Erzählungen Paveses sind in chronologischer Folge alle seine in den Jahren 1940 bis 1946 entstandenen Erzählungen versammelt.
Die in der einbändigen italienischen Ausgabe sämtlicher Erzählungen (*Racconti*, 1960) zum erstenmal in Buchform veröffentlichten Erzählungen und Fragmente sind in dem folgenden Verzeichnis mit einem Sternchen versehen.
Die Daten beziehen sich auf Anfang und Ende der Niederschrift; Pavese selbst hat sie in den Manuskripten vermerkt. Wo das Jahr in Klammern gesetzt und mit einem Fragezeichen versehen ist, war es in den Manuskripten nicht angegeben und wurde aus anderen Unterlagen oder aus der Anordnung der Manuskripte selbst erschlossen.
Die Bezeichnung ›ohne Titel‹ besagt, daß der Titel von den Herausgebern eingesetzt wurde.

**Haus am Meer (Casa al mare)*
Unvollendet, ohne Titel, 25. Januar (1940?) Konzept. In einer Kopie des ersten Absatzes erzählt ein Mädchen namens Flora in der dritten Person. Vielleicht der erste Versuch für den Roman *La spiaggia*, erschienen 1946.

**Die Bettler (I mendicanti)*
Fragmente ohne Titel, 18.-21. Februar (1940?). Konzept mit vielen Korrekturen.

Ein Ruf (Vocazione)
27. Juni – 2. Juli 1940. Veröffentlicht in dem Band *Feria d'agosto*, erschienen 1946.

**Der Hauptmann (Il capitano)*
Unvollendet. Begonnen am 20. Februar 1941. Konzept ohne Titel.

**Die Familie (La famiglia)*
1.-30. April 1941. Konzept. Von den ersten Seiten existieren spätere Abschriften: die eine, zum Teil in Maschinenschrift, mit dem Titel *La feria* , datiert vom 29. April 1942, mit Tintenkorrekturen (Übergang von der dritten Person in die erste) und skizzierten Varianten, mit Bleistift geschrieben; eine zweite Abschrift vom 28. - 30. August (1942?) mit einem anderen Anfang und einem anderen Namen der Hauptperson.

Der Name (Il nome)
23.-24. Juni 1941. Veröffentlicht in ›Il Messaggero‹, Rom, 15. Juli 1941 und in ›Il Secolo XIX‹, Genua, 15. Juli 1941. Später in dem Band *Feria d'agosto.*

Ende August (Fine d'agosto)
10. Juli 1941. Veröffentlicht in ›Il Messaggero‹, 31. August 1941. Später in dem Band *Feria d'agosto.*

**Die Freiheit (La libertà)*
2.-6. Juli 1941. Manuskript in Maschinenschrift mit der Anmerkung ›Minerva‹, 1. September 1941.

Schwimmbad am freien Tag (Piscina feriale)
21. Juli 1941. Veröffentlicht in dem Band *Feria d'agosto.*

**Das Abenteuer (L'avventura)*
5. August 1941. Veröffentlicht in ›Primato‹, Rom, 1. September 1941.

Die Wiese der Toten (Il prato dei morti)
15. August (1941?). Veröffentlicht in dem Band *Feria d'agosto.*

Die Lederjacke (La giacchetta di cuoio)
6.-11. September 1941. Veröffentlicht in dem Band *Feria d'agosto.*

**Wanda*
Fragment. 13. September (1941?). Konzept ohne Titel.

Träume im Lager (Sogni al campo)
16.-17. September (1941?). Veröffentlicht in dem Band *Feria d'agosto.*

Das Maisfeld (Il campo di granturco)
24.-26. September 1941. Veröffentlicht in ›Il Messaggero‹, 5. Oktober 1941. Später in dem Band *Feria d'agosto.*

Die Langa (La Langa)
7.-8. Oktober 1941. Veröffentlicht in ›Il Messaggero‹ und in ›Il Secolo XIX‹, 1941. Später in dem Band *Feria d'agosto.*

Eine Gewißheit (Una certezza)
19.-22. Oktober 1941. Veröffentlicht in ›Il Messaggero‹, 19. Februar 1942. Später in dem Band *Feria d'agosto.*

Der Einsiedler (L'eremita)
22.-26. Oktober 1941. Veröffentlicht in dem Band *Feria d'agosto.* Von dieser Erzählung existiert eine erste, umfangreichere Fassung, 28. Oktober – 9. November 1938.

**Im Bahnhofscafé (Nell caffè della stazione)*
Fragment. Konzept ohne Titel. 28. Oktober - 1. November 1941.

Die Gruppe (Il gruppo)
6.-8. November 1941. Veröffentlicht in ›Il Messaggero‹, 1941. Das Thema ist das gleiche wie in dem Fragment *Der Hauptmann.*

Altes Handwerk (Vecchio mestiere)
15.-18. November 1941. Veröffentlicht in ›Il Messaggero‹, 29. Dezember 1941. Später in dem Band *Feria d'agosto.*

Die Zigeunerin (La zingara)
November 1941. Maschinenschriftliche Kopie mit Korrekturen von der Hand des Autors.

Schlaflosigkeit (Insonnia)
29. Januar - 2. Februar 1942. Veröffentlicht in ›Il Messaggero‹, 12. Februar 1942. Später in dem Band *Feria d'agosto.*

Erwachen (Risveglio)
24. Februar 1942. Veröffentlicht in ›Il Messaggero‹, 10. April 1942, und in ›Il Secolo XIX‹, 17. April 1942. Später in dem Band *Feria d'agosto.*

Signor Pietro (Il signor Pietro)
Unvollendet. 26. Februar - 7. März 1942. Konzept ohne Titel.

Die Zeit (Il tempo)
8. April 1942. Veröffentlicht in ›Il Messaggero‹, 26. Mai 1942, und in ›Il Secolo XIX‹, 29. Mai 1942. Später in dem Band *Feria d'agosto.*

Die Stadt (La città)
13.-30. April 1942. Veröffentlicht in ›Tempo‹, Mailand, 28. Mai 1942. Später in dem Band *Feria d'agosto.*

Vespa
Fragment. 9.-10. Mai 1942. Konzept ohne Titel. Es existieren zwei frühere Skizzen, vom 4. Mai. Ursprünglich war es eine Fortsetzung von *La feria,* einer Neufassung des Anfangs von *Die Familie.*

Der Sommer (L'estate)
14.-18. Mai 1942. Veröffentlicht in ›Il Messaggero‹, 6. Juni 1942, und in ›Il Secolo XIX‹, 16. Juni 1942. Später in dem Band *Feria d'agosto.*

Das Blut (Il sangue)
Fragment. 28. Juni 1942. Manuskript.

Das Kastell (Il Castello)
Unvollendet. 23. Juni - 4. Juli 1942. Von diesem Text existieren verschiedene, fragmentarische Fassungen, alle im Konzept, voller Korrekturen.

Das Meer (Il mare)
23. September – 23. Oktober 1942. Veröffentlicht in ›Primato‹, 1. und 15. Dezember 1942. Später in dem Band *Feria d'agosto.* Über das gleiche Thema existiert das Konzept einer Skizze vom 30. Juli.

Die Häuser (Le case)
13.-21. Juli 1943. Veröffentlicht in dem Band *Feria d'agosto.*

Die Feste (Le feste)
24.-28. Oktober 1943. Veröffentlicht in dem Band *Feria d'agosto.*

Geheimnis (Storia segreta)
17. November 1943 - 25. August 1944. Veröffentlicht in dem Band *Feria d'agosto.*

Der Weinberg (La vigna)
27. April 1944. Veröffentlicht in dem Band *Feria d'agosto.*

Das Gespräch am Fluß (Il colloquio del fiume)
28. Mai - 1. Juni 1944. Veröffentlicht in dem Band *Feria d'agosto.*

Nacktheit (Nudismo)
21. Juni - 3. Juli 1944. Veröffentlicht in dem Band *Feria d'agosto.*

**Der Flüchtling (Il fuggiasco)*
Fragment. 13. September – 7. Oktober 1944. Konzept ohne Titel. Es ist die erste Fassung von Seiten, die später für den Roman *Das Haus auf der Höhe (La casa in collina)* herangezogen werden. Das zweite Fragment folgt dem ersten in einer zweiten Fassung mit dem Datum vom 16. Februar 1947 (geht also der endgültigen Fassung des Romans um einige Monate voraus).

**Jahre (Anni)*
6. Januar 1946. Maschinen-Kopie mit Korrekturen von der Hand des Autors und der Bezeichnung ›Giornale del Mattino‹, 13. Januar 1946. Von diesem Text existiert auch ein Konzept, als erstes Kapitel einer ersten Fassung des unvollendeten Romans gedacht, den Pavese zusammen mit Bianca Garufi geschrieben hat; es trägt das Anfangsdatum des 4. Februar 1946. In der späteren Fassung wurde dieses erste Kapitel durch ein anderes ersetzt. Der Roman erschien nach Paveses Tod unter dem Titel *Fuoco grande.* Deutsche Ausgabe: *Das große Feuer.* Aus dem Italienischen von Oswalt von Nostitz. 1962. Kindler Verlag.

**Arbeiten ist ein Vergnügen (Lavorare è un piacere)*
26. Februar 1946. Maschinenschriftliche Kopie mit der Bezeichnung von der Hand des Autors: ›L'Ora del popolo‹, 18. März 1946.

Inhalt